八月之光

LIGHT IN AUGUST

[美]威廉·福克纳 著
霍彦京 译

北方文艺出版社

图书在版编目（CIP）数据

八月之光 /（美）威廉·福克纳著；霍彦京译.
-- 哈尔滨：北方文艺出版社，2016.8
（福克纳诺贝尔奖精品文集）
ISBN 978-7-5317-3695-0

Ⅰ.①八… Ⅱ.①威… ②霍… Ⅲ.①长篇小说－美国－现代 Ⅳ.①I712.45

中国版本图书馆CIP数据核字（2016）第179750号

八月之光
Bayue zhi Guang

作 者 /［美］威廉·福克纳　　　　译 者 / 霍彦京

责任编辑 / 王金秋　　　　　　　本书策划 / 李异鸣
编辑统筹 / 刘志红　　　　　　　封面设计 / 吕彦秋

出版发行 / 北方文艺出版社　　　网　址 / www.bfwy.com
邮　编 / 150080　　　　　　　　经　销 / 新华书店
地　址 / 黑龙江现代文化艺术产业园D栋526室

印　刷 / 北京中振源印务有限公司　　开　本 / 787×1092　1/16
字　数 / 300千字　　　　　　　　　印　张 / 22.75
版　次 / 2016年8月第1版　　　　　 印　次 / 2016年8月第1次印刷
书　号 / ISBN 978-7-5317-3695-0　 定　价 / 39.80元

  这套文集一共收录了福克纳先生的三部著作，分别为：《八月之光》《我弥留之际》和《喧哗与骚动》。

  这三部作品，都绝对堪称美国文学史乃至于世界意识流文学史上的三朵奇葩。但是，作为二十世纪上半叶的美国文学作品，我们中国当代的读者们阅读起来，想必会有或多或少的隔阂与不解。有鉴于此，笔者才略将这三部作品看了几遍，斗胆写下这篇导读，也算和大家分享一条捷径。

  这三部书中，我推荐大家先读一读《八月之光》。原因很简单，这种章回式的叙述方式，我们中国读者相对更加习惯。然而需要注意的是，这本书的叙述并未完全按照时间轴的顺序来写，它穿插着主角克里斯默斯的种种回忆。这也是福克纳作品中常见的表现形式。同时《八月之光》的篇幅也比较长，故事内容非常丰富，很值得品读。

  但是从故事的趣味性和体例创新上说，《我弥留之际》才是最为耀眼的一部。大家在阅读中需要注意，书名中的"我"和正文里的"我"，并不是一个人。正文每一章的小标题都是书中的人物，每一章中的"我"，就是以标题人物为角度的第一人称视角的叙述。最值得注意的是，其中有一个叙述人——瓦达曼，是一个傻子，大家阅读的时候，须注意甄别。

  而《喧哗与骚动》则将福克纳老前辈的率性和才华展现得酣畅淋漓、"丧心病狂"。书中分别以四个人物的独白展现出一个大家族的兴衰故事，充分地将意识流文学汪洋恣肆的形态发挥出来。这还不算什么，书中的第一个独白人班吉，与《我弥留之际》中的瓦达曼一样，也是个心智不健全的人（班吉很可能是孤独症）。班吉甚至于没有语言能力，但是其内心独白却很清晰，与瓦达曼的心痴嘴快形成了一种对比。

尽管说，大家或许在进入到真正的阅读阶段依旧会遇到一些理解上的困难，比如晦涩难懂，甚至觉得凌乱枯燥，想要放弃，但是请一定不要厌烦，这或许也是阅读意识流文学的一种乐趣所在。如果单纯从这个角度上说，笔者简略的导读，倒有些煮鹤焚琴、清泉濯足般的"煞风景"了。还请见谅。在阅读的路上，大家共勉。

当最初的美好遇上残酷的现实

——浅析《八月之光》

明明已经是十一月,我却单单看上了一部书,名叫《八月之光》。这本书是美国文学家福克纳的代表作之一,出版于 1932 年。此时的福克纳已经走向了成熟期,风格已经成形。在创作这部书的时候,福克纳"对小说文本的无限可能性进行了前卫性的试验",堪称美国意识流文学的典范。而福克纳本人,也称得上是美国意识流文学的先行者。

提到美国文学,我们首先想到的会是马克·吐温、海明威、杰克·伦敦、欧·亨利等等,实际上,福克纳在美国文学史上的地位丝毫不逊于上述诸位。1949 年,福克纳因为"对当代美国小说做出了强有力的和艺术上无与伦比的贡献"而获得诺贝尔文学奖,而海明威获得诺贝尔奖,则是在 1954 年。从这点上说,若海明威见到福克纳,还得叫一声"前辈"呢。

其实说起来,福克纳也是个传奇,他是个典型的美国南方人(1897—1962),出生在密西西比州的一个小地主家庭。他的曾祖父是个让他骄傲的南北战争时期南方军的上校。这点上,他还真是继承了曾祖父的本事,曾祖父在战争结束后就写过不少小说,而且有的还卖得不错。在福克纳的书中,一个叫沙多里斯的上校就是以其曾祖父为原型的。

结束了充满田园乐趣的童年后,福克纳在青年时期开始了他的传奇。起初,和他青梅竹马的初恋跟人跑了,情敌是个校级军官,他则是个不务正业的小职员。可能为了逆袭，后来凭借编故事加入了加拿大的英国空军，退伍回来后就开始吹嘘自己的战斗经历。据说，就是在这反复的编故事和自吹自擂中，他的思维变得越来越广，欢乐也越来越多。

无心插柳柳成荫，没多久福克纳开始尝试靠"编故事"赚稿费生活了，经历了一系列有各种束缚的作品后，《八月之光》这部汪洋恣肆、空前前卫的意识流小说问世了。

笔者是个地地道道的皖南人，从小生活在白墙黑瓦之间。正如我所在的地域一样，我更倾向于古典东方的口味。相比而言，《八月之光》这类的近现代西方文学著作（而且还是很前卫的），对我来说更是一种调剂。抱着吃惯了徽菜的人也会去吃肯德基的心态，我开始了阅读。

但是，当我把这部书读完之后，我对福克纳的敬仰，真真如黄河之水一发而不可收。这本书没有我想的那么简单。

《八月之光》的故事是有原型的。

就在福克纳十一岁那年，也就是1908年，一名叫勒尔斯·伯顿的黑人因杀死一名白人妇女，而被一群清教徒冲进监狱杀害。不仅如此，愤怒的清教徒们还掠夺了这名黑人的尸体，百般"虐待"这个死去的可怜人。他们割掉了尸体的耳朵，阉割了尸体的睾丸，最后清教徒们用绳子吊着他的脖子，在大街上一直拖行到法院，就这样赤裸裸地挂在了法院门前的大树上。一切仿佛一场神秘的仪式，但是实际上，清教徒又是基督教中最反对仪式化的派别之一。

对于像福克纳这样一个信仰清教的人来说，这个新闻对于他们实在是相当"痛的领悟"！

福克纳出生在美国南部，虽说当时南北战争早就结束了，但是种族歧视、南北矛盾就像诅咒一样依然笼罩在整个二十世纪上半叶。直到1957年，美国还发生了小石城事件。当时要不是美国中央政府动用陆军的101空降师控制了整个小石城，并且和城中的一万多名国民警卫队对峙，到现在很多州的黑人小孩在美国上不了公办高中。甚至可以说，当时差点爆发了第二次南北战争。五十年代尚且如此，在三十年代的美国南方可想而知。

老爷子生于斯，长于斯，曾祖父还是个失败的蓄奴主义者，而他小时候家里还有个勤劳勇敢的黑人保姆，一直含辛茹苦地照顾着他。在这样的环境下，他对美国南方当时的种族歧视和南北分歧有着清醒的认识。阴暗浮躁的现实与他自身对种族平等观念的理智之间满是矛盾与纠葛，就这样，这部《八月之光》诞生了。

这本书并没有直接进入主题，而是先展开了一幅诗一样的画卷，描绘着美国南方乡村生活的美好。美丽的丽娜，伴随着丽娜的场景通常都是阳光明媚的。她挺着大肚子，天真地认为只要到了杰弗逊镇就可以找到孩子的父亲——一个负心汉，不负责任的"卢卡斯·伯奇"。

丽娜天真得有点傻气。但是因为天真，她又给人以安全可信的感觉，加之美丽的外表，一路上得到了不少人的帮助。整个故事，似乎很温情，一切都沉浸在一种美丽祥和的气氛中。但是当丽娜到达目的地之后，我们才知道，丽娜的故事只是整本书的一个小小的调剂，真正的主角，是克里斯默斯。

克里斯默斯是一个非婚生的孩子，完全不知道自己的父亲是谁。他的父亲也仅仅只是可能有黑人血统，就因此被克里斯默斯的外祖父杀了。克里斯默斯依然饱受歧视，也被自己的家人视为异类，甚至在他的母亲生他的时候，外祖父拒绝让医生救治，这让他的母亲死于难产，年幼的克里斯默斯彻底沦为孤儿。这位外祖父，正是一个整天把"上帝"挂在嘴边的清教徒。整个故事由绮丽的乡村风光坠入到地狱，由种族压迫和宗教狂热产生的地狱。宗教一旦狂热，它的意义不再是改变地狱，而是让人间变得和地狱一样，让地狱变得像炼狱一样。

而这个人物的名字也很有意思，克里斯默斯（Christmas），也就是圣诞的意思，那么他是不是出生在圣诞节呢？如同咱们中国人的国庆、春节？显然是这样。出生在圣诞节，而又没有父亲，想必是身为基督徒的福克纳对那些残忍迫害黑人的白人清教徒的讽刺——圣子耶稣，正是出生在圣诞节，又没有父亲。克里斯默斯有家等于没家，被送进了孤儿院。但是他的外公依然不满足，依然执着地对克里斯默斯继续加以迫害。他让孤儿院的孩子们都认为克里斯默斯是个黑鬼，孤立他、歧视他。之后，五岁的克里斯默斯被领养，可怜的是，领养这个孩子的家庭依然是清教徒家庭。只要稍微背错长老会的教义，可怜的孩子就会被毒打一顿。在这样压抑的环境下，克里斯默斯的内心扭曲地成长，他反感清教徒，更反感对自己种族的歧视。最后不仅杀了养父，甚至在怀疑自己的初恋女友对自己有歧视之后，他再次以谋杀的方式结束了这段来之不易的感情。

克里斯默斯就是南方种族歧视下产生的悲剧。如果不是被家中怀疑有黑人血统，他不会被家人遗弃，更不会被人骂成黑杂种、黑鬼。他长得比白人还白人，却被白人歧视；跟黑人生活在一起，却发现更不适应。他游离在社会之外，承受了他的生命不能承受的一切。在压力下，他杀了养父和初恋女友。然而，如果没有南北分歧（本质上还是种族歧视），喜欢他的姑娘不会孤独半生，乃至对他产生依赖。没有这种依赖，一向不愿意合群甚至害怕人群的克里斯默斯也不会对这个人生最后的归宿动了杀机。克里斯默斯最后没有善终，实在是可怜可叹、可悲可恨。

如果只有这一条故事线，我只能说福克纳是个冷血的作者，就像一个黑暗料理界的大师，做出让人难以言喻的苦涩，却又让人无法拒绝的黑暗美食。

故事还有个分线，那就是默默旁观这些事情，甚至在不自觉中参与进去的丽娜，她让我们在窒息的压迫感中看到了希望。丽娜的善良、单纯、坦然，加上拜伦的无私和柏拉图式的爱情观，使整个故事的结尾充满了希望。

有意思的是，克里斯默斯死去的时候，丽娜的孩子也恰好出生。隐约之中，暗含了不尽的寓意。丽娜最终没有找到孩子的父亲，正如圣母玛利亚受圣灵感应而怀孕。而那个在镇上一直陪伴着她，帮助着她，最后与她一起浪迹天涯的拜伦，亦正像玛利亚的丈夫、耶稣的养父约瑟一样。

正如我们知道的，福克纳老爷子也是基督徒。福克纳的矛盾，在于社会上的宗教狂热、种族偏见和他自己的理智认识。如果社会能够放下偏见，保持清醒，一切的一切就可以回到原点，"回到最初的美好"。

实际上，这本书原本不叫《八月之光》，而叫《黑屋子》，但是这个书名让福克纳颇为不满。就在八月初的一天黄昏，他坐在门廊上与妻子一起饮酒。妻子看着庭院的风景，突然问道："比尔，你有没有想到过八月的光线跟一年里任何别的时候都不一样?"不经意的一句话,让福克纳灵光一闪,回到办公桌前,将书名改为《八月之光》。"1954年,当有人就这个书名发问时,福克纳答曰:故乡'八月之初有那么几天,阳光柔和得像圣灵降临……'"(引自惠民《福克纳故乡的八月之光》)

是不是我们可以理解,一切回到最初,回到最本真的美好,一切都可以如同圣灵般柔和?人生若只如初见,是不是有太多太多的悲剧可以避免?我们本不必制造出越来越多的克里斯默斯,而是可以成全更多的丽娜与拜伦。

傲慢只能制造隔离,偏见只能产生怨念,狂热只能带来仇恨。如果有一天,你我遇上了诸多事情,失去了理智,无论是傲慢、偏见还是狂热,你我都不如摸着自己的胸口,回想一下我们曾经的那一颗"初心"。

何志浩
2013年9月书于安徽

1

丽娜坐在路边,望着马车爬上山坡,向她驶来。丽娜想:"我已经离开了亚拉巴马州,好远。一路从阿拉巴马出发,真远。"虽然我上路的时间还不到一个月,但现在已经到了密西西比州,我从来没有离家这么远过。从十二岁到现在,我从没有离多恩厂这么远过。

尽管丽娜每年都要去镇上六七次,但直到父母去世前,她从未去过多恩厂。那时,丽娜每周六都会坐着马车,穿上邮购的裙子,光脚丫踩在车厢里,鞋子用纸包好放在旁边的座位上。马车抵达小镇前,她会把鞋穿上。长大后,她总会让父亲把车停在镇子边上,然后下车步行。丽娜没有告诉父亲为什么喜欢步行而不去乘车。父亲以为她想感受一下平坦的街道和人行道。实际上,丽娜觉得这样做能让所有看到、遇到她的人以为她也生活在这里。

十二岁那年的夏天,丽娜的父母相继去世。他们死在一座只有三间小房、一个厅堂、没有纱窗的木屋里,那是一间蚊虫绕着油灯乱飞的房间,长期的光脚行走已经把地板磨得如同旧银器一样光滑。丽娜是家里活下来的孩子中最小的一个。她的母亲先离开了这个世界,临终前,母亲告诉丽娜:"照顾好你爸。"丽娜答应了母亲。后来的一天,父亲说:"你和麦金利去多恩厂吧。收拾好,等他来了你就走。"说完,他也离开了人世。哥哥麦金利驾着马车回到了家里。那天下午,兄妹俩把父亲埋葬在村中教堂后面的墓地里，用松树立了一块墓碑。第二天早晨，丽娜和麦金利乘着马车永远地离开了家乡，向着多恩厂出发，虽然可能那时她并不知道自己再也不会回到这里。马车是借来的，哥哥答应人家要在天黑前把车还回去。

哥哥在多恩厂干活儿。村里的男人们都在厂里干活儿或者为厂子服务。这是一家砍伐松木的厂子，开办已有七年，再有七年多将会把周围所有的木材砍光。然后，部分机器、大多数工人、以机器为生和为机器服务的人们，都会被装车运走。不过，由于新的机器可以通过分期付款方式购置，所以还有一些机器会被留在原地——残垣断壁间、杂草丛生中兀自矗立的机轮已停止转动，一派令人惊诧、衰败刺目的景象；空膛的锅炉依旧茫然而倔强地支撑着锈迹斑斑、熄火的烟囱，俯视着田野里的树桩、无边的寂静和荒凉；久已无人耕种的土地经过绵绵秋雨的漫长浸润和春分时节暴风雨的侵蚀，渐渐被冲刷成淤滞的红色沟渠。于是，这个即使在鼎盛时期都无法出现在邮局地名册上的村落便被人遗忘了，到现在就连那些罹患十二指肠病的后世子孙也记不清这个村子，他们推倒房舍，当作炉灶和壁炉里取暖烧饭的柴火。

丽娜来到这里时，村里大约有五户人家，一条铁路，一个车站，每天会有一趟客货混编列车刺耳地呼啸着驶过村庄。火车看到挥动的红旗一般都会停下来，但它通常都会像鬼魅一样突然从荒凉的村庄里钻出来，像女妖一样哭号着，穿过像从珠串上遗落的珠子般大小的村庄。哥哥比她大二十岁。她去哥哥家居住的时候几乎已经记不起他的模样。哥哥和他总是在生养孩子的妻子住在一栋没漆过、有四间房的屋子里。每年几乎有大半时间，嫂子不是在生孩子，就是在坐月子。每到这个时候，丽娜就承担了全部家务，同时还要照料其他几个孩子。后来，丽娜告诉自己："我想，这就是我为什么会很快就有孩子的原因吧。"

她睡在屋后一间单坡顶的房子里。这间屋子有扇窗户，丽娜学会了如何摸黑把它静静地打开、关上。起初，和她同住这里的是她的大侄儿，后来又来了老二，再后来便是三个侄儿。丽娜在这里住了八年后第一次打开了这扇窗户，但在窗户被开关数十次后，丽娜才发现自己压根儿不该去碰它。她告诉自己："或许命中注定吧。"

嫂子告诉了哥哥。于是，哥哥麦金利发现丽娜的身体正在发生变化，他本应该很早就发现。麦金利非常严厉。汗水冲走了他的温柔和亲切，尽管他才刚刚四十岁，但青春气息早已荡然无存，只剩近乎绝望的刚毅和固执，以及对百无一用的祖传血统的自豪。麦金利骂丽娜是荡妇，并且痛斥那个男人（麦金利是对的，因为村里没几户人家，年轻的单身汉或满身锯木屑的浪荡子更少）。虽然那个男人半年前就已经逃之夭夭，但丽娜还是不肯认输。她执拗地重复着："他会来接我，他说过会来接我。"她对此坚信不疑，像只小绵羊似的耐心而忠贞地等待，卢卡斯·伯奇之类正是相信并利用了这一点。然而，即使在真正需要他们的时候，这类人也不会露面。两个星期后，丽娜又一次从窗户爬了出来。这一次稍微有点儿困难。她想："要是当初爬出来的时候就这么困难的话，我现在肯定就不会爬窗户了。"她本可以在大白天从门口走出去，谁也不会阻拦她，也许她心里也明白这一点。但她还是选择在晚上从窗户爬出去。她带了一把棕榈叶做的扇子，和一个用印花大手帕包得很紧的小包裹，里面装着零散的东西和三十五分钱的硬币。她穿着一双男人的鞋子，是哥哥给她的，这双鞋子没怎么穿过，因为男人们在夏天都不穿鞋子。走在尘土飞扬的土路上时，她把鞋子脱下，拿在手里。

丽娜这样走着已近四个星期。过去的四周里，远方的召唤就像一条宁静的走廊一样一直通向前方，没有任何标志，支撑它的只有沉稳的信念和那些善良的不知名的面庞和声音：*卢卡斯·伯奇？我不认识。我没听说附近有谁叫这个名字。这条路？它通往博卡红塔斯。或许他在那儿吧。这是很有可能的。这儿正好有辆马车顺道去那儿，它可以*

把你带到那里。此刻,在她身后延伸着一条漫长而单调的道路,平静而没有任何变化,从早到晚,从晚到早,不断重复着。在通往前方的整条路上,她坐过的马车几乎一模一样,没有任何特色,慢吞吞地前行,车轮嘎吱嘎吱作响,马耳朵了无生机地耷拉着,就像古瓮上永不止步但又没有任何进展的画面。

一辆马车爬上山,朝丽娜驶来。在刚才走过大约一英里的路上,她曾经遇到过这辆车。当时,马车停在路边,套着缰绳的骡马正在打盹儿,脑袋正冲丽娜前进的方向。她看到了这辆马车,围栏外的畜棚旁还蹲着两个男人,她又看了他们一眼,而这一瞥却已将一切尽收眼底,匆匆掠过,纯粹而深远。她没有停下脚步,很可能围栏旁的那两个人并没有注意到这个女人曾经看过马车一眼,也看了他们一眼。丽娜也没有再回头,她继续向远方走去,慢慢地走着,鞋带并没有系好,松松地搭在脚踝处。她爬上一英里外的山顶,然后在水渠边坐下,脱下鞋子,双脚放到浅浅的水渠里。不一会儿,她又听到了马车的声音,听了一会儿后,就看到马车爬上了山坡。

马车的木轴和铁架久未上油,经年累月的风化让它在行进中不断发出尖厉的"咔嗒咔嗒"声,缓慢而刺耳,一连串枯燥而迟缓的声音将八月午后炎热而哀怨的寂静传递至半英里之外。尽管骡子像被施了催眠术一样,拖着沉重的步子辛勤地走着,但马车似乎并没有往前挪一步,仿佛被永远地悬在了半路,因为前进的每一步都是那么令人难以觉察,就像一颗破旧的珠子串在远方那条红线般的道路上一样。看着这幅慵懒的景象,丽娜的视线逐渐模糊,神志也渐渐恍惚,二者融为一体,再也看不到马车的踪影;而这条路在白天和黑夜单调而无声的转换间像被事先丈量好的一段线一样,再次被绕到线轴上。总之,马车声仿佛从地球外某个不被人注意的角落传来的声音一样,缓慢、刺耳却毫无意义,好像一个幽灵超脱了半英里外的形骸独自游荡。丽娜心想:"这声音好像挺远,虽然我能听得见但还是看不到。"她边想边觉得自己仿佛已经再次坐上马车上路。她想：*这样的话，在我坐上马车之前，在马车到达我停留的地方前，我好像已经搭车走了半英里；而等我下了马车，它继续赶路的时候，我也仍旧可以像搭车一样又走半英里路。*此刻的丽娜并没有去看那辆马车，只是等着，任思绪迅速而流畅地自由飞扬，眼前浮现出一张张陌生而善良的面孔，耳畔响起温和的声音：*卢卡斯·伯奇？你说你已经在波卡洪塔斯找过了？这条路？是去斯普林韦尔的。你就在这儿等着，一会儿就有马车来，它到哪儿，就能把你带到哪里。*丽娜想："如果卢卡斯·伯奇一路走到了杰弗逊镇，那他肯定在见到我之前就能听到马车的声音。他能听见马车声，但不会知道车上的人是谁。那样，他能听见却看不见我的到来。等他见到我时，他肯定非常激动。这样，没等他想清楚，他的眼前就会出现两个人了。"

阿姆斯蒂德和温特伯顿两人靠着温特伯顿的马棚外墙，蹲在阴凉处，望着丽娜从路上走过。他们一眼就看出年轻的丽娜是个外乡人，还怀有身孕。温特伯顿说道："不知道她在哪里怀上的。"

阿姆斯蒂德说："也不知道她腆着大肚子走了多远。"

"我想，她肯定是去路那头看望谁了吧。"温特伯顿说。

"我觉得不是。要是的话，我准知道。况且那边也没什么人，要有的话，我肯定听说过。"

温特伯顿说："我估计她肯定知道自己要去哪儿，看她走路的样子，她应该知道。"

"再走不了多远，她肯定就会有伴儿啦。"阿姆斯蒂德说。这个大肚子女人正缓慢地继续往前走，谁都能看出她的肚子里是什么累赘。丽娜身穿破旧的、褪色的蓝衣裙，手里拿着棕榈叶扇子和一个小布包。当她从他俩身边走过时，他们都没有注意到丽娜瞥了他们一眼。

"她应该不是从附近什么地方来的。"阿姆斯蒂德说，"看她那费劲儿的样子，她可能已经走了好长时间，而且还得走很远。"

温特伯顿说:"她可能是来这儿找什么人吧。"

"要是那样的话我早听说了。"阿姆斯蒂德说。那个女人继续向前走去。她头也没回地爬上那条路,消失在他们的视线里:臃肿的身体,缓慢、沉稳的步子,就像漫长的下午时光一样不慌不忙,从容不迫。她消失在他们的谈话中,或许也消失在他们的思绪中。因为不一会儿阿姆斯蒂德就回到了正题上。为了这件事,他已经驾着马车来过两次,每次都是跑五英里的路,然后就蹲在温特伯顿的畜棚外,在阴凉处拐弯抹角地聊天,吐着唾沫,不慌不忙地一蹲就是三个小时。他的目的就是想买温特伯顿打算出手的那台耕地机。终于,阿姆斯蒂德看了看太阳,讲出了那个三天前睡在床上就已经决定好了的价钱。他说:"我知道,照我这个价格能在杰弗逊镇上买到这种机器。"

"我看那你就去那儿买吧,"温特伯顿说,"听起来是笔好买卖。"

"行,"阿姆斯蒂德说着,又吐了一口唾沫。他抬头又看了看太阳,站起来,说,"好吧,我看我该回去了。"

阿姆斯蒂德钻进马车,喊醒骡子。或者说,他让骡子动了起来,因为只有黑人才知道骡子什么时候醒着,什么时候睡着。温特伯顿跟着他走到栅栏边,胳膊撑在栏杆高处。"是,哥们儿,"他说,"那个价钱我也应该买的。如果你不买,我要是再不买的话就是猪脑子了。我想那个家伙肯定有一大群骡子要卖吧,五美元一头,对吧?"

"没错。"阿姆斯蒂德答道。他赶着车往前走,马车开始慢慢地走着,发出一英里外都能听得到的嘎吱嘎吱声。他没回头,显然也没朝前看,因为直到马车快到山顶时,他才注意到那个女人正坐在大路旁的水渠边上。这一眼的工夫,他并不知道这个穿蓝衣服的女人是否注意过马车。当然,也没人知道他是否曾经看过她一眼,两个人都没有要搭话的迹象,但他俩慢慢地越走越近。马车艰难地向她走去,缓慢的节奏让人昏昏欲睡,马车在扬起的红色尘土中不紧不慢地移动着,每走一步马具上的铃铛都会叮叮当当地响个不停,大野兔耳朵似的骡耳朵软软地上下摆动着，阿姆斯蒂德吆喝骡子停下时，它们仍旧一副恹恹欲睡的神情。

丽娜戴了一顶褪色的蓝色遮阳帽，帽子褪色不是由于肥皂水的洗涤，而是因为近期的风吹日晒。丽娜从帽子下抬起头来，平静而愉快地看着阿姆斯蒂德——这是一张年轻而快活的脸，真诚、友好而机灵。丽娜一动不动地坐在那里，穿着同样也是褪了色的蓝裙子，早已走样的身子稳稳地端坐在那里，膝盖上放着扇子和包裹。丽娜没有穿袜子，光着的脚丫子一起伸进浅沟里，那双笨重的男鞋沾满了灰尘，无精打采地躺在她身边。马车停下来，阿姆斯蒂德驼着背坐在车上，两眼茫然无神，他看见那把扇子的边缘整整齐齐地镶着一圈和衣帽一样褪了色的蓝布。

他问："还要走多远？"

"我打算天黑前再走一段。"丽娜回答道。她站起来，拿着鞋子，小心翼翼地缓缓爬上那条路，走到马车前，阿姆斯蒂德并没有下车去帮她，只是在她笨重地爬上马车，把鞋放在车座上时，牢牢地拽住缰绳。马车继续向前行驶。丽娜说道："谢谢您，步行好累啊。"

显然，阿姆斯蒂德从始至终都没有好好地打量过她，不过已经注意到丽娜并没有戴结婚戒指。就算是此刻，他也没有看丽娜一眼，马车再次发出缓慢的嘎吱声。他问道："你从哪儿来？"

丽娜长出一口气。她并不是叹息，只是平静地吐了一口气，仿佛有种淡淡的惊诧。"现在看来我已经走了好远，我从亚拉巴马州来。"

"亚拉巴马州？就你这样儿？你的家人呢？"

丽娜头也没抬地说："我想，顺这条路走就能见到他。说不准你认识他，他的名字叫卢卡斯·伯奇。来的路上有人跟我说他在杰弗逊镇，在一家刨木厂工作。"

"卢卡斯·伯奇。"阿姆斯蒂德的语调几乎和她的一样。他们并排坐在座位上，座位下的弹簧已经坏了，塌陷下去。阿姆斯蒂德从眼角瞥见了她放在膝头的双手和遮阳帽下的侧脸。而丽娜似乎正从骡子耷拉的耳朵间注视着伸向远方的道路。"你这一路就靠步行,就你自己一个人来找他?"

丽娜并没有立即回答。过了一会儿,她说:"乡亲们都是好人。他们对我真的很好。"

"女人们也是吗?"阿姆斯蒂德用眼角瞥着她的侧面,心想:*不知道玛莎会说什么*。我猜,我知道玛莎会怎么说。我知道女人们应该心地善良,但不一定会很热心,男人们倒有可能。不过,只有坏心眼的女人才可能对另一个需要帮助的女人表现得非常热心。*嗯,我知道,我完全了解玛莎会说什么。*

丽娜往前坐了一点儿,仍然非常平静。她的侧面和脸颊都是那么平静。"真是件怪事。"她说。

"你的意思是,乡亲们看见像你这样体形的陌生年轻女人走在路上,怎么知道她的老公离开她了?"丽娜坐在那儿没有动。漫长的午后,马车走在炙热的路上,没有上油的木车轴发出有节奏的声音。"你打算从这儿上路去找他?"

丽娜静静地坐在车上。显然,她正从骡子的两耳间望着缓缓伸向远方的道路,这段距离或许只是有限的一段路程而已。"我想我能找到他,这并不难。凡是众人聚集的地方,只要有玩笑嬉闹的地方,就会有伯奇。他一向喜欢人多热闹。"

阿姆斯蒂德粗鲁地咕哝了一声,恶狠狠地呵道:"嘚儿,驾!"他若有所思地自言自语道:"我知道她能找到。我知道,那个家伙准会发现自己在阿肯萨斯州甚至得克萨斯州落脚是非常严重的错误。"

夕阳开始西沉,再过一个小时,太阳就会落到地平线下,夏日的夜幕将迅速来袭。前面大路上分出一条小道,比大路还要安静。阿姆斯蒂德说:"我们到了。"

丽娜立即行动起来。她俯身找到鞋子,很显然她甚至不愿因穿鞋让马车停留太久。"太感谢您了，"她说，"您真的帮了我一个大忙。"

马车再次停下来。丽娜正准备下车时，阿姆斯蒂德说："就算你在太阳下山前赶到瓦尔纳店铺，到杰弗逊镇还有十二英里路。"

丽娜一只手笨拙地抓起鞋子、包裹和扇子，腾出另一只手好让自己更容易下车。她说："我想，我该继续赶路。"

阿姆斯蒂德没有去扶她。"你下来，在我家住一晚，"他说，"女人会……要是你——走吧。我明天一早就送你去瓦尔纳店铺，然后你搭车去镇上。星期六那里肯定会有人去镇上。那个人不会一夜间就溜掉的。要是他真在杰弗逊镇的话，明天他还会在那儿。"

丽娜坐着没有说话，手里拿着行李准备下车。她目视前方，望着蜿蜒的道路上光影交错，一直伸向远方。"我想我还有几天时间吧。"

"当然，你有的是时间，不过肯定会有个不会走路的小家伙随时来陪你。你跟我回家吧。"没等她说话，阿姆斯蒂德就赶着骡子走开了。马车拐进巷子，这是一条昏暗的小道。尽管丽娜又靠后坐了一点，手里依旧拿着扇子、包裹和鞋子。

"我不想欠别人，"她说道，"我不想给别人添麻烦。"

"行，"阿姆斯蒂德说，"你跟我来。"骡子一反常态，不约而同地迅速跑起来。他又说："闻到玉米味儿了。"阿姆斯蒂德心想：女人就这个样儿。好端端一个姑娘自找苦吃，大庭广众之下一点儿都不觉得羞愧，因为她知道村里人都会帮她。她根本没必要担心女人们。没有哪个女人把她害成这个样子，她自己都不觉得这才是麻烦。是，哥们儿。你只要和她们中的任何一个人结了婚，或者惹了麻烦却不结婚，那你立马就会发现这个女人从此脱离了她的群体，放弃平静的生活，一门心思和男人们混在一起，正是这样，她们才吸鼻烟、抽烟，还想参选。

马车绕过阿姆斯蒂德家，朝畜棚走去。他的妻子正站在前门口看着他俩。阿姆斯蒂德没有朝那个方向看，他根本没必要朝那边看，妻子肯定在那儿。他把骡子赶进敞开门的畜棚里，心里懊悔地自嘲道："我完全知道她要说什么。"马车停下来，阿姆斯蒂德不需要回头就知道妻子这时没有看他们，而是在厨房等着他们。他把马车停好，对丽娜说："进屋吧。"说着，他早已下了马车，丽娜也正慢慢地往下爬，不时惦记着肚子。阿姆斯蒂德说："你要是见着什么人，那肯定是玛莎。我喂完骡子就进去。"他并没有看着丽娜穿过院子走进厨房，没必要这么做。他在心里跟着丽娜一步一步走进厨房，遇到了那个女人，她像刚才在门口看着马车经过一样盯着厨房门。阿姆斯蒂德心想："我能猜到她要说啥。"

阿姆斯蒂德给骡子卸下马具，饮了水，喂了草料，把它们赶进畜棚，又从牧场把母牛也赶进棚里。然后，他也去了厨房，妻子还在那里。玛莎头发花白，长着一张冷酷暴躁的面孔。她六年间生了五个孩子，一手把儿女们拉扯大。她没有闲着的时候，阿姆斯蒂德没有去看她，而是走到水池边，从桶里舀了水倒在盆里，卷起袖子，说道："她姓伯奇，至少她说自己要找的那个家伙叫卢卡斯·伯奇。路上有人告诉她那个人正在杰弗逊镇。"说着，阿姆斯蒂德背对着她开始洗脸。"她大老远从亚拉巴马州过来，她说自己是一个人走路来的。"

阿姆斯蒂德太太只顾忙着准备晚饭，头也没抬地说："等她再回到亚拉巴马州以前会有好一阵子不再孤单了。"

"我看那个叫伯奇的家伙也不会孤独了。"阿姆斯蒂德忙着在水池边擦肥皂，他能感觉到妻子的目光，她正看着自己的后脑勺，看着因汗渍浸透而褪色的衬衣下的肩膀。"她说萨姆逊那边有人告诉她，有个叫伯奇什么的人在杰弗逊镇上的刨木厂干活儿。"

"她指望能在那儿找到那个人，那个人也会等在那里，还把房子、家具什么的都准备好了。"

阿姆斯蒂德无法从妻子的语气中判定她是否还在看自己。他用一块破麻袋布把脸上的水擦干，说："说不准她真是这样想的。要是那家伙想过要躲开她的话,我想他马上就会发现自己犯了个严重的错误,他在跨过密西西比河之前不该停步。"这时,阿姆斯蒂德清楚妻子正注视着他。阿姆斯蒂德太太头发花白,不胖也不瘦,像男人一样坚毅,而且吃苦耐劳,她穿着一件便于干活儿的灰色衣服,显得粗鲁而莽撞。她的双手搭在髋骨上,脸上一副将军战败了的神情。

玛莎说道:"你们这些男人!"

"你打算怎么办?把她赶出去?要么让她睡在谷仓里?"

"你们这些男人,"她说道,"该死的男人们。"

阿姆斯蒂德夫妇一起走进厨房。不过,阿姆斯蒂德太太走在前面,她径直走向炉灶。丽娜站在门里边,摘下了头巾,头发梳得光洁整齐。就连那件蓝衣服也显得鲜艳而平整。阿姆斯蒂德太太在炉灶旁边叮叮咚咚地打开铁炉门,像男人一样用力把柴火塞进去。丽娜说:"我来帮您吧。"

阿姆斯蒂德太太没有抬头,继续粗暴地拨弄着炉灶门。"一边儿待着去。这会儿歇一歇,说不准还要走很久才能再歇脚呢。"

"要是能让我帮您就好了。"

"待在那儿。这种活儿一天三次,我已经干了三十年了。要别人帮忙的时候早过去了。"玛莎忙着烧火,头也没回地说,"阿姆斯蒂德说你姓伯奇。"

"是的。"丽娜回答道。这时,她的声音异常平静而严肃。她静静地坐在那里,双手一动不动地放在膝头。阿姆斯蒂德太太也没有回头看她,因为她正在炉灶旁忙活着。玛莎似乎必须使出浑身力气才能搞定炉火,又好像在照看一块贵重的手表一样全神贯注地伺候着这把火。

"你已经姓伯奇了?"阿姆斯蒂德太太说。

年轻的丽娜并没有立即回答。虽然阿姆斯蒂德太太这会儿已经不再捅炉子,但她始终还是背对着丽娜。过了一会儿,阿姆斯蒂德太太转过身来。她俩互相对视了一眼,刹那间两人毫不掩饰地注视着彼此:年轻女人坐在椅子上,头发整整齐齐地梳着,双手懒懒地放在膝盖上;而另一个稍年长的女人刚刚转过身来,一动不动地站在炉灶旁,长着一张石雕一样生硬的脸,花白的头发简单地在脑后盘了个发髻。不久,年轻的丽娜开口说道:"刚才没跟您说实话,我不姓伯奇。我叫丽娜·格罗夫。"

两个人望着对方。阿姆斯蒂德太太的口吻不冷不热,根本听不出什么味道来。"所以你想追上他,好早点儿姓伯奇,是吗?"

此时,丽娜低下头,似乎正在端详放在膝盖上的双手。虽然她的声音还是那么平静,但平静里透着安详和固执。"我想我不需要卢卡斯的任何承诺,只不过是很不巧,他不得不离开。后来,他又没能按计划回来接我。我觉得我俩之间不需要任何语言的许诺。那天晚上,他发现自己非走不可时,他——"

"哪天晚上?你告诉他怀孕的那个晚上?"

丽娜停顿了一会儿没有说话。她的面容像石头一样沉静,但并不冰冷。丽娜的固执中透着一丝温柔、一种内心的澄明和宁静,不理智中透着一种超然。阿姆斯蒂德太太凝视着她,而丽娜却只顾说话,并没有注意到她。"在那之前,他就得知自己可能得离开,只不过他没有早点儿告诉我,因为他不想让我担心。起初,他得知非走不可时,他就明白离开最好,在其他地方可能会过得更好一些,工头也不会刁难他。可是,他一拖再拖没有走,到后来因为这事儿,我们再也不能拖下去了。工头总是欺负他,因为他不喜欢卢卡斯。卢卡斯年轻有活力,而且工头想把卢卡斯的活儿派给他堂弟。可卢卡斯并不打算告诉我,他怕我担心。自从出了这事儿,我们没法再等了。是我让他走的,他说只要我让他留下,不管工头待他如何,他一定不会离开。可我让他走了,即使在那个时候,他也从没想过要离开。但我坚持要他走,等他准备好让我去时,给我捎个口信就好。可惜,后来总是没能按他计划的那样及时让我去。像他这样的年轻人出门在外,置身陌生人中间,得费些时候才能安顿好。他离开时绝对没有想到得那么久才能安顿下来,比他预想的还要长。尤其像卢卡斯这样生龙活虎的年轻人,喜欢乡亲们,喜欢热闹,而乡亲们也喜欢他。他并不知道时间会比计划的要久,他这么年轻,又是讲笑话的能手,乡亲们也都喜欢和他在一起,这样无形中就会打扰他的工作。因为他从不愿伤害别人的感情。我也想让他好好享受最后的快乐时光,因为结婚对于年轻人、一个天性活泼的年轻男人,和对一个女人来说,是不同的。他需要很长时间才能接受。您不觉得吗?"

阿姆斯蒂德太太没有作声,只是看着坐在椅子上的这个女人——头发梳得光溜溜的,双手放在膝头,还有那张温柔沉静的脸。"说不准,他已经给我捎过信儿了,不过在半道丢了。从亚拉巴马州到这儿走了这么远,可我还没到杰弗逊镇。我跟他说过,我不需要他给我写信,因为他不擅长写作。要是他准备好了,给我带个口信就好,我跟他说我会等他。他刚走那会儿,我也有点儿担心,因为我还没有跟他姓伯奇。我哥哥和他一家人都不像我这样了解他。他们怎么能知道他呢?"丽娜脸上慢慢泛起柔柔的惊诧,那么明显,仿佛她刚想起一件自己以前并没有意识到的事情。"您想啊,他们怎么能理解呢?但他必须先安顿好,到了陌生的环境,他得处理好各种麻烦,这个时候我不能给他添麻烦,我只要等他就可以。可过了些时候,我成天忙于关注肚里的这个小家伙,没有工夫考虑自己的姓氏和乡亲们的想法。但我和卢卡斯之间不需要任何言语的承诺,或许发生了什么没预料到的事情,或者他给我捎的信丢了。所以,有一天我决定不再干等,就上路了。"

"你出发时怎么知道要走哪条路呢?"

丽娜盯着自己的手——双手全神贯注地卷折着衣角。这个动作并不是缺乏自信的羞怯表现，显然只是双手下意识的动作。"我一路不断打听。卢卡斯是个活泼开朗的年轻人，很容易和朋友们打成一片。我知道不管走到哪儿，人们都会记住他。所以，我一直打听，而且乡亲们也非常热心。不出所料，两天前我在路上就听说他在杰弗逊镇的一家刨木厂干活儿。"

阿姆斯蒂德太太望着这张低垂的脸。阿姆斯蒂德太太的双手搭在髀骨上，用轻蔑的眼神冷冷地注视着这个年轻女人。"你以为等你赶到时，他就在那里。就算他真的在那儿，等他知道你俩在同一个镇上时，他会在太阳落山前还在那里等着你！"

丽娜低俯的面庞凝重而平静。此刻，她的双手停止了摩挲。她用平静而富有穿透力的声音倔强地说道："我觉得小孩子出生时，全家应该团聚，尤其是生第一个孩子。我想上帝会保佑我们的。"

阿姆斯蒂德太太粗暴而刻薄地说："我想上帝应该会的。"阿姆斯蒂德躺在床上，稍稍抬起些脑袋，越过床尾挡脚板看见妻子仍旧穿着衣服，在梳妆台的灯影里弯着腰，使劲在抽屉里翻找。她摸出一个铁盒子，用挂在脖子上的钥匙打开，从里面掏出一个布包，然后解开布包，取出一只小瓷公鸡，鸡背上有一道塞硬币的口。阿姆斯蒂德太太轻轻一摇，里面的硬币便发出哗啦哗啦的声音。她把公鸡反过来，在梳妆台上用力摇晃，硬币从缝隙里陆续掉下来。阿姆斯蒂德躺在床上望着妻子。

"大半夜的你拿这些卖鸡蛋的钱干吗？"他问。

"我自己的钱，想干吗就干吗。"她在灯光里弯着腰，面容严厉而尖刻，"上帝知道，这钱是我辛辛苦苦攒下的。你从没搭过一把手。"

"那当然，"阿姆斯蒂德说，"村里除了黄鼠狼和蛇以外，谁敢动你的那些鸡。这只公鸡钱罐也一样！"这时，阿姆斯蒂德太太突然俯下身，扯下一只鞋子，朝瓷公鸡猛地一击。阿姆斯蒂德斜倚在床上，看着妻子从碎瓷片中捡起硬币，连同刚才抖出来的几枚一起放进布袋里，然后用力打了三四个结。

"把这个给她,"阿姆斯蒂德太太说,"明天太阳出来,你就套上骡子带她离开这儿。要是你愿意的话,可以把她一直送到杰弗逊镇。"

阿姆斯蒂德回答道:"我看她可以在瓦尔纳店铺搭顺车去。"

天还没亮,阿姆斯蒂德太太就已经起床,开始准备早饭。阿姆斯蒂德挤完奶回来时,桌上已经摆好了早餐。阿姆斯蒂德太太说:"叫她来吃饭吧。"阿姆斯蒂德和丽娜回到厨房的时候,玛莎已经离开了。丽娜朝屋里扫了一眼,目光在门口稍稍停留了一下,脸上就已泛起了发自内心的微笑。阿姆斯蒂德明白她想开口,讲出心中早已准备好的话。然而,她什么都没有说,只是稍微愣了一下。

"咱们吃吧,吃了上路,"阿姆斯蒂德说道,"你还有好远的路要走。"他一直看着丽娜吃饭的样子,还是昨天晚餐时那般娴静、端庄,不过现在有些客气,几乎可以说是过分拘谨。接着,他把打了结的布袋递给丽娜。丽娜并没有感到太意外,欢喜地接过袋子。

"噢,阿姆斯蒂德太太真是太好了,"她说道,"不过我用不着它,我马上就快到家了。"

"我看你最好收下。我想你已经看出来了吧,玛莎不喜欢别人和她对着干。"

丽娜答道:"她是个好人。"说着,她把钱放进自己的包裹里,戴上太阳帽。马车等在外面。他们驾着马车穿过小道,路过屋舍时,丽娜回头看了一眼,说道:"你们俩对我太好了。"

"这是她做的,"阿姆斯蒂德说,"我可没资格接受夸奖。"

"不管怎么样,你们都是好人。请你代表我向她问好。我本打算自己和她道别的,不过……"

"行,"阿姆斯蒂德说,"我想她挺忙的,或者有别的什么事儿要做。我会转告她。"

他们在初升的太阳中驾着马车来到瓦尔纳店铺。男人们吐着痰,蹲在被脚后跟蹭得掉了皮的门廊里，望着丽娜小心翼翼地从车座上拿起行李和扇子，缓缓地走下马车。这次，阿姆斯蒂德还是没有去扶她。他坐在车上说："这是伯奇女士。她想去杰弗逊镇。要是今天有人去那儿的话，顺便捎她一程，她会非常感谢你们的。"

丽娜那双笨重的、沾满灰尘的鞋子踩在了地上。她抬起头，安详而平静地说："太感谢你了。"

"不用谢，"阿姆斯蒂德说道，"我看你这会儿能去镇里了。"他低头看着丽娜，舌头不断搜索着字句，可思绪却平静地疾驰而去。*男人，所有的男人，都会为了多管闲事儿错过做一百次好买卖的机会。即使这件事根本不需要他去管，他也会错失所有机遇，发财的机会，做好事，甚至作恶的机会。可无论怎样，他永远也不会丢掉多管闲事的机会。* 他倾听着，终于，舌头找到了想要说的话，此时的他或许有点像丽娜一样为自己所说的话感到惊诧，"不过，要是我的话，我不会抱太大希望……"说着，他心想，*她什么都听不进去。要是她能听到的话就不会腆着肚子，拿着扇子，拎着包袱走下马车了。她一个人朝一个从未去过的地方出发，去找一个再也见不到的男人，一个见一次面就已经够多了的男人。*"你要是回来的话，明天或者今晚……"

"我觉得肯定没问题，"丽娜说道，"他们说伯奇就在那儿。"

阿姆斯蒂德调转马车往回赶。他眯着眼睛，弯腰驼背地坐在松松垮垮的座椅上，心想：说啥也没用。别人说的话，她自己听到的，她都不会相信，就像她不相信周围人的想法一样。她说现在已经走了四个星期，现在的她什么都不考虑，什么都不相信。她准是坐在最高的一级台阶上，双手放在膝盖上，那群男人蹲在那儿，在她面前朝大路上吐痰，而且不等别人开口，她就能主动开口，说起那个该死的家伙。她好像从没有什么不可告人的事情，即使朱迪·瓦尔纳告诉她刨木厂干活儿的那个人叫邦奇，不是伯奇，她都不会发愁。我看她比玛莎都坚信，就像她昨晚告诉玛莎的那样，上帝一定会保佑她全家团聚的。

丽娜坐在最高层台阶上,膝头放着扇子和包袱。不出一两个问题,她就会像个撒谎的孩子一样,耐心而平淡地开始再次讲起她的故事。那些身穿工装裤的男人蹲在门廊里静静地听着。

"那家伙叫邦奇。"瓦尔纳说道,"他在刨木厂已经干了七年啦。你怎么知道伯奇也在那里?"

丽娜的目光投向去往杰弗逊镇的大路。她面容沉静,期待的眼神有些迷离,但并不困惑。"我想伯奇肯定在那里,就在那家刨木厂。卢卡斯总是喜欢热闹,从来不愿平静地待着,所以,多恩厂对他来说并不合适。所以,嗯,我们决定换个地方,能挣钱又热闹的地方。"

"为了钱,为了热闹,"瓦尔纳说,"卢卡斯不是第一个扔下该做的事,抛下依靠他的人,去挣钱、去寻开心的年轻人。"

然而,丽娜并没有听进去。她静静地坐在高层台阶上,望着空荡荡的大路蜿蜒着伸向杰弗逊镇。那些靠墙蹲着的男人静静地看着她安静的面容,产生了和阿姆斯蒂德、瓦尔纳一样的想法:她正在思念一个抛弃了她、让她陷入困境的无赖。他们知道丽娜再也见不到这个家伙了,或许最多给她瞅见他逃跑时的上衣后摆。"也许她正在回忆那个叫斯罗恩或伯恩的工厂吧。"瓦尔纳心想,"我看,就算是傻子,也用不着大老远从密西西比州出来,最后发现自己逃离的那个地方和现在所处的环境没什么不同,即使家里有个反对妹妹深夜干什么见不得人勾当的哥哥,也不会糟糕到哪里去。"*我要是她哥哥的话,也会反对,当父亲的也一样。她没有母亲,父亲出于心疼和自尊,肯定痛恨这种事情,可母亲虽然因爱生恨,但还是会和她住在一起。*

而丽娜却根本没有想这些。她只是在想手中包裹里装着的硬币。她想起了早饭。这会儿可以去店里买些奶酪和饼干,如果她愿意,甚至还可以买些沙丁鱼。她在阿姆斯蒂德家里只喝了一杯咖啡,吃了一块玉米面包。尽管阿姆斯蒂德劝她多吃点,可她别的什么也没有吃,丽娜心想："我吃饭时挺有礼貌的。"她的双手放在布包上，清楚里面有钱。她又想起了那杯咖啡，还有那一小块怪味面包，心中便一阵自豪："我像优雅的女士一样吃饭，像她们一样旅行。可现在如果我愿意的话，我还可以买沙丁鱼吃。"

丽娜似乎沉浸在起伏的道路上，而那群蹲着的男人正慢慢吐着痰，偷偷望着她，以为她正在思念那个男人和即将出世的"小麻烦"。实际上，丽娜的脑海中正经历着一场并不激烈的斗争，她在和那片热衷的土地所赐予的谨慎做斗争。这次，她胜利了。她站起来，认真而又略显笨拙地走着，在男人们灼灼的目光中走进店铺，店员跟在后面。丽娜心想"我要买"。就是在点奶酪和甜点时，她都在想"我要买"。丽娜大声喊道："一盒沙丁鱼。"她把沙丁鱼说成了"酸丁鱼"。"五分钱一盒的。"

店员回答道："我们没有五分钱的酸丁鱼。""酸丁鱼十五分钱一盒。"他也把沙丁鱼说成了酸丁鱼。

丽娜沉默了一阵，又问："你们有什么五分钱一罐的东西吗？"

"别的没有，只有黑鞋油。我想你是不会要的。那也不能吃。"

"那我就买十五分钱的吧。"说着，丽娜解开包袱和扎紧的布袋。想解开袋子上的那些结可得费些工夫，可她还是耐心地把它们挨个儿解开了。丽娜付了账，又把袋子和包袱系好，拿起买好的沙丁鱼。当她出现在门廊处时，一辆马车停在台阶下，座位上坐着一个男人。

"这辆马车要去镇上。"人们告诉她，"他会带你去那儿。"

马车慢慢走着，稳稳地行驶在洒满阳光的广袤而寂寥的大地上，仿佛这一切都与匆匆的时光无关。从瓦尔纳店铺到杰弗逊镇有十二英里。丽娜问道："我们能在晚饭前赶到吗？"

车夫啐了一口，说道："说不准。"

显然，车夫从没瞧过她一眼。即使在她上车时也没有去看她。同样，丽娜也没有留意他。这时，丽娜仍然头也没抬："我猜，您常去杰弗逊镇。"

车夫答道:"有时候去。"马车嘎吱嘎吱地走着。田野和树林似乎总是悬在半空,时静时动,海市蜃楼般迅速变换着。不过,马车还是走了出去。

"我想您不知道杰弗逊镇上有个叫卢卡斯·伯奇的人吧?"

"伯奇?"

"我正要去那儿见他。他在一家刨木厂工作。"

"不知道,"车夫说道,"我不认识他。不过,杰弗逊镇有好多人我都不认识。或许他在那儿。"

"说实话,我希望他在那里。旅行真是一件烦人的事儿啊。"

车夫头也没抬地说:"你走了多远来找他?"

"我从亚拉巴马州来。挺远的。"

车夫没有看她,只是漫不经心地问:"你怀着孩子,家人怎么能让你出门?"

"我父母过世了。我和哥哥生活在一起。是我自己决定出来的。"

"明白了。他带信儿让你来杰弗逊镇的吧。"

丽娜没有回答。车夫从遮阳帽下看到了她沉静的侧面。马车不停地缓缓向前行驶,红色的道路在骡子沉闷的步子下,在嘎吱嘎吱的车轮下,不紧不慢地向前延伸。太阳高高地挂在头顶,遮阳帽的影子落在她的膝盖上。丽娜抬起头看着太阳,说:"我想这会儿该吃饭了。"车夫瞟见她取出奶酪、饼干和沙丁鱼。丽娜把食物递给车夫。

车夫说:"我什么都不想吃。"

"您别嫌弃,跟我一起吃吧。"

"我不想吃,你自己吃吧。"

丽娜开始吃起来。她一口一口慢慢地吃着,津津有味地吮吸着手指上的沙丁鱼油。过了一会儿,她也不吃了。虽说不是突然停住的,却也是静静地停止不动了。正在咀嚼的下颌也不动了,手里拿着咬了一口的饼干，脸庞略微向下，两眼空洞，仿佛她听到了远方的什么声音，这声音又似乎来自体内。她面无血色，全身奔腾的血液似乎都已流尽。她静静地坐在车上，侧耳倾听，感受着古老大地的躁动，没有丝毫的恐惧和紧张。她唇齿未启，心中暗想："至少是双胞胎。"阵痛过后，她继续吃起来。马车并未止步，时间也未停脚。马车爬上最后一座山，两人望见了炊烟。

车夫说："杰弗逊镇。"

"哦，我想说，"丽娜说道，"我们快到了，是吗？"

这会儿，车夫却没有去听她在说什么。他目视前方，越过山谷，朝对面山岭的城镇望去。顺着他用鞭子指示的方向，丽娜看见两道烟柱：一道是从高耸的烟囱中冒出的滚滚浓烟，另一道高高的黄色烟柱显然是从城镇那边的一片树林中升起的。"那儿有房子着火了，"车夫说，"看见没？"

这下轮到丽娜充耳不闻了。"噢，噢，"她说，"我上路才四个星期，这会儿就已经到了杰弗逊镇。天哪，我可真能走啊！"

2

邦奇记得，那件事发生在三年前的一个星期五的早上，一群正在刨木棚里干活的男人抬起头，看见一个陌生人站在那儿望着他们。他们不知道这个人来了多久，看起来他像个流浪汉，但又不像流浪汉。他的鞋子沾满了灰尘，裤子上也满是泥土，不过裤子却是质地考究的哔叽料子，笔直的裤缝，衬衫上虽然也有不少灰尘，可还能辨认出这是一件白衬衫。他还系了一条领带，一顶崭新的硬边草帽骄傲而邪恶地耸立在脑袋上，帽子下面是一张面无表情的脸。即使衣着破烂，看上去他也还是不像个地道的流浪汉。不过，他绝对无依无靠，没有哪个城镇属于他，没有一条街道、一堵墙、一寸土地是他的家。而且，他也时刻牢记着这一点，似乎已经把它们打造成了自己冷酷、孤傲的标志。正如人们后来所说："他好像刚刚倒霉，而且又不愿继续倒霉下去，可他又不愿去思考到底怎样才能重新站起来。"他是个年轻人。拜伦看见他站在那儿，端详着工人们身穿被汗水浸透的工作服。他嘴角叼着香烟，阴沉着的脸上满是不屑的神情，脑袋稍稍歪向一边，以便避开香烟冒出的烟雾。过了一会儿，他手也没抬就把香烟从嘴里吐了出来，转身朝工厂办公室走去。身穿工装裤的工人们一脸困惑，愤懑地望着他的背影。"咱得把他扔进刨床里，"工头说，"说不定那样就会刨掉他脸上那股劲儿。"

工人们并不知道他是谁。以前也没有人见过他，"给别人使那样的脸色可是件冒险的事。"有人说道,"要是忘了这一点,遇到不喜欢看的人可就麻烦了。"不一会儿,工人们放过了他,至少不再谈及他。他们回到呼呼转动的皮带和刺啦刺啦的车杠间。然而,不到十分钟,工厂总管走进来,身后跟着那个陌生人。

"给他派活儿,"总管告诉工头,"他说他会用铲子,那就派他去木屑堆干活吧。"

工棚里的工人虽然都没有停下手中的活儿,但都在观察这个陌生人——他身上那身城里人穿的衣服已沾满泥土,阴沉的脸上露出一副忍无可忍的表情,看上去冷漠而不可一世。工头迅速扫了他一眼,眼神和大家一样冰冷。"就穿这身衣服干活儿?"

"那是他的事儿,"总管说道,"我又没雇他的衣服。"

"好吧,你不介意他穿什么的话,我也无所谓。"工头说道,"好了,先生,去那儿拿把铁锹,跟大伙儿铲木屑吧。"

新来的家伙一声不吭地转过身。众人看着他走过去,消失在木屑堆旁。过了一会儿,他拿起铁锹开始干活儿。工头和总管站在门口聊天儿。他们分开后,工头回来说:"他叫克里斯默斯。"

有人问:"叫什么?"

"克里斯默斯。"

"是个外地人吗?"

"你以前听说过有白人男的叫克里斯默斯吗?"工头问道。

"从没听过有谁叫这个名儿。"另一个人回答道。

拜伦记得这是他第一次明白:要是别人能及时领悟的话,名字不只是代号而已,还能预示一个人的将来。在他看来,大家听到这个名字前,谁都没有特别注意过这个陌生人。可一旦听见他的名字,仿佛这个声音里有些东西在努力暗示人们该对他有所期待。而且他自身就带着一种无法逃避的警示,就像花朵会散发香气,响尾蛇会发出声响一样,只不过没人有足够的智力去领会这一点。人们发现,他在那个星期五的其余时间里一直打着领带，戴着草帽，穿着笔挺的裤子。人们猜测他那个地方的人就是穿成这样干活儿的。不过，也有人说："他今晚会换衣服的。明早来上工时就不会穿这种节日盛装了。"

星期六早上，迟来的工人们在开工哨声吹响前赶了过来，急忙问道："那家伙在哪儿？"另外一些人用手一指。新来的那个人正独自站在木屑堆下，身边放着铁锹。他还穿着昨天那身衣服，戴着那顶盛气凌人的帽子，抽着香烟。"我们来的时候他已经在那儿了，"早些时候赶到的工人说，"就像现在那样站着，甚至好像一宿没睡。"

陌生人没和任何人说话，而工人们也没打算理会他。不过，人们都注意到他站在那里，踏实的背影稳稳地挥动着胳膊。（他心怀不满却又极力克制，干得还不错。）中午时分，除了拜伦外，其他人今天都没带午饭，都开始收拾东西准备下工，等到星期一再来。拜伦拿着饭盒独自一人走向水泵房，这是工人们平时吃饭的地方，拜伦坐下来。接着，什么东西吸引了他的眼球。他抬起头，看见不远处那个新来的工人正斜靠着一根柱子，抽着烟。拜伦知道，从他进门那刻开始，这个人就一直站在那里，而且也没打算走开。更糟糕的是，他可能故意站在那里，却无视拜伦的存在，仿佛拜伦也不过是一根柱子而已。拜伦问道："你难道不准备歇一会儿吗？"

这个人喷出一口烟，盯着拜伦。他面容枯槁，脸色像一张硬邦邦、铺得平整的羊皮纸。不是说他的皮肤像羊皮纸，而是他本身就像把头扔进了死板、规整的模子里，然后又放在熊熊燃烧的火炉里烘烤锻造过似的。这个人问："加班多少钱？"这下，拜伦明白了，难怪他会穿着节日礼服干活儿，而且昨天和今天都没有带午饭，中午也没和大伙儿一起收工。对此，拜伦确信无疑，就像这个人亲口说了一样，他口袋里没有半分钱，这两三天就全靠抽烟挨日子。这时，拜伦的想法完全体现在了他的动作上——把饭盒递了过去。然而，没等他完成这个动作，那个男人仍旧懒散、轻蔑地转过脸去，从香烟弥散的烟雾中瞟了一眼递上的饭盒，说："我不饿！留着那脏东西你自己吃吧！"

星期一早上，拜伦证明了自己的猜测是对的。那个人穿着崭新的工作服，拎着一袋食物。不过，中午的时候，他并没有和其他人一样蹲在水泵房里，他的脸上仍旧是那副神情。"甭管他，"工头说，"西蒙没有雇他的衣服，更没有雇他的脸色。"

拜伦心想：西蒙也没有雇他的舌头。至少，克里斯默斯没有这么想，当然也没有说话。他没有和任何人说话，甚至六个月后他仍然是一声不吭。没有人知道下班后他在干什么。偶尔在晚饭后，他的工友们会在镇中心广场碰到他，但克里斯默斯却像从来都不认识对方一样。每当这时，他总是头戴崭新的帽子，下身穿笔挺的裤子，嘴角叼着香烟，脸前烟雾缭绕。没有人知道他住在哪里，晚上在哪里过夜。不过，偶尔有人会看见他沿城边一条经过密林的小道走着，似乎他住在那条路的附近。

这些不是拜伦现在对他的了解，那时他就知道，而且都是他亲耳所闻，亲眼所见。当时，没有人知道克里斯默斯的住所，只知道他在刨木厂里干些黑人才干的活儿，谁也不知道他背地里到底在干什么。如果不是另一个陌生人布朗的出现，也许一直都没人能解开这个谜。然而，一旦布朗提到克里斯默斯，便会有十几个人承认，在这两年多的时间里，都曾经向他买过威士忌酒，而且都是在深夜单独去树林中找的他，见面地点距镇子两英里，在一座殖民地时期的古老庄园后面。庄园里住着一位名叫伯顿的中年未婚女人，然而，即便是那些向他买过酒的人也不知道，克里斯默斯其实就住在伯顿小姐的庄园后面，那里有间专供黑人住的小木屋，而且他已经住了两年多。

当时是大约半年前的一天，工厂里来了一位和克里斯默斯一样找工作的陌生人。这个人身材高大，也是个年轻人，穿着一件工作服，看上去这件衣服已经穿在身上有些日子了，而且他似乎也没带什么行李。拜伦看着他，心想：这个人挺机灵，长相还不错，嘴角有一道小小的白色伤疤，仿佛他为此在镜子面前还费了不少工夫。他常常快速地甩头，从肩膀上朝后瞥去，就像骡子走在汽车前面扭头时的样子。然而，拜伦觉得他这样做并不是出于警惕，而是他自信和勇敢的表现。他似乎在不断坚持和重申，自己不会畏惧背后发生的任何事情。拜伦相信，当工头穆尼看见这位新手时，他和自己的看法一样。穆尼说："嗬，西蒙雇了这家伙，算是什么都没捞着，连条大短裤都没有。"

"就是，"拜伦说，"他让我想起大街上乱跑的汽车，车里装着收音机，你却听不清它在说什么。那辆车也没什么特定目标。要是走近一瞅，里面连个人都没有。"

"对，"穆尼说，"他让我想起了马。这匹马不是差劲儿，而是根本没用。在牧场里看上去还不错，可等你拿着缰绳走到牧场门口时，它却赖在泉水边的低洼里不走了。它跑得挺快，可一到关键时刻，蹄子却派不上用场了。"

拜伦又说："可说不准母马会喜欢它。"

"那倒是，"穆尼说，"我想他甚至不会给母马造成任何永久性伤害。"

新来的工人和克里斯默斯在木屑堆旁一起干活儿。他是个闲不住的人，逢人便说自己是谁，到过哪里。他说话时的语调和方式足以反映他的本性——胡编乱造、撒谎成性。因此，拜伦觉得根本没有人会相信他的名字和他说的话。人们没有理由说他不应该叫"布朗"，不过只要看他一眼，你就会明白，一旦他在生活中因为自己的愚蠢惹上了麻烦后，他就会改名换姓，还会因为改叫了"布朗"而满心欢喜，仿佛这个名字是个大发明似的。实际上，他没有理由非得叫什么名字，也没有必要非得有个名字，没有人关心这件事。正如拜伦所认为的那样，没有人（至少穿工装裤的工人们都不会）关心他来自哪里，要去哪里，会在这里逗留多久。因为不管他来自何方，去往何处，谁都知道他就像一只蝗虫一样，只会依靠这片土地为生，而且似乎这种状态他已经保持了很久。现在，他整个人像散了架一样，只剩轻飘飘的透明的躯壳了，没有目标，任凭风儿把它吹向哪里。

他是在干活，不过有些敷衍。拜伦觉得他身上连点儿高明的偷懒技巧都没有。因为要想偷懒的话，就连装病逃班也得有过人的本领。做其他任何事情都一样，甚至杀人越货都是这样。他必须有明确的特定目标，并要为此而努力，拜伦知道布朗不是这种人。大伙儿听说他来厂里第一个星期六的晚上就去了赌场，输掉了整整一个星期的工钱。拜伦对穆尼说："真奇怪。我以为他别的干不了，掷骰子总该在行吧。"

"他？"穆尼说，"他连铲木屑这样简单的活儿都做不了，你怎么能指望他擅长干坏事儿呢？使铲子那样容易的事儿他都笨手笨脚的，掷骰子糊弄人那么难，他就更别说了。"穆尼又继续说道："我估计没人会为他的一无是处感到难过。因为至少他什么事儿都干不了，这一点比克里斯默斯强。"

"是啊，"拜伦答道，"我想，对于懒人来说，什么都不做是最容易办到的事。"

"我看他学坏倒是挺快，"穆尼说，"只要有人教就行。"

拜伦说："嗯，迟早他会遇到那个人的。"穆尼和拜伦一起转过身，朝布朗和克里斯默斯所在的木屑堆看了一眼：一个人默默想着心事，粗暴地干着活儿；另一个高高扬起胳膊，有气无力地挥着铁锹，这样的动作连他自己也糊弄不了。

"我想也是，"穆尼又说，"不过，就算我想学坏，也绝不会跟他搭伴儿。"

和克里斯默斯一样，布朗来干活儿时也是穿着逛街才会穿的衣服。不过，和克里斯默斯不同的是，他好久没换衣服了。"也许哪个星期六晚上他会在赌场赢不少钱，足够买套新衣服，还能剩五十个硬币在口袋里叮叮当当响个不停。"穆尼说，"而且到星期一早上，我们就再也找不到他的踪影了。"然而,这个时候,布朗还是穿着那身来杰弗逊镇时就穿的工装裤和衬衫。星期六晚上他要么输个精光,要么赢点小钱,然后冲谁都傻傻地打招呼,就连和那些定期骗他钱的人都是有说有笑。后来有一天,他们听说布朗赢了六十美元。有人说:"这下好啦,这是咱最后一次见他了。"

"不一定,"穆尼说,"六十美元这个数不合适。要是十美元或五百美元的话,那你说对了。但六十的话应该不会。现在,他只会觉得能在这里混下去了,自己这一周总算没白干。"果然,他星期一来上工时,还是穿着那件工作服。工友们瞧见布朗和克里斯默斯站在木屑堆旁。打从布朗来这里干活那天起,他们就一直观察着他俩。克里斯默斯干活很卖力,慢慢将铁锹稳稳地插进木屑堆,仿佛他正在劈断一条埋在地里的蛇(用穆尼的话说就是"或者是在砍人"),而布朗正斜靠着铲子,显然他正在给克里斯默斯讲述奇闻趣事,因为很快他就哈哈大笑起来,笑得前仰后合,可身边的克里斯默斯却一声不吭,不紧不慢地使着蛮力。过了一会儿,布朗想起了手中的工作,再次和克里斯默斯一起迅速开始干活,不过,他铲得却越来越少,到最后飞起的铁锹连木屑都没沾上。不一会儿,他又靠在了铁锹上,很明显他要把方才的故事讲完;而克里斯默斯似乎根本没有听到他在说什么。拜伦心想,这场景仿佛布朗远在一英里之外,又好像他正在用克里斯默斯完全听不懂的语言讲述。有时,星期六的晚上,人们会看到他俩一起结伴到镇上。克里斯默斯穿着整洁庄重的哔叽料裤子和白衬衫,戴一顶草帽,布朗则穿着他的新西装(这是一件褐色西装,上面还有红色的十字花纹,里面搭了一件色彩艳丽的衬衫,头上的帽子和克里斯默斯的一样,不过上面多了一根彩带)。布朗一路上有说有笑,大嗓门响彻云霄,回声飘荡在整个广场上,有点像教堂里从各个角落发出的那种毫无意义的声音。拜伦认为,布朗之所以这样做,似乎是想让每个人都知道他和克里斯默斯是好朋友。这时,克里斯默斯就会转过身,带着呆板、阴沉的表情，摆脱布朗干巴巴的说笑和招来的围观者。布朗紧随其后，仍旧不停地边笑边说。每到这个时候，其他工人就会说："哦，下星期一他就不会回来上班了。"然而，每星期一他都照样回到工厂。而第一个不上班的人却是克里斯默斯。

克里斯默斯在工厂干了大约三年，在一个星期六的晚上不声不响地离开了，由布朗把这个消息带给了大家。工人们的年龄不等，已婚的、单身的，他们的宗教生活各不相同，但每个星期一的早上，他们都会认真甚至稍有些严肃地回到工作中。他们中的年轻人会在星期六晚上酗酒、赌博，甚至还不时地去孟菲斯寻欢作乐。然而，到了星期一早上，他们都会穿着干净的工装裤和衬衫平静而庄重地回到工作中，静静地等候开工哨响，然后开始静静地干活儿，仿佛他们仍然沉浸在安息日的气氛中。于是，无论一个人在安息日做过什么，都会在星期一的早晨安静、整洁地回来干活，这已经成为人们共同遵守的合理信条。

这就是人们口中的布朗。星期一早上，他很可能还是穿着上周那身脏衣服，胡子拉碴地出现在大家面前。而且他会比以往更能唠叨，嗓门也更大，还会搞一些十来岁孩子才会玩的恶作剧。对于那些严肃的工人来说，这有些不像话，仿佛他是赤身裸体或酒气熏天地来干活一样不正常。布朗就是这样的形象。他在这个星期一的早上将会向大家宣布克里斯默斯辞工不干的消息。布朗来得很晚，不过没关系；他没有刮胡子，这也不要紧。可他非常安静，有好一阵子，大家都没有注意到他的存在。要是以往早就有一半的人开始咒骂他了，有些人甚至是一本正经地骂他。上工哨声吹响时，布朗露面了。他径直走向木屑堆开始干活。他没有和任何人说话，甚至有人跟他打招呼，他都没有理会。后来，人们发现他独自一人站在那里，身边没有他的伙伴克里斯默斯。工头过来时，有人对他说："哦，我看你少了个烧炉工的学徒。"

穆尼瞧了布朗一眼，看见他好像在铲鸡蛋一样慢吞吞地铲着木屑。穆尼啐了一口痰，干脆利落地说："嗯，他发财太快了。这种芝麻小活儿留不住他。"

"发财？"另一个人问道。

"他俩中有一个发了财，"穆尼继续盯着布朗说道，"昨天我看见他俩开了一辆新车，他——"说着，穆尼朝布朗扬了一下头，"——开的车，那倒没什么奇怪的。奇怪的是今天竟然还会有一个回来干活儿。"

"呃，我想这个时候西蒙找人来代替他没什么困难。"另一个人说。

"他啥时候找人都不难。"穆尼答道。

"我看那家伙干得不错。"

"哦，"穆尼说，"我明白了，你说的是克里斯默斯。"

"那你在说谁？难道布朗也说不干了吗？"

"你以为他会一直待在这里干活，而另一个人成天开着那辆新车在镇上兜风？"

"哦，"另一个人看着布朗说，"搞不清楚他们从哪儿弄来的那辆车。"

"我不知道，"穆尼回答，"我想知道布朗是在中午辞工还是等到六点再走。"

"呃，"拜伦说道，"我要是能在这儿发财买辆车的话，我也会辞掉这份工作的。"

另外一两个人看着拜伦微微一笑。一个人说："他们绝不是在这里发的财。"拜伦看了他一眼。另一个人又说："我看拜伦只顾自己做好人，离大家伙儿越来越远了。"他们一起注视着拜伦。"布朗可能是你说的那种勤务员，克里斯默斯经常让人们跑到伯顿小姐家后面的树林里，还是在晚上。现在布朗直接给他们把东西带进城里。我还听说只要知道暗号,星期六晚上在任何一个巷子里,谁都能买到布朗从衣服里掏出的一品脱威士忌酒。"

"暗号是啥?"另一个人问,"六个马嚼子?"

拜伦一一望着他们:"真的吗?他们真在干那种事儿?"

"起码布朗在做。我不知道克里斯默斯在干啥。我不敢保证,但布朗绝对离克里斯默斯不远。老话常说的臭味相投嘛。"

"说得对,"另一个说,"我们没法儿知道克里斯默斯在哪儿,他不会像布朗一样穿着大短裤到处闲逛。"

穆尼望着布朗说道:"他用不着那样儿。"

穆尼说对了。他们发现布朗一直独自站在木屑堆下,直到中午收工哨声吹响,大伙儿都拿着自己的饭盒蹲在水泵房里开始吃午饭。布朗闷闷不乐地走进来,那副郁闷的表情像个受伤的小孩一样。他蹲在大家中间,双手悬在两膝间。布朗今天没有带午饭。

"你不打算吃饭吗?"有人问。

"脏兮兮的猪油桶里的冷饭?"布朗问道,"天刚刚亮就开工,像个黑鬼一样当牛做马累一天。中午休息一个小时,捧着铁罐里的冷猪食吃?"

"哼,有些人可能像老家的黑鬼一样干活呢。"穆尼说,"不过,黑鬼可不像白人干这种活儿一样能挨到中午哨声响起。"

然而,布朗似乎并没有听到穆尼在说什么,或者他压根儿没有去听。他阴沉着脸,双手下垂,蹲在那里。他好像什么都听不到,只有自己的声音在响:"傻子,那样干的人才是傻子。"

"那把铁锹又没拴住你。"穆尼说。

"你还真说对了。"布朗答道。

不一会儿,哨声又响起来。大家都回去干活儿了。人们注意到布朗也回到了木屑堆旁。他先挖了一会儿,然后渐渐放慢了速度,越来越慢,到最后简直像拿着一根赶车的马鞭一样紧紧地握着铁锹。人们发现他在跟自己讲话。有人说："因为那儿没人跟他说话，他只好自言自语喽。"

"那倒不是，"穆尼说，"他是还没有说服自己。他没完全信服。"

"相信什么？"

穆尼回答："相信他比我想的还要傻呀！"

第二天早晨，布朗没有露面。有人说："今后找他就得上理发店了。"

"也说不准是理发店后面的巷子里。"另一个人说。

"我想咱还能见到他。"穆尼说，"他会来这里领他昨天的工钱。"

布朗的确来了。十一点左右，他出现了。他穿了一套新西服，头戴一顶草帽，走到工棚前停了下来，像三年前的克里斯默斯一样站在那里注视着工人们。他没有意识到自己仿佛被师傅附体一般，像个乖巧的弟子一样用心领悟了师傅的真传。不过，师傅当年是阴沉着脸，静静地像条蛇一样死命地盯着大家，而布朗却努力向四处张望，神气活现地摆着空架子，用快活而响亮的声音咬牙切齿地说道："累死你们这群受罪的杂种！"

穆尼看了布朗一眼。这时，布朗收回了张牙舞爪的样子。"你没说我，"穆尼问道，"是吧？"

布朗那张善变的脸立即变换成一副众人熟悉的表情。拜伦心想：这张脸松松垮垮的，轻飘飘地长在他身上，变化起来当然易如反掌了。布朗回答："我没跟你说话。"

"哦，我知道。"穆尼的语调非常轻快，"你说他们是杂种。"

立马又一个声音传来："你是在说我吗？"

"我只是在跟自己说话。"布朗回答。

"嗬，你这辈子总算说了一次真话，"穆尼说道，"是说了一半的真话。要不要我凑到你耳朵跟前儿，说出另一半？"

这是人们最后一次在工厂见到布朗。不过，拜伦现在知道、也记得，那辆新车不久就被撞坏了挡泥板，而且经常在城里漫无目的地转悠。布朗懒洋洋地手握方向盘，一副闲散放荡、招摇过市的架势，惹人生厌。克里斯默斯偶尔和他在一起，不过不太常见。而且，现在他们在干什么勾当已经不再是秘密。年轻的男人们，甚至连小男孩中间都在疯传：只要看见布朗，就能搞到威士忌酒。全镇都在期待，有朝一日布朗从雨衣里掏出一瓶酒卖给密探时，将会被当场抓获。人们还不能确定克里斯默斯是否与这种勾当有关，不过没人相信仅凭布朗一个人的头脑就能赚钱，就算是贩私酒这营生都难。而且，有些人还知道，克里斯默斯和布朗都住在伯顿庄园那儿的小木屋里。不过，就算这些人不清楚伯顿小姐是否知道此事，即便她不知情，他们也不会告诉她。伯顿小姐是位中年妇女，独自一人住在一幢大房子里。自从出生起，她就一直住在那里，不过仍然算是陌生人、异乡人，因为她的先辈是在南北战争后的重建时期从北方迁来的。她是一个支持黑人的美国佬。她的祖父和兄弟支持黑奴在州政府拥有选举权，因此被一位前农奴主所杀害。尽管现在距他们当年在广场遇害已经过了六十年，但至今镇里镇外仍在谈论着她与黑人之间的奇怪关系。而且，历史的阴霾依然笼罩着她和她的住所：那是一个阴暗、怪异、令人恐怖的地方。尽管她只不过是一介女流，她的祖先也只不过是被镇上的先民们有理由或自认为有理由憎恨和惧怕过的人，可阴影却无法消退，双方的后人都摆脱不了彼此先人鬼魂的缠绕，他们之间充斥着鲜血淋漓的古老幽灵，以及昔日的恐惧和愤怒。

假如曾经爱过，无论男女都会说拜伦·邦奇已经将爱情遗忘，或者更像是这么回事儿：她——爱情忘记了邦奇。这个小个子男人已经度过了三十个年头，在那家刨木厂工作了七年，每星期工作六天。他的工作是往刨木床里塞木料。星期六下午他也在那里，独自一人干活儿。其他工人都穿着节日礼服，系着领带去镇上，漫无目的地尽情享受劳动之余的休闲时光。

在这样的星期六下午，他因为无法独自操作刨木床，只好将刨好的木料装上货车，一直干到想象中的收工哨声响起。其他工人，镇上的人，或者镇上其他能记起、想起他的人都以为他是为了多赚钱才加班。或许这也是原因，人们通常对自己的伙伴都知之甚少。在每个人眼中，其他人正在做的事情是自己只有发疯时才会做的。事实上，镇上唯有一个人可以笃定地谈及邦奇，而且镇上的人们也不知道这个人和邦奇有来往，因为他们只在晚上见面交谈。此人名叫海托华。二十五年前，他是当地主要教堂之一、也许是最重要的教堂的牧师。只有他才知道，每周六晚上邦奇在想象中的收工哨声响起（或是邦奇那块大银表的指针指在哨声响起的那一刻）后的去向。比尔德太太是邦奇的房东，她只知道每星期六晚上，邦奇会在刚过六点的时候进屋，洗澡，换上一身廉价的哔叽料西服，吃过晚饭后到屋后自己亲手盖的畜棚里套上骡子，然后骑上骡子离开。但比尔德太太并不清楚邦奇去了哪里，只有海托华牧师知道邦奇赶着骡子去了三十英里外的一座乡村教堂。他会在星期日为那里的唱诗班领唱，唱诗活动要持续一整天，然后在午夜左右，他会再次套上骡子，整夜慢悠悠地骑着骡子稳稳地赶回杰弗逊镇。星期一早晨，上工哨声吹响时，他会穿着干净的工装裤和衬衫出现在刨木厂。比尔德太太只知道每周六晚饭后到周一早晨这段时间内，邦奇的房间和他亲手盖的畜棚都是空的。只有海托华清楚邦奇的去向和行踪，因为邦奇每周都会拜访海托华。这位昔日的牧师独自一人住在一座小屋里，这座没有漆过的房子狭小而昏暗，毫不起眼。房间里充满了男人的气息和臭味，镇上的人们认为它很不体面。他俩坐在牧师的书房里，静静地交谈着：一个身材瘦小，长相普通，全然不知自己在工友眼中是谜一样的人物；另一个五十多岁的男人早已被自己的教会所抛弃。

后来，拜伦谈恋爱了。然而，他的爱情违背了严苛、善妒的村民的传统，因为他的爱人并不是贞洁少女。事情发生在一个星期六的下午，拜伦一个人待在刨木厂，两英里外的一座房屋还在燃烧，滚滚黄烟像地平线上耸立的擎天柱一样直冲天际。中午时，浓烟从树林上空升起，收工哨声还没有吹响，工人们也还没有离开。他们看到远处着火时，说道："我看邦奇今天也要收工了，那儿有场大火可以免费看喽。"

"真是场大火啊，"另一个人说道，"什么着火了？除了伯顿小姐家的房子，我真想不起哪里有什么能烧这么大的火。"

"说不定就是，"又有人说道，"我爸说过，他记得五十年前大伙儿就说那房子该烧，用小块儿肥嘟嘟的人肉引火更好。"

"说不准是你爸溜进去放的火呢。"另一个人说道。众人哈哈大笑起来。接着他们又开始干活儿。等候哨声的同时，他们还不时停下来瞅瞅那根大烟柱。过了一会儿，一辆满载原木的卡车驶进来，他们向这位从镇里来的卡车司机打听消息。

"伯顿，"司机说道，"是，是这个名字。镇上有人说警察已经去了。"

"哦，我估计瓦特·肯尼迪喜欢看着火，即便必须得佩戴徽章去他也乐意。"一个人说道。

"从广场的火情来看，他想抓谁都不难。"

午间哨声响起，其他人都已离开。拜伦正在吃午饭，旁边放着打开的银表，指针指到一点时，他开始继续干活。拜伦独自站在堆满木料的棚里，肩上铺着一块折叠的麻袋片当垫肩，垫肩上扛了一摞木板，要是换了别人准会说抬不起、扛不动，而拜伦却稳稳当当地在木料棚和卡车间不停地忙碌着。这时，丽娜·格罗大从他身后走进来，脸上挂满了沉静而期待的微笑。她已经张开了嘴，一个名字呼之欲出。拜伦听到丽娜进来的声音，转过身来，看见她脸上的表情逐渐退却，就像一颗石子投入了清泉，涟漪慢慢散开。

"你不是他。"丽娜的笑容消失了，像小孩子一样惊讶而郑重地说道。

"是的，夫人，"拜伦停下脚步，平稳地扛着木板半转过身子说道，"我想我不是。您要找哪位？"

"卢卡斯·伯奇。人们告诉我——"

"卢卡斯·伯奇？"

"人们告诉我说可以在这儿找到他。"丽娜平静地表露了自己的疑虑，目不转睛地注视着拜伦，仿佛认定这个人在骗自己，"我快到小镇时，人们一直在说邦奇而不是伯奇，可我只是以为他们念错了，要不就是我自己没听清。"

"是的，夫人，"拜伦说，"没错，是邦奇，拜伦·邦奇。"拜伦仍然稳稳地扛着那摞木板，望着丽娜，望着她膨胀的身子，臃肿的腰腹，还有脚上那双满是泥土的笨重男鞋。"您是伯奇太太吧？"

丽娜没有立即回答。她站在门口，急切地注视着拜伦，没有一丝惊恐。她的眼神里略带些困惑，还有些怀疑。丽娜长着一双碧蓝的眼睛，然而，眼里却映出她在怀疑对方欺骗她的影子。"一路上他们都说卢卡斯在杰弗逊镇的刨木厂干活儿。好多人都这样告诉我。我来了杰弗逊镇后，他们又告诉了我刨木厂的地址。我在镇上打听卢卡斯的消息，人们都说'也许你说的是邦奇'，可我以为他们只是把名字念错了。这不要紧。即使人们说这个人的皮肤不怎么黑，我还是觉得没关系。你不会说不知道这儿有个叫卢卡斯·伯奇的人吧？"

拜伦放下肩上的木板，整整齐齐地码到一块儿，便于再次扛起。"是的，夫人，这儿没有。卢卡斯·伯奇不在这里。凡在这儿干活儿的人我都认识，说不定他在镇上的其他地方干活儿，或者在别的刨木厂。"

"镇上还有其他刨木厂吗？"

"不，夫人。倒是有些锯木厂，而且还不少。"

丽娜望着拜伦："一路上人们告诉我伯奇在一家刨木厂工作。"

"我在这儿没听说有谁叫这个名字的,"拜伦说,"我叫邦奇,我也不记得有谁叫邦奇。"

丽娜依旧看着拜伦,她的神情表明她并不关心未来,只是怀疑眼前这个人。过了一会儿,她吐了一口气,这不是叹息,只是平静地做了一次深呼吸。"好吧。"她说。丽娜环视四周,看见了锯好的木材和整齐堆放的木板,"我想我得休息一会儿。镇里那些街道不好走,真累。从镇上到这儿好像比我离开亚拉巴马州这一路都要累。"说着,她朝低矮的木板堆走去。

"等一下。"拜伦说道。他几乎是冲上前去,同时把肩上的麻布垫取下来。这个女人正要坐下时,拜伦把麻布铺在木板上说道:"这样坐着舒服些。"

"啊,您真是太好了。"丽娜坐下来说道。

拜伦说:"我觉得这样会舒服些。"他从口袋里掏出银表看了一眼,然后在木板堆的另一头也坐了下来。"我看就算五分钟吧。"

"休息五分钟?"

"从你进来到现在算五分钟,好像那会儿我就没有干活儿。每周六傍晚我自己计时。"

"每停一分钟您都要记下来吗?别人怎么知道您停工了呢?歇息几分钟不会有什么影响,不是吗?"

"我认为休息就不能拿工钱,"拜伦说道,"你说你从亚拉巴马州来?"

这回轮到丽娜讲给他听了。丽娜笨重的身子坐在麻布垫上,面容沉静而安详。拜伦静静地望着她。她告诉拜伦的远比自己知道的还要多。因为这四个星期以来,她像季节变换一样不慌不忙、无忧无虑地向陌生人不断重复着自己的故事。而在拜伦脑海里也出现了一个惨遭背叛和抛弃的年轻女人的形象,不过这个女人甚至还不明白自己已被抛弃,而且不知道自己实际上并不姓伯奇。

"不，我想我不认识他。"终于，拜伦说道，"总之，今天傍晚，这里除了我没有别人。其他人好像都在那边看大火。"说着，拜伦指了指树林那边静静地冲天耸立的黄色烟柱。

"没到镇上前，我们在马车上就看见了。"丽娜说，"火势真够大的。"

"着火的是一幢老房子。很久以前房子就在那儿啦，里面没有别人，只有一个女人独自住着。我想现在镇上肯定会有人说这是她的报应。她是个北方佬，她家人在南方重建时搬到这里来煽动黑鬼。她家有两个人还因为这事儿送了命。人们说到现在她还和黑鬼混在一起，他们生病时，她也去看望，好像那些人也是白人似的。她不需要厨师，因为她得找个黑人厨子。大伙儿都不愿去她那儿，除了一个人之外。"丽娜看着拜伦，静静地听着。此时，拜伦没有看丽娜，而是稍稍朝旁边望去。"听人说也可能是两个人，但愿他俩在那儿能及时帮她搬出家具。说不定他们早就帮忙了。"

"也许谁在那里？"

"两个叫乔的人。他们住在那边的某个地方。乔·克里斯默斯和乔·布朗。"

"乔·克里斯默斯？好奇怪的名字。"

"他本人也很奇怪。"拜伦的视线再次从她那张专注的脸上移开，"他的搭档叫布朗，也挺有意思。他以前也在这里干活儿，不过现在他俩都不干了。我想这对谁来说都没什么损失。"

丽娜坐在麻布垫上，安详地听着，非常入神。他们好像那种在安息日下午身着节日盛装的两个人一样，在村舍前绿油油的草地上，坐在藤椅里聊着天儿。"他的朋友也叫乔？"

"没错，夫人。是叫乔·布朗。我倒觉得他叫这名字挺合适。一听到有人叫乔·布朗，你立马就能想到一个整天喋喋不休的家伙，爱说爱笑，嗓门还挺大。所以，我看这名字不错。虽然乔·布朗念起来太快、太简单,不像个真名儿。不过我看他就叫乔·布朗,准没问题。要是靠嘴赚钱的话,这会儿他早就成这个厂子的老板了。大伙儿好像都喜欢他,他也和克里斯默斯相处得不错。"

丽娜注视着拜伦。她还是那么沉静,不过现在更加庄重了,她的眼神是那么严肃,那么认真。"他和另一个现在做什么呢?"

"我猜没干啥他们不该干的事。至少,他们还没有被抓住。布朗以前在这里干活儿,成天说笑,多少算干了点活儿。不过,克里斯默斯走得早。他们一起住在那边,就是房子着火的那边。我也听说了他们靠什么为生,可那跟我没关系,况且别人的传言也不一定是真的,所以我觉得我也不比别人知道得多。"

丽娜望着拜伦,眼睛都不眨一下。"那他说自己叫布朗。"这句话本来听起来像个问题,可她并没有等对方给出答案。"你听说了他们的什么故事?"

"我可不想说别人的坏话。"拜伦说,"我觉得我不应该说太多。说实话,一个人一旦不工作了,肯定会学坏。"

"是什么呢?"丽娜问道。她坐在那里没有动,声音也是那么安静,不过拜伦早已爱上了她,虽然他自己还没有意识到。拜伦虽然没有看她,但已经感受到丽娜正用严肃而执着的眼神凝视着自己的脸和嘴。

"有人说他们在贩卖威士忌,就藏在着火的那个房子里。而且还有人说,有个星期六的晚上,布朗在镇中心喝得烂醉,差点把不该说的给秃噜出来,说什么他和克里斯默斯有天晚上在孟菲斯或是在快到孟菲斯的一条黑漆漆的路上,带着一支枪,也许是两支。幸亏克里斯默斯及时赶到,才制止了布朗,把他带走了。总之,那是克里斯默斯不想让别人知道的事,布朗要不是因为喝醉也不至于糊涂到说出来。这就是我所听说的,我自己根本不在场。"拜伦刚抬起头来,不等和丽娜的目光相遇就赶紧低下头。他似乎早已预感到一件不可逆转、不可改变的事，他本以为星期六的下午，自己一个人待在刨木厂里，不会有伤害别人的机会找上门来。

丽娜问："那个人长什么样？"

"克里斯默斯？喔——"

"我不是说克里斯默斯。"

"噢，布朗。是，他是个高高大大的年轻小伙儿，皮肤黝黑；女人们都说他长得帅，我听好多人都这样说。他爱说笑，喜欢热闹，喜欢和大伙儿开玩笑。不过，我……"突然，他停止了说话，他不敢抬头看她，但能够感觉到她那冷静的目光稳稳地投射在他的脸上。

"乔·布朗，"丽娜说，"是不是他的嘴角有一小块白色的伤疤？"

拜伦不敢抬头看她，只是坐在木板堆上：为时已晚，他恨不得把自己的舌头咬成两段。

3

他从书房窗户望出去,可以看见那条街道。街道不算远,因为草坪并不宽,这是一块小小的草坪,上面种有几株低矮的枫树。他的褐色房子没有刷过漆,也只是一座毫不起眼的小平房而已。花繁叶茂的紫薇花、紫丁香和蜀葵几乎遮住了整个屋子,好在书房窗户那里还有一处空隙,可以让他望见街道。屋子如此隐蔽,以至于街角处的灯光都很难照到它。

从窗口望出去,他还能看到那个被自己称为纪念碑的招牌。招牌并不高,立在院子的角落里,正对街道。这块招牌有三英尺宽,十八英寸高,是一块规则的长方形牌子,正面朝向来往的行人,背面则对着他。不过,他用不着念上面的字,因为招牌是他自己亲手用斧头和锯子整整齐齐地做成的,他还工工整整地在上面书写了自己的辉煌业绩。那是在他意识到自己必须开始为衣食住行赚钱时做的。他离开神学院时,手头还有一小笔父亲留下的钱,不过自从他在教会工作后,每季度一收到支票就立马捐给孟菲斯的一家少女感化院。后来,他丢掉了教会的职务,也失去了宗教信仰。而在他看来,这辈子所经历过的最痛苦的事情莫过于给她们写信,说自己从此以后只能捐赠以往金额的一半,这件事远比丢掉工作、蒙受耻辱更加痛苦。

这样一来,他只好将一半的收入继续捐给那些女孩。其实,整笔收入也不过够他勉强糊口而已。当时他说:"幸好我还能干别的。"因此,他亲手精心制作并书写了招牌,巧妙地将碎玻璃混在油漆里,于是一到晚上,在街灯的照射下,招牌上的字迹便熠熠生辉,仿佛圣诞夜闪烁的光芒一般。

盖尔·海托华牧师,神学博士
主讲艺术课
手绘圣诞卡&周年纪念卡
冲洗底片

然而,这已是多年前的事了。海托华并没有招到艺术学生,也没有做多少圣诞卡片,更没有冲洗过几张底片,就连那些碎玻璃也早已从褪色的字迹上掉了下来。虽然字迹依稀可辨,但镇上的人们和海托华一样,都用不着去辨认它们。不过,偶尔有黑人女仆领着她照看的白人小孩在那里闲逛时,百无聊赖、目不识丁的她会像个白痴一样大声地拼读这些字母;有时碰巧会有陌生人闯进这条僻静、人迹罕至的街巷,停下脚步来念一念这块招牌,抬起头来看一看这座褐色的、隐匿的小屋,然后再继续赶路;有时,陌生人会跟镇上的熟人提及这块招牌。"哦,是的,"他的朋友会说,"海托华。他一个人住在那里。他作为长老会[1]的牧师来到这里,可他的妻子给他造成了不好的影响,她经常溜到孟菲斯去鬼混。那是大约二十五年前,就是他刚到这里的时候,有些人说他知道这件事,是他自己无能或不愿满足妻子才造成的,还说他清楚妻子的所作所为。后来,在一个星期六的晚上,那个女人在孟菲斯的住处或是什么地方让人给杀了。各家报纸都报道了这件事,所以他不得不辞掉教会的工作,但他出于某种原因并没有离开杰弗逊镇。为了他,为了杰弗逊镇,也为了教会,大家都想让他离开。你瞧,这件事对教会的影响真的非常糟糕:外地人来了都会听

【1】长老会:又称长老宗,基督教更正教的一派,源于十六世纪的西欧改革运动。

说此事，可他又拒绝离开。可他就是不想走。他独自一个人住的那个地方以前可是条主要街道，现在的地位起码没那么重要了。就这么回事儿。不过，后来他没有再给任何人添麻烦，我想绝大多数人也已经把他给忘了。他自己做家务。我不记得这二十五年里有谁进过他的屋子。我们都不明白他为什么要留在这里。可是无论哪个黄昏或傍晚，你经过这里时都能看到他坐在窗前。就坐在那儿。除了偶尔看见他在花园里干活儿以外，人们很难见到他。"

因此，他亲手制作、亲笔书写的那块招牌对他的意义远不如对整个杰弗逊的重要。他已经不再觉得那是一块标识、一条信息。除了黄昏时坐在书房的窗前看到这块牌子外，他简直已经忘记了它的存在，即便是那个时候，在他看来也不过是一块熟悉的低矮的长方形板子，低低地站在街道尽头窄窄的草坪上，此外没有任何意义。或许，它跟那些低矮的枫树、灌木丛一样，都生长在这块悲凉而又无法逃离的大地上，也都没有得到海托华的任何恩泽，也没有遭受过什么迫害。他现在甚至都不会去瞧它一眼，就像他对那些树一样视而不见。尽管他会透过树丛，望着那条街道，等候夜幕的降临，等待夜晚来临的那一刻。他身后的房屋、书房都逐渐暗下来，他在等待那一瞬间，一切光线都将消失在天幕。暗夜来临，只剩下白天储存好能量的树叶和小草勉强地发出一丝丝微光，为被黑暗主宰的大地闪耀一丝光芒。此刻，马上，海托华心想，马上就好。他默默想着：生命中依然存在荣耀和自豪。

七年前，拜伦第一次来到杰弗逊镇，看到了那块写有 *盖尔·海托华D.D.*[1] *教授艺术课程、制作圣诞卡片、冲洗底片* 的招牌，心中纳闷：D.D.是什么意思？于是他向别人请教，得到的答案是"倒霉透

【1】D.D.是英文 Doctor of Divinity 的缩写，也可曲解为 Down Damned，意为"遭到诅咒，倒霉"。

顶"。人们告诉他，盖尔·海托华的确在杰弗逊镇倒了大霉。海托华离开神学院后，拒绝任何职位的邀请，直奔杰弗逊镇。为了能来杰弗逊镇，他动用了各方关系。他和年轻的妻子一下火车，就早已按捺不住兴奋的心情，向教会的支柱型人物，那些年长的男男女女，诉说自从决定做牧师起就一心想来杰弗逊镇；他还兴高采烈地谈及联络各关系所写的书信，为生怕不能来此工作而产生的担心，以及为了能来这里所动用的各种影响。在镇上的人听来，他就像一个贩马商人，在捞到一笔好生意后扬扬得意地炫耀着。或许在那些长老心里也是这样，他们心怀疑虑，冷漠而惊诧地听着他那滔滔不绝的讲述，仿佛他关心的只是在这个小镇上安家，而不是为教会以及教会成员服务；仿佛他也并不在意那些人，那些活生生的人，是否乐意接受他。他太年轻了，那些老头、老太太就告诉他一些教会中严肃的事情、教会的职责和他肩负的责任，想以此浇灭他不知天高地厚的喜悦之情。拜伦还得知那位年轻的牧师在工作六个月后仍然兴奋不已，依旧不停地絮叨着内战和他的祖父——一个在战争期间被杀害的骑兵，以及格兰特将军[1]的军需物资被烧的故事，直到后来听众都觉得索然无味时，他还在喋喋不休。人们告诉拜伦，这个人在讲道坛上也是这样的说话方式，也是这般疯狂不羁，仿佛宗教如梦似幻一样。虽说不是噩梦，但比诵读《圣经》内容还要快，像一阵呼啸而过的旋风，无须触碰现实的土壤。他如此的表现，那些年长的会众当然不会喜欢。

　　海托华似乎将宗教、飞奔的骑兵和在奔驰的马上被射死的祖父混在了一起，即使在布道时也无法解开它们纠结的关系。或许在他家里，在他的个人生活中，这些事情也还是一团糟。拜伦心想，也许他根本就没打算弄清楚这些事情，以为对待作为男人的附属品的女人就

---

[1] 南北战争期间，联邦军队的格兰特将军遭到南方同盟军范·多恩将军的袭击，军需物资被烧。

该那样，因此，女人必须坚强，决不能为自己和男人们一起做的事、为男人们付出的一切心生责难，因为上帝知道做妻子是一桩非常难应付的任务。听人们说，他的妻子是一位身材瘦小、平静而安详的姑娘，刚来到这里时，人们都觉得她不爱说话。不过，镇上的人们都觉得如果海托华是一个足以依靠的男人，是真正的牧师的话，她也会安然无恙的。然而，海托华不是那样的人，他活了三十年，却像只活了一天，就是他祖父在奔驰的马上被射死的那一天。邻居们经常会在下午或深夜听到他妻子在自己的牧师宅子里哭泣，他们知道海托华对此束手无策，因为他根本不明白哪里出了问题。有时，她甚至不去丈夫布道的那个教堂，哪怕是星期天她都不会去。人们望着讲坛上的他，不知道他心里是否清楚妻子不在场，是不是已经忘记他还有妻子。海托华站在布道坛上，手舞足蹈地宣讲教义，而内容却是飞奔的骑兵、战败与光荣，就像他当初在街上跟人们谈及战马时一样，他再次将战马、赦罪和尚武的六翼天使[1]所唱的赞美诗混淆在一起。于是，无怪乎年长的会众认为，在上帝的安息日，站在上帝的圣坛上，他所宣讲的一切近乎亵渎神明。

人们还告诉拜伦，大约在海托华到达杰弗逊镇一年后，他妻子的面容开始冷若冰霜。教会女士去他家拜访时，只有海托华一人独自出来接待她们，而且他身上只穿一件衬衫，没有戴牧师领圈，神色慌张，有好一阵子似乎想不起她们为何而来，不知道自己应该做什么。过了一会儿，他才请她们进来，然后自己又抱歉地转身离开。屋里鸦雀无声，女士们身着节日盛装，面面相觑地坐在那里，环顾四周，即使竖起耳朵也听不到任何声音。然后，他才会穿上外套，戴上领圈坐下来，和她们一起谈论教区和病人。女士们愉快而平静地应答着，同

---

[1] "六翼天使"出自《圣经》中以赛亚书第六章第二节，是所有天使九阶中的最高位，即赞美上帝的天使，共有三对翅膀。在天使群中极富威严和名誉，被称为"爱和想象力的精灵"。

时也在仔细地倾听屋里的动静，也许她们在观察房门，也许在揣度海托华是否相信自己已经知晓的事情。

于是，妇女们便不再去他家了。很快，她们甚至再没看见他妻子出现在街上，而他仍然装出若无其事的样子。后来，她常常外出一两天，人们看见她登上早班列车，面容逐渐消瘦憔悴，一副永远都没有吃饱过的样子，她脸上冰冷的表情似乎说明她眼里看不到任何东西。而海托华却说妻子去本州的某个地方探亲了，直到有一天，正是她不在的时候，杰弗逊镇上有位妇女到孟菲斯购物时看到她行色匆匆地走进一家旅馆。那是一个星期六，这名妇女回家后说了这件事。不过，第二天，海托华站在讲坛上，依然稀里糊涂地将宗教和奔跑的骑兵混为一谈。星期一，他的妻子回到镇上。接下来的星期天，她再次来到教堂，这是她六七个月来第一次露面。她独自一人坐在教堂的后排。此后，有一阵子，她每个星期天都会来教堂。后来，她又走了，这次离开是在一周当中的某一天（是在炎热的七月）。海托华说她又去看望亲人了，可能是去了凉爽的乡间。而教会的老者们，不论男女都盯着他，猜测他会不会相信自己所说的一切，年轻人也在背地里议论揣测。

然而，人们始终不能确定他是否在意，是否相信自己告诉别人的一切——纠缠不清的宗教和飞驰的马上被射死的祖父，仿佛那天晚上祖父传给他的生命的种子也留在了马背上，也已同归于尽，时间在那时那地也一起停止。从此以后，生命的种子消失了，再没有发生任何事情，就连他自己也已经死去。

他的妻子在星期日之前回来了。那天天气非常热，老人们说那是镇上有史以来最炎热的天气。星期天她来到教堂，独自坐在后面的长凳上。布道中途，她突然从凳子上一跃而起，大声朝讲道坛叫嚷，挥舞着双手。而她的丈夫站在讲坛上也早已停止说教，举着双手靠在讲坛上一动不动。周围的人想拉住她，但她和众人扭打了起来。人们告诉拜伦，当时她已经站在了过道上，冲丈夫所在的讲坛挥舞手臂、尖叫着,她的丈夫仍然举着手靠在那里,激情澎湃的比喻还没有讲完,一张狂热的脸也被定住了。人们不知道她究竟是在朝丈夫还是在向上帝挥拳头。后来,他走下讲坛,走到她身边,而她也停止了扭打,跟在他身后走了出去。人们一直看着他们往外走,直到主持人让风琴师演奏为止。当天下午,长老们秘密召开了一次会议。人们不知道长老们说了什么,只知道海托华返回来,走进教区委员会,关上门。

然而,人们并不知道发生了什么事情,只知道教会凑了一笔钱,把他妻子送到了一个机构——一家疗养院。海托华把她送到那里后返回镇上,在下一个星期天一如既往地布道。数月没有去过他家的一些女人、邻居都很关心他,不时地给他送些饭菜。回来后告诉彼此、告诉丈夫,说牧师家里一团糟,像牲畜一样生活——饿了才吃,有啥吃啥。海托华每隔两周去疗养院看望妻子一次,但他总是一天左右就会回来,星期天再继续布道,仿佛这一切都没有发生过一样。出于好奇和关心,人们会问起他妻子的健康状况,他都向他们表示感谢。到了星期日,他又会站在讲坛上,挥舞着双手,发出狂热而急切的叫喊声,上帝、救世军、奔驰的战马、死去的祖父都像幽灵一样在这个声音里轰隆隆地咆哮着。坐在台下的长老、会众们都困惑不已,极度愤怒。秋天的时候,他妻子回到家里,看上去好了许多,好像还胖了一些。她的变化不止于此。或许她受了惩戒,至少清醒了许多。不管怎样,现在的她变得有点像女士们一直希望见到的样子了,像她们认为的牧师妻子应有的样子。她按时去教堂、按时参加祷告。女士们会拜访她,她也会去回访她们,即使在自己家里,她都是安静、谦恭地坐着,女士们教她如何持家,如何穿着,如何为丈夫准备饭菜。

甚至可以说人们原谅了她。实际上,人们并没有给她定过什么罪名,也没有真正惩罚过她。不过,镇上的人们并不相信女士们已经忘记了她先前去往孟菲斯的神秘之旅,而且人们都对她的旅行目的心知肚明。尽管没有人用言语表达出来,没有大声讲出来,因为全镇都相信品行良好的妇女不会轻易忘掉好的、坏的事情，唯恐良心的味蕾无法尽情享受和感知宽恕别人时的快感。因为全镇人都相信女士们了解实情，认为坏女人会被邪恶蒙蔽了心智，她们不得不花心思不让别人怀疑自己。然而，好女人却不会被邪恶所愚弄，因为她们自身德行高洁，自不必为自己或别人的品行操心，于是，她们有充足的时间搜寻别人的邪恶。因此，人们相信德行可以误导好女人对邪恶的判断，而邪恶本身却永远无法愚弄她们。所以，四五个月后，牧师的妻子再次出访，牧师又一次解释说妻子去探亲，而此时，镇上的人们确信这次就连他自己心里都跟明镜儿似的。不过，她又回来了。而海托华也像什么事都没有发生过一样，照常布道、拜访会众、看望病人、谈论教区。然而，他的妻子却不再去教堂。很快，女士们也不再拜访她，不再踏进她家一步，就连左邻右舍也再没有看见她在自家附近出现。不久，她好像已经离开了那里，似乎大家一致认为她从来没有到过那里，牧师也从未娶妻。海托华依旧在每个星期天布道，而且也不再告诉别人妻子在探亲。镇上的人们觉得，或许他喜欢这样，或许他为不必再撒谎而感到开心。

于是，没人看见她星期五上了火车，也许是星期六，就在那天出事了。人们在星期日的报纸上得知，她于星期六晚上从孟菲斯一家旅馆的窗户跳了下来或者是掉下来，摔死了。房间中和她在一起的还有一个醉醺醺的男人。他被抓了起来。他俩用假名冒充夫妻登记入住了这家旅馆。警察发现了一些碎纸片，上面有她亲笔写的真实姓名，纸条被她撕碎后扔进废纸篓里。报纸报道了这则消息，并附上了这张纸条：盖尔·海托华神父的妻子，家住密西西比州杰弗逊镇。报道中还提到该报社在凌晨两点拨通了她丈夫的电话，而他却说无可奉告。星期日早晨，人们赶到教堂时，院子里挤满了孟菲斯来的记者。他们纷纷给他的住所拍照。后来，海托华来了。记者们企图拦住他，但他却从中间穿了过去，走进教堂，登上讲坛。上了年纪的男女会众早已坐在教堂里，令他们震惊和愤怒的不是孟菲斯事件，而是现场的记者们。可当海托华走进来，真真切切地站在讲坛上时，他们连记者也忘在了脑后。起初，妇女们先起身离席，接着男人们也站起来，到最后教堂里空无一人，只剩下站在讲坛上的牧师，他抬起头，身子微微向前倾，面前放着打开的《圣经》，双手撑在讲坛两边，孟菲斯来的记者也已随他进入教堂，坐在后排的长凳上。他们说他并没有注意到会众的离去，他什么都没有看到。

人们告诉拜伦，牧师最后小心翼翼地合上《圣经》，走到空空如也的教堂中，穿过通道，再没有瞧记者们一眼，像会众一样径直离去。一些摄影师架起摄像机，脑袋伸进黑布里等候为他拍照。牧师走出教堂时用一本《赞美诗》遮住了脸，显然他早已料到会这样。不过摄影师更是早有准备，因为这其实是他们设好的圈套。人们告诉拜伦，很可能海托华不熟悉这一套。牧师根本没有注意到一个摄影师在旁边早已架好机器，等他发现时已经晚了，他只是挡住了前方的摄像机。等到第二天早上，报纸就登出了从他侧面拍摄的照片，牧师站在台阶中央，手中举着《赞美诗》挡在脸前。从诗集后面可以看到他向后撇着嘴，仿佛在微笑，但他牙关紧闭，那副表情宛若旧书上画的撒旦。第二天，他把妻子运回来，埋葬了。镇上的人们都参加了葬礼，不过那不算葬礼，他并没有把尸体运到教堂，而是直接送到了墓地。正当他准备亲自诵读《圣经》的时候，另一位牧师走过来，从他手中夺过《圣经》。许多人，尤其是年轻人，在他和其他人离开后，仍旧留在那里望着坟墓。

后来，就连其他教堂的会众都得知他所在的教堂要求他辞职，但他拒绝了。下一个星期天到来时，许多人从其他教区赶来，想看一看到底会发生什么事情。海托华走进教堂，会众不约而同地站起身走了出去，只留下牧师和赶来看热闹的其他教堂的人们。于是，他开始像往常一样为这些人布道。他仍旧带着一副众所周知的痴迷和狂暴的神情，其他教区的人们也都以为他精神失常了。

海托华不愿辞职，长老们要求教区委员会召回他，但自从丑闻发生，报纸上刊登了那些照片后，没有哪个教区愿意接受他。虽然他们都说并非针对他本人，他只是很不幸，命中注定的不幸。后来，人们不再去教堂，就连那些一度为看热闹而来的其他教区的人也不再来了，因为他不再被人关注，而成了招人憎恨的目标。不过，每个星期天，他依旧会在往常的时间里去教堂，站在布道坛上。这时，会众都会起身离去，无业游民之类的人就会站在外面的街道上，听他一个人站在空荡荡的教堂里布道、祈祷。到了下一个星期天，他来到教堂时，发现门被上了锁。游手好闲的人们看到他想试着去开门，然后又放弃了。他昂首站在那里，街上围满了从不去教堂的人们，小孩们虽然不知原委，但觉得肯定发生了什么，所以都停下来，瞪大眼睛望着他，看他呆若木鸡地站在紧锁的大门前。第二天，镇上的人们听说他找到长老们，为了教会的利益辞职了。

于是，全镇都为此庆幸也为他惋惜，因为人们有时会对那些被迫屈从于他们意愿的人们表示抱歉。人们以为这下他的离去会顺理成章，教堂也凑了一笔钱以资助他去别的地方安家，但他拒绝离开杰弗逊镇。人们告诉拜伦，当大家得知他在后街买了一幢小屋，就是他迄今为止一直居住的那所房子时，惊恐万分，简直出离了愤怒。长老们又召开了一次会议，因为人们说资助他离开杰弗逊镇的那笔钱被他挪作他用，他是冒名领了钱。他们找到海托华分辨此事，海托华请求大家原谅，然后回到房间拿出原先那笔钱，原原本本一分未动，并且坚持要他们把钱拿回去。然而，人们拒绝了。他不肯说出那笔买房子的钱是从哪里得来的。于是，第二天就有人说他给妻子买过人身保险，后来又雇人杀了她。不过，所有人都知道事实并非如此，就连那些编造、重复这些谣言的人和听的人也知道这不是真的。

但他绝不会离开杰弗逊镇。后来的一天，人们注意到他亲手制作并油漆了一块小招牌，就立在他家前院里。于是，人们明白他决定要留下来。他依旧雇佣着那个厨师，是个黑人妇女，她一直受雇于海托华。可是人们告诉拜伦，他的妻子刚刚去世时，似乎人们才立马发现那个黑人厨子是个女的，他成天和那个女人独自待在一起。他妻子在寒碜的坟墓里尸骨未寒，人们就开始在背后窃窃私语，说他妻子被他逼得无路可走，才选择了自杀，因为他算不上一个真正的丈夫，一个纯粹的男人，而那个黑人妇女就是罪魁祸首。这就是整个事件，缺乏真相的事件。拜伦静静地听着，心想哪里的人们都一样，但似乎要在这样一个小城镇作恶难上加难。在这里想守住隐私并不容易，人们可以假借别人的名义编造一切。因为只需一个点子，一个无事生非的字眼，便可吹入人们的心扉。有一天，黑人厨娘辞职了。听说有天夜里，一帮人胡乱蒙了面闯进牧师家里，命令他解雇这个女人；也有人说第二天那个女人声称是自己主动不干的，因为主人要求她做的事违背了上帝的意愿，也有违常理；还有人说她是在蒙面人的恐吓下才辞职的，因为她是皮肤深棕色的混血女人，据说镇上有两三个男人也反对她做那些自知悖逆上帝和常理的事情。正如一些年轻人所说，要是一个黑人妇女都觉得那件事有违上帝和自然的意愿，那它定是十恶不赦的事情。不管怎样，牧师再也雇不到女厨子了。或许就在那天晚上，那些人威胁了所有的黑人妇女，因此有好一阵子，他需要自己做饭。直到有一天，听说他找来了一个黑人男厨，这下他彻底完了。当天晚上，就闯进来几个没有戴面具的男人，把这个黑人厨子带到外面暴抽一顿。第二天早晨，海托华醒来时发现他的书房窗户被砸坏了，地上扔着一块砖头，上面还系着一张纸条，警告他在太阳下山前离开杰弗逊镇，上面还署了3K党[1]的名字。然而，海托华并没有离开。

【1】3K 党（Ku Klux Klan，缩写为 KKK），是美国历史上和现在的一个奉行白人至上主义的民间组织，也是美国种族主义的代表性组织，是美国最悠久、最庞大的恐怖主义组织。

第三天早晨，有人在离镇一英里外的树林里发现了他，他被绑在树上打得不省人事。

他拒绝说出是谁干的。人们都明白他不应该那么做，一些人来找他，再次想劝说他离开杰弗逊镇，要为自己的安全考虑，说不定下次就会有人杀了他。但他拒绝离开，甚至不愿提起挨打事件，就连人们提议要严惩凶手时，他都只字不提。他什么都不说，也不愿离开。后来，就像一阵邪风刮过，整个事件仿佛突然一下烟消云散了，好像大家最终都已明白海托华将成为整个城镇的一部分，直到他死去，而且双方最好互不干涉。拜伦心想，整个事件好像是一大群人在演戏，现在大家终于都演完了分配给自己的角色，此时该相安无事。人们不再理会牧师。人们看见他有时在院里或花园里，有时看见他胳膊上挎着篮子走在街上或店铺里，大伙儿也会跟他打招呼。他们知道他自己做饭、做家务。过了一段时间，邻居开始再次给他送些饭菜，虽然是那种送给穷苦工人吃的饭，但好歹也算是食物，而且都是出于好意。正如拜伦所想，二十年里人们会忘记许多事情。"不过，"拜伦心想，"杰弗逊镇上没有人知道他每天从黄昏到天黑一直坐在窗前，也不知道他的房间里是什么样子，只有我知道。而且他们也不知道我了解这些，否则很可能会把我俩带出去，再暴打一顿，因为人们的记忆时间似乎比遗忘时间要长。"拜伦来杰弗逊镇生活后，通过自己的观察了解到一件事情，所以才有了这样的想法。

海托华博览群书。拜伦曾经进过海托华的书房，四周的书架上摆满了各类他闻所未闻的书籍：宗教、历史、科学。拜伦满怀崇敬，暗自惊诧地审视这些书籍。大约四年前的一天，一个黑人男子跑进牧师家里，说妻子要临盆了。他们住在牧师家后面紧靠镇边的小木屋里。海托华家没有电话，于是他告诉黑人到隔壁家打电话请医生来。他看着黑人男子走到邻居家大门口却没有进去，只是在那里站了一会儿，然后继续步行向镇里走去。海托华知道这个男人不会去求助白人妇女帮他打电话，他会一直走到镇里，照他那种黑人式的没完没了的磨蹭劲儿，得三十多分钟才能联系到医生。海托华走到厨房门口，听见不远处的小木屋里传来那个女人的哭号声。他没有再等下去。他跑进小木屋里，不知道为什么那个女人从床上滚了下来，双手和膝盖撑在地上，哭叫着努力想回到床上。他把她扶到床上，告诉她躺在那里不要动，并且警告她要听从自己的话。然后，他跑回家里，从书架上的书里取出剃刀和一些绳子，然后又跑回小木屋为产妇接生。然而，孩子生下来就死了，医生赶到时说肯定是海托华发现她滚下床时憋坏了孩子。医生赞同海托华的处理方法，而她的丈夫也表示满意。

"尽管这两件事情隔了十五年，"拜伦心想，"但它们太相像了。"因为不出两天，就有人说那个孩子是海托华的，是他故意让孩子死去。可拜伦明白，即便是那些造谣的人也无法相信自己说的话。他知道镇上的人们总是习惯于给牧师抹黑，即使他们自己不相信谣传，但也控制不住自己说瞎话。"因为，通常来讲，"拜伦想，"一旦形成习惯，它将想方设法远离事实和真相。"拜伦记得有一天傍晚，他和海托华聊天时，海托华说道："他们都是好人。他们必须坚持自己所相信的，尤其我曾经一度做过他们信仰上的导师和仆人。因此，我没有理由触犯他们的信仰，你也没有理由说他们是错的，因为所有人都希望被允许平静地生活在同伴中。"这是在拜伦听到传闻、开始在夜幕下造访海托华书房后不久，海托华说的一番话。拜伦仍然不明白为什么牧师要留在杰弗逊镇，教堂已经驱逐了他，可他还执意在教会的视线和听觉范围内出现。一天晚上，拜伦向海托华提出了这个疑问。

"星期六下午，别人都去镇上寻开心了，你为什么还留在刨木厂干活儿？"海托华问他。

"我不知道，"拜伦回答，"我想这就是我的生活。"

海托华说："所以，我想这也是我的生活。"

"不过，我现在知道原因了，"拜伦心想，"他是怕到了新环境后惹的麻烦比已经出现过的还要糟糕。他宁愿死守习惯了的困境，也不愿冒险去改变。是的，人常说要逃离生者，却不知是死者给他造成了伤害。那些死去的人静静地躺在地下，并无意打扰他们，只不过是自己无法逃脱罢了。"

所有的一切都像轰隆隆的雷声一样远去，静静地坠落在黄昏里，夜晚已经到来。然而，海托华依旧坐在书房的窗户前，身后的房间一片漆黑。街角的路灯闪烁着刺眼的光芒。没有风，枫树支离破碎的影子仿佛轻轻地靠在八月的夜幕上。远处传来十分微弱但又十分清晰的声音，他听得出那是教堂里会众响亮的声浪：声音简朴而饱满，卑微而自豪，时而高亢，时而沉寂，宛如和谐的声浪荡漾在寂静的夏夜里。

不一会儿，他看见一个人沿着街道走过来。在平日的夜里，他会辨认出这个人的身材、体形、他的马车和他的步子。但这是在星期天的晚上，马蹄幽灵般的回声静静地响彻整个幽暗的书房。他平静地凝视着这个瘦小、没有骑马的身影走过来，带着动物靠后脚保持平衡的危险和投机耍滑的巧劲儿移动着，人类这种动物还愚蠢地为此而感到自豪，殊不知会经常败在诸如引力和冰雪之类的自然法则面前；黑暗中，面对他们自己发明的摩托和家具之类的外来物种时也是不堪一击；连自己扔在地板上、街道上的食物都会为难他们。海托华静静地想着，祖先将马作为国王和武士的象征和标志是多么明智啊。这时，他看到街上那个人绕过低矮的招牌，拐进他的大门，走近屋子。于是，他往前坐了一点，望着那个人走在黑暗中，朝黑乎乎的门口走来，他听到那个人蹒跚地踏上伸手不见五指的第一级台阶。"拜伦·邦奇。"他说道，"星期日晚上在镇上，拜伦·邦奇星期天还在镇上。"

4

他们面对面坐在书桌的两边。此时，桌上一盏带有绿色灯罩的台灯被点亮，照亮了整个书房。海托华坐在台灯后面的一把老式转椅里，拜伦坐在对面的直背椅上。两人恰好没有被灯罩里泻下的灯光直射在脸上。窗户敞开，飘来了远处教堂里唱歌的声音。拜伦的话音单调而平和。

"真是件怪事。我当时正想，要想找到一个没有坏事打扰的地方，那准是在星期六傍晚的刨木厂。那会儿那幢房子着了火，可以说就在我对面。我好像正在吃晚饭，时不时地抬头看看那股烟柱，我就想'哦，今晚总算没人来了，起码晚上不会有人打扰我'。然后，我刚一抬头，就看见她站在那里，满脸堆笑，正要从口中说出那个人的名字，但发现我并不是她要找的人。也不知怎么回事儿，我也不知道怎么回事，就把所有的事情抖了出来。"说着，拜伦隐约做了个奇怪的表情，但不是笑容。他的上嘴唇只是瞬间一翘，脸皮刚皱起立马就消失了。"当时我甚至都没怀疑过，自己不知道的事情还不是最糟糕的。"

"能让拜伦·邦奇在星期天留在杰弗逊镇真是件怪事。"海托华说，"但她是来找那个人的，而你又帮她找到了他。难道你做的不正是她所希望的吗？她从亚拉巴马州一路来到这里不就是为此事吗？"

"我觉得跟她说那些事情，本来没错。这没什么问题。她腆着大肚子坐在那里盯着我。那种眼神让人即使想撒谎都张不开嘴了。我就一直没完没了地讲，那边的大火正好看得清清楚楚，就像在那里警告我要留神自己的嘴巴，可我蠢得都没反应过来。"

"哦，"海托华说道，"昨天着火的那座房子啊。不过我没发现这两件事之间有什么关系——那是谁的房子？我自己也看见那股烟了，我还问了过路的一个黑人，可他也不知道。"

拜伦看着海托华，说："就是伯顿家的老房子。"两人同时望着对方。海托华是一个身材高大的男人，有一段时间很瘦，不过现在不瘦了。他的肤色像面粉口袋的颜色，上半身也像一个松松垮垮的装满面粉的口袋，支撑着从枯瘦的肩膀到膝盖的所有重量。接着，拜伦继续说道："你还不知道吧。"海托华看着他，他若有所思地说道，"又该我说了。两天之内分别和两个人说一些他们不愿听，也本不应该听说的事情。"

"是什么事情你觉得我不想听？我没听说过的什么事情？"

"不是说大火。"拜伦说，"他们都从大火里跑了出来，都没事儿。"

"他们？据我所知伯顿小姐一个人住在那里。"

拜伦又盯着海托华看了一会儿，但海托华只有满脸的严肃和关切。拜伦说："是布朗和克里斯默斯。"海托华仍旧是刚才那副表情。"你连这个也没听说吧。"拜伦继续说，"他们住在那里。"

"住在那里？他们寄宿在那座房子里？"

"不是，是房子后面黑人住过的小木屋。三年前，克里斯默斯把它修盖好，从那以后一直在那儿住，可大伙儿都还纳闷儿他晚上在哪里过夜呢。后来，他和布朗合伙了，就让布朗也搬到那里了。"

"哦，"海托华说，"不过我还是不明白……要是他们在那儿住得舒服，伯顿小姐也没有——"

"我觉得他们相处得还不错。两人一起贩卖威士忌酒，那个老房子就是老窝，很隐蔽。我看伯顿小姐并不知道这件事，也不知道威士忌。起码，大家不确定她是不是清楚这事儿。人们说克里斯默斯三年前是自己单干，只卖给一些老主顾，这些人互不相识。可当他拉布朗和他一起贩酒后，我想布朗是想扩大生意，他把半品脱酒藏在衣襟下，走到哪儿卖到哪儿，逢人就卖。他从不喝自己卖的那些酒，而且我觉得他们搞到威士忌的渠道经不起盘查。因为自打布朗从刨木厂辞工后，开着新车兜风便成了正事儿。过了两个星期，他在一个星期六的晚上在镇中心喝得烂醉，还跟理发店里的一群人吹嘘，说他和克里斯默斯有天晚上曾经在孟菲斯或是紧靠孟菲斯的一条路上做过什么事，说他们开着那辆新车藏在灌木丛后面，克里斯默斯手里还拿着一把枪，还有一大堆关于卡车、一百加仑什么的事情，后来克里斯默斯及时赶到，把他从椅子里揪了出去。克里斯默斯用安静低沉的嗓音不温不火地对他说：'小心点，杰弗逊镇的生发油喝多了会变傻！这会儿嘴也漏了吧！'他一手揪起布朗，一手猛抽耳光。看上去他下手并不重，但在克里斯默斯举手抽打的间隙，人们看到布朗的脸颊附近一片通红。'出来呼吸点新鲜空气吧，'克里斯默斯又说，'你在这儿大家都没法工作。'"拜伦沉思了一阵，然后又说，"她坐在那堆木板上望着我，望着我把整件事一股脑全倒给她听，她一直盯着我，然后又问：'他的嘴角这儿是不是有一块小小的白色伤疤？'"

"所以，布朗就是她要找的人。"海托华说道。他一动不动地坐在那里，安静而诧异地望着拜伦，没有咄咄逼人，也没有义愤填膺，仿佛在听异族人的故事。"哦，她的丈夫是个贩私酒的。"不过，拜伦能从他脸上看到某种隐藏的东西即将暴露出来，而海托华自己却并没有意识到。他体内有种东西正试图警告他或让他做好准备。然而，拜伦却认为这只是自己早已经历过的一种反应，而且是他将要讲述的。

"因此，在我明白过来之前就已告诉了她一切。那时，即便我明白事实的确如此，我真恨不得把舌头咬成两段。"此刻，拜伦并没有看海托华。透过窗户，传来了远处教堂里风琴和歌声混在一起的和音，在静谧的夜晚虽然微弱却很清晰。拜伦心想：*我怀疑他是不是也能听见，或许长久以来他听得太多了，所以再也听不到了。*"整个傍晚我工作的时候，她一直坐在那里。那场大火终于灭了，我一直在挖空心思琢磨该告诉她些什么，该怎么办。她想立刻去找他，让我给她指路。当我告诉她那个地方大约两英里远的时候，她只是微微一笑，仿佛觉得我是个小孩子什么的。她说：'我从亚拉巴马州走了这么远，我想再走两英里没什么好担心的。'然后我又告诉她……"拜伦停住了，似乎正盯着脚下的地板出神。他抬起头说："我想我没说实话，不过从另一方面来看，这也不算欺骗。因为我知道好多人在那里看大火，而她要去那里找他。我自己也不确定，也不知道那个人在哪里，以后会发生什么事，最糟糕的事情又会是什么。于是，我告诉她，那个人正忙着干活儿，找他的最佳时机是六点后到镇中心。事实的确如此。因为我知道他把那种勾当，那种把冰冷的小瓶子紧贴胸口的事情叫作工作。要是他离开了广场，那他只是刚刚钻进了一条巷子，或者是晚出来了一小会儿。所以，我劝她坐在那里等一会儿，而我一边继续干活儿，一边想着该怎么办。现在想来，毫不知情是多么让人着急。这会儿，我了解了全部情况，似乎当时根本没有必要担心。今天一整天我都在想，要是能回到昨天，事情就好办多了，也就不会像当时有那么多担心。"

"我还是不明白你有什么可担心的。"海托华说，"他是什么人，她成了什么样子，这些都不是你的错。你已经尽力，做到了陌生人力所能及的事。除非……"海托华也停住不说话了。所有的语言都随着音调的变化消失得无影无踪，好像无聊的思索已经变成了推测，甚至于关切之类的东西。对面的拜伦坐在那里没有动，他低下头，神色凝重。拜伦对面的海托华还没有联想到"爱情"。他只记得拜伦还很年轻，单身，工作努力。尽管拜伦坚持认为对她只是同情而已，但通过他的讲述，海托华觉得这个素未谋面的女人有一种令人不安的特质。

此刻，他密切关注着拜伦，既不冷漠也不热情，而拜伦还是用平稳的语调继续诉说，到了六点他仍然不知道该怎么办，甚至当他和丽娜走到广场时，他仍然没有任何想法。拜伦平静地说，到达广场后，他决定带丽娜去比尔德太太家。此时，海托华困惑的神情开始转变为退缩，他有一种预感。拜伦静静地讲述、思索、回味着：那天傍晚，仿佛有什么东西弥散到了空气里，让所有熟悉的面孔都变得陌生；而他自己还没有听人说起，也不必知道是什么让他陷入了孩子般无知的两难境地，然而，用不着弄清楚这一切，他就知道绝不能让丽娜听到这些。他甚至不需要别人亲口告诉他，他已经确信自己找到了失踪的卢卡斯·伯奇。他现在明白，自己愚蠢至极，先前竟然没有意识到。他似乎现在才明白，天空中那道滚滚的黄色烟柱便是命运、环境给了他整整一天的警示，他却如此愚蠢，竟然完全没有读懂。所以，他不能让别人泄露，不能让空气中弥漫的闲言碎语飞到她的耳朵里。也许当时他也清楚，她迟早会知道、会听说，无论如何她都有权利知道。只不过他似乎觉得只要带她走过广场，走进某所房屋，他便算尽了自己应尽的责任。这不是对邪恶负责，而是作为上天选出的杰弗逊镇的代表，在邪恶发生的同时，和这个身无分文、步行跋涉三十天来到这里的女人待了整个下午。他不希望、也没打算逃避这个责任，只不过是想让自己和丽娜有足够的时间来缓冲惊诧和冲击罢了。拜伦低下头平静地说着，有些结巴，语调平稳，没有一丝变化。坐在桌子对面的海托华仍旧带着退缩和拒绝的神情注视着他。

拜伦和丽娜终于来到他寄宿的比尔德太太家，走进屋里。他们走到大厅时，似乎丽娜也有某种预感，她望着拜伦，第一次开口问道："那些人想跟你说什么？那座着火的房子怎么了？"

"啥事都没有，"拜伦的声音听起来非常枯燥，那么没有说服力，"就是说伯顿小姐在大火中受了伤。"

"怎么受伤的？严重吗？"

"我想不严重,说不定根本没受伤,不过是人们猜测罢了,他们老这样。"拜伦不敢看她,压根儿不敢看她的眼睛。不过,他能感觉到丽娜正在望着他,而且他仿佛听到无数个声音:那些声音,那些谈论杰弗逊镇、谈论他匆忙领着她穿过广场的窃窃私语声,人们在熟悉、安全的灯光下交谈。整个屋子似乎也充斥着熟悉的声音,但声音里满是慵懒、十分拖沓的味道,他望着昏暗的大厅,心想:她怎么还不出来?她怎么还不来啊?终于,比尔德太太露面了。她是一个愉快、恬静的女人,红色的手臂,散乱的灰白色头发。"这是伯奇夫人,"拜伦瞪大眼睛,迫不及待地介绍道,"她从亚拉巴马州刚到杰弗逊镇,想见她的丈夫。不过,他还没来。所以,在她还没有被镇上的热闹劲儿搞晕前,我把她带回这里歇一歇。她还没去过镇上,也没和谁说过话,所以我想您或许可以给她安排个住的地方,免得她听到些……"拜伦没有继续往下说,但沉默中已经包含了所有的急切和请求。这时,他觉得比尔德太太已经明白了他的意思。后来他得知,并非由于他的请求使得比尔德太太没有说出自己听到的事,而是她早已注意到丽娜有孕在身,没必要让她知道太多。比尔德太太打量着丽娜,就像这四个星期以来所有的陌生妇女那样,从头到脚看了她一遍。

"她打算待多久?"比尔德太太问道。

"就一两晚,"拜伦说,"也许就今晚。她是来这儿找她丈夫的。她刚来,也没时间去打听——"他的声音依旧是那么饱含深意。这时,比尔德太太开始注意拜伦。他以为比尔德太太仍然在努力理解他的意思,但实际上她是在琢磨拜伦为什么欲言又止,她相信(或者是即将相信)拜伦吞吞吐吐一定另有原因。接着,她又开始打量丽娜,眼神不至于冷漠,但也算不上温和。

"我看她现在也没必要去哪儿吧?"比尔德太太说。

"我也觉得是,"拜伦非常急切,迅速答道,"她好久没见过那么嘈杂热闹的阵势,现在或许得忍受……要是今晚您这儿人多的话,我想她可以用我的房间。"

"行,"比尔德太太马上说道,"反正你一会儿就走。你想让她住在你的房间,一直等到星期一早上你回来?"

"今晚我不走了,"拜伦没有看别处,"这回我不走。"拜伦直面着比尔德太太那双冰冷、怀疑的眼睛,看着她反过来想去读懂他的眼神,相信她已明白了他的用意,而不是妄加臆断。人们常说老练的骗子才能骗人,但那些习惯于骗人的老骗子只能骗得了自己,正是那些一辈子都老实巴交的人撒了谎才会立刻有人相信。

"哦,"比尔德太太又看着丽娜问道,"难道她在杰弗逊镇就没有别的朋友?"

"她在这儿谁都不认识,"拜伦回答,"离开亚拉巴马州后就没一个熟人。也许明天早晨伯奇先生就会出现。"

"哦,"比尔德太太问道,"那你睡哪儿?"不过,还没等对方回答,她就说:"我想,要是她不反对的话,今晚我可以在我房间里给她搭一个简易床。"

"太好了,"拜伦说,"真是太好了。"

晚饭铃声响起时,拜伦早已做好准备。他找了个和比尔德太太单独说话的机会。他从没有花那么多时间去编谎话,实际上根本用不着,因为他努力去掩盖的东西正是最自然的保护。"到时候男人们在饭桌上肯定会提到那件事,"比尔德太太说,"我想,她挺着个大肚子(比尔德太太嘲讽地想:这个时候还得去找一个叫伯奇的丈夫)没必要听男人们瞎扯。你过一会儿再带她来,等那些人吃完饭后再来。"拜伦照比尔德太太交代的去做了。丽娜再一次津津有味地吃着,依然那样端庄、优雅,几乎还没吃完就已昏昏欲睡。

"旅行,可真累啊!"丽娜解释说。

比尔德太太说:"你到客厅坐会儿,我给你铺床。"

"我来帮您吧。"丽娜说道。不过,就连拜伦也看得出她根本帮不上忙，因为她困得要命。

"我不敢留她一个人在那里。"拜伦说。海托华坐在桌子对面，没有动。"我们坐在那里，当时在镇中心警长的办公室里一切都真相大白了，布朗交代了所有的事情，包括他、克里斯默斯和威士忌在内的一切。不过，威士忌对人们来说并不算新闻，在布朗参与前就已经不算什么秘密了。我估计大家最想知道的事情就是克里斯默斯为什么会选中布朗，也许这就是人们所说的物以类聚吧，想躲都躲不开。不过就算是蛇鼠一窝，也还是各不相同。克里斯默斯胆敢触犯法律去赚钱，而布朗犯法却是因为他压根儿不知道自己干了些什么。就像那天晚上在理发店一样，他醉醺醺地在那儿吹牛，直到克里斯默斯跑来才把他拖走。麦克西先生说：'你觉得他很快就会抖出他和那个家伙的什么事情？'麦克兰登上尉说：'我没想过。'麦克西先生又说：'你没觉得他们实际上可能是在劫持运酒车吗？'而麦克兰登说：'当你听说克里斯默斯那家伙一辈子没做好事时，你会觉得奇怪吗？'

"那就是布朗昨晚招认的一切，可这些谁都知道。好长时间，人们一直在说应该去告诉伯顿小姐。可我觉得没人愿意去和她说，因为没人知道会发生什么事情。我想有好多人自打出生起都没见过她，而且我自己也不想去老房子那儿。没有人见过她，或许除了有人乘马车路过时，偶尔能看见她站在院里，穿着长裙，戴着遮阳帽，我估计连黑人妇女都不愿意她那样打扮。或者，她也许早就知道。她是个北方佬，说不定她根本不介意。所以，去找她的话，谁也不知道会发生什么事情。

"所以，她上床睡觉前我不敢留她一个人在那儿。昨晚我就打算马上来见您，可我又不敢撇下她。那里的房客在大厅里来回走动，我不知道什么时候就会有人突然走进来跟她聊起来，把整个事情给抖出来。我在走廊就已经听见他们在谈论，而且她还一直盯着我，又问我关于那场大火的事，所以我不敢离开她。我们坐在客厅，她困得几乎快睁不开眼睛了，我告诉她可以帮她找到那个人，不过我得出来跟一位我认识的牧师说说这件事，好帮助她联系上那个人。我跟她说话的时候，她正闭着眼睛，不知道我已经明白她和那个家伙根本没有结婚。她以为自己骗过了所有人。她问我要跟谁说起她的事，我告诉她了，可她还是闭着眼睛。最后我说：'我说的话你一个字也没听。'她稍微坐起身，不过还是没有睁开眼睛，说道：'他能帮人主持婚礼吗？'我问：'什么？他能做什么？'她说：'他还能像牧师一样给人主持婚礼吗？'"

海托华仍旧坐着没动。他挺直身板坐在桌前，两条胳膊平行放在转椅扶手上，没有戴牧师领圈，也没有穿外套。他的面容瘦削而松弛，仿佛有两张脸皮，一张叠在另一张上面，一双无神的眼睛从镜片后面张望，苍白的秃顶上长着一圈灰白色的头发。他露在桌面以上的上半身已经变形，由于长期久坐，松松垮垮、肥肥大大的身子有些畸形。他僵直地坐在那里，脸上浮现出的拒绝和飘忽不定的神情此时变得非常明确。"拜伦，"他说，"拜伦，你究竟要跟我说什么？"

拜伦没有说话。他平静地看着对方，一脸同情和怜悯，说道："我早知道你还没听说过，我也知道该由我来告诉你。"

两个人互相望着彼此。"我还没听说过什么？"

"关于克里斯默斯。昨天发生的事和克里斯默斯的事。克里斯默斯是个混血儿。关于他、布朗和昨天的事情。"

"混血儿。"海托华重复道。他的声音轻盈而细碎，像一朵蓟毛花无声地融进寂静里，轻得没有一点分量。他坐着没动，好一会儿他都没有动弹一下。后来，似乎他的整个身子都有了拒绝和退缩的反应，体内的各个部位都像面部一样活动起来。而且，拜伦还看到他那张松弛死板的大脸突然变得油光可鉴，上面满是汗珠。他问："克里斯默斯、布朗和昨天的什么事情？"

远处传来的音乐早已停止。现在，除了一贯的虫鸣声和拜伦单调的话音外，整个房间鸦雀无声。桌子对面的海托华笔直地端坐在那里，双手掌心平行地向下放着，下半身被桌子遮住了，像极了一尊东方偶像。

"事情发生在昨天早上。一个乡下人赶着马车带着家人来到镇上。是他发现了那场大火。不，他是第二个赶到那里的人，因为他说在他破门而入后发现屋里已经有人了。他说自己看到了那幢房子，并对妻子说那儿的厨房冒出好大的烟，后来马车继续往前走，他的妻子说：'房子着火了。'我估计：他可能停下马车坐在车上望着那股烟看了一会儿，然后他才说：'好像是。'而且我觉得是他妻子让他下车去看看。'他们不知道着火了，'妻子说，'你去告诉他们。'于是，乡下人下了马车，走到门廊处，站在那里喊了一阵'喂，喂'。他说当时还能听见屋里毕毕剥剥着火的声音，然后他用肩膀把门撞开，进去以后看见第一个发现火情的人。这个人正是布朗。不过乡下人并不知道。他只是说大厅里站着一个醉汉，好像刚从楼梯上摔下来一样。当时乡下人并不清楚那个人醉到了什么程度，还说：'先生，你家房子着火了。'他说那个醉汉一直强调楼上没人，反正楼上到处是火，没必要上去救什么东西。

"可那个乡下人知道楼上不会有那么大的火，因为火全是从后面的厨房冒出来的。再说了，那个人醉得那么厉害，什么都不知道。他还说从醉汉极力阻止他上楼的举动来看，肯定有什么不对劲。于是，他开始上楼，喝醉了的家伙想把他拉回来，他一把甩开那个家伙径直上了楼。他说醉汉想跟上他，还一直说楼上什么都没有。可当他跑下楼，想起那个醉汉时，那个人已经不见了。不过，我想他肯定是过了一会儿才想起布朗的。因为他跑到楼上后，又开始叫喊，打开好几扇房门后，才打开伯顿小姐所在的房门。"

拜伦又停住了。此时，房间里除了虫鸣没有任何声音。敞开的窗户外面，执着的昆虫拍打着翅膀，盘旋跳动着，发出无数令人昏昏欲睡的声音。"发现了她。"海托华说，"他发现了伯顿小姐。"他还是坐着没有动。拜伦也没有朝他看，或许说话的时候，他正在盯着膝盖上的双手暗自思忖。

"她躺在地板上，脑袋已经快被割下来了，是一位头发刚刚变白的女士。乡下人说他站在那里，还能听到燃烧的声音，他所在的房间也有烟，好像是跟着他窜进来的一样。他不敢扶她，也不敢抱她下楼，因为担心她的脑袋会掉下来。后来，他又跑下楼梯，跑到门外，甚至没有注意到醉汉早已不见踪影。他跑到路上告诉妻子，让她赶着马车到最近的地方打电话报警。然后他又绕到屋后的水池边去取一桶水，这时他才明白这个举动是多么愚蠢，因为屋后已经一片火海。于是，他又跑回屋里，上了楼，冲进房间，从床上扯下床单，把她包好，然后抓起床单的四个角，像背面粉似的甩到背上，扛出屋外，放到一棵树下。他说最可怕的事情终于发生了。床单打开后，她侧身朝一边躺着，脑袋干净利落地转了个圈，好像从身后看着自己的身体一样。乡下人说要是她活着的时候能朝后看的话，现在也不至于有这样的结局了。"

拜伦说完后又看了一眼桌子后面的那个人。海托华还是没有动，眼镜片后面那双无神的眼睛周围一直在静静地冒汗。"接着，警长来了，消防队也来了，可是谁来都于事无补。因为水管里没水。那幢老房子烧了整个傍晚，我在刨木厂能看到那股烟，她来的时候我还指给她看了。因为那时我不知道这些关系。他们把伯顿小姐运到城里，银行里有她的一份文件，上面有关于她死后如何处理的内容。文件中说她有一个侄子在北方，她的老家和亲人都在那里。于是，他们给他的侄子发了电报。不到两个小时，他的侄子就回复说愿意出一千美元悬赏捉拿凶手。

"克里斯默斯和布朗都不见了。警长发现有人曾经在小木屋里住过，接着所有人立马说起克里斯默斯和布朗的事，他们私下早知道要么是他俩合伙，要么是其中一个人杀害了伯顿小姐。但到昨晚为止，没人能找到他们。乡下人并不知道他在屋里看到的醉汉就是布朗。人们觉得也许布朗和克里斯默斯一起逃跑了。不过,昨晚布朗露面了,而且他当时很清醒。大约八点的时候,他来到广场疯狂地喊叫,说是克里斯默斯杀了伯顿小姐,并且声称他应该得到那一千美元的赏金。人们告诉了警长,把他带到警长办公室。他们告诉他只要他抓到克里斯默斯,并且证明确实是克里斯默斯干的,赏金就可以归他。于是,布朗开始讲述。他说克里斯默斯和伯顿小姐已经像夫妻一样同居了三年,直到布朗和他合伙为止。布朗说当时他搬出来,和克里斯默斯一起住到小木屋时,克里斯默斯说自己一直都睡在木屋里。接着,布朗又讲起,有一天晚上他还没睡着,听见克里斯默斯翻身起床,在他的简易床前站了一会儿,好像在倾听什么,然后踮着脚尖走到门口,悄悄打开门走了出去。布朗说他也下了床,跟在克里斯默斯后面,看见克里斯默斯走到那幢大房子前,从后门进去,仿佛那扇门是为他而留,或者他有钥匙,然后布朗又返回小木屋上了床。但他说自己一直想笑怎么也睡不着,觉得克里斯默斯自以为聪明。他躺在床上,不到一小时,克里斯默斯回来了。布朗说自己当时实在憋不住就笑了,还对克里斯默斯说了一句'你这老混蛋'。那时,克里斯默斯在黑暗中怔住了。可他自己却躺在那里笑个不停,说克里斯默斯这种手段并不高明,嘲弄克里斯默斯竟然和一个头发花白的老女人鬼混,还说要是克里斯默斯让他去的话,他愿意和克里斯默斯一个星期轮一次,就可以免掏房租。

"布朗又说,就在那天晚上,他发现克里斯默斯迟早要杀了伯顿小姐或其他什么人。他说自己笑着躺在那里,以为克里斯默斯也许会再回到床上,但克里斯默斯却点燃了一根火柴。布朗说他止住笑,躺在那儿,望着克里斯默斯点亮灯笼,放在布朗床边的盒子上。布朗说自己没有再笑,只是躺在床上,克里斯默斯站在床边低头看着自己。'这回你算搞到了个好笑话,'克里斯默斯说,'明天晚上去理发店宣传一下，让你笑个够。'布朗说自己并不知道克里斯默斯生气了，自己还和他顶了几句，但并没想过要惹怒克里斯默斯。克里斯默斯用他特有的说话方式冷冷地说道：'你还没睡够，醒的时候太多。也许你应该多睡会儿。'布朗问：'睡多久？'克里斯默斯说：'也许从现在就睡。'布朗说那时他才明白克里斯默斯发火了，那不是取笑他的时候。他说：'咱不是哥们儿吗？我怎么会跟别人说一些跟自己无关的事？你难道信不过我吗？'克里斯默斯回答：'我不知道，我也不在乎。不过你可以相信我。'他看着布朗问：'你难道不相信我？'布朗回答：'相信。'

"然后，他又说自己害怕克里斯默斯会在哪天晚上杀了伯顿小姐。警长问他为什么从没有报告过他的恐惧。布朗说他以为自己待在那里，不必惊动警方就能阻止事件的发生。警官哼了一声说他想得可真周全，要是伯顿小姐知道的话，一定会很感激他。我想，那个时候轮到布朗明白自己也有可疑之处了。因为他说到伯顿小姐给克里斯默斯买了那辆车，他想劝克里斯默斯不要再卖私酒，以免让他们陷入麻烦。警察盯着他，他越说越快，越说越多。他还说自己星期六早上一醒来，看见克里斯默斯天不亮就起床出去了。布朗知道克里斯默斯要去哪里。大约七点的时候，克里斯默斯回到小木屋，站在那里看着布朗，说道：'我做完了。'布朗问：'做什么了？'克里斯默斯说：'去那幢房子里看看。'布朗说当时他很害怕，但他绝对没想到是那种事，起初他以为克里斯默斯只是打了她一顿什么的，然后克里斯默斯转身就走了。于是，布朗起床穿好衣服，正要生火做早饭时，不经意间抬头往门外一瞧，发现那幢大房子的厨房着火了。

"'什么时候？'警长问。

"'我想是八点左右。'布朗说，'人们一般都在这个时间起床，除非是有钱人。上帝知道我没钱。'

"'可直到十一点才有人报告那场大火，'警长说，'到下午三点时房子还在燃烧。你的意思是一幢古老的木头房子，就算是一幢大楼

房，得六个小时才能烧完？'

"布朗坐在那里左顾右盼，警察在他四周围了一个圈，打量着他。'我说的都是实话，'布朗说，'都是你们要求的。'他还是左瞧瞧右瞅瞅，突然头一扭，大声叫嚷道：'我怎么知道是几点。你以为在刨木厂做黑鬼才干的营生，他能有钱买得起表吗？'

"'你有六个星期没有在刨木厂或其他地方干活了，'典狱长说，'一个买得起新车，成天在街上兜风的人，完全可以随时路过法院门口看看那里的时钟，弄清楚时间。'

"'我说了，那不是我的车！'布朗说，'那是他的。是那个女人买给他的，是那个被他杀死的女人送给他的。'

"'这不重要，'警长说，'把话说完。'

"于是，布朗继续往下讲，声音越来越高，速度也越来越快，好像他竭力想撇开乔·布朗和克里斯默斯事件的关系，以便让他有机会捞到那千元赏金。我真搞不懂，有人竟然以为捞钱是一种可以不讲规则的游戏。布朗说直到他看到大火，他也万万没料到伯顿小姐还在房里，更没想到她已经死了。他说自己压根儿没有想到要进屋里查看，只是一门心思想着怎么灭火。

"'要按你说的，这个时候是八点左右，'警长说，'汉普·瓦勒的妻子快到十一点时才报警。你花了好长时间才发现自己赤手空拳没法灭火。'布朗坐在警察中间（他们把门锁上了，但外面围了一圈人，窗玻璃上贴满了一张张脸），仍然东张西望的，噘起的上嘴唇离牙齿好远。'汉普说他破门进屋后，已经有人在屋里了，'警长说，'而且那个人还设法阻止他上楼。'布朗被警察围在中间，两眼不知道往哪里看才好。

"我想那个时候他一定非常绝望，眼睁睁看着那一千美金离他越来越远，而且即将被别人拿走。我觉得他好像是眼睁睁看着自己手中的钱被别人给花了。他们说布朗好像专门留了一些话没说，就等这个时候派上用场；他好像早知道如果到了关键时刻，这些话会救他。此刻，对他来说，即便承认不得不承认的事情比被指控杀人更糟糕，他也会展示藏好的这一手。'好啊，'他说，'来吧，控告我，控告一个用自己所知道的一切去帮你们的白人。控告这个白人，却让那个黑鬼逍遥法外。抓住白人放跑黑鬼。'

"'黑鬼？'警长问，'黑鬼？'

"当时他好像觉得自己抓住了他们的把柄，他们会相信他干的事情不会比他所告发的人犯下的罪行更恶劣。'你们真棒，'他说，'镇上的人们自以为聪明，结果被他骗了三年，三年中都以为他是外国人。我见过他三天就知道他根本不是什么外国人。没等他亲口告诉我，我就知道。'这时，他们看了看布朗，又看着彼此，面面相觑。

"'小心自己说的话。要是你说的是个白人，'警长说，'我可不管他是不是凶手。'

"'我说的是克里斯默斯，'布朗说道，'那个家伙在全镇人的眼皮子底下和一个白种女人同居，然后又杀了她，你们却让这个家伙越走越远，还控告一个知道他底细，可以帮你们找到他的家伙。他身体里流着黑人的血，我第一次见他就知道。可你们这群人，你们这些聪明的警长还都不知道。有一次他甚至跟我承认自己是个混血儿。说不准他喝醉了才说的，我不知道。反正，他告诉我这些的第二天早上，他对我说（此时，布朗又开始加快语速，瞪着眼睛，龇牙咧嘴地挨个儿看着他们）："昨晚我犯了个错误。你可别犯同样的错误。"我问："你说什么错误？"他说："你好好想想。"我想起前一晚我俩在孟菲斯的事儿。我知道要是我冲撞了他，我就完蛋了。于是，我就说："我想我懂你的意思。我才不会拿跟我无关的事嚼舌头。绝不会！我保证！"换了你们，也会那样说。'布朗说，'离镇上那么远，和他独自待在小木屋里，就算你喊破嗓子也没人能听见。你们也会害怕。本来没犯啥事，等到你想帮助的人出现了，他们反倒控告你杀了人。'布朗坐在那里，眼睛不住地看着，房间里的人们也盯着他，贴在玻璃上的那些脸也望着他。

"'黑鬼，'警长重复道，'我一直觉得那个家伙有些奇怪。'

"接着，警长又继续和布朗谈话。'你就是因为这个拖到今晚才说出来？'

"布朗坐在他们中间，咧着嘴，嘴角的小伤疤像颗爆米花一样白。'你们给我找出能有其他办法的人来。'他说，'我就要求这一点。你们指给我看啊，谁能和他住在一起，像我一样了解他，又有不一样的办法对付他！'

"'好啦，'警长说，'我相信你终于说实话了。现在你跟巴克走吧，好好睡一觉。我来处理克里斯默斯。'

"'我想你说的是监狱吧，'布朗说，'我估计你会把我关进监狱，自己跑去领赏。'

"'闭上你的嘴，'警长说道，不过他并没有生气，'如果奖金该是你的，我保证你能得到。巴克，带他走。'

"典狱长走过来拍了拍布朗的肩膀，他站了起来。他们出门的时候，一直在外面看热闹的人们围了上来：'巴克，抓住了吗？是他干的吗？'

"'不知道，'巴克说，'都回去吧，回去睡觉。'"

拜伦停住了，他那平稳单调、唱歌似的乡村语调沉静下来。他抬起头，满怀同情和困惑，静静地看着坐在桌子对面的海托华。海托华闭着眼睛，脸上的汗水像泪珠一样往下淌。他说："确定他有黑人血统吗？证实了吗？想一想，拜伦。那意味着什么，人们——要是他们抓住了……可怜的人，可怜的人类。"

"布朗是那么说的，"拜伦平静而固执地说，他对此深信不疑，"就算是骗子在受到恐吓后也会说实话，同样，老实人受了折磨也会撒谎。"

"是的，"海托华说道，他闭着眼睛，直挺挺地坐在那里，"但他们还没有抓到他，还没抓住吧？拜伦。"

拜伦没有看他："还没有。据我所知还没有。他们今天带了猎犬出去，不过我听到的最后的消息是还没有抓到。"

"布朗呢？"

"布朗，"拜伦说，"他？他跟着大家一起去了。也许他曾经帮克里斯默斯干过那事，不过我不知道。我想，放火已经是他的底线。要真是他放的火，我想就连他自己也不知道为什么要这么做。除非，他或许以为大火烧光就没事了。他和克里斯默斯就又能开着那辆新车在镇上闲逛。我估计他以为克里斯默斯不是犯罪，只是犯错而已。"说着，拜伦若有所思地低下头，然后带着嘲讽和疲惫的神情，又低声说道，"我想他够安全。只要他没有和警长带着警犬一起出去，她想什么时候找他都能找到。你瞧，他的头上悬着一千美金，他才不会逃跑。我看他比任何人都想抓到克里斯默斯。他和警察一起出去搜捕。他们把他从监狱里带出来，领着他一起走，等回到镇上的时候，再把他关起来。真滑稽，好像杀人犯想把自己抓住好领赏一样。他似乎并不介意，不过他总是抱怨他们闲坐着浪费时间，而不出去追捕。对，我明天就告诉她。我就说他目前和两条狗关在一起。或许我会领着她到镇上去看他们。警察拉着他和两条狗，它们拽着铁链，使劲汪汪乱叫。"

"你还没有告诉她？"

"没有。也没有告诉他。因为他也许又要逃跑，管它赏金不赏金。要是他能抓住克里斯默斯，拿到赏金的话，或许到时候他会和她结婚。不过她还不知道，也不比昨天在广场上走下马车时知道得多。她挺着大肚子，慢慢从那辆陌生的马车上走下来，走在陌生人中间，平静而惊奇地自言自语。不过，我不觉得那有什么可奇怪的，因为她一路慢慢走着，习惯性地告诉自己：'哦，天哪，我从亚拉巴马州一路走来，现在总算到了杰弗逊镇了，真的到了。'"

5

此时已过午夜。尽管克里斯默斯已经在床上躺了两个小时,但还是没有睡着。他还没看见布朗,就已经听到了他的动静。他听见布朗走到门口,跌跌撞撞闯了进来,门里显出他直挺挺地靠在门框上的身影。布朗呼吸沉重,两条胳膊扶住门框,开始带着鼻音用甜蜜的男高音唱起来,拖长的高音中似乎还散发着威士忌的味道。"闭嘴!"克里斯默斯说道。他躺在床上没有动,嗓门也不高。但布朗的歌声立刻停止了。他在门口站了片刻,直直地站着,然后离开门口,克里斯默斯听见他跟跟跄跄走进来,不一会儿又撞倒了什么东西,发出一阵重重的急促的喘息声,接着,"砰"的一声巨响,布朗摔倒在地上,磕在克里斯默斯躺着的床上,屋里顿时回荡着一阵响亮的傻笑声。

克里斯默斯从床上坐起来,看不见床下的布朗。布朗躺在地板上,仍然在哈哈大笑,也并不打算爬起来。"闭嘴!"克里斯默斯又呵斥道。布朗仍旧笑个不停,克里斯默斯从布朗身上跨过去,伸出手想摸到当桌子用的箱子,箱子上面有灯笼和火柴。可是他没有找到箱子,接着他想起布朗倒地时打碎灯笼的声音。克里斯默斯弯下腰,跨在布朗身上,摸到他的衣领,一把揪起他,从床底下拉了上来,拎起他的脑袋,开始用宽厚的巴掌抽起来,又快又狠又重,直到打得布朗笑不出来为止。

布朗像堆泥一样软瘫在那里。克里斯默斯托起他的头，像密谈一样低声咒骂他，接着又把布朗拖到另一张床边，仰面朝天地扔在床上。布朗又开始大笑，克里斯默斯把手掌按到布朗的嘴上和鼻子上，用左手合上他的下颌，用右手再次又狠又重地慢慢抽打布朗，好像打的同时还在计数一样。布朗不笑了，奋力挣扎着。他在克里斯默斯手掌的按压下几乎说不出话来，只是扭动着发出咯、咯的声音。克里斯默斯掐住他，直到他无法动弹，渐渐安静下来。然后，克里斯默斯的手稍微松了一点。"现在能安静了吗？"他问，"能吗？"

布朗又挣扎起来："把你那只黑手拿开，你这该死的黑鬼——"克里斯默斯再次用力扼住布朗的下巴，又用另一只手朝布朗的面部狠狠地抽打。布朗又一次停止挣扎，一动不动地躺在那里，克里斯默斯又松开了手。过了好一会儿，布朗压低声音，狡黠地说："你是个黑鬼，明白吗？是你自己说的，你告诉我的。不过，我是个白人，我是白——"克里斯默斯的手又勒紧了。布朗在他的手底下奋力挣扎，发出低低的喘息声，口水留在克里斯默斯的手指间。等到他不再动弹时，克里斯默斯的手放松了些。布朗喘不过气来，一动不动地躺在床上。

"现在能闭嘴了吗？"克里斯默斯问道。

"能，"布朗说道。他喘着粗气说，"让我喘口气，我闭嘴，让我喘口气。"

克里斯默斯松了手，但手并没有拿开。他站在黑暗中，手下是侧卧着的布朗。布朗呼出的气忽冷忽热，喷到他的手指上。他静静地想着：要出事了，我要动手了。他不必拿开捂在布朗脸上的左手，伸出右手就能取出枕头下面那把五英寸长的剃刀。不过，他没有这样做。也许，思绪早已走远，渐渐变暗，并且告诉他这样做是不对的。不管怎样，他总算没去拿剃刀。过了一会儿，他把手从布朗的脸上挪开，但他没有走，仍旧站在床边。克里斯默斯的呼吸平静而沉稳，甚至连他自己都听不到；黑暗中，布朗的呼吸也平静了些。过了一会儿，克里斯默斯走过来，坐在床上，从墙上挂着的裤子里摸出香烟和火柴。借着火柴的光亮，他看清了布朗。点燃香烟前，克里斯默斯举起火柴，望着布朗，布朗蜷缩着躺在床上，一只胳膊垂到地板上，嘴巴大张。克里斯默斯望着他，他已经开始打呼噜了。

克里斯默斯点燃香烟，把火柴朝门外扔去，看着火光在半空中熄灭。此时，熄灭的火柴掉在地板上时，发出轻微、琐细的声音，仿佛他真的听见了似的。屋里一片漆黑，他坐在床上，仿佛听到无数低低的声音——沙沙的树声，黑暗的潺潺声，大地的低语，人的声音（这是他自己的声音）；还有其他能唤起许多名字、时间和地点的声音——这些是他一辈子都能感知到的声音，而他却没有意识到，这就是他的人生，他以为：*上帝和我一样不明白*。他觉得这句话和 *上帝也爱我* 一样成了铅印的字句，真真切切地写在那里，却早已没有任何意义，就像去年那块褪色、残损的布告牌上的字迹：*上帝也爱我*。

克里斯默斯一直叼着烟，直到抽完他都没用手碰一下。他"啪"地把烟头朝门口扔去。不过烟头不像火柴，并没有在半空中熄灭，他望着烟头闪烁着火星蹿出门外。他躺在床上，枕着双手，像并不希望入睡的人一样，思索着：*自从十点我就开始躺在床上，到现在都没有睡着。我虽然不知道现在是什么时候，但肯定已经过了午夜，可我还没有睡着。*"因为她开始替我祷告了。"克里斯默斯说道。在一片漆黑的房间里，他的说话声显得那么突然，那么洪亮，盖过了布朗醉酒后的鼾声。"没错，是因为她在为我祈祷。"

他从床上坐起来，穿着内衣，光脚站在黑暗中，没有发出任何声音。睡在另一张床上的布朗仍然在打鼾。克里斯默斯站了一会儿，扭头看了看熟睡的布朗。然后，他朝门口走去，光着脚，穿着内衣离开了小木屋。门外略微亮了些。头顶的群星缓缓移动，这些星星他已经认识了三十年，不过没有一个能叫上名的；况且，它们的形状、亮度、方位对他来说不具任何意义。前方，茂密的树林中耸立着一根烟囱和一座房子的山墙。黑乎乎的房子看不大清楚。他走近房子，站在她卧室的窗户下，屋里没有任何亮光或声音。他心想：要是她也睡了，要是她也睡着了。房间的门从来不上锁，从夜晚到黎明，只要他愿意，就能进入房间，轻车熟路地走到她的床前，有时，她醒着等他，还会叫出他的名字；有时，他会用他粗大的手把她硬生生地弄醒；有时，不等她完全清醒，他就野蛮粗鲁地占有了她。

  这些都是两年前的事了，事情已经过去两年。他想：*也许愤怒就源于此。也许我明白了她愚弄、欺骗了我。她没有说出她的真实年龄，也没有告诉我女人到了一定年龄会发生什么。*他独自在黑暗中站在漆黑一片的窗户下，大声说道："她不应该为我祈祷。如果她不为我祈祷，她就能平安无事。随着年龄增大而变得不中用，这不是她的错，错在她应该通情达理些，而不是为我祈祷。"克里斯默斯开始诅咒她，站在黑魆魆的窗户下，用最脏的言语慢慢地骂着她。他没有抬头看窗户。昏暗的夜色中，他似乎在审视自己的身体，仿佛看到自己像一具尸体，在浓稠的黑色淤泥池中溺水一样，慢慢地漂浮在嘶嘶作响的污泥沟里。他用扁平的手掌抚摸着自己，紧紧地摸着内衣下的身体，从腹部移动到胸部。内衣只有领口处扣着一颗纽扣，他曾经穿过纽扣齐全的衣服，是一个女人给他缝上的。然而只有那么一段时间，只在那段时间里。随后，那样的日子一去不复返。后来，不等她洗好、缝上丢掉的纽扣，他便从洗衣房里偷偷把衣服拿走。她让他有了挫败感后，他专门坐下来努力回想哪些扣子是遗失后被她缝上的，然后他从口袋里拿出小刀，像外科医生一样冷酷无情地剪掉她刚刚缝上的扣子。

  他的右手像刀刃一样锋利，迅速滑到衣领处，从侧面飞快地将唯一的一颗纽扣轻轻一拽。内衣滑下的一刹那，夜风吹拂着他的身体，平静地滑向他的双腿，他感觉到了黑夜冰冷的嘴唇，凉爽柔软的舌头。继续前行，他能感受到夜凉如水，还有以前从未体会过的脚下的露珠。他穿过破败的大门，在路边停下来。八月的野草长得齐腰高，草叶和草茎上积满了一个月来马车路过时扬起的尘土。大路在他面前延伸，比起黑黢黢的树林和黑暗的大地来略显苍白。路的一端通往杰弗逊镇，另一端通往山上。过了一会儿，山那边逐渐亮起一道光，照出山的轮廓。接着，他听到了汽车的声音。他站在那里没有动，双手垂在两胯上，赤身裸体，沾满尘土的野草没过了大腿。汽车翻过山头，渐渐逼近，车灯照亮了他的全身。他注意到自己的身体就像从药水里浸泡出来的柯达底片一样，慢慢由黑变白。汽车驶过身边时，他直直地盯着车头灯。车里传出女人的一声尖叫"白杂种！"他大骂道："这又不是你这贱货第一次看……"不过，车已走远，没有人听见，也没有人去听。汽车走了，卷起飞扬的尘土，带走了刺目的灯光，还有白种女人的尖叫声。这时，克里斯默斯感到有些冷，似乎他只是为了在最后一刻才出现在这里的。现在，最后的时刻已经到来，他重新获得了自由。他返回伯顿小姐的房前，在漆黑的窗户下停下脚步，四处寻找他的内衣，找到后又重新穿上。这会儿，衣服上没有一颗纽扣，因此，在返回小木屋的路上他不得不一直揪着衣服。很快，他已经能听到布朗的鼾声了。他在门外站了一会儿，一动不动，静静地倾听布朗拖长了的、刺耳的鼾声，每次长短不一的呼吸声最后都伴着梗塞的咔、咔声。"我肯定把他的鼻子打得够呛，"他心想，"王八羔子！"他走进木屋，走到床边打算上床睡觉。正要躺下时，他停住了，半躺半坐地定在那里。也许一想到自己要和一个鼾声如雷的醉汉在黑暗中一直躺到天亮，其间还不断伴随着各种声音，他便无法忍受。他坐起来，在床下静静地摸索着，找到鞋子，穿上后，他又从床上扯了半条棉布毯，这是他的铺盖卷儿，然后离开了小木屋。屋外约三百码的地方有一个破败不堪的马厩，已经有三十年没有养过马了，但他还是朝马厩走去，走得非常迅速。此刻，他一边琢磨一边大声说道:"我到底为什么要来闻马的臭味?"接着,他又咕哝道:"因为它们不是女人。就连母马也是爷们儿。"

他睡了不到两小时,醒来时天刚亮。他躺在那条毯子上,毯子下面是松散的厚木板,木板上是塌陷下去的黑洞。陈年的草料上积满了薄薄的尘土,散发着刺鼻的味道,废弃的马厩里隐约透出令人窒息的霉味,透过东墙上没有窗板的窗户,他能看到泛黄的天空,以及盛夏里苍白遥远的星辰。

他觉得自己精力充沛,好像一觉睡了八个小时一样。真是一场意外的睡眠,因为他根本没有料到自己竟然能够睡着。他再次穿上没有系鞋带的鞋子,腋下夹着折叠的毯子,走下陡峭的楼梯,双脚感受着看不见的腐朽的横档,一手扶着旋转式扶手,一级一级地慢慢往下走。走进苍茫泛黄的黎明中,他深深地吸了一口清冷的空气。

此时,东方渐渐变亮,木屋在它的映衬下是那么显眼,伯顿小姐的房子掩映在树丛中,只露出一根烟囱。蒿草上沾满了沉甸甸的露珠,即刻便将他的鞋子打湿,双脚感觉到了皮革的冰冷,赤裸的双腿被湿漉漉的草叶像湿滑的冰条一样抽打着。布朗的鼾声已经停止。借着东窗射进来的光线,克里斯默斯进屋时看到了布朗。现在,他平稳地呼吸着。"酒醒了,"克里斯默斯想,"清醒了,他还不知道发生过什么。可怜的家伙。"他望着布朗。"可怜的家伙。等他醒来时发现自己清醒了会发疯的,他还得花整整一个小时才能让自己再次烂醉如泥。"克里斯默斯放下毯子,开始穿衣服。他穿上哔叽料裤子和沾了点灰尘的白衬衫,戴上领结,开始抽烟。墙上钉着一块残破的镜子。打领结的时候,他从破碎的镜子中看到自己那张模糊不清的脸。钉子上挂着硬挺边草帽,他没有取下来,而是从另一颗钉子上摘下一顶布帽,从床下的地板上取出一本杂志,这种杂志的封面上会画一些身穿内衣的年轻女人,或者是拿着手枪正要射击对方的男人。然后,他又从枕头下拿出剃刀、牙刷和一块剃须皂,一起装进口袋。

克里斯默斯离开木屋时，天已大亮。鸟儿尽情地欢唱。这回，他背对着伯顿小姐的房子，经过马厩，走进那边的牧场。灰色的露水立刻打湿了他的鞋子和裤腿，他停下脚步，小心翼翼地把裤子卷到膝盖上继续前行。走出牧场，便是树林。这里的露水没有刚才的那么重，他又把裤管放下。过了一会儿，他来到一处小山谷，这里有一汪清泉。他放下杂志，捡了些树枝和干柴，生起火，坐下来。他背靠一棵树，双脚朝向火堆。很快，他的湿漉漉的鞋子开始冒气，他感觉到蒸汽一直蹿上了腿。后来他突然睁开眼，发现太阳已经高高升起，火堆早已燃尽，他明白自己刚才睡着了。"他妈的，怎么睡着了，"他心想，"他妈的，又睡了一觉。"

这一次，他睡了两个多小时。因为阳光倾泻在泉水上，照着不断涌动的水流波光粼粼。他站起来，伸了伸发麻发硬的脊背，唤醒酸痛的肌肉。他从口袋里掏出剃刀、牙刷和香皂。蹲在水边，把水面当成镜子，在皮鞋上磨了磨又长又亮的剃刀，开始刮胡子。

他把剃须工具和杂志藏在灌木丛中，又把领结系上。他离开水边时，离伯顿小姐的房子已经很远了。等他走上大路时，离那座房子大约半英里。不远处有家小商店，门外立着一个汽油泵。他走进店里，向女店员买了一些饼干和一听肉罐头。然后，他又回到泉边和熄灭的火堆旁。

他靠在树上吃着早餐，边吃边阅读杂志。以前他读过这本书，不过只读了一个故事，现在开始读第二个，他像读小说一样从头到尾地读起来。偶尔，他会抬起头，一边咀嚼食物，一边端详那些洒满阳光的树叶遮掩着的沟渠。"说不准我已经做了，"他想，"现在用不着再等了。"他仿佛看到黄天白日在眼前静静地舒展开来，像一条长廊，一条挂毯，明暗交织中不紧不慢地延伸着。他坐在那里，仿佛在炎炎夏日的炙烤下，自己变成一只昏昏欲睡的黄猫一样困倦地趴在那里。接着，他继续阅读杂志，不快不慢地翻动着书页，不过有时好像会在某一页、某一行或许某个字上停留。这时，他不再抬头，一动不动地盯着，显然他被某个字深深地吸引了，或许这个字他还没完全理解，整个人都被琐碎的字母组合吊足了胃口。在静谧的阳光下，他被静静地悬挂起来，轻飘飘地悬着，似乎在见证时光的缓缓流逝，心里想：我想要的只是安宁，她不该开始为我祈祷。

当读到最后一个故事时，他停了下来，开始数剩下的页数，然后继续阅读。此时，他像一个人走在街上，边走边数人行道上的拼接缝一样，一直读到最后一页，最后一个字。这时，他站起来，划了一根火柴点燃杂志，耐心地翻转着，直到杂志烧成灰烬。他把剃须用具揣进口袋，走下沟渠。

走了一会儿，沟渠变宽了：沟底是平坦的银白色细沙，陡峭的岩壁从顶部、侧面逼来，岩壁上长满了荆棘和灌木。树木在头顶交织成拱形状，一侧岩壁上有个洞穴，里面是枯死的灌木，填满了整个洞穴。他开始把树枝撒到一边，清理完洞穴，露出一把短柄铁锹。他拿着铁锹开始挖灌木丛遮蔽下的沙地，挖出六个带螺旋盖的铁罐。他没有拧开盖子，而是把它们侧放在地上，然后用铁锹的利刃刺穿铁罐。威士忌喷溅出来时，铁罐下的泥土都被染成了黑色，在这阳光灿烂的僻静之处，空气里弥漫着酒精的芳香。他不慌不忙地把铁罐彻底倒干净，冷酷的表情几乎像戴了一副面具。他把威士忌都倒光后，又把铁罐草草地埋起来，用灌木枝盖上，又把铁锹藏好。灌木能遮挡威士忌的痕迹，却掩盖不了酒香。他又抬起头看了看太阳，此刻已是下午时分。

晚上七点，他来到镇上，走进沿街一家餐馆里吃晚饭。他坐在一张没有靠背的凳子上，在打磨得光滑的木制柜台边开始吃晚饭。

九点时，他站在理发店外面，透过窗户望着店里的搭档。他不动声色地站在那里，双手插在裤兜里，香烟的烟气在他毫无表情的脸上缭绕。头上戴的布帽像硬边帽一样歪着，一副傲慢、邪恶的气势。他凶狠而冷酷地站在店外，店里灯火通明，弥漫着浓重的香波和肥皂味，布朗身穿脏兮兮的红条纹裤子和彩色衬衣，用沙哑的音调边说边比画，说到一半时突然抬起头，醉眼惺忪地看着玻璃窗外那个男人的眼睛。克里斯默斯是那么冷峻而邪恶，一个吹口哨的黑人小伙慢悠悠地走在街上看到他的侧影时，立即停住哨声，绕道从他身后溜掉了，然后才转过脸从肩膀上瞧了一眼。不过，克里斯默斯自己也走开了，仿佛他在那里的停留只是为了让布朗看到他。

他离开广场继续慢慢前行。这条路终日寂静，此时更是杳无人烟。从这里下行，穿过黑人聚居的弗里德曼区就到了车站。七点的时候，他能碰到许多人，白人和黑人都有，他们都奔着广场和电影而去；到了九点半，这些人会往家走。不过现在电影还没开始，这条街上只有他一个人。他继续往前走，静静地穿过白人住宅区，走过一盏又一盏的街灯，橡树和枫树叶浓密的阴影像斑驳的黑天鹅丝绒一样盖在他白色的衬衫上。再没有什么比一个大男人走在空旷的街道上更显孤寂。尽管他不魁梧，也不算高大，但不知为什么，他看起来比荒原上孤零零的电线杆还要孤苦无依。在这条宽广空旷、浓影密布的街道上，他像一个幻影、一个幽灵，游离在自己的世界之外，迷失了自我。

接着，他找到了方向。不知不觉间街道开始倾斜，等他意识到时，自己已经来到了弗里德曼区。这儿看不到黑人，却弥漫着黑人在夏夜的气息和声音。他似乎被这些无形的声音包围了，他们操着陌生的语言窃窃私语，有说有笑。他好像身在黑暗的深渊，被模糊不清的木屋和煤油灯包围着，于是街灯显得更加遥远，好像黑人的生活、黑人的气息混成了呼吸的空气，无数的声音、游走的身体和光线都开始一点一滴慢慢融合、流动，与此时凝重的夜色组成了不可分割的整体。

此刻，他静静地站在那里，呼吸非常困难。他瞪大眼睛环顾四周，模糊而狂热的煤油灯光照着暗夜里黑色的小木屋。看不见的黑人妇女在四周，甚至他自己的体内发出了圆润、生命力极强的喃喃低语，仿佛他和周围所有男性的生命都退回到混沌湿热的原始母系生活状态中。他睁大眼睛、咬紧牙关开始奔跑，口干舌燥的他倒抽着冷气，向下一站街灯跑去。街灯下面是一条狭窄凹陷的小巷，拐上去后是一条与之平行的街道，这样就脱离了黑人聚居的低地。他拐进小巷继续奔跑，奋力爬上陡峭的斜坡，心跳加速的他终于跑到高处的街区。他停下来，瞪大眼睛喘着粗气，心脏咚咚地加速跳动，似乎不敢相信自己已经呼吸到了白人居住区冰冷坚硬的空气。

过了一会儿，他平静下来，黑人的气息、黑人的声音都已抛在身后，留在下边的低地里。他的左边是广场，簇簇灯光闪耀着，像银光闪闪的鸟儿一样展翅低飞，颤巍巍地悬在半空。他的右边有一排向前延伸的街灯，无动于衷的电线杆子每隔一段距离便矗立在那里。他继续缓步前行，背对着广场再次走在白人住所间。走廊里、草坪的椅子上都是人，但他能够平静地走入其间，不时地还能看到他们脑袋的侧影，穿着白衣的身形；明亮的阳台上四个人围坐在牌桌前，白色的面孔在低矮的灯下显得清晰而专注，白人妇女裸露的胳膊在纷繁的纸牌上晃动，闪烁出白皙柔滑的光芒。"这就是我想要的，"他想，"这一切似乎并不过分。"

这条街也开始倾斜，但坡度平缓。宽阔的广场将自己的影子投向老远，在八月的星空下显得格外庞大，他稳稳晃动的白色衬衫和缓慢前行的黑黢黢的双腿渐渐消失其中：一幢棉花仓库，一只平放的圆柱体油箱，像被削了脑袋的庞然大物，又像拉了一列货车。他跨过铁道，铁轨在信号灯的照射下短暂地发出两道绿光，然后又消失了。过了铁路便是树林，但他准确无误地找到了那条小路。小路在林间向上延伸，横穿铁路经过的山谷。不过他一直爬上山顶才回头看去。此时，他看到了城镇，看到了广场上一盏盏街灯辐射出来的亮光。他看到脚下来时的街道，还有那条几乎让他暴露身份的街道；更远处呈直角的地方，是城镇灯火通明的城墙，以及他心跳加速、龇牙咧嘴地逃离的黑人低地区。那个地方没有灯光，在这里闻不到它的气息和味道。它只是躺在那里，漆黑一片，无法触及，周围却是八月摇曳的灯光编织的花环。也许它原本就是石坑，就是深渊。

虽然周围是树林，伸手不见五指，但他非常确定自己所走的路。就算是在看不见的情况下，他都未曾迷路。密林延伸了一英里远后，他终于走上一条大路，双脚满是泥土。此时，他的眼前是模糊的视野和绵延的地平线，到处都是隐约闪着亮光的窗户，但多数小木屋却是一片漆黑。然而，他的血液又开始奔腾、喧闹。伴着跳动的脉搏，他疾步向前，似乎意识到无声无影的周围有一群黑人，甚至他们在死寂的尘埃中还未进入他模糊的视线时，他已经感到了他们的存在。他们一行有稀稀拉拉的五六人，却又模模糊糊地成双成对走着。他又一次听到高过自己血液奔流的喧闹声，以及女人们叽叽喳喳的低语。他径直朝他们走去，步伐飞快，这些人也看到了他，给他让出半边路，喧闹声戛然而止。于是，他也改变了方向，好像故意要压制他们一样，从他们中间穿了过去。女人们也仿佛接到指示或听到一声令下一样后退绕开，跟他保持足够安全的距离。一个男人跟在女人们身后似乎在驱赶她们，当克里斯默斯经过时，他回头看了一眼。另外两个男人面对克里斯默斯停在路中间，克里斯默斯也停下脚步。双方似乎都没有走动，但彼此却渐渐逼近，像两团阴影飘了过来。克里斯默斯闻到了黑人的气息、廉价的衣料味以及汗臭味。那个黑人的头比他高出许多，好像背靠天空，从空中压近一样，俯下身。"是个白人，"黑人头也没回，平静地说，"白人兄弟，你想干啥？你在找人吗？"他的声音既不盛气凌人，也没有奴颜婢膝的味道。

"过这儿来，朱普。"跟在女人们身后的那个人说道。

"兄弟，你在找谁？"黑人又问。

"朱普，"一个女人略微抬高了声音说，"嗨，快过来。"

过了好久，一黑一白两个脑袋好像悬在黑暗中冲彼此呼吸一样。然后，好像从什么地方袭来一阵凉风，黑人的头似乎飘走了。克里斯默斯缓缓转过身来，望着他们渐渐散去，再次消失在苍茫的大路上。他发现自己手中早已握着那把剃刀，不过没有打开，他这样做并非出于恐惧。"杂种，"他大声骂道，"狗杂种！"

一阵风刮过，阴暗而清冷；就连吹进鞋里的灰尘都是那么凛冽。"他妈的，我到底怎么了？"他把剃刀装进口袋，站在那里点燃香烟。他舔了几下嘴唇才叼住香烟。借着火柴的亮光，他看到自己的双手在颤抖。"这一切的麻烦，"他心想，"该死的麻烦事儿。"他一边走，一边大声骂道。他仰望天空，看了看满天繁星，心想："这会儿应该快十点了。"正在这时，他听到两英里外的法院传来了钟声，悠扬的钟声缓缓地敲了整整十下。他再次停下脚步，站在空旷孤寂的大路上，细数每一声钟响。"十点，"他想，"昨晚，我也听到十点的钟声。十一点，十二点，可我没有听到一点钟的声音。说不定风向变了。"

今晚，当他听到十一点的钟声时，他正靠在破门里的一棵树上，身后还是那幢淹没在树林中的黑乎乎的房子。今晚他没有再思考她可能也没有睡着。现在他什么都没有想，思绪还没有飘动，心中的声音也没有响起。他只是站在那里，一动不动，直到过了一会儿听到两英里外的钟敲了十二下，他站起身来开始朝那幢房子走去，他的步子不算快，甚至也没有思考*要出事了，我要动手了*。

6

  记忆的领悟早于认知的顿悟，久于理解，甚至比认知能够猜测到的还要早。记忆中一直有一条走廊。走廊在一幢长期处于混乱、冷清状态的大房子里，房里回音不绝于耳；房子外暗红色的砖墙被烟囱以及周围更多的烟囱熏得乌黑、惨淡；屋外铺满炉渣的空地寸草不生，这些炉渣来自邻近地区那些冒烟的工厂，工厂被一圈十英尺高的铁丝网围起来，恍若一座监狱或动物园；这里偶尔会响起飘忽不定的声浪，记忆里回荡着孩子们欢呼雀跃的声音，孤儿们身穿统一的蓝色粗棉布制服。然而，这些记忆总是像晦暗的墙壁、凄凉的窗户一样清晰地进入认知；经年累月毗邻的烟囱吹来的煤灰落到窗户上，雨水将窗玻璃上的煤灰冲刷成一道道黑色的泪痕。

  空荡荡、静悄悄的走廊里，在午后安静的时刻，一个男孩像影子一样认真安静地飘着。虽然他已经五岁了，但个子非常瘦小。即使走廊里还有一个人，那他也说不清小男孩什么时候从哪里消失，走进了哪扇门、哪个房间。不过，这个时候，走廊里不会再有别人。小孩知道这一点。自从他偶然发现营养师使用的牙膏那天开始，将近一年的时间里，他总会在这个时间出现在走廊。

  一次，他走进房间，光着脚丫悄无声息地径直走向盥洗台，找到那支牙膏。他望着粉色的牙膏像蠕虫一样冰凉光滑地在他羊皮纸色的手指上缓缓缠绕，走廊里突然传来了脚步声，而且声音就在门外。也许他已经听出是营养师的声音。总之，不等弄清楚他们是否只是经过门口，他便拿着牙膏，仍旧像影子一样赤脚穿过房间，溜到房间里遮挡角落的布帘后面。他蹲在这里，置身精美的鞋子和悬挂的女士柔软的服饰间。他蜷缩在那里，听到营养师和她的同伴走进房间。

  他对营养师毫无概念，只是机械地将她和吃饭、食品、食堂以及木桌边的仪式联系在一起；营养师不时出现在他视野范围内，但没有对他产生任何影响，不过能和快乐沾点边儿，看见她就会开心——年轻丰腴、柔滑白嫩，这些会令他想起食堂，嘴巴像吃到黏糊糊的甜食一样，也是粉嘟嘟、神秘的味道。第一次在营养师的房间里发现牙膏的那天，他就是径直走到那里的；他以前从未听说过牙膏，可他好像早已明白营养师会拥有这类东西，而且他会找到它。他也听出了她同伴的声音。这个人是乡村医院来的年轻实习生，是教区医生的助手，也是这所房子的常客，而且还说不上是敌人。

  躲在帘子后面的他现在算是安全的。等他们一走，他就会把牙膏放回原处，然后也会离开。于是，他蹲在布帘后面倾听外面的动静，全然听不到那个女人紧张的低语声："别，别在这里！这会儿不行。人们会抓到咱们。有人会——不，查理！请别这样！"那个男人说的话他更听不懂。在他看来，那个男声也很低，就像所有男人的声音那般冷酷无情。他太小，只能待在女人的世界，但此时他急切盼望逃回那里，哪怕只有片刻，他都愿意回到那样的世界，直到死去的最后一刻。他还听到了一些自己并不理解的声音：拖着脚走路的声音，钥匙在门锁里转动的声音。"不，查理！查理，请别这样！别，查理！"那个女人低声乞求道。他又听到了别的声音，窸窣的沙沙声，飒飒的声音，不过不是说话声。他并没有辨别这些声音，只是静静地等着，并没有特殊兴趣或刻意思索这个时间上床睡觉有些怪异。薄薄的帘子外再次传来女人微弱的低语声："我害怕！快！快！"

他蹲在弥漫着温柔的女人气息的衣饰和鞋靴中。此时，他仅凭直觉就发现原本鼓鼓的牙膏被糟蹋了。虽然没有看到，但味觉告诉他那条凉爽的隐形虫子像先前蜷曲在手指上一样，正自动爬进自己的嘴里，甜甜地刺激着嘴巴。平时，他只是含上一小口就把它放回原处，然后离开房间。即使他年仅五岁，但也明白不能贪心。也许是那条蠕虫在警告他，吃多了会生病；也许是人的本性警告他，贪多会让营养师发现牙膏在变少。这是他第一次吞了这么多。凭感觉他能感觉到牙膏在慢慢消失。他开始冒汗，接着，他发现自己流汗已经很久了，而且他什么都没做，汗水一个劲儿地往下淌。此时此刻，他什么也听不见，就算帘子外面有枪响，他可能也听不到。他的注意力似乎转到了自己身上，看着自己流汗，看着自己吞下肠胃并不愿意接受的另一条虫子。果然，虫子不再往下钻。一动不动，完全静默的他像化学家蹲在实验室一样等候着。没等多久，吞下的牙膏便立刻从体内直往上涌，企图退回到凉爽的空气中。这时的牙膏不再甜涩。他蹲在隐约散发着年轻女人气息的布帘后面，粉色的泡沫溢了出来，静静地听着体内的动静，带着令人惊讶的宿命论等待即将发生在他身上的一切。一切正如所料。他彻底输了，自言自语道："喔，我完了。"

帘子突然拉开时，他没有抬头。一双手将正在呕吐的他粗暴地拽出来，他并没有反抗。他被那双手吊着，软弱无力地垂着，下巴耷拉着，呆呆地看着那张不再光滑粉嫩的脸蛋，上面堆满了蓬乱的头发。那些平整的发卷曾经让他想起过糖果。"小东西！"一个细弱愤怒的声音歇斯底里地骂道，"你这个讨厌的家伙，竟然监视我！你这个小黑杂种！"

营养师二十七岁，这是一个大胆去爱的成熟年龄，但毕竟还年轻，她更加关心会不会被人抓住，而不是爱情。她也极其愚蠢，以为一个五岁的小孩不仅能从声音推断她所干的一切，而且还会像成年人一样张扬此事。于是，在接下来的两天里，无论走到哪里，看到哪里，她都觉得孩子像动物一样，深邃而专注地审视着她，她越来越执拗地认为这个孩子像个成年人：她相信他不仅打算说出去，而且还故意拖延时间让她受更多的折磨。她从没有想过那个孩子以为自己犯了大错，却迟迟未受惩罚，他的内心正备受折磨，因此才有意出现在她面前，以便挨一顿鞭打好抵消罪过，最终能息事宁人。

  第二天，她完全陷入了绝望。她彻夜难眠，多数时间都是紧张兮兮地躺在床上，咬牙切齿地握紧拳头，又气又怕地喘着粗气，更糟糕的是她懊悔万分，无名的怒火在心中燃烧，她恨不得时间能倒退一小时，哪怕一秒钟也好。此时，就连爱情也被她抛到了九霄云外。现在，年轻医生在她心目中的地位甚至都比不过那个孩子，他只是自己灾难的诱因，更谈不上有所帮助。她不知道自己到底更恨谁，甚至连自己是睡是醒都不清楚。因为在她的眼皮子底下，视网膜上，无时无刻不闪现着那张羊皮纸色的脸，用寂静而严肃、让人无处可逃的眼神望着她。

  到了第三天，她摆脱了梦魇般的昏迷状态，大白天里也不再昏昏欲睡；扎进人堆时也无须再绷紧神经戴上固定不变的痛苦面具。这一天，她开始采取行动。她毫不费力地找到了男孩，还是在走廊里，在晚饭后静悄悄的时候，空荡荡的走廊里找到了他。他站在那里什么也没做。或许他是尾随她而来。没有人知道他是不是在那里等候她。但她对此却不觉得有丝毫异样。他听到声音后，转过身，看到她也不觉得有什么奇怪。就这样，两张面孔对视着，一张脸不再柔滑，不再白里透红；另一张脸严肃而庄重，清醒的眼神里除了等待别无他意。他心想："这下好办了。"

  她说："听着。"她没有往下说，只是盯着他，仿佛自己不知道接下来要说什么。孩子静静地等着，一动也不动。渐渐地，他后背的肌肉慢慢变得紧张起来，僵硬地绷展了，像块木板一样。她问："你打算说出去吗？"

孩子没有回答，他觉得谁都能明白，他绝对不愿将牙膏事件和呕吐的丑事说出去。他没有看她的脸，只是静静地等待着，望着她的双手。她的一只手呈拳头状放在裙子口袋里。透过裙布，他能看到那只手紧紧地攥着。他从未挨过拳头，更没有为了接受惩罚而等待三天。当他看到那只手从口袋里掏出来时，他以为自己要挨揍了。然而，她没有这样做，她只是在男孩的眼皮底下伸开手掌，掌心里躺着一美元硬币。尽管走廊里只有他们两个人，她还是急忙细声细语地说道："整整一美元。你可以拿它买好多东西。"虽然他早就听说过美元，但以前从未见过。他盯着硬币，像渴望啤酒瓶光闪闪的瓶盖一样希望得到它。但他不相信营养师会给他，因为如果这是他的钱，他肯定不舍得给营养师。他一直在等着挨抽，可最后却被释放了。她又着急又紧张，语速飞快，继续说道："整整一美元呢，看见没有？你能买多少东西呀。每天吃都够你吃一个星期。说不定下个月我会再给你一个。"

孩子一声不吭，静静地像个雕塑大玩偶一样站在那里：安静、瘦小，圆圆的脑袋，圆圆的眼睛，穿着一件罩衫。他非常惊讶，目瞪口呆地站在那里一动不动，内心涌起一阵愤怒。看着那一美元硬币，他仿佛看到一管一管的牙膏像捆扎的木头一样源源不断地涌出来，令他十分恐惧。他情绪激动，非常厌恶地将整个身子都蜷曲起来。"我什么都不要，"他说。"我再也不那样做了。"他心想。

这时，他甚至不敢看她的脸。他能感受到她的存在，听到她的声音和她悠长而战栗的呼吸声。他立刻闪过一念，*这下我要挨揍了*。可她甚至都没动他一下，只是用力抓住他，也没有去摇晃他一下，好像她的手并不知道接下来该怎么做。营养师的脸离他那么近，呼出的气息喷在他的脸颊上。他不必抬头就能知道她的脸此刻是什么样子。"说去吧！"她呵斥道，"随你说！你这个小黑杂种！"

这就是第三天发生的一切。到了第四天，她变得非常安静，她完全被气疯了，不再盘算什么，接下来只按照自己的预测来采取行动。

那些不安的白天和难眠的夜晚里,她似乎躲在冷静的面具后看护着自己的恐惧和怒火,女人的本能让她很自然地领悟了邪恶的准确含义,并且融入了心灵。

　　此时,她非常平静,甚至暂时摆脱了急迫的状态。她似乎开始有时间去观察和筹划,观察周围的情形,瞬间将心思和想法全部一股脑地放在了锅炉房门口的看门人身上。她没有推断或盘算过,只是好像坐在车内的乘客偶尔朝车窗外望去一样,很自然地看到一个邋遢的小个子男人。他坐在烟熏火燎的门口的藤椅里,正透过钢架眼镜阅读放在膝头的一本书。这个人简直像个固定摆设,她认识他已经五年了,却从没有真正看过他一眼,就算走在街上,她也认不出他来。尽管他也是个人,可即便从他身边经过,她也会视而不见。此时此刻,她的人生就像一条走廊一样笔直而简单,而他就坐在走廊的尽头。于是,她立即向他走去,没等意识到自己开始走路时,就已经踏上了那条肮脏的小道。

　　他坐在门口的藤椅里,膝上放着一本打开的书。她走近时,看到那是一本《圣经》。不过,她只是像看到落在他膝头的一只苍蝇一样瞅了一眼。"你也恨他,"营养师说,"你已经观察他很久了,我知道,你别不承认。"看门人将眼镜掀到眉梢,抬头望着她。这个人不算老,和他现在干的差事并不相称。他表情冷峻,正值壮年;他本应该过一种积极、勤快的生活,可天时、地利仿佛都遗忘了他,把一个身强体健、心智健康的四十五岁的男人扔进一潭死水,一种适合六十岁或六十五岁的人的境地。"你清楚,"她说,"在其他孩子叫他黑鬼之前你就知道了。你和他差不多同时来的这里。圣诞节晚上查理在门口台阶上发现了他,一个月后,你来这里干活儿了。对吧?"看门人长着圆圆的脸,略有些松弛,胡子拉碴的脸特别脏。他的眼睛非常清澈,灰色的眼睛露出冷酷而疯狂的光芒,但这个女人却没有注意到。或许在她看来,他的眼神算不上疯狂。于是,他们站在积满煤灰的门口，用疯狂的眼睛望着彼此，用愤怒的声音互相交流。他们两个像密谋者一样沉着冷静，干净利落地交谈着。"我已经观察你五年了。"她对自己的话深信不疑。"你就坐在这张椅子上，一直注意着他。只有孩子们到户外时，你才会坐在这里。他们一出来，你就把椅子搬到这里坐下，这样你就能观察他们了。你盯着他，听别的孩子叫他黑鬼。我知道，你就是这么做的。你来这里就是为了观察他、痛恨他，他来的时候你就打算来了。说不准就是你把他带到这里，扔在台阶上的。总之，你心知肚明，而且我也知道。他一旦说出去，我就会被解雇。查理也许——会——告诉我。现在就告诉我真相。"

"哦，"看门人说，"我早知道，上帝决定要惩罚时，他就会把你们抓住。我早就知道。我知道是谁叫他躲在那里的，这是预兆，是对淫贱的诅咒。"

"对，他就藏在帘子后面，就像你和我这么近。你现在就告诉我真相。在你看他的时候，我读懂了你的眼神。我一直在注意你。五年了。"

"我知道，"他说，"我明白什么是邪恶。难道是我让邪恶站起来行走在上帝的世界里？是我让它污秽了上帝的颜面？上帝从没有阻止小孩子们说出来。你也听过他们叫喊。我绝对没有叫他们那样喊过，喊出他的本性，喊出受诅咒的名字。他们早就知道。有人告诉了他们，但不是我。我只是等待，等待上帝选择合适的时机，向他的芸芸众生揭露的时机。现在时机已到。这就是预兆，再次表现在女人的罪恶和淫贱上。"

"是，可我该怎么办呢？告诉我。"

"等待，像我这样等着。我已经等了五年，等上帝采取行动表明他的意志。他确实这样做了。你也等吧。等上帝准备好时，他就会向有权威的人表明意志。"

"对，有权威的人。"他们冷冷地看着对方，不过依然能保持平静的心态。

"女总管。上帝准备好了就会向她透露。"

"你是说，要是女总管知道了，就会把他送走？不错，可我等不了。"

"所以，你也不能催促上帝。我不是等了五年吗？"

她轻轻拍了一下手掌。"可你没看见吗？这也许是上帝的意志。让你来告诉我，因为你知道。也许上帝让你告诉我，再让我说给女总管听。"她那双疯狂的眼睛变得十分平静，凶狠的声音也非常耐心和冷静，只不过她的双手仍然在动个不停。

"你得等，像我这样等，"他说，"你已经尝到了上帝让人悔恨的力量，有三天了吧。我在他的手下生活了五年，观察、等待着他认为合适的时机，因为我的罪恶比你重得多。"尽管看门人在直视她的脸，但似乎根本没有看见她。他的眼睛没有看她，这双眼睛像瞎了一样睁得老大，冷冰冰的眼神露着狂热。"比起我的罪过和为赎罪而受的苦难，你做的一切和受的折磨不过是一把烂泥而已。我已经忍了五年，你算老几，敢为你那女人的淫荡去催促全能的上帝？"

她立即转过身。"行了。用不着你说，我知道，我早就知道他是个混血的黑鬼。"说着，她向楼房走去，走得不快，一路哈欠连天。"我只需要想个办法，让女总管相信就行，这个人不会告诉她，他不会帮我。"她又长长地打了个呵欠，面无表情的她一直在打呵欠，接着呵欠也消失了，她刚想起些什么事。以前她没考虑过，但她觉得自己肯定想过，而且一直都知道，因为这个点子似乎还不错：他不仅会被赶出去，还会因为给我制造恐惧和麻烦受到惩罚。"他们会把他送到黑人孤儿院。"她想，"那当然，他们非这样做不可。"

她甚至都没有立刻去见女总管。她开始本来是要往那里去的，但没有进办公室。她发现自己经过办公室，然后继续爬楼梯。她好像是跟在自己后面，看自己到底要去哪里。此时，她走进寂静无人的走廊，又打了一个呵欠，让自己尽情放松。她回到自己的房间，锁上房门，脱掉衣服，躺在床上。窗帘已经拉上，屋里的光线也过了半明半暗的程度。她躺在床上，闭上眼睛，光滑的脸上没有任何表情。过了一会儿，她伸开双腿，又慢慢合拢，感受着身体下面的床单凉爽地滑过，然后又变得暖和而平滑。她已经三宿没睡了。此刻，思绪仿佛悬在失眠与昏昏欲睡之间，她舒展身体，像迎接一个男人一样去迎接睡眠。她想："我只需要让女总管相信就行。"接着她又想：*他在一群黑崽儿中间，活像咖啡豆里的小豌豆。*

　　那是下午的事。晚上九点，她又要脱衣服睡觉时，听到看门人进了走廊，来到她门口。刚开始的时候，她不知道，也不可能知道门外有谁，她只听到一阵踏实的脚步声，接着是一阵敲门声。她还没来得及跳到门口，门马上就要被推开了。她没有叫喊，只是冲向门口，使出全身力气抵住门，紧紧顶着。她明白是谁在门外了，她愤怒地轻声说道："我没穿衣服！"看门人没说话，使劲往里推着那扇快要打开的门，门缝越来越宽。"你别进来！"她叫起来，可声音却比悄悄话还低。她开始喘气，声音越来越弱，绝望地说道："难道你不知道他们……"看门人还是没有说话。她试图顶住房门，并阻止它继续向里打开。"让我穿上衣服再出来，行吗？"她的声音越来越低，语调柔弱无力，像同一个顽劣的小孩或精神失常的人徒劳无功地讲话一样，不断安慰、诱哄道："你等等。听见没？等一下行吗？"他还是没有说话。房门依旧不可抗拒地慢慢打开。她身上只穿了一件内衣，紧紧靠在门上，活像个木偶在表演遭劫和无力招架的滑稽剧。她紧贴门板，低着头，一动不动地似乎陷入了沉思，好像木偶在表演过程中大脑处于混沌状态一样。突然，她一转身，迅速冲到床边，看都没看一眼就抓起一件衣服，然后又转身朝向门口，抓着衣服挡在胸前，蜷缩成一团。看门人早已走进房间，显然，他一直在注视她晕头转向，仓皇地乱抓乱扯的整个过程，等候着。

他还是穿着工作服,这会儿还戴了一顶帽子。他没有脱帽,那双冷酷、狂暴的灰眼睛似乎并没有看她,也根本不屑于瞧她一眼。"要是上帝亲自来到你这种人的房间,"他说,"你会认为他要跟你耍流氓吗?"他继续说道:"你告诉女总管了?"

这个女人坐在床上,手里抓着衣服,身子好像慢慢往里陷,脸色苍白地望着他。"告诉她?"

"她打算怎么处理?"

"处理?"她望着看门人:明亮而沉静的眼睛似乎并没有把她看在眼里,却已经把她包围了。她像个傻瓜一样瞠目结舌地看着他。

"他们要把他送到哪里?"她没有回答。"别跟我扯谎,别骗上帝。他们会把他送到一家黑人孤儿院。"她闭上了嘴,好像终于理解了这个人在说什么。"哦,我明白了。他们要把他送到黑人孤儿院。"她仍然没有说话,而是开始观察他。惊魂未定的眼睛里露出诡秘的神色,心中暗自盘算。而看门人望着她,目光好像聚焦在她整个人身上。"回答我,贱货!"他喊道。

"嘘——"她说,"是的,他们只能那样做,当他们发现……"

看门人说了一句:"喔。"他那尖锐的目光渐渐退却,放开了她,随后又将她困住。她望着那双眼睛,好像看到自己一文不值,像一截树枝飘荡在池塘里一样渺小。接着,他的目光里差不多开始有了人性,开始环视这个女人的房间,似乎以前从没见过一样:私密、温暖、零乱,还有女人的香粉味。"污秽的女人,"他说,"在上帝面前。"他转身走出去。过了一会儿,那个女人才站起来。她抓着衣服一动不动地站在那里,像个傻瓜一样望着敞开的房门,好像自己不知道接下来要干什么。然后,她跑到门口,把门狠狠地关上,锁好,靠在门上大口喘着气,双手紧握房门的钥匙。

第二天早饭时间,看门人和那个孩子都不见了。人们没有发现他们的一点蛛丝马迹,于是立即报了警。他们发现一扇侧门被打开了,而看门人正好有这扇门的钥匙。

"因为他知道,"营养师告诉女总管。

"知道什么?"

"那个孩子,圣诞夜里来的那个孩子是个黑鬼。"

"什么?"女总管猛地跌回椅子里,望着这个年轻的女人,问道,"一个黑——我不相信!"她叫起来,"我不相信!"

"你可以不相信。"营养师说,"可他知道,所以他偷偷把那个孩子带走了。"

女总管五十多岁,面颊松弛,露出温柔、和善却又十分沮丧的神色。她说:"我不信!"可到了第三天,她又把营养师叫来。女总管一副没睡好的样子,相反,营养师却精神焕发,十分镇定。当女总管告诉她那个看门人和孩子都被找到时,她仍然镇静自若。"在小石城[1]。"女总管说,"他企图把那个孩子送进一家孤儿院。人们觉得他像个疯子,就把他抓住了,一直等到警察来。"她看着年轻女人,问道:"你告诉过我……那天你说……你怎么知道的?"

营养师目不斜视地回答道:"我不知道,我一点都不懂。当然,其他孩子叫他黑鬼时,并没有什么别的意思。"

"黑鬼?"女总管重复道,"其他孩子?"

"他们叫他黑鬼已经好多年了。有时候,我觉得孩子们有着你我成年人不具备的理解力。孩子们,还有和他——那个老头——差不多年纪的人们都有那种理解力。所以,孩子们在院里玩耍的时候,他总是坐在门口,观察那个孩子。也许他从别的孩子叫他黑鬼中发现了什么。不过,可能他早就知道。你还记得吧,他们差不多是同时来的这儿。就在那晚之前——你没忘了吧,圣诞节——查——他们发现门口台阶上有个孩子,差不多一个月后,他来干活儿了。"她不紧不慢地说

---

[1] 小石城(Little Rock),美国阿肯色州首府和最大的城市、河港。

着，望着女总管眯缝起眼睛，困惑地看着自己，好像无力挪开一样。营养师的目光温和而单纯，继续说道，"所以，有一天我俩聊天时，他想告诉我关于那个孩子的一些事情。他想告诉我或者别人，最后他或许因为害怕没有说，我就走了。我当时压根就没想这件事，早把它抛到九霄云外了，等到——"她没有往下说，看着女总管。她的脸上浮现出一种恍然大悟的表情，像突然醒悟一样；谁也说不清这个表情是不是装出来的。"哦，所以——哦，我现在知道他们离开、失踪的前一天到底发生了什么。那天，我俩正好聊过，他不愿告诉我原本想讲的事。我在走廊里走着，正要回自己的房间，他突然出现在我面前拦住了我。当时，我觉得好滑稽，因为我从没有在楼里见过他。他开口说话——声音有些狂躁，人也显得狂躁。他挡在走廊里，我怕了，吓得不敢动弹——他说：'你告诉她了吗？'我就问：'告诉谁？告诉什么？'后来我才明白他指的是你；他想知道我是不是跟你说了他想告诉我关于孩子的事。可我不知道他想让我跟你说什么事，所以我想叫喊。接着他又问：'要是她知道了会怎么做？'当时我不知道该说什么，也不知道怎么才能摆脱他。他又说：'用不着你说，我知道她会怎么做。她会把那孩子送到黑鬼孤儿院。'"

"黑鬼？"

"我不明白，为什么这么久咱都没发现。你现在瞧瞧他那张脸、那双眼睛和那头发。天哪，这太可怕了。可是我想，那是他该去的地方。"

女总管的眼镜后面是一双脆弱不安的眼睛，露出饱受折磨、焦灼的神色，仿佛她正强迫自己的眼睛超越极限努力睁大。"可他为什么要把孩子带走呢？"

"哦，假如你能理解我的想法，我觉得他是疯了。要是你像我一样，那晚——白天走廊里见过他，你也会这么认为的。当然，那孩子真可怜，跟白人在一起这么久，却要被送到黑鬼孤儿院。他是什么种族，并不是他的错。可也不是我们的错啊——"她停住了，望着女总管。老太太镜片后的眼睛仍旧那么困惑、迷茫，看不到一丝希望；她的嘴巴像要讲话一样颤抖着，她说出的每句话也是那么毫无希望，却掷地有声，果断而决绝。

"我们得处理他，立即处理他。我们有什么申请表？你把文件给我递过来……"

孩子醒来时发现自己被人扛着。伸手不见五指的寒夜里，有人小心翼翼地扛着他，悄悄走下楼梯。他和扛他的那条胳膊间紧压着些软东西，他知道那是自己的衣服。他没有大声呼叫，也没有弄出任何声音。通过气味和空气，他知道自己正在后楼梯，楼梯直通侧门；自他记事起，房间里就摆着他和其他四十个孩子的床。从气味上，他还辨别出背他的人是个男的。但孩子没有说话，像睡觉一样安静、轻松地趴着，高高地骑在看不见的胳膊上，随着那个人慢慢地向下移动，朝着通向活动场所的侧门走去。

他不知道是谁扛着自己，他也懒得去想，因为他觉得自己知道在往哪里走，知道这是在干吗。他也懒得关心会去哪里。时光回到两年前，那时他三岁。一天，他们中有个叫爱丽丝的十二岁女孩不见了。他一直喜欢她，把她当妈妈一样，或许这就是喜欢她的原因。而且，在他眼里，爱丽丝像成年女人一样成熟、高大，但不同的是，那些女人常常命令他吃饭、洗漱、睡觉，可爱丽丝却不会这么做，也不会成为他的敌人。一天晚上，爱丽丝把他叫醒，跟他告别，可他却不明白。他太困了，有点不高兴，还没有完全清醒，因为她一向对他很好。他并不知道爱丽丝在哭，因为他不知道成年人也会哭，等到他懂得时，早已忘记了爱丽丝。他一边对她心生不满，一边又进入梦乡。第二天早上，爱丽丝不见了。她就这样消失了，没有留下一丝痕迹，连件衣服都没有找到，就连她睡过的那张床也已经被新来的一个男孩占了。他永远都不会知道爱丽丝的下落。那天，一些帮爱丽丝准备过行装的年龄稍大点的女孩在窃窃私语,也是在这样隐秘安静的气氛中,六个年轻女孩在帮第七个人准备婚礼。他听到她们说起新衣服、新鞋子以及接走爱丽丝的那辆马车。这时,他才明白爱丽丝穿过铁丝网中间的大铁门,再也不会回来。他仿佛看见她在大门哐啷一声锁上的那一瞬间,变得那么豪迈,像夕阳一样壮阔地融入不可名状的灿烂辉煌中。一年多以后,他才知道爱丽丝不是第一个,也不会是最后一个,身穿新衣服或新罩衫,手拿鞋盒子般大小的布包,消失在紧锁的大门外。他相信,此刻,这样的事情在他自己身上发生了;他知道她们是如何设法不留任何痕迹地离开这里。他相信她们也像他一样,是在死寂的夜里被人带走的。

现在,他觉得快走到门口了,而且这会儿距离门非常近;他准确地知道还剩多少级看不见的楼梯,背着他的那个男人将会小心翼翼地把他悄悄放下。他的脸颊上可以感受到那个人安静、急促地呼出的热气;他的身子下面是紧绷结实的臂膀,卷成一堆的是他摸黑抓起的衣服。那个人停了下来。他蹲下的时候,孩子也顺势滑落到地上,脚趾触碰到冰冷的木地板时突然缩了回来。这个人第一次开口说话。"站起来。"他说。这下,孩子知道这个人是谁了。

他立刻认出了这个人,一点都不觉得惊讶。要是女总管知道他竟然和这个人这么熟悉,反倒会大吃一惊。他不知道这个人叫什么,尽管他是个活生生的人,可是三年中他们连一百个字都没说过。然而,这个人在他的生活中却占据着一定的分量,包括爱丽丝在内无人能比。即便他只有三岁,他也知道他俩之间有种默契。他知道,每当他在活动场所出现时,这个人没有一刻不坐在锅炉房门口的椅子里望着他,看得那么认真,那么全神贯注。如果孩子稍大点,他也许会想,*这个人对我又恨又怕,因此,片刻都不敢让我离开他的视线*。像他这样的年龄,如果懂得更多的词语,也许他会认为,*这就是我的与众不同之处,因为他总是在看着我*。他接受这一切。因此,当他发现是这个人将他从熟睡中，从床上背下楼梯时，他一点都不觉得奇怪。漆黑的寒夜里，他站在门口，那个男人帮他穿上衣服，他也许会觉得，**这个人这么恨我，甚至于要极力阻止即将发生在我身上的事情。**

　　孩子冻得直打哆嗦，以最快的速度顺从地穿起衣服，两人摸索着总算把两件小衣服穿在他身上。"你的鞋，"这个人用几乎听不见的声音跟他耳语道，"在这儿。"孩子坐在冰凉的地板上穿好鞋子。这时，那个人并没有碰他，可孩子还是能听到、感觉到那个人也正弯腰忙活着什么。他心想他也在穿鞋。孩子没有系好鞋带，他还没学会自己系鞋带，但他没有告诉那个男人自己没有系鞋带。他压根儿没吭气，只是站在那里，然后便被一件大衣服完全包裹起来——从衣服的气味上他辨别出这是那个男人的衣服——接着他又被扛起来。门轻轻开了。清冷的空气扑进来，街灯也照进来，他能够看到灯光和工厂光秃秃的墙壁，还有星空下没有冒烟的烟囱。在街灯的映衬下，铁丝围栏像一排排饥肠辘辘的士兵站在那里。他们穿过空旷的活动场所，他那双悬垂的脚丫子随着那个人迈开的大步有节奏地摇晃着，没系鞋带的鞋子脱到了脚踝处。他们穿过了大铁门。

　　没等多久，电车就来了。假如他再大一些，他定会称赞这个人会掌握时间。可他并没有想这些，或者压根儿没有注意。他们站在街角，孩子穿着没有系鞋带的鞋子站在那个男人身边，包着他的大衣服直拖到脚踝，双眼圆睁，安详的小脸上睡意全无。电车发出尖厉的刺啦声停下来，他们上车时一排排窗户还在嗡嗡地震颤。刚过凌晨两点，车内几乎空空荡荡的。这时，男人发现孩子没有系鞋带，于是就帮他系好。孩子静静地坐在位子上，两腿直直地伸到男人面前，看着他系鞋带。他以前坐过电车，知道离车站还有很远一段距离。所以等他们到站时，他已经睡着了。等他醒来时，天已大亮，而且他们已经在火车上坐了许久。他以前从未坐过火车，也没有人跟他提起过。他像乘电车一样安静地坐着，全身裹在男人的衣服里，只有脑袋和双脚露在外面。村庄——山岭、树木、奶牛等等——在他眼前都一一闪过，他以前从未见过这些。男人看见他醒了，便拿出用报纸包着的食物，里面是面包夹火腿。"给，"男人说。孩子接过面包，一边吃一边看着窗外。

孩子一声不吭，没有表现出任何诧异，甚至到第三天警察来带走他俩时，他还是这样。他们现在所处的地方和那晚离开的地方没什么两样——同样是孩子，只是姓名不同而已；同样是成年人，只是气味不同。他不明白为什么要离开原来的地方，也不明白为什么不继续待在那里。然而，当人们过来叫他起床、穿衣服，却不告诉他原因和去向时，他也不觉得奇怪。也许他知道自己要回去了，也许凭着孩子异常的洞察力，他一直就知道不会住在这里，也不可能长久住下去，可那个人却不明白这一点。他再一次坐上火车，望着同样的山岭、树木和牛群，不过是在火车的另一边，另一个方向。警察给了他吃的，还是面包夹火腿，但不是从报纸里取出来的。他注意到了，不过什么都没说，也许他根本没想这些。

于是，他又回家了。或许他以为回来后会受到惩罚，但为什么惩罚，惩罚的确切理由是什么，他并不期望弄清楚，因为他早已经明白，尽管孩子们认为大人就是大人，可大人却不把孩子当大人看。他也已经把牙膏事件忘在了脑后。现在，他像一个月前巴望着见到营养师一样，急切地避免和她碰面。他忙于回避她，竟然忘了回避的原因；很快他也忘了那次旅行，因为他从来不知道二者之间有什么关系。偶尔，他会隐隐约约想起来，但也只限于朝锅炉房门口看时，才会想起有人曾经坐在那里看着他，可那个男人现在却不见了，消失得无影无踪，甚至那把藤椅也没有放在门口，就像那些离去的人一样销声匿迹。对于他的去向，孩子根本没有想过，没有考虑过。

一天晚上，人们在教室找到他。当时正好是圣诞节的前两周。两个年轻女人——营养师不在其中——带他去了浴室，给他洗澡，梳理湿漉漉的头发，穿上干净的罩衫，把他领到女总管的办公室。办公室里坐着一个陌生的男人。他一看到这个人，没等女总管开口就已经明白了。也许是记忆让他明白，明白后便开始回想；或许还会让他有所期待，因为五岁的孩子太小，没有经历太多绝望，便不会有太多希望。或许，他突然记起了火车和面包，因为记忆只能追溯到那个时候。"约瑟夫，"女总管问，"你愿意跟善良的人们去乡下过日子吗？"

孩子穿着硬挺的新罩衫，站在那里听陌生人说话，耳朵和脸蛋被粗糙的肥皂和毛巾擦得火辣辣、红扑扑的。孩子看了陌生人一眼，这个人相当壮实，蓄着浓密的棕色胡子，一头短发理了有些日子了。他的头发和胡子都很坚硬，一副生机勃勃的样子，没有夹杂一丝银白，虽然从脸上看，他有四十多岁，但似乎年龄不会影响色素。浅色的眼珠看上去有些冷漠。他身穿一套笔挺、体面的黑色西装，一只干净的大手抓着一顶黑色的帽子紧紧扣在膝上，就连握着软帽边的手指也握成了一只拳头。一条沉重的银表链横跨在马甲上。手工擦出来的厚实的黑皮鞋闪耀着光泽，并排踩在地上。就算孩子只有五岁，但也能看出他不抽烟，而且也不会容忍别人抽烟。孩子不敢看他，就因为他的那双眼睛。

可是，孩子知道那个人正盯着自己，全神贯注地观望，眼神冷峻却并非故意表现得严酷。只要他事先确信会出毛病，或有意要购买，他会以同样的眼神去审视一匹马或一张二手的犁。这个人说话很谨慎，话不多，却非常沉闷；这样的声音要求听众不必专心倾听，却一定要安静。"你没办法弄清楚，也不愿告诉我关于他父母的更多事情。"

女总管没有抬头。显然，镜片后的眼睛已经皱成了一堆，起码现在如此。她立刻回话，甚至有点太过急切地说："我们绝不会查证孩子的父母。像我以前跟你说过的，圣诞节前夜他被扔在这里的台阶上，再过两周就五年了。如果孩子的父母对你很重要的话，你最好别收养孩子。"

"我不全是这个意思。"陌生人又说，这时，他的语调稍有些缓和，想立即致歉却又不愿退让，"我觉得应该先和阿特金小姐（营养师的名字）联系一下，因为我一直在和她通信。"

几乎没等他说完，女总管便又急忙冷冷地说道："不管是这个或是哪个孩子，也许我能给你阿特金小姐知道的一切，因为她在这里的工作仅限于厨房和食堂。不过是碰巧让她热心地充当了我和你通信的秘书而已。"

"没关系，"陌生人说，"没关系，我只是想……"

"想干吗？我们不会强迫任何人领养我们的孩子；只要孩子们的愿望合情合理，我们也不会强迫他们违背自己的意愿。关键是双方自己商量，我们只是建议。"

"哦，"陌生人又说，"我刚才说过了，没关系。我不怀疑他是个合适人选。他会发现，跟我和麦克依琴太太生活在一起是个很好的归宿。我们现在也不年轻了，喜欢安静地过日子。他不会过什么锦衣玉食、游手好闲的生活，但绝不会干什么不利于身心的活儿。虽然不清楚他的身世，但我相信，跟我们在一起，他长大后会敬畏上帝，憎恨懒惰和虚荣。"

就这样，两个月前的那个下午，他以一支牙膏签下的约定终于解除了。这位至今仍然稀里糊涂的签约人正被裹在一条干净的毯子里，小小的身子，一动不动地缩成一团，随着轻便马车颠簸，穿过十二月的夕阳，驶上一条满是冰辙的小巷。他们走了整整一天，中午的时候，这个男人给孩子从车座下的纸箱里取出三天前做好的农家食物，直到这个时候，男人才开始同他讲话。他戴着露指手套，握着马鞭，指了指小路前方暮霭中露出的一丝光亮，只说了一个字——"家"。孩子没有吭声。男人低头看了他一眼。为了抵御严寒，男人裹得严严实实的蹲在那里，庞大臃肿的身形宛若大石块般岿然不动，与其说他没有绅士风度，还不如说是冷酷无情。"我说那是你的家。"孩子还是没有吭气。他从来没见过家，所以他不知道要说什么。况且他还小，还没学会说空话套话。"你会发现有饭吃，有地儿住，还有基督信徒的照顾。"男人说，"力所能及的活儿可以防止你顽劣。因为我马上就会让你懂得懒惰和虚荣是两大罪恶，劳动和敬畏上帝是两大美德。"孩子还是没有说话。他从没有劳动过，也没有敬畏过上帝。他对上帝的了解还不及对劳动的概念。他见过男人们每周扛着铁锹和耙子劳动六天，而上帝却只在周日出现。而且在这天——除了伴随有折磨人的整洁穿戴外，还会有悦耳的音乐和根本不会骚扰耳朵的字句——虽然有些无聊，可总的来说还是非常愉快的。孩子什么都没说。马车继续颠簸，精心饲养的膘肥体壮的马儿急速奔向畜棚，奔向家园。

他直到后来才想起一件事情，这时的记忆已经不再接受他的面容，不再接受回忆的表象。当时，他们正在女总管的办公室。孩子一动不动地站在那里，任凭陌生人的目光落在他身上，他没有去看，只是等待那个人说出眼神里的想法。接着，男人开口说道："克里斯默斯。一个异教徒的名字，亵渎神明，我得改改。"

"那是你的合法权利，"女总管说，"我们不关心他叫什么，只在乎你们怎么对他。"

但陌生人却并没有听任何人说话，也没有向某个人宣布："从今以后，他就叫麦克依琴。"

"不错，"女总管说，"让他跟你姓。"

"他要吃我家的饭，信仰我的宗教，"陌生人说，"怎么能不跟我姓呢？"

孩子什么都没有听见。他不关心，也不是特别在乎。即使天气不热，但这个人却非说热的话，孩子也不会在意。他甚至都懒得对自己说：*我不叫麦克依琴，我叫克里斯默斯*。而且现在没必要管这些，有的是时间。

"对啊，怎么不能？"女总管说。

7

记忆中有这么一天,二十年后记忆仍然无法忘记,*这一天我成年了。*干净的斯巴达式[1]房间里充满了礼拜日的氛围。微风轻轻吹拂窗户上织补过的干净窗帘,送来新翻的泥土和野果的味道。房间里放着一架仿橡木制的黄色手风琴,风琴踏板上垫着磨损的旧地毯,上面放着一只水果坛子,里面插满了飞燕草。男孩坐在桌子旁边的一张直背椅里,桌上放着一盏镍制油灯和一本大部头的《圣经》,《圣经》还配了黄铜钩、铰链和锁扣。他穿着一件干净的无领白衬衫,一条崭新的粗布黑裤子。脚上的皮鞋最近刚刚擦过,但八岁的他在擦鞋时难免笨手笨脚,到处都是斑点,尤其是脚后跟处的鞋油还没有擦匀。他的面前有一本《长老教会[2]要理》摆在桌子上。

麦克依琴站在桌边。他穿着一件干净光亮的衬衣,黑色的裤子,第一次和孩子见面时穿的就是这条裤子。他那润泽的头发依然没有银丝,整洁而硬挺地立在脑袋上。他的胡须也修理得那么有光泽。"你没

【1】斯巴达式(spartan),斯巴达源自八世纪左右古希腊奴隶制最大的城邦国之一,以严酷的鞭笞和格斗为主,养成坚韧、勇猛、残暴和服从的品质。

【2】长老教会(Presbyterian)即长老宗,也称归正宗,是基督教新教主要宗派之一,以加尔文(Jean Calvin 1509—1564)的宗教思想为依据,亦称加尔文宗,产生于十六世纪宗教改革时期,与安立甘宗和路德宗并称新教三大主流派别。

有用心去记。"他说。

孩子没有抬头,也没有动弹。但麦克依琴的脸色变得更加严苛。"我用心了。"

"那再记一次,我再给你一个小时。"麦克依琴说着,从口袋里掏出一块厚银表,表面朝上放在桌上,又拉来一张直背椅,在桌边坐下。一双干净的手放在膝盖上,笨重的皮鞋擦得光亮,整齐地踩在地上,鞋上没有鞋油涂抹不匀的任何迹象,但昨天晚饭时确实有斑点,孩子还为此挨了一顿抽打。当时,孩子已经脱了衣服准备上床睡觉,后来只穿了件衬衫又把它们擦了一遍。孩子坐在桌子旁边,面无表情地低下头,一动也不动。春意盎然的微风轻轻吹进黯淡整洁的房间。

这是上午九点,他们从八点起就在那里了。附近有教堂,不过长老派的教堂在五英里之外,乘马车得一个小时才能到达。九点半的时候,麦克依琴太太走进来。她已经穿戴完毕,一身黑衣,戴着一顶软帽——她个子不高,有点驼背,长着一张饱经风霜的脸,怯懦地走进来。她看上去比粗壮、精力充沛的丈夫要老十五岁。她没有完全走进屋里,只是在门边站了一会儿。她头戴软帽,身上的黑衣服虽然已经褪色,但总是被她洗得很干净。她的手里拿着一把雨伞和一把棕榈叶扇子。她的眼神有些古怪,好像无论看到什么或听到什么,总是要通过男人的身子或声音来直接接收,好像她只是中介,强壮冷酷的丈夫却是操纵器。他或许听到了她进门的声音,但并没有抬头,也没有搭理她。麦克依琴太太转身离开了。

刚好一个小时的时限到了,麦克依琴抬起头,问道:"现在记住了吗?"

男孩没有挪动,回答道:"没有。"

麦克依琴像早有准备一样,不急不躁地站起来。他拿起银表,合上表盖,放回口袋,把表链穿过吊带,在胸前又绕了一圈。"来,"他头也不回地说道。男孩跟在身后,昂首挺胸,沉默不语地穿过大厅,朝后院走去。他俩倔强的身影那么相似,仿佛有血缘关系一样。麦克依琴太太在厨房里,还是戴着帽子,拿着雨伞和扇子。她看着他们经过时,叫了一声:"他爸。"他俩都没有朝她看一眼。他们或许没有听见,或许她根本不该开口。他们继续一前一后稳步向前走去,两人挺直的腰板显示出互不妥协的味道,就算是真的父子亲缘关系也不可能有这么相似。他们穿过后院,继续前行,进了马厩。麦克依琴打开栅栏门站在旁边,男孩进了栅栏。麦克依琴从墙上取下马鞭。这条马鞭和他的皮鞋一样,都是不新不旧、干干净净的,而且它的气味和主人身上的一样:干净倔强的刚性皮子的味道。他低头看着男孩。

"书在哪儿?"他问。男孩从容地站在他面前,纹丝不动,光滑的羊皮纸脸色略显苍白。"你没带书,"麦克依琴说,"回去取来。"他的声音不算刻薄,但简直没有一丝人情味儿,冷冰冰的不留一点余地,像书面或印刷的字迹一样不可更改。孩子转身走出去。

当他到家时,麦克依琴太太正站在厅堂中。"乔。"她叫了一声。孩子没有说话,甚至没有看她,没有看她的脸,也没有注意到她的手伸出一半后僵硬地停在那里,这本来是人类可以做出的最温柔的动作,而她却那么僵硬滑稽。他板着脸,快步从她身边走过。他生硬的表情里透着骄傲,或许有些心灰意冷,或者说是一种虚荣,是男人愚蠢的虚荣心在作祟。他从桌上拿了《长老教会要理》,返回马厩。

麦克依琴握着马鞭还等在那里。"放下。"孩子便把书放到地上。"不是这儿,"麦克依琴冷冰冰地说,"你以为马厩的地上,牲畜踩踏的地方,适合放上帝的教义?为这个,我也要让你明白。"他亲自拿起书,放到壁架上。"脱掉裤子。"他说道,"我们不要把它弄脏。"

于是,孩子站在那里,把裤子脱到脚面,单薄的衬衫下露出两条腿。他直直地站在那里,一副弱不禁风的样子。皮鞭落在身上时,他没有退缩,脸上也没有露出颤动的表情。他直视前方,全神贯注,像照片中的僧侣一样沉静。麦克依琴的抽打很有条理,铆足了劲慢慢抽下去，还是那样不急不躁。很难说哪张脸更加专注，更加沉着，更加自信。

他抽了十下后停了下来。"拿着书，"他说道，"别提裤子。"他把《长老教会要理》递给男孩。孩子接过书，还是直挺挺地站着，傲慢地昂着头，捧着书。要是穿上牧师的白袍，他准会像天主教唱诗班的孩童，朦胧晦暗的栅栏就是中央殿堂，粗木板墙壁外充满氨气味和草料味，卑微的牲畜不时地发出鼻息声和慵懒沉闷的蹄声。麦克依琴端坐在草料箱上，双膝伸展，一手搭在膝头，一手握着银表，他那张留着胡子的脸像石雕般坚定，冰冷无情的眼神中透着仁慈。

就这样，他们又待了一个小时。此前，麦克依琴太太到过后门一次，但她什么都没说，只是站在那里，看着马厩。她依旧戴着帽子，拿着雨伞和扇子。后来，她又回了屋里。

这回，麦克依琴又是分秒不差地将怀表装进口袋。"这会儿懂了吗？"他又问。孩子直挺挺地站着没有说话，手捧翻开的书。麦克依琴从他手中拿过书，否则孩子站在那里根本不会动。"重复一遍教义。"麦克依琴说道。孩子直直地盯着面前的那堵墙，尽管他的皮肤本就光滑白嫩，但此刻却十分惨白。麦克依琴小心翼翼地把书放到壁架上，再次拿起皮鞭。他抽了十下。抽完后，孩子木然地站了好久。他还没有吃早饭，他俩都没有吃早饭。接着，孩子摇晃了，要是没人抓住他的胳膊，扶他一把的话，他准会摔倒。"来，"麦克依琴想把他领到饲料箱边，说道，"坐这儿。"

"不，"孩子说着，猛地把胳膊从大人手里拉出来。麦克依琴放开了他。

"没事儿吧？是不是病了？"

"不。"孩子回答道。他的声音很虚弱，脸色惨白。

"拿着书，"麦克依琴说着，把书塞到孩子手里。马厩窗户外，麦克依琴太太从房里走出来。现在，她换了一件褪色的宽大长罩衣，戴了一顶遮阳帽，提着柏木桶。她经过窗户时没朝栅栏看一眼，就消失了。过了一会儿，他们听到井边辘轳发出缓缓的咯吱声，不经意间打破了安息日的气氛。接着，麦克依琴太太又出现在窗边，使劲保持手中水桶的平衡，再次回到屋里，还是没有看马厩。

又到了一个小时。麦克依琴的视线从表上挪开，问道："记住了吗？"孩子不说话，也不动弹。麦克依琴走近时，发现他根本没有看书，两眼空洞地盯着书出神。当他把手放在书上时，孩子像抓绳子或棍子一样，紧紧地抓住那本书，麦克依琴用力抽出书来，孩子扑通一声全身倒地，再不能动弹一下。

等他醒过来时，已经是傍晚了。阁楼里，他躺在自己的床上。楼顶很低，房间却十分安静，这时房间里洒满了夕阳。他觉得舒服些了，静静地望着头顶倾斜的天花板，在床上躺了一会儿，后来才意识到有人坐在床边，是麦克依琴。现在，他换上了平日里穿的衣服，不是下地干活时的工作服，而是一件褪色的干净的无领衬衫，还有整洁的咔叽裤子。"你醒了，"说着，他把手伸过来，掀开了被子，"过来。"

孩子没有动，"你又要打我吗？"

"过来，"麦克依琴说，"起来。"男孩从床上爬起来，穿着单薄、难看的棉布内衣站在那里。麦克依琴肌肉僵硬地走着，像用尽全身力气一样，笨重地挪动着臃肿的身子。男孩带着小孩毫无兴趣的表情，看着这个男人慢慢地跪在床边，非常吃力。"跪下，"麦克依琴说。孩子跟着跪下，两人跪在狭小昏暗的房间里：小个子穿着用大人衣服改制的内衣，无情的大个子男人永远不明白什么是怜悯，也不会对自己产生任何质疑。麦克依琴开始祷告，祷告了很长时间，他的声音慵懒而单调，让人昏昏欲睡。他请求上帝宽恕，因为他冒犯了安息日，动手打了一个孩子、一个孤儿、一个上帝疼爱的人。他还祈求孩子可以在被他所嘲弄和抗拒的人的引导下，倔强的心灵可以变柔软；上帝可以宽恕孩子不服管束的罪过；恳请全能的主以慈悲为怀，能像他一样宽宏大量。

祷告完毕，他又吃力地站起来。孩子依旧跪着，一动不动。但他始终睁着眼睛（他一直没有掩面或低头），而且他的面容十分沉着、冷静，简直有些不可思议。他听见那个男人在放着油灯的桌上摸索着。男人擦亮一根火柴，喷出火光，火苗稳稳地点燃灯芯，球形灯罩下麦克依琴的手好像在血里浸泡过似的。灯影摇曳了几下后不动了。麦克依琴从桌上的油灯旁拿起《长老教会要理》。他有着高耸的鼻梁，凸出的脸颊，胡楂儿蔓延至戴着眼镜的深邃的眼窝处。他低头看着孩子说道："拿着书。"

星期日早饭前这件事情就开始了。他还没有吃早餐，可能他俩都没有想到这事儿。尽管麦克依琴到过餐桌边，请求上帝免除他渴望食物以及非吃不可的罪责，但实际上并没有吃饭。午饭时，筋疲力尽的他已经睡着了。晚饭时，他们谁都没有想到食物。孩子甚至不明白自己出了什么问题，为什么会那么虚弱和安静。

他躺在床上思索着。此时，屋里依然亮着油灯，外面一片漆黑。事情已经过了许久，可他觉得一扭头仍能看到他俩跪在床边的情景，或者说至少能想象出地毯上留下的两对膝盖的印迹。甚至连空气中还弥漫着沉闷的声音，像梦中呓语，祈祷、恳请，和某种灵气争论着，而这种灵气却没有在真真切切的地毯上留下任何虚幻的痕迹。

他双手交叉放在胸口，像陵墓雕像一样躺着。这时，他又听见狭窄的楼梯上响起了脚步声，脚步声不是那个男人的。他听到过麦克依琴驾着马车在黄昏离去，赶往三英里外的教堂，但不是长老会的教堂，他要去那里为上午的事件赎罪。

不用扭头，孩子就听出是麦克依琴太太吃力地爬楼梯的声音。她走近床边，孩子没有抬眼，过了一会儿，她的身影映在了墙上，他看见麦克依琴太太手里端着什么东西，那是一盘食物。她把托盘放在床上，可他还是没有看她一眼，也没有动弹一下。"乔，"她叫道。孩子没有动。"乔，"她又叫了一声。她看见孩子睁着眼睛，却没有碰他。

"我不饿。"他说。

麦克依琴太太站着没动，双手交叉搭在围裙上，似乎也没有盯着他，仿佛只是对着床那边的墙说话："我知道你在想什么，不是你想的那样。他没有让我给你拿吃的，是我自己的想法，他不知道。这吃的不是他送给你的。"孩子还是不为所动，抬起头望着倾斜的木条天花板，面容像石雕一样沉静。"你已经一天没吃东西了，起来吃吧。他没有让我给你送饭，他不知道。他走了我才亲自给你做的。"

这时，他坐起来。她看着他从床上起身，拿起托盘，走到墙角，将托盘里的碗碟和食物全部倒在地板上。然后，他回到床边，像捧着圣体匣一样端着空盘子。他身上穿的白色内衣，原本是买给大人穿的，后来改小给他做了内衣。麦克依琴太太站着没有动，双手仍然搭在围裙上，但这会儿她不再望着他。他回到床上，再次躺下，睁大眼睛望着天花板。他能看到麦克依琴太太一动不动的身影，模糊的轮廓，还有点驼背。不久，影子消失了。他没有看一眼，但他听见她走到墙角，将打碎的碗盘放进托盘。然后，她离开了房间。这时，房间陷入了沉静。油灯的灯芯稳稳地燃着，墙上飞蛾盘旋的影子像飞鸟一样大。透过窗户，他能嗅到夜的漆黑，闻到春天和泥土的气息。

那时，他刚刚八岁。多年后，记忆才让他想起这一切；那一夜过后的好几年，他才记起一小时后他翻身下床，走到墙角跪下，但姿势不是跪在地毯上的那种。他跪在那堆受了凌辱的食物旁，像野人，像狗一样，用手抓着吃。

此时，薄暮冥冥，离家还有几英里。尽管他在星期六下午有空闲时间，但他从没有在这么晚的时间里，离家这么远过。等他回了家，他会挨鞭子的，不过与他在外边有没有干什么坏事无关。即使他没有干坏事，回到家后，准会挨一顿打，就像麦克依琴发现他做过坏事一样抽他。

然而，或许他还不明白自己本来没打算干坏事。黄昏，他们五个人悄悄守在废弃的刨木棚附近，躲在塌陷的门道里，看到一百码外有个黑人女孩走进去，她回头看了一眼便不见了。这是年纪稍大点的一个男孩事先安排好的，他第一个跟了进去。其他男孩抽签决定进去的顺序。他们穿着相同的工装，住在方圆三英里之内；他们和名叫乔·麦克依琴的男孩一样，从十四五岁起就像大人一样犁地、挤奶、劈柴。也许乔从没有想过他在作恶，因为对于十四岁的男孩来说，最严重的错误是被人公开定义为处男。直到想起有人等候在家里时，他才意识到了错误。

轮到乔了。他走进刨木棚，里面黑乎乎的。他立刻觉得仓皇袭来，十分恐惧，体内有什么东西想要冲出来，这让他想起牙膏在胃里的感觉。可他不能马上就走，只能站在那里，闻着女人的气味，他立刻辨别出那是黑人的味道。他被黑人女孩的气味包围着，被急促驱赶着，不得不等在那里，等她开口：这种声音不是什么特殊字眼，而是一种浑然不知的召唤。这时，他仿佛看见了她——像什么东西可怜地伏在那里，或许是那双卑微的眼睛。他俯下身，仿佛看到一口漆黑的深井，井底的两道亮光像死亡星球的折光。接着，他又一次碰到了她，因为他在踢打她。他用力地踢打，女孩发出惊恐的哀号。她开始尖叫，男孩抓住她的胳膊，猛地把她拉起来，狂暴地一顿乱揍，也许他是冲着声音去的，反正总能打在她的皮肉上。他被女人的气息和张皇失措包围着。

接着，她从他的拳头下逃了出来。其他人一窝蜂扑在他身上，摸黑和他扭打起来，他只好往后退，愤怒而绝望地喘着粗气，奋力还击。这时，他闻到了男性的气味，是他们的味道；而那个女孩也叫喊着，不知逃到了什么地方。他们几个拳打脚踢，不管是手还是身体，只要能摸到就打，直到众人扭成一团，把他压在最下面。但他还在挣扎，边哭边反抗。这会儿，那个女孩早已消失得无影无踪。他们只顾打架,好像刮来一阵强风,狠狠地把他们吹倒在地。他们按住他,让他无力反击。"这下服输了吧?我们抓住你了。承认输了吧。"

他气喘吁吁地扭动着,答道:"不。"

"认输吧,乔。你打不过我们的。再说,大伙儿不想跟你打。"

"不。"他喘着粗气,挣扎着说。此刻,众人扭成一团,分不清你我,他们已经将女孩儿忘得一干二净;即使原来明白为何而打架,现在也记不得了。对于那四个孩子而言,这种举动纯属无意识的自然反应,出于男性好斗的自发冲动,为了那个刚才与他或者正要同他交媾的女孩。可他们谁也不明白他为什么会打她。他们把他按倒在地,用紧张的声音悄悄地商量着。

"你们几个先散开。剩下的人同时一起撒手。"

"谁抓着他?我手里抓的谁?"

"嗨,松手。等一下:他在这儿。我和——"他们再次乱作一团,互相扭打着,然后他又被按住了。"这下抓住他了。你们全都散开,往出跑,给我腾个地方。"

两个人站起来,迅速退到门外。另外两个好像突然从地上,从晦暗的刨木棚里腾空而起,一溜烟地跑了。他们一松手,乔立马还击,可他们早已跑远。他躺在地上,看着他们四个在薄暮中奔跑,慢慢地转身往回看。他站起来,出了刨木棚。他站在门口拍拍身上的泥土,同样这也纯属无意识的动作;而在不远处,那四个男孩静静地站在一起,转过头来望着他。他没有看他们一眼,继续往前走。暮色中,他的工装也成了暗色。天色已晚,满天的繁星像盛开的茉莉花一样。他径直向前走,没有回头。他一直往前走,像幽灵一样渐渐远去;远处观望的孩子们静静地挤在一起,在昏暗的夜色中露出四张苍白的小脸。突然,人群中响亮地冒出一声:"嘿!"他没有回头。又有一个声音传来,平静而清晰:"乔,明天教堂见。"他没有回答,继续往前走,还不时地用手机械地拍拍身上的工装。

当他快到家时，西边的光亮已经全部消失了。畜棚后边的牧场有条清泉，黑暗中他能听到、闻到一片垂柳，却看不到。当他走近时，小青蛙的歌声戛然而止，像许多琴弦同时被剪刀剪断一样。他跪在水边，天色太暗，简直看不清脑袋的轮廓。他洗了洗脸和肿胀的眼睛，然后继续往前走。他穿过牧场，朝厨房的灯光走去。灯光像只眼睛一样注视他，带着恫吓召唤他。

当走到空地上的栅栏附近时，他停了下来，望着厨房窗户透出的灯光，靠着栅栏站了一会儿。热闹的草丛中，蟋蟀活蹦乱跳地鸣唱；露珠剔透的苍茫大地上，黑压压的树丛中，萤火虫上下飞舞，自由闪烁。屋子旁边有一棵树，一只知更鸟在枝头歌唱。在他身后是隔着泉水的树林，两只夜莺在说悄悄话。再往远处，好像到了夏夜的终极地平线，一只猎犬在狂吠。然后，他穿过栅栏，看到有人静静地坐在马厩门口，马厩里有两头母牛还等着他去挤奶。

他认出那是麦克依琴，似乎并不觉得奇怪，仿佛整个事件都十分合乎逻辑，都在情理之中，逃也逃不掉。也许，他当时正在思考自己和这个人之间素来了解彼此，也依赖彼此，只有那个女人让人捉摸不透。也许他对受惩罚并无异议，即使他没有犯下麦克依琴认为他可能会犯的大罪，那结果也和他已经犯罪没什么区别。麦克依琴没有起身，他依旧坐在那里，像块岩石一样冷漠，他的白色衬衫在晦暗的门缝处变得模糊不清。"我已经挤过奶，喂过饲料了。"他说道。说完，他站起来，似乎早有准备。或许，男孩明白他已经拿好了皮鞭，鞭子有条不紊地起起落落，并且他还有意边打边数，平静地报出数字。孩子的身体也许会变成木头、石块，会变成一根柱子、一座塔楼，上面有知觉的部分会像隐士一样冥思苦想，远离欣喜若狂，远离自我受难。

他俩肩并肩走向厨房。当窗户上的灯光照在他们身上时，麦克依琴停下脚步，转过身，弯下腰盯着他。"打架了，"他说，"为啥？"

男孩没有回答。他非常镇静，脸色安详。过了一会儿，他才开口，声音平静而冷漠。"没啥。"

他们站在那里。"你的意思是，你不知道还是不愿意说？"孩子没有回答。他没有低头，也没有看任何东西。"那你要是不知道的话，你就是个傻子。要是你不愿意说的话，那你就是个流氓。你乱搞女人了？"

"不是。"孩子说道。他说话时一副若有所思的样子，麦克依琴望着他。

"你从没有跟我撒过谎。我知道，我相信你没有。"他看着孩子静静的侧影。"跟谁打架了？"

"好几个呢。"

"哦，"麦克依琴说，"你揍他们了，是吧？"

"不知道，我想是的。"

"嗯，"麦克依琴说，"去洗洗，晚饭已经做好了。"

那天晚上，当他躺在床上时，他已下定决心要逃走。他觉得自己是只雄鹰：上进，有实力、有潜质，他有强大的内心，永不后悔。但这个想法一闪而过，尽管当时他还不明白，作为一只鹰，他的肉身和所处的环境仍然是一座牢笼。

麦克依琴丢失那头小母牛实际上还不到两天。后来，他发现了藏在畜棚里的一套新衣服。经过检查，他确定衣服还没有穿过。中午前他就发现了衣服，但他对此只字未提。晚上他走进畜棚，乔正在挤奶。乔坐在矮凳上，低头顶着母牛的侧腹。现在，这个孩子至少在身高上和大人一样了，但麦克依琴并没有注意到。如果说他注意到了什么，那就是一个小孩，一个只有五岁的孤儿。十二年前最后一个月的某天夜里，他带着动物一样的警觉、淡漠和消极，安静地坐在自己的马车里。"我没看到你的小母牛，"麦克依琴说。乔没有回答，只顾俯在奶桶上，看着牛奶咝咝地往下流。麦克依琴站在他身后，低头看着他。"我说，你的小母牛没回来。"

"我知道，"乔说，"我估计她正在河边，我会照顾好她的，她属于我。"

"喔，"麦克依琴说，他的音调并不高，"对于一头价值五十美元的母牛来说，夜里的小溪边可不是什么好地方。"

"那将是我的损失，"乔说，"她原本就是我的。"

"原本？"麦克依琴重复道，"你刚才说原本是你的？"

乔没有抬头，手中的牛奶源源不断地流进桶里。他听到麦克依琴在他身后走动，但他没有张望，直到牛奶不再流出时，他才转过身来。麦克依琴坐在门口一块木头上，说："你最好先把牛奶放进屋里去。"

乔站起身，手中的奶桶摇晃着。他的声音虽然很平静，却透着顽固。"明天早上我就把她找回来。"

"把牛奶提到屋里，"麦克依琴说，"我在这儿等你。"

乔又站了一阵，然后才走开。他出了畜棚，走向厨房。他正要把奶桶放到桌上时，麦克依琴太太走进来。"晚饭做好了，"她说，"麦克依琴还没进屋吗？"

乔背对着房门，转身离开。"他一会儿就来。"他说。乔能感觉到这个女人正注视着他。麦克依琴太太有些担心，试探性地说："你赶紧洗洗吃饭吧。"

"我们马上就来。"说着，他又回到畜棚。麦克依琴太太走到门口，望着他。天色还没完全暗下来，她看见丈夫坐在畜棚门口。她没有喊他，只是站在那里，望着那两个男人站在一起，却听不到他们在说什么。

"你说，她会在小溪边。"麦克依琴说。

"我说她可能会去。那里的牧场很大。"

"喔，"麦克依琴说，"你觉得她会去哪里？"他俩的声音都非常平静。

"我不知道,我又不是奶牛。我不知道她会去哪里。"

麦克依琴站起身,说道:"我们去看看。"他们一前一后进了牧场。小溪在大约四分之一英里远的地方,它穿过黑黢黢的丛林,萤火虫在其中飞舞闪烁。他们走进树林,林间的沼泽灌木长得水泄不通,就算在白天也很难通过。"叫她,"麦克依琴说,乔没有作声,也没有动弹。他们望着彼此。

"她是我的母牛。"乔说,"你把她给我了。我把她从小牛犊养大,你把她给了我,就是我的了。"

"不错,"麦克依琴说,"我把她给了你,是让你懂得占有、拥有财产的责任和所有权,而这种责任是在上帝的恩赐下才拥有的;我想让你学会深谋远虑,累积财富。叫她。"

他们面对面站了好长时间,也许他们都在盯着彼此。然后,乔转身继续沿沼泽前行,麦克依琴跟在后边。"你怎么不叫她?"他问道。乔不回答,似乎他根本没有将沼泽和小溪看在眼里。相反,他正注视着房屋的标志性灯光,他不时抬头看看,好像在丈量自己与它的距离一样。他们走得不算快,但还是到了标志着牧场边缘的围栏处。此时,天色完全暗下来了。乔走到栅栏处转过身停下来,看着麦克依琴。他俩又一次面对面站在一起。麦克依琴说:"你把小母牛怎么处理了?"

"卖了。"乔回答。

"唔,你把她卖了。那我能问问,你卖了她买了什么吗?"

这会儿,他们已经分辨不出彼此的面容,只显出轮廓,他俩几乎一般高,但麦克依琴更壮些。麦克依琴模糊的白衬衫上那颗脑袋像内战纪念碑上的一颗大理石炮弹一样。"她是我的小母牛,"乔说,"如果不是我的,你咋说她是我的?你干吗给我?"

"你说得完全正确。她是你的,我没有为你卖她而责备你,只要你卖个好价钱。即使你这笔买卖吃亏了,像你这样十八岁的孩子也在所难免,我不会为这个骂你。虽然你本应该跟年长的人请教人情世故,你得像我以前那样学习。我问的是你把钱存放哪里了?"乔没吭气。他们望着对方。"你把钱让你养母保管起来了,是吗?"

"是的,"乔答道。他的嘴撒了谎。他根本没打算这样说。他听到嘴巴说出这两个字时,大吃一惊,想收回已经来不及了。"我让她帮我存起来了。"他说。

"哦,"麦克依琴叹着气说道。这一声意味深长,充满了胜利和满足。"那么,我在阁楼里发现的那套新衣服,肯定是养母给你买的。你所能犯的每一桩罪过都暴露无遗了:懒惰、忘恩负义、不恭不逊、亵渎神明。现在,我还要补充两条罪状:撒谎和好色。如果不是为了约女人,你干吗要买新衣服?"这时,他明白十二年前领养的孩子已经长大成人。两人面对面针锋相对,他冲乔打了一拳。

也许是习惯使然,也许有些突然,乔挨了前两拳,但他能感觉到麦克依琴的拳头砸在自己脸上,比平时狠得多。于是,他向后退去躲开了,蹲下身舔着嘴角的血,气喘吁吁地看着麦克依琴的脸,说道:"别打了!"

后来,乔冷漠僵硬地躺在阁楼的床上,听见他们说话的声音从楼下沿着狭窄的楼梯传上来。

"是我给他买的!"麦克依琴太太说,"我买的!我用自己的黄油钱买的。你说过我可以……可以花——西蒙!西蒙!"

"你这个差劲的骗子,还不如他呢。"麦克依琴说出的每一字每一句听起来都那么冷漠,沿着狭窄的楼梯传到乔躺着的床上。他并没有故意去听。"跪下,跪下,跪下,你这个女人。乞求上帝的仁慈和宽恕,别求我。"

从十二年前十二月的第一夜开始,她一直都在努力好好待他。马车驶到门口时,她正等在门廊处——一只逆来顺受、饱经沧桑的动物，除了整齐地扎着的灰白头发和裙子外，全然没有性别的标志。她被那个冷酷无情、心胸狭窄的男人慢慢地宰割和倾轧，超出了他的预想和她的理解，她像一块迟钝、任由锻造的金属一样，已经被他顽固地敲打得越来越薄，毫无希望、心灰意冷的她现在成了一撮苍白、暗淡的死灰。

马车停下来的时候，她像事先准备、排练好一样迎出门来：她要把孩子从座位上抱下来，然后再抱回屋里。小孩从会走路那么大开始，从没有让女人抱过。他扭动着下了车，自己走进屋里，小小的身子被大衣裹得看不清样子。她跟在后面，左右忙活。她让孩子坐下，紧张兮兮地照顾他，困惑而机警地注意着，等待突然冲上来扶他一把，随时准备上演已经练习好的场景。她跪在他面前想帮他脱鞋，等他明白过来时，他推开她的手，自己脱了鞋，但没有往地板上放，而是拿在手里。她给他脱了袜子，然后端来一盆热水。她端得那么迅速，除了孩子外，任何人都明白这是早准备好的，而且可能已经等了一整天。这时，他第一次开口说话："我昨天刚洗过脚。"

她没有回答。她跪在他面前，他望着她的头顶，看她有些笨手笨脚地摸索着给他洗脚。这下，他不再打算帮她了，他不知道她在干什么，直到他坐好把冰凉的双脚放进热水盆里时，他还是不明白。他不知道这就是洗热水脚，因为这种感觉太舒服了。他等着接下来要发生的事情，无论什么事，哪怕是不愉快也无所谓。他从没有过这样的感觉。

后来，她把他扶上床。两年来，他几乎都是自己穿衣服、脱衣服，除了偶尔爱丽丝会帮他一把外，没人关心，没人帮助。他太困了，但又无法立刻入睡。此时的他有些迷惑，有些紧张，只想等她离开后自己再睡觉。可她没有出去，反而拉了一把椅子在床边坐下来。房间里没有生火，非常冷。她的肩膀上披了一块围巾，全身缩在围巾里，呼吸时冒出的雾气好像抽烟一样。现在，他睡意全无，一心等着什么不好的事情降临，无论什么事，无论他做过什么。他不知道这便是一切，这是他从未有过的体验。

一切始于那天晚上。他相信这样的事会伴随他一生。十七岁时，他回顾长期以来她所做的琐碎、拙劣、徒劳的努力，认为这些都源自她失意、愚笨的天性：她暗自为他准备的食物，坚持让他接受并偷偷吃下，而他却不愿领受，实际上麦克依琴也不会在意；就像今晚这样的情况，她总想夹在他与受惩之间，不管是否值得，是否公正，都是人力不可为的；他和那个男人都认为这样的事情非常自然，而且无法避免，可她却偏要插进来，让人觉得讨厌，索然无味。

有时，他想单独跟她讲出真相，让无助的她既不必警觉也无须忽视。她知道后肯定会向那个急迫的男人隐瞒，而他的反应也可以预见，他会抹掉他们之间的这个事实，而且永远不再出现。悄悄告诉她是为了暗中回报她偷偷摸摸给予自己的饭菜："听着，他说他养了一个亵渎神明、忘恩负义的家伙。你敢不敢告诉他真相？他在自己家里养了一个黑鬼，坐在他的饭桌旁，吃着他的饭。"

她一向待他很好。那个严苛、较真儿、无情的男人只是指望他能按照某种方式行事，接受某种奖惩，仿佛他很清楚那个男人会为自己所做的事、犯的错做出某种反应。然而，这个女人用女性的亲和力和保密的本能，为最琐碎、最单纯的行为蒙上了邪恶阴影。他的阁楼间里有一块松动的墙板，她在那里藏了一铁盒子钱，数目很小。显然，她只瞒着她丈夫，乔相信她丈夫根本不关心这些。但对于他来说，这从来不是秘密。还在他是小孩子的时候，她便像顽童一样领着他，热切而神秘地爬上阁楼，把稀少的几枚分分角角的硬币塞进钱盒子里（撒小谎，耍小聪明的成果，全世界都知道她丈夫对此了如指掌）。他瞪圆眼睛严肃地注视着她把硬币塞进盒子里，但他并不知道那些钱的价值。她信任他，坚持要相信他，就像坚持要让他吃饭一样：私密，隐蔽，把原本显而易见的信任神秘化。

他憎恨的不是艰苦的劳动，也不是惩罚和不公正的待遇。他早在认识他们之前就已经习以为常了。他没有什么期待，因此他既不愤怒，也不震惊。只有这个女人，她的温柔和善良让他相信自己注定将永远成为受害者；他对她的恨意比对那个冷酷决绝的男人还要强烈。"她千方百计想把我弄哭。"他心想。他浑身冰冷、僵硬地躺在床上，头枕着双手，月光倾泻在他身上，那个男人絮絮叨叨的低语声从楼梯直往上蹿。"她想尽办法让我流泪。那样她以为他们就能控制我。"

8

他蹑手蹑脚地去藏绳子的地方取出绳子。绳子的一头早已在窗户里结好，可以方便迅速攀爬。现在，他毫不费力就能下到地面并再次爬上来；一年的练习让他能够徒手攀爬，身影像猫一样矫健，根本不必依附墙壁。他靠在窗口，让绳子的一端悄悄地自由抛下，月光下的绳索像蛛丝一样纤细。接着，他把鞋子捆在一起，插进身后的皮带里，像影子一样从老两口的卧室窗口滑过。绳子笔直地悬在窗口，他把绳子拉到一边绷紧，贴着屋子固定好。然后，他继续在月光中穿梭，进了马厩，爬上阁楼，取出藏在那里的新西装。西装被他小心翼翼地包在纸里，他用手摩挲着纸包的褶皱。"他发现了。"他大声叫起来，然后又窃窃私语道，"王八蛋，狗娘养的。"

他摸黑迅速穿好衣服。现在已经迟了，因为小母牛事件的咆哮后，他得等两个老人睡着才能走；本来争吵已经结束，可她偏要搅和进来，好在已经晚上了。他的包袱里放着一件白衬衫，一条领带。他把领带装进兜里，穿上外套，以免月光下的白色衬衫太显眼。他下了楼走进马厩。穿过经常清洗的柔软工作服后，他觉得新衣服华丽而粗硬。月光下的房子黑黢黢地蹲在那里，意味深长，还有些神秘莫测。月光中的房子好像有了阴险、狡诈的性格。他经过房子，走进小巷。他从口袋里掏出一块一美元的手表，这是他三天前买的，但他以前从来没戴过表，所以他忘记了上发条。可不用手表提醒，他也知道自己迟到了。

小巷笔直地在月光下延伸，路两旁的树枝投下浓密的阴影，像在轻柔的尘埃中浓墨重染的几笔。他飞快地走着，甩开身后的房子，渐渐走出了房子的视野范围。小巷不远处的前方就是公路。他无时无刻不在期待那辆汽车驶过，因为他跟她说过要是自己没有等在巷口，那就在举办舞会的校舍见面。可是，没有一辆汽车经过，他走在公路上，什么都听不见。空旷的夜，寂寞的路。他想："她可能早走了。"他又掏出那块彻底停了的手表，因为他没时间上发条。他们耽搁了时间，他没法上发条，所以他不清楚自己是早是晚。黑暗的小巷那边是看不见的房子，那个女人睡着了，她一直忙活着拖延他的时间。他朝那条路的小巷望去；他停下来边看边思索，思绪和身体仿佛同时转换了，他相信自己已经在小巷那边的树影里看到有人在移动。接着，他又觉得自己没看见，或许是自己的想法像影子一样折射在墙壁上。"可我倒希望是他，"他说，"我希望是他，希望是他跟着我，看见我钻进那辆车。我希望他能千方百计跟着我们，希望他会设法阻拦我。"不过，他在小巷里什么都没看到。空空荡荡的小巷只有恍惚的影子在不时地晃动。过了一会儿，他听见通往城镇的那条路上远远地传来汽车的声音。他盯着那条路，立刻看见了闪烁的车灯。

镇上后街有一家昏暗狭小的餐馆，她是那里的女招待。成年人随便一瞟就知道她已经有三十多岁了。但在乔看来，她可能也不过十七岁，因为她个子那么小。她不仅个子矮，而且还瘦弱，简直像个孩子。可是，成年人能看出来她的瘦小不是什么苗条，而是内心的萎靡：不是年轻人的苗条，周身的曲线没有曾经年轻过的痕迹。她长着黑色的头发，颧骨高高突起，总是低着头，脑袋和脖子不在一条直线上，好像生就那么个样子。她的眼睛像玩具动物的纽扣眼：既不结实，也不坚定。

正因为她瘦小，他才对她有所期待，似乎她的瘦小可以保护她，不受大多数男人的垂涎和如狼似虎的眼神，才给他留有更好的机会。要是她身材高挑，他也不敢有任何想法。他也许会想："白费力气。她也许早有伴了，有男人了。"

事情始于他十七岁那年的秋天，发生在一周中间的某一天。通常他们去镇上都是在星期六，带着吃的——冷饭，装在专门盛饭的篮子里——准备在那里过一天。这次，麦克依琴是去拜访一位律师，打算办完事后赶在晚饭前回家。不过，他走到乔等候的那条街上时，已经快十二点了。他看了看怀表，然后看了看法院塔楼上的钟，又看了看太阳，一脸愤怒和不满。他好像第一次审视这个孩子，打量着自己一手从孩童培养大的孩子。然后，他转过身来。"快点，"他说，"现在没时间了。"

这个城镇是铁路交会点。就算是工作日，街上也有好多男人，空气里弥漫着匆匆过往的阳刚气。这里的男人们只有休息日或节假日才在家——这群男人行踪诡秘，真实身份罕有人知晓，他们间歇性地回家，就像剧场赞助人偶尔出现在剧场一样。

乔永远也忘不了麦克依琴带他去的地方。那是后街的一家餐馆——邋遢的两扇窗户夹着狭窄昏暗的门廊。起初，他并不知道这是一家餐馆。门外没有任何标志，他闻不到饭菜的味道，听不到烹调的声音。他所看到的只是一条长长的木柜台，一排无背矮凳；柜台附近的雪茄橱柜后面有个金发的大个子女人，柜台另一头有一群男人，他们在那里干坐着。麦克依琴和乔走进来时，他们转过头，透过烟雾缭绕齐刷刷地看着他俩，好像呼吸伴着谈话一起停止了，就连香烟都不再燃烧，任由烟气漫无目的地飘散。那些男人戴着帽子，没有穿工作服，他们都是一样的面孔：不年轻也不老，不是农民也不是城里人。他们看起来像一群刚下火车的旅客，明天又要离开，行踪不定。

他俩在柜台前的无背矮凳上找了两个座位坐下。乔迅速吃着，因为麦克依琴吃得很快。乔身边的这个男人连吃饭时都挺直腰板，好像窝着一肚子火气。麦克依琴点了些简单的食物：做得快，吃得快。乔知道他不是吝啬。或许他是因为节俭才选择了这家餐馆，但乔知道是想要迅速离开的想法让麦克依琴点了这样的食物。他放下刀叉，马上就说："走。"说话间，他已经离开了凳子。雪茄柜台前，麦克依琴给黄头发女人付了账。这个女人永远一副漠然的表情，气势汹汹而又冷若冰霜。从他们进门到麦克依琴付账，这个女人始终都没有多看他们一眼。给麦克依琴找钱时，她还是没有抬头，几乎没等麦克依琴付账，她就准确无误地把零钱迅速扔在玻璃柜台上；她自己躲在油光可鉴的假发、假面孔后，像一尊母石狮看门护院，摆出的那副尊容像一块盾牌，为那些成群结伙、游手好闲的可疑男人做掩护，以便他们歪戴帽子、眼斜嘴歪地叼着烟卷儿。麦克依琴数完零钱出了门，走到街上。他又看了乔一眼，说道："我要你记住这个地方。这个世界上有些地方男人去得，可是，孩子，像你这个年纪的年轻人不能去。那个餐馆就是这样的地方。也许你本不应该去那儿，可你必须亲眼看了才能懂得如何避开。或许有我陪着你亲眼见过，给你解释了，会让你提高警惕，这样也好。不过，那儿的饭菜确实便宜。"

"它有什么不对劲儿吗？"乔问。

"那是城镇的问题，和你无关。你只需记住我说的话：你再不许到这种地方，除非我和你来。这种事不会再有了。我们下次自己带饭，不管迟早。"

这就是那天他坐在麦克依琴旁边快速扒拉饭时的情景：麦克依琴挺直腰板、静静地生着闷气；他俩独自坐在长凳中间，一头是黄头发女人，另一头是那群男人，女招待低着头，一副娴静的样子，两只大手，特别大的手摆放着杯碟，她站在柜台一边，像个大孩子一样高。然后，他和麦克依琴离开了餐馆。他没打算再回去，这并不是出于麦克依琴的禁令，而是他自己并不认为这辈子还会有机会再到那里去。

他好像告诉自己："他们和我不是一类人。我看见他们了，可我不知道他们在做什么，或者为什么要那样。我能听见他们说话，可我不知道他们在说什么，为什么那么说，在跟谁说话。我知道除了食物和吃饭以外还有别的，可我不知道那是什么，而且我永远也不会明白。"

于是，这件事情就这么轻轻掠过心头。接下来的半年时间里，他经常去镇上，可是他再没有见过或路过那家餐馆。他本来可以去，但他没有想过要去，或许他没必要去那里。更多时候，他知道也许自己的脑海里会突然涌起一幅画卷，渐渐成形：长长的柜台沉闷而无趣，甚至还有些可疑。一个头发怪异、冷若冰霜的女人一动不动地站在柜台一端，好像在看护柜台一样；另一端的男人们缩着脑袋，不停地抽烟、点烟、扔烟头；女招待的个子不比孩子高多少，双手端着沉重的饭菜，来回穿梭在厨房和柜台间。每当她从男人们身边经过时，他们歪戴帽子，在烟雾缭绕中跟她搭讪儿，略带欣喜地咕哝着，而她却面色沉静，一本正经地低着头，好像什么都听不见。他心想："我甚至不知道他们在跟她说什么。"他想，*我甚至不知道他们对她说的话是男人们不会对过往的孩子说的*，他相信，*我还不知道为什么一闭上眼睛，眼里就是她沉思、忧郁的年轻面容，悲伤、难过的表情；她的脸上永远停留着年轻人的欲望，模糊无形。萌发爱情种子的土壤早已形成：这种晕晕乎乎的想法现在终于让我明白，三年前我为什么会摸索那个黑人女孩，她自己也肯定明白，为此她还有些得意，骄傲地等着。*

于是，他不再期待再次见到她，因为年轻人的爱情不需要多少希望就可以生长。他很可能会对自己的行为感到震惊，震惊的程度绝不亚于麦克依琴发现后的反应。这次还是在星期六。现在是春天，他已经十八岁了。麦克依琴又要去看望那位律师，但这次他做好了准备。"我去一个小时，"他说，"你可以在镇里四处看看。"说着，他又严肃地看了乔一眼，略带烦躁地打量着他，像一个人迫不得已要在公平和决断间做出取舍一样。"拿好,"说着,他打开钱包取出一枚硬币,是一角硬币。"只要你发现有人想拿走它时,你就尽量不要那么快把它丢掉。"他烦躁不安地看着乔,说道,"不过好像一个人要是不先学会浪费,那他就不会明白金钱的价值。你可以在那里待一个小时。"

他接过那枚硬币,径直去了那家餐馆,甚至都没有把硬币装进口袋。他并没有计划或盘算过,几乎没有经过脑子,仿佛是他的双脚下达了行动的命令,而不是大脑在指挥。他拿着硬币,像小孩子一样把那枚小钱币攥得热乎乎的。他笨拙地走进纱门,差点儿被绊倒。黄头发女人站在雪茄橱柜后面(好像这半年里她一直站在那里没有动,鲜艳的黄头发好像一根都没有变过,就连衣服都没换)盯着他。柜台那一端有一群男人,歪戴帽子,斜叼着烟卷,浑身带着理发店的味道。他们在观察他。老板也坐在他们中间。他第一次注意到,第一次看见老板。这个人和其他男人一样,也戴着帽子,叼着香烟。他个子不高,不比乔高多少,用嘴角叼着香烟,以免影响谈话。他一直都没用手碰一下嘴角的香烟,直到香烟燃尽,他一口啐到地上,用脚跟踩灭;歪着的脑袋,烟气升腾的背后是那张冷漠的脸,乔即将从它那里领悟属于自己的举止,但不是在这个时候,是在后来,那时生活便开始加速,接受取代了认知和信服。此刻,他只是看着站在里面、斜倚着柜台的那个男人。男人系着一条脏兮兮的围裙,就像拦路强盗临时戴着假胡子一样。接受是后来学会的,伴随着最初的满腔愤怒到后来的轻易上当受骗:这两口子开了这么一家吃饭的店,雇了一个又一个女孩笨手笨脚地端来简单的饭菜,价格倒也合适;而他就像一匹年轻的成年公马一样,闯进一片隐蔽的牧场,这里栖息着一群疲惫而又老到的母马;他自己在这样简短而不平静的假日里接受、吸收了这些东西,反过来成为无数无名无姓的男人的牺牲品。

不过,那是后来的事。这时,他攥着那枚钱币走到柜台前。他相信所有男人都停止说话,一起注视着他,因为他的耳朵里没有任何话音,只有从房门那边传来刺耳的煎炸声。他心想,*她就在后边,所以我看不到她*。他在矮凳上坐下,知道他们都在看他,雪茄橱柜后面的黄头发女人也一定在看他,老板也在看他,他面前的烟雾也安静下来,懒得再升腾。这时,老板冒出两个字。乔知道他没有动,也没有碰嘴角那根香烟。他说:"鲍比。"

这是男人的名字。用不着思考,一个念头迅速闪过,他完全明白了,*她不在了。他们又雇了一个人顶替她的工作。就像麦克依琴说的那样,我白花钱了*。可他知道现在不能走,要是他走了,那个黄头发女人会拦住他。他知道后面的男人们都会明白,也会嘲笑他。于是,他静静地坐在凳子上,低着头,手里握着硬币。他一直没有抬头,直到一双手出现在对面的柜台,进入他的视线,这双手非常大。他可以看到她裙子上的图案,以及围裙的上边儿,关节粗大的双手一动不动地搁在柜台上,好像是她刚刚从厨房里端出来的食物。"我要咖啡和馅饼。"他说。

她索然无味地低声说道:"柠檬椰汁巧克力。"

说话的她长着一双大手,与身材根本不成比例。"嗯。"乔说。

那双大手没有移开,声音也没有消失。"柠檬椰汁巧克力,哪种?"别人看他们肯定觉得非常奇怪。隔着满是油腻、磨得光滑的黑乎乎的柜台,他们望着彼此,有点像在祈祷:年轻男子长着一张乡下人的脸,衣着整洁而严谨,尴尬的神情让他显得木讷而单纯;对面的女人低眉垂眼,静静地候在那里,瘦小的身材让她也露出和他一样机械的神情。瘦骨嶙峋的她颧骨突起,没有一点肉,眼眶四周乌青,下眼睑下似乎没有深度,甚至好像根本无法折射看见的东西,狭窄的下巴似乎还包不住两排牙齿。

"椰汁。"乔说。他嘴上说了,但马上又想收回。他只有一枚硬币。他一直紧紧地攥着硬币,还没有意识到它只是一角钱,那只握着硬币的手满是汗水。他觉得那些男人都在看他,又一次嘲笑他。他听不见他们说什么，也不敢抬头，但他知道他们一定在嘲弄他。那双手消失了，过了一会儿，端着杯盘再次出现在他的面前。他看了她一眼，看着她的脸问道："馅饼多少钱？"

"馅饼一角。"她隔着柜台站在他对面，一双大手再次搁在邋遢的木柜台上，疲惫地等待。她还从没看过他一眼。乔充满了绝望，低声说道："我想我不要咖啡了。"

她站了一阵没有动，然后伸出一只大手把咖啡拿走；杯子和大手都不见了。他怔住了，也开始垂头丧气地等着。过了一会儿，有人来了，但不是老板，而是雪茄橱柜后面的那个女人。"怎么了？"她问。

"他不想要这杯咖啡。"女招待回答。她说得很流畅，好像根本不用在这个问题上多加思考。她的声音平淡而安静，另一个女人的声音也很平静。

"他不是叫了咖啡吗？"她问道。

"没有。"女招待语调平稳，边说边走，"我搞错了。"

当他走出餐馆时，卑微和悔恨吞噬着他的灵魂；经过雪茄橱后面的女人面前时，内心恨不得找个地缝钻进去，他相信自己再也不会、再也不可能见到她了。他觉得自己再没脸见她，再不能看这条街道，肮脏的门廊，甚至再无法远远望一眼。他还没有想到，*年轻好可怕。真的好可怕，好可怕。* 以后每到星期六，他总会找借口，编织理由不去镇上，麦克依琴虽然没有真的开始怀疑他，但还是在留心观察着他的举动。他终日埋头苦干，十分辛苦；麦克依琴倒是有些怀疑他干活儿的情况，可没有发现任何线索，或者推导出什么结论。工作对他很慷慨，所以他每晚都能睡好，因为他太累了，根本不会失眠。随着时间的流逝，就连绝望、懊悔和羞愧都日渐消退。然而，它已经渐渐磨平，就像留声机唱片一样，就算偶尔想起，也是由于磨损的纹理淡化了音色。过了许久，麦克依琴接受了这个事实。他说：

"我最近一直在观察你，现在一切都正常，只是我怀疑自己眼睛看错罢了,或许我该相信你终于开始接受上帝委派给适合你的一切了。不过,不要因为我夸你,你就能忘乎所以。你有的是时间和机会(我不怀疑你还有这个倾向)让我为自己的话感到后悔。可是,奖励和惩罚对每个人都适合。看见那边的小母牛了吗?从今天起,它就是你的了。希望不要让我为此后悔。"

乔谢过他,然后看着小母牛大声说:"它归我了。"于是,他望着小母牛,迅速闪过一念,*那不是礼物,甚至也不是承诺,而是一种威胁*。他心想:"我可没跟他索要,是他给我的,我没要求过。"他相信,*上帝知道,这是我自己赚来的*。

一个月过去了。一个星期六早上,麦克依琴说:"我估计你不再喜欢去镇上了。"

"我觉得再去一趟也没什么不好。"乔回答道。他口袋里有半美元,是麦克依琴太太给的。他本来想要五分镍币,可她坚持让他拿着半美元,于是他接受了,握在手里,一脸冷漠和鄙夷。

"倒也没什么不好。"麦克依琴说,"你干得也非常卖力,不过对于一个还在努力打拼的人来说,去镇上可不是什么好习惯。"

他无须悄悄溜进城里,即使他有可能会那样做,甚至不惜采用暴力手段。不过,麦克依琴没让事情变得那么复杂。他迅速走向餐馆,这次进门时他没有踌躇。女招待不在里面,也许他看了一眼,发现她不在。他走到雪茄柜台前,停下脚步,那个女人坐在柜台后面。他把半美元放在柜台上说:"我欠五分钱,上次那杯咖啡钱。我点了咖啡和馅饼,不过我不知道馅饼是一角,我欠你们五分钱。"他没往后看,那些男人坐在那里,歪戴帽子,叼着烟卷儿。老板也在其中;乔站在那里等着。终于,系着脏围裙的老板叼着烟说话了:

"咋了?他要啥?"

"他说他欠鲍比五分钱。"那个女人说,"他想还鲍比五分钱。"她说话时很平静,老板的声音也非常平静。

"嗯,是的。"乔说。他觉得整个屋子都竖起了耳朵,他没有去听却听到了;没有去看却已知晓。然后,他朝门口走去,把那半美元留在了柜台上。就连后边的老板也看见了柜台上的硬币,他问了一句:"那是干吗?"

"他说他欠一杯咖啡钱。"那个女人说道。

乔几乎已经到了门口。"拿着,杰克。"老板说道。但乔没有停步。"把钱给他。"老板站着没动,他的声音很平静,香烟的烟气盘旋在脸前,没有受外界任何影响。"把钱还给他。"老板说,"我不知道他在耍什么花招,但我这儿不吃这一套。把钱还他。尊贵的客人,回你的农场去,说不准在那儿你可以花五分钱去泡妞。"

此时,乔走在街上,手汗浸泡了硬币,硬币沾湿了手掌,他觉得这枚硬币比一美元都大。他走在嘲笑中,经过门口的笑声,那群男人的笑声。笑声将他席卷到街上,然后开始越过他,渐渐放开他,让他踏实地走在街道上。他和女招待碰面了。她穿着黑衣裙,戴着帽子,只顾低头快走,没能立刻看见他。当她停下脚步时,还是没有抬头,但早已把他看在了眼里,看得一清二楚,就像把咖啡和馅饼放在柜台上时那样清楚。她说:"喔,你回去给我送钱了。当着他们的面。他们取笑你了。嗨,真是的。"

"我怕你会垫钱,自己垫钱,我想——"

"哦,别说了。行吗?现在。"

他们面对面站在那里,却没有对视。在别人眼里,他们或许像一对僧侣在冥思的时刻,在花园小径偶遇了。"我只是想……"

"你住哪里?"她问,"乡下?哦,嗯,你叫什么名字?"

"我不叫麦克依琴。"他说,"我叫克里斯默斯。"

"克里斯默斯?那是你的名字?克里斯默斯,哦,好吧。"

青春期开始以后的每个星期六,四五个男孩一起打猎、捕鱼。他只有在礼拜日的教堂才能看到女孩。她们总是和礼拜日、教堂联系在一起。所以，他根本不会注意到她们。而且这样做，就连他自己都会认为这是触犯他所信仰的宗教的大忌。不过，他会和其他男孩谈起女孩子。也许他们中有人——比如，那天下午安排黑人女孩的那个家伙——了解女孩。"她们都想干，"他告诉他们，"可有时候不行。"其他人都不懂这些。他们不明白为什么所有女孩都想做，更不懂为什么有时候却不能。他们虽有不同想法，但要是承认不知道女孩有时候不行，就等于承认自己还没明白她们都想干。所以他们只是听那个男孩讲。"她们每个月都会有一次。"他描述着自己对这种生理仪式的了解。或许他知道，总之他讲得绘声绘色，足以让人信服。假如他只把它描述成一种心理感觉，那只有他自己相信，别人都不会听的。但他描绘了一幅图画，真真切切地可以用嗅觉和视觉让人辨别。他们都被说动了：短暂的无可奈何，干着急没办法的可怜相；光滑美好的形体里满含欲望，注定摆脱不了周期性的污秽。这就是那个男孩讲的一切，另外五个静静地听着，看着彼此，暗自怀揣疑问。接下来的星期六，乔没有和他们一起去打猎。麦克依琴以为他早走了，因为家里没有猎枪的影子。然而，乔躲在了谷仓，在那里待了一整天。下一个星期六，他去打猎了，不过是自己一个人去的，走得很早，没等别的孩子叫他。下午稍晚些时候，他在离家不到三英里的地方射死一只羊。他在隐蔽的山沟里发现了一群羊，于是尾随其后，用猎枪射死其中一只。接着，他跪在地上，垂死的动物在淌血，他把双手放进还有温度的鲜血里，浑身打哆嗦，口干舌燥，头晕目眩。过了一会儿，他才缓过劲儿来。他没忘记那个男孩说的话，他听进去了。他发现自己能够忍受，能够忍受泡进血里。他好像在说话，语无伦次，却又极其平静。*没事儿，原来是这么回事。不过，我不会这样做，别出现在我的生活、我的爱情里。*这些事情发生在三四年前，他早已忘记，一旦思维坚持这件事真假难辨，那这件事情就会被淡忘。

那个星期六，他试图为那杯咖啡付账。接下来的星期一晚上，他和那个女招待见面了。那时,他还没有那根绳子,他从窗口爬出来,十英尺高的窗口掉到地上,步行五英里去了镇里。他压根没有想过事后要如何回到房间。

他赶到镇上,去了她要他等候的那个角落。这是一个安静的角落,他很早就来了,心想,*我得记住。让她告诉我应该做什么,怎么做,什么时候该做。可又不能让她发现我不懂,我必须通过她,让自己弄明白。*

他在那里等了一个多小时,她才出现。他来得太早了。女招待走过来,从黑暗中走出来,站在他面前,瘦小的身材,低着头,沉着地期待着。"你来了。"她说。

"我一有机会就出来了。我得等他们睡着了。我担心自己会迟到。"

"你等了很久吗?多久?"

"我不知道,我是跑来的,大多数时候都在跑。我怕自己会迟到。"

"跑来的?三英里的路?"

"是五英里,不是三英里。"

"哦,好吧。"然后他们不说话了,只是站在那里,两个影子面对面站着。一年多以后,想到那个夜晚,她说的那声"哦",突然间他才明白*她似乎是在等我碰她。*

这时,他开始有些发抖,他能够闻到她的气息,是期待的味道:一动不动,清醒中透着一点倦意;他心想,*她在等我先动手,可我不知道该怎么做。*他的声音在自己听起来都那么可笑:"我想现在晚了。"

"晚了?"

"我想她们可能在等你,等到你……"

"等……等……"她的声音渐渐听不见了。她说话时一动不动,两人像两个影子一样站在那里:"我和玛米、马科斯住在一起。你知道的,就在那家餐馆。你肯定记得他们,你还去付过一镍币……"说着,她笑起来。干巴巴的笑声中没有什么高兴的意味。"我一想起那件事,一想起你去那儿,拿着那枚硬币,"这时,她不笑了。停顿中也没有任何快乐的感觉。她低着头,平静而卑微的声音传到他耳朵里。"今晚我犯了个错误。我忘了一件事。"或许,她正等着他开口询问。但他没有问。他只是站在那里,听着平静、低沉的声音在耳畔消失。他已经忘记了那只被射死的山羊。那个男孩告诉他的事情已经过去太久。杀死山羊的事让他不再相信男孩那番话,这些事到现在都过了那么久。所以,起初他听不懂她在说什么。他们站在角落里,这个角落位于小镇边缘,街道变成一条大道,不再通向整齐修剪的草坪,两旁成了随意建造的小房子和荒地——这些廉价的小房子成了城镇的边界。她说:"听着,今晚我生病了。"他没听明白,什么都没说。也许他没必要听懂,也许他早就预料到注定会有什么不顺心的事发生,心想:"不管怎么样,想得太完美、太不真实了。"他还没来得及思考,心想,<u>她马上就会离开。她不会在这里的。然后我就回家,上床,像从没离开家一样。</u>她继续说道:"那天告诉你星期一晚上见面时,我把这件事给忘了。我想是你让我感到太突然了,星期六在街上那次。总之,我忘了时间。直到你走后我才想起。"

他的声音和她的一样平静:"严重吗?家里有什么可以吃的药吗?"

"有什么……"她不说话了。"哦,好吧,"接着她突然又开口说,"太晚了,你还得走四英里路。"

"我已经走过来了,现在就在这儿。"他平静的声音里充满了绝望和坦然,"我想现在太晚了。"他说。过了一会儿,他发生了些变化。她没有看他,光从他冷酷的声音里就能感觉到。"你得了什么病?"

她没有立刻回答。接着,她低头静静地说道:"你还没有情人吧。我打赌你还没有。"他没有说话。"有过吗?"他还是没有回答。她动了一下,第一次碰了他。她走上前,用双手轻轻托起他的胳膊。他低下头可以看到那个低着头的黑色身影，好像她的脖颈和脑袋生来就有些错位。她吞吞吐吐地说着，或许用她所知道的、有限的一些字眼去给他解释。不过，他以前就听过，思绪早已飞回过去，掠过被射杀的山羊，那是为了拒绝而付出的代价；记忆回到坐在河边的那个下午，他感到伤痛、震惊，还有愤怒。于是，他甩开被她抓住的胳膊。她并不认为他是在故意打她；事实上她认为另有原因。可结果都一样。他的身形、身影渐渐消失在那条大路上，她相信他在奔跑。她已经看不见他的身影了，但有一阵子还能听到他的脚步声。她没有马上离开。她还像他刚离开时那样站着，一动不动地低着头，好像在等待刚才那样的一击。

他并没有快跑，但他的脚步飞快，朝着离家更远的方向走去。他从窗户爬出来后，就已经走了五英里远，现在还没有打算回去。他迅速走下那条路，拐了弯跳过围栏，奔进一片犁过的地里。犁沟里种着庄稼，田地旁边是树林。他跑进树林，置身坚硬的树桩间，树影静静洒在身上，朦胧间，摸得着、闻得到的都是坚硬。他好像身处漆黑的陌生洞穴一样，好像在月光下看到一排娴静的古瓮，闪烁着灰白色的光芒。可是没有一只是完美的，每个都有残损，每个缺口都会溢出一些液体，蒙上死亡的颜色，散发着恶臭。他摸索着找到一棵树，用胳膊撑在上面，望着月光下一排排的瓮，他吐了。

等到下一个星期一的晚上，他就有了那根绳子。他还是等在那个街角里，依旧来得很早。过了一会儿，他看见她来了。她朝他站的地方走过来。"我以为你不会再来了。"她说。

"真的吗？"他抓住她的胳膊，拉起她朝大路跑下去。

她问："我们要去哪儿？"他没有回答，一直拉着她往前跑，她只好跟着他小跑起来。她趔趔趄趄地一路小跑，像一头动物被什么羁绊着一样，正是这些东西让她和动物有所区别：她的鞋子、衣服和矮小的身材。他拉着她离开大路，朝一周前他翻过的围栏跑去。"等一下。"她的嘴里刚刚蹦出几个字，"围栏——我过不——"她弯腰从铁丝中间穿过时，衣裙被铁丝钩住了，而他早已跨过围栏，转身靠过来猛地一拉，裙子"刺啦"一声撕破了。

他说："我给你再买一件。"她什么也没说，任由自己被半背半拉地拖到庄稼地，犁沟里，进了树林。

他把绳子整齐地缠绕起来，藏在阁楼间松动的木板后面，这儿也是麦克依琴太太藏她那分分角角硬币的地方，不同之处在于他把绳子远远地扔进了麦克依琴太太摸不到的地方。这是他跟麦克依琴太太学来的。有时，楼下那对老夫妻打鼾时，他会静静地取出绳索，觉得真是自相矛盾。有时，他想告诉她，指给她看他隐藏罪恶工具的地方，告诉她藏匿的主意和地点都是跟她学的。可是，他知道，那样的话，她只会想办法帮他隐藏；她巴不得他去犯罪，好让自己替他遮掩；最后，她会发出一些毫无意义的嘀咕和信号，让麦克依琴开始疑神疑鬼。

接着，他开始偷，从藏钱的地方偷钱。很可能那个女人从没有向他暗示过，也没有跟他提过钱。也许他都不知道自己是在花钱找乐子。这几年，他一直在观察麦克依琴太太，看着她把钱藏在某个地方。后来，他自己也有必要藏一些东西了，他把绳子放在自认为最安全的地方。每次，他在藏绳子或取绳子的时候，都能看到装钱的那个铁罐子。

第一次，他拿了五十美分。他在五十分和二十五分之间徘徊、斗争着。然后，他拿了五十美分，因为这个数目正是他所需要的。他用这笔钱买了一盒锈迹斑斑的过期糖果。而这盒糖是另一个人在店里玩打弹游戏时获得的战利品，价值十美分。他买来送给了女招待。这是他送她的第一件礼物，仿佛此前没有人想过要送她礼物一样。她用那双大手捧着俗气、劣质的盒子，表情有些奇怪。当时，她正坐在自己卧室的床上。她和名叫玛米和马科斯的一男一女一起住在这幢房子里。大约一周前的一个晚上,那个男人走进她的卧室。她坐在床边脱衣服,正要脱袜子时,他走了进来,靠在衣柜上,叼着烟。

"找了个有钱的农民,"他说,"牛棚里钻出了约翰·雅各布·奥斯塔[1]。"

她披了条床单遮住身子,静静地坐在床边,低头说道:"他给我钱了。"

"什么钱?难道他还没花掉那一镍币?"他盯着她说道,"这儿是为乡巴佬开的吗?我把你从孟菲斯带到这儿就为了这个!我干脆免费提供饭食好了。"

"我又没占用你的时间。"

"行,我阻止不了你。我讨厌见到你。一个毛头小子,这辈子从来没见过完完整整的一美元。这个镇上到处都是能赚大钱的小伙子,他们才是合适人选。"

"可能我喜欢他,也许你还没想到吧。"

他看着她,看着她静静埋着的头顶。她坐在床上,双手放在膝头。他靠在衣柜上抽着烟,叫道:"玛米!"过了一会儿,他又叫了一句:"玛米,快进来。"墙壁不厚,大个子黄头发女人很快就进来了。他们都能听到她的声音,她走进来。"听见没,"男的说,"她说她可能非常喜欢他。真是罗密欧和朱丽叶呀,我的天哪!"

黄头发女人看着女招待乌黑的发顶:"那又怎样?"

"没事儿,挺好,马科斯·康福瑞为鲍比·爱伦小姐献上了青春爱侣。"

"出去。"黄头发女人说。

"好啊,我把她带到这里就为了一镍币。"说着,马科斯走了出

---

[1] 约翰·雅各布·奥斯塔(1763——1848),美国房地产巨头及皮毛交易商,位列《福布斯》评出的迄今为止美国十五大富豪第四位,预计资产为1101亿美元。

去。女招待坐着没有动。黄头发女人走到衣柜前,靠在上面,看着她低下头。

"他以前给过你钱?"她问。

女招待没有动。"是的,给过。"

黄头发女人看着她,像马科斯刚才那样靠在衣柜上。"一路从孟菲斯来到这儿。费了那么大劲儿又要放弃。"

女招待还是没有动:"我没想伤害马科斯。"

黄头发女人看了看她垂下的脑袋,然后,转过身走到门口。"希望你不会,"她说,"这件事不会长久。这些小镇不会容忍这样的事情。我知道,我就来自这样的小镇。"

女招待坐在床上,手里拿着廉价、花哨的糖果盒,还像黄头发女人跟她说话时的坐姿一样。然而,现在靠在衣柜上,望着她的人换成了乔。她笑起来。她一边笑,一边用关节粗大的双手捧着俗气的糖果盒。乔望着她,看着她站起来,低头从他身边经过。她出门叫了一声"马科斯"。除了在餐馆见到马科斯系着脏围裙,戴着帽子外,乔还从没有见过他。马科斯没有抽烟,走进来,伸出手说:"你好,罗密欧。"

乔还没认出他便和他握起手来。"我叫乔·麦克依琴。"他说。黄头发女人也走进来。除了在餐馆,这也是乔第一次见她。他看着她走进屋里,注视着她,看着女招待打开盒子,递了过去。

"乔给我带来的。"她说。

黄头发女人看了一眼盒子,连手都没伸一下,说道:"谢谢。"那个男人也看了一下盒子,同样也没有伸手。

"嗬,嗬,嗬,"他说,"有时候圣诞节会延续好长时间。是吧,罗密欧?"乔从衣柜旁边稍稍挪了一点。他以前从没有进过这所房子。他虽然不觉得恐慌,但还是稍稍松了一口气,困惑地望着马科斯那张捉摸不透的僧侣面孔。不过,他什么都没说,倒是女招待开口了。

"要是不喜欢，你们可以不吃。"他望着马科斯，审视着那张脸，耳边响起女招待的声音；她低着头说道："不会对你、对任何人造成伤害……不会占用他的时间……"乔没有看她，也没有看黄头发女人。他坦然地注视着马科斯，虽然有些茫然但并不恐慌。黄头发女人正在说话，仿佛他们当着乔的面，用一种他们知道他听不懂的语言谈论着。

"出来吧。"黄头发女人说。

"上帝啊，"马科斯说，"我正要请罗密欧喝一杯呢。"

"他愿意喝吗？"黄头发女人问。即使她在直接问乔的时候，还是好像在和马科斯说话，"你要来一杯吗？"

"不要因为他过去的行为难为人家。告诉他是免费的。"

"我不知道，"乔说，"我从没碰过。"

"从没碰过这儿的任何东西，"马科斯说，"上帝啊。"自他进屋以来，再没有瞧过乔一眼，好像他们正谈论他，用的却是一种他完全听不懂的语言。

"走吧，"黄头发女人又说，"快走吧。"

他们走出去时，黄头发女人压根没看他一眼，马科斯也没看他，却一直在喋喋不休。最后，他们都走了。乔站在衣柜旁边。女招待站在原地，低着头，手里捧着打开的糖果盒。狭小的房间里散发着霉味。乔从没进来过。他没想过自己会进来。窗帘已经拉上，唯一的灯泡系在一根电线的末端，用别针固定着一页杂志当灯罩，长久的灼烧已经使纸页发黄。"好了，"他说，"好了。"她没有回答也没有动弹。他想起屋外漆黑一片，想起他们以前单独待在外面的夜晚。"咱走吧。"他说。

"走？"她重复道。乔望着她，"去哪儿？"她问，"为什么？"乔还不明白她的意思。他看着她走到衣柜前，把糖果盒放在上面。这时，她开始脱衣服，解开衣服，扔到地上。

他说："这，这儿？"这是他第一次看到赤身裸体的女人，尽管他已经做了她一个月的情人，但直到此时，他甚至都不知道还会发生什么意料之外的事。

那个晚上，他们一直在聊天。黑暗中，他们躺在床上说着话，或者说是他在说话。他一直在想"天哪，天哪，原来如此"。他也赤裸裸地躺在她旁边，用手抚摸她，谈论她。谈话的内容不是关于她打哪儿来，干过什么，而是她的身体，好像他从没有这样做过似的，无论是对她还是对别人。他像个孩子一样，用语言表达着对女人身体的理解。她跟他讲了第一次见面那晚所得的病，但此时这件事已不足以让他吃惊。和赤裸的肉体一样，虽然以前从没遇到过，但也不再令他震惊。他反而给她讲了他所知道的一切。他还讲了三年前那个下午，和那个黑人女孩在锯木棚里的事情。他躺在她身边，抚摸着她，平静地讲给她听。也许他并不清楚女招待是否在听他说话。然后，他又说："你注意到我的皮肤和头发了吗？"他慢慢地摩挲着她的身体，等着她回答。

她说话的声音也很低："是的，我以为你可能是个外国人，肯定不是从附近来的。"

"不仅如此，不光是外国人，你猜。"

"什么？还有什么不同？"

"你猜。"

他们的话音都很低，非常平静。此时，夜已深，她没有兴趣和欲望再猜下去。"猜不出来，你是什么人？"

他的手缓慢平静地滑过她看不见的肋骨。他没有马上回答，好像在挑逗她一样，似乎他根本没打算继续说下去。她又问了一句，他才告诉她："我的身体里流着黑人的血。"

这时，她一动不动地躺在那里，这种安静与刚才的截然不同。然而，他好像并没有注意到。他也静静地躺着，他的手仍然继续抚摸着她的肋部。她问："你说什么？"

"我觉得我身上有黑人的血。"他闭上眼睛，仍旧慢慢地用手抚摸她。"我不知道，我相信我有。"

她还是没有动，立刻说道："你在撒谎。"

"行啊。"他不动声色地说着，手继续抚摸。

"我不信。"黑暗中传来她的声音。

"随你便。"他一边说，一边不停地抚摸。

下个星期六，他从麦克依琴太太藏钱的地方又拿了半美元，给了女招待。过了一两天，他相信她发现钱变少了，而且怀疑是他偷了钱。因为她一直躺着，等麦克依琴不会打扰他们时，她才说："乔。"他停下脚步，望着她，知道她不会看自己。她没有抬头，平静地说："我知道年轻人在成长的过程中需要钱。你爸——麦克依琴给你的不够……"他一直望着她，直到她停下来。显然，他在等她说完。然后，他说：

"钱？我要钱干吗？"

下一个星期六，他帮邻居劈柴赚了两美元。他要去哪里，去过哪里，干过什么，这些他都没有和麦克依琴说实话。他把钱给了女招待。麦克依琴发现了他劈柴的事，或许他认为乔把钱藏了起来。也许，麦克依琴太太是这么告诉他的。

每周，乔和女招待可能有两个晚上一起待在她的房间里。起初，他并不知道其他人也这样做过。或许他相信这是老天对他的格外恩赐。很可能直到最后他依然相信马科斯和玛米虽然不赞成他们在一起的事实，但碍于他在场，不得不表现得随和些。不过，他再没有看见他们出现在屋里，虽然他知道他们就在那里，但他不确定他们是不是知道那晚的糖果事件后他又回去过，还在那里留宿了。

通常，他俩都在外面相会，去某个地方或者在通往她住地的路上溜达。也许直到最后他都相信那是他的意思。后来，有一天晚上，她没有在他等候的地方出现。他一直等到法院的钟声敲了十二下,然后径直去了她住的地方。他以前从没有这样做过,尽管那时他还不确定她不和自己在一起的时候是否允许他去那里。但在那晚,他还是去了,以为黑灯瞎火的房里,众人都已入睡。房间倒是漆黑一片,但里面的人却没有睡着。他知道,黑乎乎的窗帘后有人没有睡,而且不止她一个人。他也不知道自己怎么会这样想,他也不愿承认自己所知道的一切。"那是马科斯。"其实他自己比谁都清楚,他知道房间里有个男人和她在一起。两周里他没有再见她,尽管他知道她在街角等自己。后来的一个晚上,她出现在角落里,他也去了。没有任何警告,他便打了她,打在她的身体上。他甚至还知道一些自己不愿相信的事情。"啊,"她叫起来。他又打了她一下。"别在这儿!"她轻声乞求,"别在这儿!"这时,他发现自己在流泪。自打记事起,他还从没有哭过。他边哭边骂,还在继续打她。她一把抱住他,于是打她的原因便不复存在。"好了,好了,"她说,"好了,好了。"

当晚,他们没有离开那个角落,没有继续散步或离开大路。他们坐在倾斜的草坪上聊天。这次是她在讲给他听,但没有多说。此刻,他恍然大悟,自己早就发现了餐馆里那群无聊的男人,一边叼着烟一边和她说话,而她来来回回不停地走着,可怜兮兮地低着头。耳畔响着她的声音,他好像闻到了那群无名男人的烟味儿和臭气。她说话时一直低着头,一双大手放在膝上。当然他看不清楚,但他用不着看清。"我以为你知道。"她说。

"不,"他说,"我不知道。"

两周以后,他开始抽烟,在烟雾中眯着眼睛。他还学会了喝酒,他会同马科斯和玛米整晚待在一起,有时和三四个男人在一起,通常都会有一两个女人在旁边,有时是从镇上来的,但大多数是从孟菲斯来的陌生女人,她们会待上一个星期或一个月,站在餐馆柜台后面充当女招待,无聊的男人们成天聚在那里。他通常都不知道他们的名字，但会像他们一样歪戴帽子；到了晚上，在马科斯拉上帘子的餐厅里歪戴帽子，和别人聊起那个女招待，甚至当着她的面，醉醺醺地用年轻、高亢的声音说她是自己的婊子。他还经常开着马科斯的车带她到乡下跳舞，但总是小心翼翼地不让麦克依琴听到任何风声。"我不知道他会被什么气疯。"他对她说，"被你还是被舞会。"有时，人们实在没办法，只好把他送到一个做梦都不会想到的地方去睡觉。第二天早上，女招待开车赶在天亮前把他送回家，以免被人发现。到了白天，麦克依琴非常严厉，愤怒地望着他。

"不过，你还有充足的时间让我为给你那头小母牛而懊悔。"麦克依琴说道。

9

麦克依琴躺在床上,房间一片漆黑,但他无法入睡。他躺在麦克依琴太太旁边,确信她已经睡着了,他努力地快速回想着:"衣服已经穿过了,可在什么时候呢,不可能是白天,因为他每天都在我眼皮底下,除了星期六下午。可星期六下午他都会去畜棚,可能会脱下我要求他穿的那件合身的衣服,藏起来。然后换上他想穿,而且必须穿上才能干坏事的那身衣服。"这时,他似乎恍然大悟,仿佛有人告诉了他一样。这么说来,他肯定是偷偷摸摸穿上那身衣服的,而且很可能是在晚上。如果真是这样,他真的不愿相信这个孩子是在干什么淫荡之事。他自己从没有犯过淫贱的事,也从不去听别人谈论这类事情。三十分钟全神贯注的思考让他彻底想清楚了乔的一切行踪,就像乔亲口告诉他一样,除了不知道那些人的名字和活动场所。很可能即使乔亲口说了这些,他也不会相信。因为他这种人总是执拗地认定自己对善恶已有的看法。他认为固执和洞察力是一回事,只不过固执的变化要缓慢些。而此时,乔正顺着绳子,像影子一样迅速掠过敞开的洒满月光的窗户。麦克依琴躺在里面,没有立刻认出乔。或许即使看清了绳索,他也仍然不敢相信自己的眼睛。当他起身走到窗前时,乔早已收回绳索,急速朝畜棚走去。麦克依琴站在窗口注视着他,内心极度愤怒,就像法庭上的法官眼睁睁看着一个死刑犯靠在法警身上,朝他的袖口吐唾沫一样。

麦克侬琴躲在房子和大路之间的小道里，他在阴影中看到乔站在路口。他听到了汽车的声音，看见有辆汽车驶过来停下，乔钻了进去。或许他甚至都不在意车里还有谁，或许他早已知晓，他的目的只是为了看清车子前进的方向。也许他也相信自己早就知道，因为道路四通八达，那辆汽车可以开往任何地方。接着，麦克侬琴转身朝屋子走去，脚步飞快，仍然像刚才那样怒火中烧，好像只要有更加伟大、更加高洁的愤怒的指引，便无须怀疑个人的能力。他穿着室内男拖鞋，没戴帽子，把睡衣塞进裤子里，悬着背带，像支离弦的箭一样奔向马厩，跨上那匹高大健壮的白色老马，返回小道，快马加鞭奔驰在大路上；他从马厩出来时，麦克侬琴太太还在厨房门口喊了他一声。老马稳稳地载着他上了大路，人和马僵硬地前倾，仿佛被什么强大的力量主宰着一路飞奔，实际上却并没有那样的速度，似乎他们都十分冷静，笃定地相信自己有超自然的洞察力，知道目的地在哪里，速度并不重要。

麦克侬琴骑着马径直去了自己要追寻的地方，走了大半夜，几乎走遍了半个村子才找到，但其实并没有那么远。他走了不到四英里就听到了乐声，看到路旁有座一间房的校舍亮着灯。他早就知道有这么个地方，但从没想过里面会举办舞会。不过，他骑着马直接奔了过去，走到随意停放的汽车、轻便马车的影子间。备好马鞍的骡马也被拴在学校周围的小树林间。还没等马停下，他便翻身下马，甚至都没有系好缰绳。他的脚一着地，便穿着那双室内拖鞋，任由背带飘舞。圆圆的脑袋，怒发冲冠地跑向敞开的门窗。屋里传来了音乐声，煤油灯下人影幢幢。

如果他真的思考过的话，他也许会相信自己一直被指引着，现在又在勇武的大天使米迦勒[1]的驱使下走进房间。显然，即便灯光突

---

[1] 大天使米迦勒，《圣经》中他有着凡人所没有的勇气与无可比拟的威力，性情勇猛果敢，虽然好战，但是充满慈悲心，对于罪恶的事抱持着绝对的否定与无情的歼灭，是"绝对正义"的化身，绝不掺杂一丝黑暗。

然照射，人头攒动，他的眼睛片刻都没有受到干扰。他在人群中推搡着，引来一阵惊讶和骚动。他直接奔向那个自己心甘情愿领养的年轻人，他一直试图用自认为正确的方式养育这个人。乔和女招待正在跳舞，并没有看见麦克依琴。女招待只见过他一次，但可能还记得，或许此时的面孔就足以让她难忘。因为她突然不跳了，脸上露出近乎害怕的表情，乔见状也转过身来。当他转身的时候，麦克依琴正站在他们面前。麦克依琴也只见过那个女人一面，而且很可能当时他还没有留意，因为他一向拒绝听到男人们谈及通奸的事。但他直接逼近女招待，一时竟然忘记了乔的存在。"滚开，烂货！"他骂道。他的声音雷鸣般响彻惊骇的房间，回荡在煤油灯下一张张惊愕的面庞中，融入戛然而止的音乐，飘进初夏宁静的月夜里。"滚开，娼妇！"

也许他似乎并不知道自己疾步如飞，声音那么洪亮。很可能他以为自己坚如磐石，不急不躁地站在那里，而周围男盗女娼者像是见到了复仇者的代表一样，早已惊恐万分，乱作一团。也许他觉得扇出耳光的那双手不属于自己，挨揍的年轻人是他从孩童一直养育、庇护、供吃穿、长大成人的那个家伙；也许那张脸躲过一击后，再次扬起时，已经不再是那张孩子脸。不过，他也并不感到震惊，因为他觉得那张脸已经不是自己所关爱的孩子脸，而是他熟悉的撒旦的面孔。他盯着那张脸，举起拳头继续稳稳地逼近，像一位殉难者一样满腔愤怒，如梦似幻地凛然迎向乔冲他的脑袋砸来的椅子。他的脑子一片空白。也许正是这空白让他震惊，不过震惊不大，也没有持续多久。

这时，乔觉得一切都已结束，喧嚣沉寂下来，只留下他一个人站在地板中央，手里紧紧抓着残损的椅子。他低头望着他的养父，麦克依琴躺在地上，此时看起来那么安详，好像睡着了一样：桀骜不驯的头颅也沉静下来，前额的鲜血静静地流淌着。

乔的呼吸非常急促。他能听见自己的喘息和其他什么声音，尖细而遥远。他似乎听了好长时间才明白那是人声，是女人的声音。他看见两个男人抓着她,她在扭动挣扎,头发朝前狂甩,惨白的脸上涂着低劣的脂粉,斑驳的面孔露出丑陋又痛苦的表情,嘴巴像锯齿样的小洞,不断发出尖叫:"叫我娼妇!"她一边尖叫,一边扭打抓她的男人。"这个老杂种!放开我!放开我!"接着,她不再骂骂咧咧,只是一个劲儿地尖叫。她扭打推揉着,试图去咬抓她的那个男人的手。

乔朝她走去,手里仍旧抓着那把破椅子。其他人靠墙蜷缩成一团,望着他:女孩们穿着紧绷的掉色的衣服和邮购的鞋袜;小伙子们穿着做工极差的纸板一样的衣服,也是邮购回来的。他们的双手经过磨损变得十分粗糙,眼睛里透着长期注视无尽的犁沟和缓慢移动的骡屁股所留下的痕迹。乔挥舞着破椅子跑起来,喊道:"放开她!"她立刻停止了挣扎,开始朝他愤怒地尖叫,好像刚刚才看见他,才意识到他也在场。

"还有你!你把我带到这儿来。狗杂种。他妈的,你们都是狗娘养的东西!把那个从来没见过的家伙引到我——"乔似乎并没有专门朝谁奔跑,他的那张脸在举起的椅子下显得非常沉着。其他人放开女招待,都向后退去,但她似乎还没有意识到,仍旧在扭打。

"滚开!"乔大喊道。他挥舞着椅子,但面容却非常沉静。"向后退!"他又说道,虽然谁都没有朝他走去。人们都吓呆了,像地上躺着的那个人一样安静。他挥舞着椅子,朝门口退去。"往后!我说过总有一天我会杀了他!我告诉过他!"他挥动着椅子,脸色沉稳,往门口退。"你们谁也别动!"他一边说,一边不住地看着一张张面具般的脸。然后,他扔下椅子,转身跳出门外,跑进柔和斑驳的月光里。他赶上女招待,她正要钻进他们来时开的那辆汽车里。他喘着粗气,声音却依然沉稳:一张麻木的脸,发出沉重的呼吸声。"开回镇上,"他说,"我一会儿就到那里,我……"显然他没有意识到自己在说什么,也不知道发生了什么;女招待在车门处突然转过身,开始猛抽他的脸,他一动不动,声音也没有变:"对,好的。我马上就去,因为我——"

说着，他转身就跑。可她还在揍他。

他不知道麦克依琴把马拴在哪里，也不确定那匹马是否在那里。然而，他像养父一样自信，相信自己对事物的判断力准确无误。他直接跑到马跟前，翻身上马，掉转马头奔上大路。那辆车早已上路，他望着汽车的尾灯渐渐消失。

剽悍的农家老马从容地慢跑着回了家。年轻人稳坐在马背上，身子前倾，像当时狂喜的浮士德【1】一样，忘却一切规约，终于获得自由，不再受名誉和法律的约束。马儿在行进中累得直冒汗，甜涩的汗水发出硫黄的味道；一阵风无影无形地刮过。他大声叫道："我干了！干了！我告诉过他们，我会干的！"

他骑马上了小道，在月光中很快就到家了。他以为这时家中会漆黑一片，其实不然。他片刻未停，精心藏匿的绳索是他过去生活的一部分，并且成了荣耀和希望的一种象征；那位疲惫的老妇人在十三年中曾被他视为敌人，此时她还没有休息，依旧在等他。她和麦克依琴的卧室还亮着灯，她站在门口，睡衣上披着一条围巾。她问了一声："乔？"他快速穿过门廊，他的表情和当时椅子砍下去时麦克依琴看到的一模一样。也许她还没有看清楚。"怎么了？"她问，"你爸骑着马刚出去。我听见……"这时，她看清了他的脸，但已经来不及后退。他没有打她，只是用手轻轻地碰了她的胳膊，他走得太急，而她正挡了他的路，于是他将她推到门外，像掀门帘一样把她甩在一旁。

"他在舞会上，"他说，"老婆子，走开。"她转过身，往后退时一手抓着围巾，一手扶着门板，看着他穿过房间，开始爬上楼梯，进了自己的阁楼。他一直没有停步，只是扭头看了一眼。这时，借着灯光，她才看清他露出牙齿在笑。"在舞会上，听见没？不过他没有跳

【1】浮士德，相传他为了追求知识和新生活，把灵魂抵押给魔鬼，而魔鬼会满足他一切要求。

舞。"他在灯光中大笑,扭过头,一边笑一边跑上楼梯,慢慢消失在黑暗中,从上到下地渐渐消失,仿佛是他的脑袋先笑着跑了进去,然后被什么东西吞噬掉,像擦掉黑板上的粉笔画一样消失了。

　　她跟在后面吃力地爬楼梯。他经过她身边时,她就开始跟着,仿佛丈夫离开时无法缓解的紧迫感像乔肩上的斗篷一样,从他身上传给了她。她费力地攀爬着狭窄的楼梯,一只手紧紧抓住扶手,另一只手还抓着围巾。她一声不吭,没有喊他,好像幽灵一样服帖地听命于隐形的主人。乔没有点灯,但房间里洒满了月光,即使没有月光,她也依然知道他在做什么。她扶着墙壁让自己站起来,在墙根里摸索,直到摸到他的床,一屁股坐下去。这倒费了番工夫,因为当她抬头看那些松动的木板时,他早已逼近床边。月光直直地泻下来,她眼睁睁看他把钱罐倒在床上,席卷起一小堆硬币和散乱的钞票,塞进衣兜里。只有这个时候,他才看见她正坐在那里,有些驼背,一只手撑在床上,一只手抓住围巾。"我没跟你要,"他说,"你记住。我没要,因为我怕你会主动给我,所以我就拿了。记住!"话音未落,他早已转过身。她看着他走上煤油灯照着的楼梯,下了楼,很快便消失在她的视线中,但她依然能听见他的声音。她听见他再次飞快地穿过门廊;然后,她又听见了马蹄声;又过了一会儿,马蹄声也消失了。

　　乔快马加鞭穿过城镇主干道,听到什么地方传来一点的钟声。这时,老马喘着粗气,可乔还是挥动着大棍子有节奏地敲打着它的臀部,强迫它快点跑。这不是根鞭子,而是一段扫把柄,麦克依琴太太把它插进花坛中好让藤蔓能攀爬生长。尽管老马还在不停地挪动,但它的速度不比步行快多少。棍子也困了,起起落落的速度慢下来,马背上的年轻人身体前倾,好像他不知道老马已经筋疲力尽;他仿佛在生拉硬拽地驱赶这匹疲惫不堪的动物,洒满银辉的空旷街头,有节奏地回响着老马空洞缓慢的蹄声。此情此景——骑马人和马——带上了梦幻般的奇怪色彩,像电影中的慢镜头,随着马蹄拖沓地行进在街头,一步步朝着他习惯性地等待的街角处走去,看似不那么急迫,但心情却没有丝毫松懈,更多的是年轻人的急躁。

此时,老马连慢步前行都已经非常困难了,四蹄僵硬,呼吸拖长,喘着粗气,每次呼吸都是一声呻吟。棍子却依然会落在它身上;只要老马放慢速度,棍子就会相应加快速度。可老马实在走不快了,终于倒向一边。乔勒住它的脑袋,抽打它,可它还是慢慢倒下来,不再动弹。老马投下斑驳的影子,耷拉着脑袋,不住地打战,像人一样呻吟着。然而,骑马人仍旧坐在马鞍上,身子前倾,一副飞奔的架势,同时还在挥着棍子抽打马的臀部。若不是棍子的起落和老马的喘息,这种情景简直恍若一尊骑马雕像,脱离了底座,精疲力竭地倒在月影横斜的空阔街道。

乔下了马,用力去拉马头,好像只要用尽全身力气就能把它拉起来,然后便可以飞身上马。老马却没有任何反应。他只好罢手,似乎往马跟前靠了一点。他们都不再动弹:疲惫不堪的老马和年轻人,头对头,面对面,俨然一尊或倾听,或祈祷,抑或是商讨的雕像。过了一会儿,乔又举起了棍子,抽打不再动弹的马头。他不断抽打马头,直到把棍子打断才住手。他继续拿着还没胳膊长的半截棍子继续敲打。不过,或许他已经意识到再怎么打马都不会动弹,或许他的胳膊终于累了,所以他把棍子扔到一边,转过身,旋风一样迈着大步离开了。他头也没回,渐渐消失在月影中,白色的衬衫一起一伏,若隐若现,他彻底忘却了老马,仿佛它根本没有存在过一样。

他来到曾经等待过的街角。假如他真的注意到或思索过的话,他必定会说:*上帝啊,这么久了,那是多久前的事啊。*蜿蜒的街道通向石子路。他大约还有一英里路要走,所以他跑得并不快,只顾认真地一步一步往前赶。他稍稍低下头,似乎在思索脚下被踩踏的小道,胳膊肘在两侧摆动,好似训练有素的运动员走路一样。弯弯曲曲的道路被月光照得灰白,两旁稀稀落落地分布着低矮杂乱的小房子,小得可怜，住在里面的人们常常是前一天来，第二天就走，行踪不定，他们齐聚在城镇的边缘。所有的房屋都是一片漆黑，只有他奔向的小屋还亮着灯。

他从路上跑下来，到了房前，夜深人静，脚步声清晰而响亮。也许他早已看到了女招待，穿着出行的黑衣裙，戴着帽子，拿着包裹，等在那里。（为何要离开，去向何处，如何离开，这些或许他从没有想过。）马科斯和玛米也在场，可能他们都已经脱衣服打算睡觉了，马科斯没穿外套，只穿了件内衣，玛米穿着浅蓝色的睡袍——两个人在喧嚣、热闹的送别路上挤来挤去。实际上，他什么都没想，因为他根本没有告诉女招待准备离开。或许他以为自己告诉过她，或者她应该知道，因为他最近的行为和未来的计划似乎是那么简单，每个人都能明白。或许他甚至相信在女招待上车时，自己告诉过她要回家取钱。

他跑进走廊。即使是他在这所房子里春风得意的日子里，他也总是从路上溜进走廊的阴影里，尽可能不引人注目地快速走进有人等待的屋子里，直到现在也是。他敲了敲门，不出他所料，她的房间亮着一盏灯，走廊尽头亮着另一盏灯。房间拉着窗帘，里面传出说话声，是好几个人的声音，他能辨别出这是急切而不是快活的声音，这也在他的预料之中。他想，*也许他们以为我不会来了，那匹该死的马，该死的马！*他又敲了敲门，声音很大。接着，他又抓住把手晃了几下，把脸紧贴在前门拉上帘子的玻璃上。里面的人不再说话，然后，屋里再没有一点动静。她房间里的灯罩，门口昏暗的帘子，全都被那两盏灯照得清清楚楚。好像在随着他摇晃门把手，屋里所有的人突然都死了。他再次敲门，连续不断地敲着；正当他还在敲门时（帘子上没有映出任何影子，门口也没有任何脚步声），房门在他敲打的手指下突然悄无声息地打开了。他像贴在门板上一样，随之跌进门槛里，马科斯从门后面出来挡在门口。马科斯已经穿戴整齐，甚至还戴了帽子。"哦，哦，哦，"他说道。他的声音不高，好像是他把乔迅速拽进屋里，然后又关上门锁好，乔还没明白自己已经在屋里了。马科斯还在说话，声音还是那样含糊不清，虽然是从心底发出的声音，但听起来却索然无味，没有一丝快乐的味道。他像拿着一只贝壳什么的东西，放在面前，透过它来观察乔一样，这使得乔在过去总是带着介于困惑和愤怒的眼神来看他。"罗密欧终于来了，"他说，"比尔街上的花花公子。"接着，他又提高嗓门，响亮地喊了一句："罗密欧。进来，跟大伙儿见个面。"

乔一进门就奔向他所熟悉的房门；如果说之前他曾停过脚步的话，那现在可以说他是又跑起来了。他没有听见马科斯在说什么，也从未听过什么比尔街。这条大街贯穿孟菲斯城里的三四个街区，与之相比，哈莱姆[1]只不过是电影场景而已。乔自进屋就始终没有抬头看一眼。突然，他看到黄头发女人站在走廊后边，他进来的时候那个地方并没有人。这时，她却突然出现在那里，而且已经穿戴整齐，身上穿着黑衣裙，手里拿一顶帽子。他旁边昏暗的门口还放着一堆行李，几个行包。他可能没有注意到它们，或许他也瞟了一眼，目光比大脑转得都要快，*我没想到她会有那么多行李*。或许，这时他才第一次想到旅行没必要带东西，心想，*我怎么能拿得动那么多*。不过，他没有驻足，早已转向熟悉的房门。直到他把手放在门上时，他才意识到屋里鸦雀无声。十八岁的他那时才明白，寂静的屋里不止一个人。然而，他还是没有停步，也许他没有意识到走廊里再次空无一人，没有察觉那个黄头发女人消失了。

他打开房门，立刻跑进来，仿佛一个人在静止不动中超越了自我和意识。女招待坐在床边，他无数次地见过这样的场景。她穿着黑衣裙，戴着帽子，一切正如他所预料的一样。她一直低着头，房门打开时，她也没有抬头；她的手也一动不动，指间夹着一支烟，静止的香

---

[1] 哈莱姆，黑人聚居区。

烟在黑衣服的映衬下显得有些畸形和怪异。就在这一刹那，他看到屋里还有一个男人，他以前从来没有见过这个人。不过，此时他并没有意识到这一点，只是后来才记起这个，也记起了思绪比目光转动敏捷时，发现的那堆行李。

陌生人也在床边坐着，同样也在抽烟。他歪戴着帽子，帽檐的影子落到嘴上。他不算老，但看起来也不怎么年轻。他和马科斯说不准还是兄弟，因为两个白人男子要是突然窜进非洲村落，对于那里的人来说，这两个人肯定就是弟兄了。灯光照在他木然不动的脸上，下巴上。乔并不知道陌生人有没有在注视自己。他听到了他俩的交谈，但听不懂他们在说什么，甚至都没有去听。

*他怎么知道的。*也许他听到了这些字，但可能没有听懂。这些声音也许都比不上紧闭的窗户外昆虫窸窸窣窣的声音重要，或许也没有他视而不见的行李包更有意义。*鲍比说他后来就消失了。鲍比说他可能知道。至少让咱们弄明白逃跑的恰当理由。*

虽然，打从进门他就没动弹过，但他仍然在"奔跑"。马科斯碰到他肩膀时，他转过身来，仿佛大跨步时被人叫住一样。他甚至没有注意到马科斯也在房间里。他带着一丝愤怒，扭头望着马科斯。"小子，给咱说说，"马科斯说，"怎么回事？"

"什么怎么回事？"乔问。

"那个老家伙。你确定自己砸死他了吗？说白了吧，你不想把鲍比也拉进监狱吧。"

"鲍比。"乔重复道，心里全是她。*鲍比，鲍比。*他转过身，思绪继续奔跑。这时，马科斯抓住了他的肩膀，不过没用力。

"说吧，"马科斯说，"咱不是朋友吗？你砸死他了吗？"

"砸死他？"乔说道。他说话时焦躁不安，强忍愤怒，好像自己正被一个小孩子拉扯着问东问西一样。

陌生人开口问道："你拿椅子砸了那个家伙，他死了吗？"

"死?"乔盯着陌生人,重复道。这时,他又看到了女招待,思绪似乎又开始跑了起来。他确实开始挪动了,全然将这两个人从脑海中抹掉。他走到床边,扯着口袋,扬扬得意,脸上露出了胜利的表情。女招待却没有看他。从他进门开始,她连一眼都没有瞧过,或许他完全忘记了这一点。女招待一动不动地坐着,手里的香烟还在燃烧,那只僵化了的手像一块熟肉一样硕大、惨白。这时,又有人抓了他的肩膀,是那个陌生人。陌生人和马科斯肩并肩站在一起盯着乔。

"别磨磨叽叽的,"陌生人说道,"要是你砸死了那家伙,你就直说。瞒不了多久,到下个月外头的人都会知道。"

"我跟你说,我不知道!"乔答道。他不耐烦地看着他俩,但没有发火。"我打了他,他倒在地上。我告诉过他,总有一天我会那么干的。"乔朝那两张死板、几乎一模一样的面孔望去,他开始奋力挣脱陌生人抓着的肩膀。

马科斯说:"那你来这儿干吗?"

"干吗——"乔说,"我来干吗……"乔的话音中带着渐渐变弱的惊愕,虽然愤怒却仍旧耐心克制,他一一看着这两张脸。"我来干吗?我来接鲍比。你们以为我——我辛苦跑回家,就是要取钱结婚的——"他又一次彻底忘记了他们的存在,挣脱拉拽,转向那个女人,他的脸上还是那副忘乎所以、扬扬得意的神情。当时,很可能那两个男人像两片纸一样完全被刮得无影无踪了。马科斯走到门口喊了一声,不一会儿黄头发女人便走进来,或许他甚至都没有注意到这些。女招待低头静静地坐在床边,他俯下身,从口袋里掏出皱皱巴巴的钞票和硬币,放在她的膝上和床边。"这儿!你看,看,我有钱了,看见没?"

这时,又一阵风刮过,像三小时前在校舍一样,置身瞠目结舌的人群,而当时的情形他早已没有了印象。他静静地站在那里,像做梦一样直挺挺地站着;而一直坐着的女招待"腾"地站起来,撞在他身上。女招待站起身,抓起零乱的钱币猛地一掷;他静静地看着她那张扭曲的面孔,嘴巴大张,厉声尖叫,那双眼睛也令人触目惊心。在场的人中似乎只有他一人能保持镇静、沉着,只有他一人的声音平静地在耳边响起。"你意思是不愿意?"他问,"你意思是不愿意?"

此情此景和刚才在校舍中的一幕非常相似:她被人拉着,不断地尖叫、挣扎、摇头晃脑,头发蓬乱;跟散乱的头发比起来,她的脸,甚至连嘴巴都像死人的嘴脸一样苍白。"杂种!狗娘养的!想害我,亏我还一直把你当白人,白人!"

然而,可能对他来说,这也不过是噪声而已,没有任何其他意思:只是一阵吹了很久的风。他盯着她,盯着那张从未见过的脸,悄悄对自己说话(他也不清楚自己到底有没有发出声音),渐渐变得惊讶起来:<u>为什么,我为她杀了人,甚至为她去偷钱。</u>他好像刚刚才被告知了自己曾经的所作所为,他听进去了,开始思考。

这时,她好像第三张纸片一样被大风刮出了他的世界。他开始挥舞手臂,仿佛手中仍然抓着那把破椅子。黄头发女人已经在房里待了一阵了,他刚刚才看到,不过一点都不惊讶,显然她像是突然出现在稀薄的空气中,一动不动地站在那里;她的脸像金刚石一般坚硬而平静,像警察举起的白手套般一丝不苟,带着不可抗拒的沉着和敬畏。现在,她为旅行穿了黑色衣服,外面又套了一件浅蓝色晨衣。她平静地说:"拉开他,咱们走。警察马上就会来,他们知道在哪儿能找见他。"

或许,乔根本没有听到她在说什么,也没有听到女招待的尖叫:"他亲口告诉我,他自己是个黑鬼,狗娘养的!我白让黑崽子睡了,还差点在乡巴佬舞会上,被他连累让警察抓了!"也许,他只听见不断刮着的风声,仍旧像抓着椅子一样挥舞着手臂,冲向那两个人。很可能他还没明白他们已经朝自己扑了过来。他带着和养父一样的傲慢劲儿,正好撞在陌生人的拳头上。尽管在他倒地之前,陌生人朝他脸上揍了两拳，但他可能都没有感觉到。他仰面躺在地上，一动不动地，就像曾经被他打倒的那个男人一样。然而，他没有晕过去，因为他还正睁着眼睛，平静地看着他们。他的眼睛一片空洞，没有痛苦，没有惊诧。不过，很显然，他无法动弹；他若有所思地躺在那里，抬起眼皮盯着那两个男人，还有纹丝不动的黄头发女人。此时，那个女人像一座完成抛光的雕塑一样矗立在那里。也许他什么声音都没有听到；也许他听到了，但在他听来，那些声音再次如同窗外昆虫不断发出的干巴巴的嗡嗡嘤嘤声，没有任何意义：

破坏了我梦寐以求的美好盘算

他应该远离那群婊子

他无法自拔，他注定摆脱不了她们

他真是黑鬼吗？看上去不像

一天晚上他把这些告诉了鲍比。但我猜她跟他一样不清楚他的身份。这些乡下杂种什么可能性都有

我们会弄明白。我们要看看他的血到底是不是黑的

乔安静地躺在地上，没有动弹。他望着陌生人俯下身，从地板上托起他的脑袋，又冲他的脸揍了一拳，这次是更加迅速的猛抽。过了一会儿，他舔了舔嘴唇，有点像小孩舔饭勺那样。他看着陌生人收回拳头，没有再落下来。

够了，咱们去孟菲斯吧。

再打一拳。 乔静静地躺着，望着那只手。这时，陌生人旁边的马科斯也弯下腰来。*咱们还需要放点儿血才能弄清楚。*

当然，他不用担心，这一拳也是白送的。

拳头并没有落下来。黄头发女人也站在那里。她抓住陌生人举起的手臂。*我说过这就够了。*

10

悲伤的心情无法记住上千条荒凉孤寂的街道，但领悟的能力可以做到。这些街道从那天晚上开始延伸。当时，他躺在地上，听到最后的脚步声响起，接着是最后的关门声（他们甚至都没有关灯）；他静静地躺在那里，睁开双眼，头顶上悬挂的灯泡一直发出刺痛眼睛的光线，仿佛屋里所有的人都已死去。他不知道自己躺了多久，压根也没有去想，他不觉得有什么痛苦。也许，他意识到在身体里的什么地方，意志力和知觉的线头已被切断，还没有接通，现在正等待再次被接好，重新搭建起来，他才能动弹。那些人早已做好了离开的准备，只需从他身上跨过去，就像人们打算永远腾空房子时，跨过那些决定要丢弃的物品。嘿鲍比嘿孩子，这是你的钱你忘带了。这是罗密欧的积蓄，上帝啊他肯定掠夺了主日学校的钱一路拿来给了他的鲍比。你难道没看见他此时正把钱给了鲍比？你难道没看见他慷慨赠送的样子？好的捡起来孩子，你可以留着当礼物或其他什么。她怎么不愿意接受？太糟糕了事情难办了，不过我们不能让它留在地上，否则它会把地板蚀个洞，它已经帮助腐蚀了一个特别大的洞——对任何尺寸来说都是大洞。嘿鲍比嘿孩子，我要替鲍比留着，见鬼！我是说给鲍比留一半，你们这些杂种让它扔在那里想干吗？它属于他上帝啊他要它干什么，他不花钱不需要钱，问鲍比他要钱吗？他们给了他，我们中的其他人得付出代价。把它放那里，我说过了他妈的这不是我

的钱，给鲍比它也不是你的，除非你他妈的对我说他欠你钱他背着我跟你睡觉。我说过把钱留下赶快走，它不过五六块钱。 接着，黄头发女人站在他旁边俯下身。他平静地注视着她，她掀起裙子，从袜子口取出一摞折叠平整的钞票，抽出一张，停了一下没动，然后塞进他的裤子外兜里，接着便转身离开了。*快点离开这里，你自己还没有收拾好，你应该穿上那件晨衣，合上行李箱，脸上再抹点粉带上我的行李和帽子现在就走。你带上鲍比和其他行李钻进汽车，等一下，我和马科斯你以为我会让你们哪个留下去偷他那一张？现在就走离开这里。*

很快，他们都走了：最后的脚步声，最后的关门声。接着，他听到发动汽车的声音淹没了昆虫的噪声。汽车开上大路，驶向平坦的远方，向更低处驶去，于是只剩昆虫的叫声。他躺在灯光下，仍然无法动弹；他能睁开眼睛，却什么都看不清，能听见却听不清说什么；他静静地躺着，两根切断的线头还没有连接起来，他不时地像个孩子一样舔舔嘴唇。

过了一会儿，两根线头接通了。他并不知道接通的确切时刻，不过是突然间感觉到脑袋在嗡嗡作响，他慢慢坐起来，发现自己还活着。他站起来，头晕目眩，房间像思维一样缓慢平稳地旋转，看来思维正告诉他 *还不行。* 不过，他还是没感觉到疼痛，甚至当他靠着衣柜，从镜子里打量自己，还用手摸了摸肿胀流血的脸，这个时候他都没觉得疼。"天哪，"他说道，"他们真把我暴打了一顿。"他还没来得及思考，也没达到思考的水平。*我想我还是离开这里为好，我想我还是离开好。* 他朝门口走去，像盲人或夜游者一样伸开双臂摸索。他不记得自己曾经穿过房门走到大厅，发现自己已经站在了另一间卧室里，或许他虽然不相信，但仍旧希望自己是在朝前门移动。这间卧室也不算大，但整个房间似乎仍旧充斥着黄头发女人的气息，单薄、粗糙的墙壁向外凸出，金刚石般坚硬的墙面像激进分子一样令人生畏。空荡荡的衣柜上只有一只一品脱的酒瓶，好像装的是威士忌。他慢慢地喝着，丝毫没有感到火辣辣的酒劲，身子靠着衣柜，直挺挺地站在那里。威士忌酒像糖浆一样凉飕飕地经过喉部，味道淡如白水。喝完酒，他把酒瓶放下。他靠着衣柜，低下头，大脑一片空白，或许在茫然地等待，或许都不是在等待。过了一会儿，威士忌开始在他体内燃烧，他的脑袋渐渐开始左摇右晃，思维与不断灼烧的内脏渐渐合二为一："我得离开这里。"他再次走进大厅。这时，他的脑袋清醒了，可身体却不听他使唤。他顺着大厅慢慢挪动，沿着一堵墙朝前门滑动，心想："快点，振作起来，我得离开这儿。"想着，*只要我能走到外边，呼吸到空气，清爽的空气，凉爽的夜晚*。他注视着自己的双手朝前门摸索，想尽量帮助自己的双手，哄着身子听由自己控制。"不管怎么说，他们总算没有把我关起来，"他想，"上帝啊，要不然到了明早我才能出去，我可没办法打开窗户爬出去。"他终于把门打开了，走出去后又把门关上，可他的身子却懒得去关门，于是他还在和它争论，强迫它关上空无一人的房门。屋里还亮着两盏灯，发出死寂的光芒，它们并不知道屋子已经空空荡荡的，丝毫不在意，不在意屋里的寂静和破败，就像不在意人们过去常常在这里粗暴地饮酒，廉价地行苟且之事一样。这时，他的身子勉强温顺了一点。他从漆黑的门廊走到月光下，流着血的脑袋和空空的肚子在威士忌的作用下狂暴地燃烧，这使得他勇敢地走到大街上。这条路一走就是十五年。

威士忌的酒劲适时消退了，接着又重新涌起，然后再次消失，而那条街道却一直在延伸。从那一夜开始，上千条道路如出一辙：无法预知的角落，变换的景色，不时地央求搭车或偷偷蹭车。他坐过火车、汽车以及乡村马车，不管是二十岁、二十五岁，还是三十岁时，他总是带着那副冷酷、平静的表情，一身城里人打扮（即使满身尘土，衣衫破旧）；车夫不知道这位乘客是谁，从事何种职业，也没有人敢打听。这条街道一直延伸到俄克拉荷马州和密苏里州，南至墨西哥州，然后北上至芝加哥和底特律，接着又回到南方，最终抵达密西西比州。这条路他走了十五年：道路穿行在石油城镇简陋搭建的临时木板店铺前，他一直穿着那身哔叽料衣服，轻便的鞋子也被油泥染成了黑色。他会花十美元、十五美元吃一顿劣质的罐装饭，用厚厚的一卷钞票付账，钞票上同样沾满了油泥，像产出的黑金子一样宝贵。这条路穿过金色的麦田，他曾在热辣辣的太阳下辛苦劳作，也曾伴着九月清冷的明月星辉在草垛上艰难入睡。他接连当过苦力，做过矿工、勘探工，兜售过赌马票；他进过部队，服役四个月后做了逃兵，但他没有被抓住。这条路总是穿过城市，一模一样的城市，几乎交替出现的街区，记不清名字的城市。在漆黑、模糊的半夜里，他会随便在拱门里和女人们过夜，有钱时会付钱，没钱时也要睡，醒来便告诉她们自己是黑人。有段时间，这个办法还算奏效，那是他在南方的时候。这个方法简单易行，通常他最多挨女人或老鸨一顿臭骂，虽然有时候他会被其他嫖客打得不省人事，苏醒时发现自己正躺在街上或是被关在监狱里。

那时，他还在相对而言算是南方的地方。一天晚上，这个方法不起作用了。他从床上起身，告诉那个女人自己是个黑人。"是吗？"女人说，"我以为你也许只是一个意大利移民。"她望着他，没有表现出任何特殊的兴趣。接着，她清楚地从他脸上看出了些什么，说道："那有什么关系？你看起来很正常啊。你应该见过在你之前被我赶出去的那家伙了吧。"她盯着他，非常平静地继续说道："喂，你以为这鬼地方是什么？里茨酒店[1]吗？"接着，她闭上嘴巴不再说话，一边端详他的脸，一边开始慢慢向后退。她盯着他，大惊失色，张开嘴准备叫喊。接着，她真的叫起来，叫喊声引来两个警察将他制伏。起初，人们以为那个女人已经被杀害了。

之后，他便病了。直到那时，他才明白有些白种女人愿意接受黑皮肤的男人。他病了两年，有时他会想起自己曾经欺骗或戏弄过白种

---

[1] 里茨酒店，瑞士企业家里茨在世界各地经营的豪华旅馆。

男人,让他们骂他是黑鬼,以便挑起打斗,或者打倒他们,或者被他们打倒。而现在,他却开始揍那些称他为白人的黑人。此时,他来到了北方,先去芝加哥,后来又去了底特律。他和黑人一起生活,躲避白人。他和他们一同吃饭,一同睡觉,但无法交流,说不准什么时候就会打起来。他和一个活像黑檀木雕的女人过着夫妻一样的生活。晚上,他躺在她身边,睡不着的时候开始用力深呼吸。他是故意这么做的,注视着自己白色的胸脯在肋骨间逐渐越陷越深,慢慢体会,甚至要努力吸进黑人的味道,吸进黑人深不可测的思想和性格,而每一次呼气又将白人的血液、思维和特质竭力吐出去。整个过程中,他的鼻孔绷得发白,努力将气味吸收转化,随着肉体的不满和精神的抵触,他的身体不断奋力挣扎着。

他以为自己想逃避的只是寂寞而不是自我。然而,那条街道一直向前延伸:悄无声息。对他来说,每条街道都一样,但没有一处是安静的。这条路任由自己的性子和节奏延伸,总是空无一人:他也许看到自己置身无数角色中,注定要寂寞地漂泊,被与日俱增的绝望所驱使,屡屡受挫却又鼓起勇气。这时,他已经三十三岁。

一天下午,他已经来到了密西西比州的一条乡村大路上。他从一辆向南行驶的货车上被赶下来。附近有个小镇,他不知道这个小镇的名字,也不在乎它叫什么。总之,他甚至都没有瞧一眼。他沿着树林绕城而行,上了大路后左右张望。这不是条石子路,但看上去踩踏的人相当多。他看到沿途零散分布着几间黑人小木屋;接着,在半英里远处有一座大房子,房子掩映在小树林中。显然,这里曾经是显赫一时的地方。但是现在,树木需要修剪,房屋也多年没有粉刷,不过他知道这里有人居住,而且他已经一天一夜没吃东西了。他想:"或许到那儿能吃上。"

不过,他并没有马上靠近房子。尽管下午时分已迫近,他反而转身朝反方向走去,穿着邋遢的白衬衫,破旧的哔叽裤子,脚上那双城里人穿的鞋子咯吱作响,满是泥土,一顶布帽傲慢地立在头上,他已经三天没有刮胡子了。但即使这样,他看起来仍然不像个流浪汉;至少,刚刚碰到的黑人男孩不认为他是流浪汉。他把这个晃晃悠悠地提着锡铁桶的小孩子叫住,问道:"后面的大房子里住着谁?"

"那是伯顿小姐的住处。"

"伯顿先生和伯顿夫人?"

"不,先生。没有伯顿先生。那儿除了伯顿小姐没有别人。"

"哦,我猜是个老太太吧。"

"不,先生。伯顿小姐不老,也不年轻。"

"她一个人住在那儿。她不害怕吗?"

"在这镇上谁会去伤害她呢?附近的有色乡亲们会照顾她的。"

"有色乡亲们照看她?"

小男孩仿佛立刻关上了自己和问话人之间的那道门。"我觉得在这儿没人会伤害她。她也没伤害过谁。"

"我猜也不会,"克里斯默斯说道,"从这条路到下一个镇子有多远?"

"听说大概有三十英里。你不会打算走着去吧?"

"不。"克里斯默斯回答道。说完,他便转身继续赶路。孩子看了看他的背影,然后也转身继续往前走,腰间摇晃着的锡铁桶渐渐模糊了。走了几步,他又扭头看了一眼,询问过他的那个人还在走路,他的步伐虽然不快却一直在走。孩子接着又往前走,身上那件褪色的罩衫打满了补丁,脚上没有穿鞋。很快,他便开始放慢脚步,红色的尘土在他瘦弱的深褐色小腿和破旧的小罩衫下四周飞扬;他开始哼唱,尽管只有一个音调,听起来不太和谐,但动听而富有节奏:

你说没有没有

谁没有谁不想

那个黄毛丫头

你想往哪儿藏

克里斯默斯躺在距那座房子一百码远的灌木丛中，听到远处钟声敲了九点，过了一阵又响起十点的钟声。他眼前的那幢房子在树林中显得非常庞大。楼上有一扇窗户里亮着一盏灯，房间的窗帘还没有拉上，他能看得出那是一盏煤油灯，而且时不时地还有个移动的人影在里面的那堵墙上晃动。不过，他一直没有看到那个人。过了一会儿，灯灭了。

这时，房子黑魆魆的，他也不再观察。他躺在杂草中，趴在地上。树丛中伸手不见五指，寒夜穿透衬衫和裤子，让他感到寒气逼人，还有些潮湿的闷气，仿佛太阳从没有照射过这片灌木丛覆盖的领地。他觉得从未晒过太阳的地气穿过衣服慢慢向他袭来，将他吞噬：腹股沟、臀部、腹部、胸口和手臂。他的手臂交叉着枕在脑后，肥沃的黑土地散发出馥郁的潮湿气息，充斥着他的鼻孔。

他没有再去看黑暗中的那座房子。在灌木丛中十分安静地躺了一个多小时后，他站起身走出丛林。他迈开大步，朝房子走去。他没有鬼鬼祟祟地走向房子，也没有刻意留心自己的行动，只是没有出声而已，好像他本来就是这么走路的；此刻，房子的轮廓已经看不到了，他绕过房子朝屋后走去，那儿应该有厨房。他像猫一样悄悄地停下脚步，在昨晚亮灯的窗户下面站了一会儿。脚下的草丛里，蟋蟀随着他的走动也停止了鸣叫。于是，在他周围行成了一个寂静的小岛，像是琐细的虫鸣声投下的晕圈，蟋蟀随着他突然警觉的驻足和举步而忽哑忽鸣。屋后建有一层偏房。"那肯定是厨房，"他心想，"没错，肯定是。"他静静地在虫鸣声骤停的小岛里移动着。这时，他从厨房外墙上看见一扇门，要是他试着推门的话，他一定能发现房门没锁，但他没有那么做。他绕过厨房，在窗户下停下脚步。正要爬窗户时，他想起楼上刚才亮灯的那扇窗户没有窗帘。

甚至连窗户都没有关，只用一根棍子支撑着。他暗自琢磨："你有什么想法呢。"他站在窗边，双手放在窗台上，静静地呼吸着，不慌不忙，对周围的一切充耳不闻，仿佛天地间没有任何事情值得慌张。"哦，哦，哦，你明白了吧，嗬，嗬，嗬。"于是，他便爬进窗户，好像水流一样流进了黑暗的厨房：一个影子毫无阻力地悄悄退回晦暗漆黑的母体里。或许他想起了另一扇窗户，他曾经凭借一根绳子在那扇窗户爬出爬进，也或许他并没有想到这些。

很可能没有想，因为他像一只猫，不会记起另一扇窗户；但他却像猫一样游走在黑暗中，能够准确无误地找到自己需要的食物，仿佛他早知道吃的就在那里，又或者是有人早知他要来，替他备好了一切。他用看不见的手指从看不见的盘子里取了看不见的食物。他并不在意吃的是什么，下颌猛然间停止咀嚼时，他才明白或者才品出味道来。思绪回到二十五年前的那条街道，掠过街角，以及那里所有痛苦的失败和艰难的胜利；还有五英里之遥的那个角落——在可悲的初恋时期，他曾经在那里等候过一个人，而他早已忘记了她的名字；思绪甚至飞出五英里外。<u>我马上就能想起这是什么了，我以前在哪里吃过。马上就能想起。记忆叩问着感知，看见了，看见了，不仅看见，而且听见了。我看见自己低着头，耳边是单调沉闷的说教，我相信它永远不会停息，我窥探到了不服输的子弹形状的脑袋，整洁粗硬的胡子，它们都弯了下来，我纳闷他怎么会不饿呢？没等我的眼睛尝到盘子里冒出的热气我就闻到了嘴巴和舌头流出的咸咸的口水。</u>"是豌豆，"他大声说道，"天哪，糖浆煮紫花豌豆。"

不光思绪飘远，就连他自己也不知跑到了哪里；他本应该早就听见动静的，因为无论是谁，都不会像他那样小心翼翼地不让自己弄出任何声音。或许他听见了，但没有挪动，耳畔传来脚上穿着拖鞋发出的轻柔的声音，从房子那边慢慢逼近厨房。当他终于突然转身时，两眼瞬间一亮，早已看见通往房屋的门口渐渐露出微弱的灯光。他的手边就是敞开的窗户：几乎只需一步就能跨出去，但他还是没有动，甚至都没有放下盘子，更没有停止咀嚼。于是，当房门打开，那个女人进来时，他也只是站在房间中央，拿着盘子继续咀嚼。这个女人穿着一件褪色的睡衣，手里拿着一支蜡烛，高高举起的蜡烛照在她的脸上：她的面容平静而严肃，没有一丝恐惧。她站在门口，柔和的烛光里，她看起来不过三十来岁。两个人几乎以同样的姿势对视了一分多钟：他托着盘子，她举着蜡烛。这时，他停止了咀嚼。

"如果你只是想要吃的，那你肯定能找得到。"她平静地说着，声音冷酷而低沉。

11

烛光下,她看起来不过三十多岁,柔柔的烛光照在身穿宽松睡衣、准备睡觉的女人身上。到了白天时,他发现这个女人比三十五岁都大。后来,她说自己四十多岁。他心想:"听她的口气,可能是四十一岁,也可能是四十九岁。"然而,她讲的就这么多,不光是第一个晚上,此后的每个晚上也都如此。

总之,她对他说得很少。他们间的交流也非常少,即便当他成为她的枕边情人后,他们也只是偶尔才说几句。有时,他几乎认为两人根本没有说过话,他对她一无所知。好像这个世界上有两个她:一个是在白天偶尔碰到的人,聊天时会看一眼,但也不会讲多少,也没打算说多少;另一个是夜里和他睡在一起的人,他们不会观察对方,也不会有任何交流。

即使一年以后(那时他在刨木厂干活儿),他在白天见到她时还是这个样子。星期六下午、星期天或者他去房里找食物的时候,她会给他备好食物放在厨房的餐桌上。偶尔,她会去厨房,不过不会在他吃饭的时候逗留。有时,他们会在后廊相遇,那是他住在楼房下面的小木屋的前四五个月的时候。他们会停留一会儿,几乎像陌生人一样搭几句讪。他们总是站着:她穿一件干净的印花家居服,显然她有无数这样的衣服,有时她像农妇一样戴一顶遮阳布帽;现在,他又穿上了干净的白衬衫和每周都会熨烫得笔挺的哔叽料裤子。他们从来没有坐着说过话,他从没见她坐下过。唯独有一次,他从楼下走过时,透过窗户看见她在房里,坐在书桌旁写字。他对她收发大量信件已司空见惯,每日午前的一段时间里,她总会到楼下那些闲置的、摆设很少的房间中的一间,坐在一张斑驳破旧的盒盖书桌前,不停地写着。一年以后,他仍然不知道她收到的都是公、私信函,盖着五十个不同的邮戳;她寄出的都是回复——寄给经理、员工和委托人的关于商业、金融、宗教的建议,还有给南方几所黑人院校女学生或校友的切实可行的私人劝诫。有时,她会出远门,每次离家三四天。尽管那时只要他愿意,就可以在任何一个夜晚去找她,但一年以后他才明白,她不在家的日子都是在亲自访问那些学校,和师生们谈话。她生意上的事务都由孟菲斯的一位黑人律师打理,这个人也是其中一所学校的委托人。在他的保险箱里,放着她的遗嘱,和一份关于她死后尸体如何处理的书面说明(是她亲笔写的)。当他得知这一切后,他才理解了镇上人们对她的态度,虽然他知道那些人对她的了解还不如自己的多。他暗自说道:"我可不想在这儿找麻烦。"

一天,他意识到自己从没有真正受到过她的邀请进入那幢房子里。他到过的地方最远也没超过厨房,而他早已可以随心所欲地在那里出入。他一边想,一边说道:"她不可能把我拒之门外。我猜她也明白这一点。"他从不在白天进入厨房,除了去取那些她为他准备好、放在桌上的食物。夜晚进入楼房时,就像他第一天晚上闯进厨房一样:他觉得自己像个小偷、强盗,甚至当他爬上楼梯,走进她等候的卧室时,他一直都是这样的想法。就连一年以后,他还是这样的感觉,好像每次都是偷偷摸摸地重新掠夺她的贞操一样。每当夜晚降临时,他都会再次面对偷窃已经到手的东西——也许他从未得到,永远也无法得到。

他有时会抱有这样的想法,想起她那种冷酷的,几乎是男人气概的屈服,没有眼泪,没有自怜。这种长久的精神封闭状态,让自我保护的本能沦为它的牺牲品,她的身体状况也像男人般有力而坚毅。她拥有双重性格:首先是第一晚举着蜡烛的女人(或者是穿着拖鞋悄悄走近的声音)出现在他面前,像迅速射向地面的闪电一样,在接触地平线后,即使没有快感,也要保证肉体的接触;另一个则是男人的力量,男人的思维,这是遗传和环境所赋予她的,也是他必须要与之斗争到底的。她没有女性的游移不定,没有欲望最终暴露时的羞怯。他仿佛是在和另一个男人搏斗,争抢一件对双方而言都没有价值的东西,一切只是按规则争夺而已。

等他下次见到她时,他心想:"上帝啊,我以为自己很了解女人,没想到一无所知。"就在第二天,当他再次见到她,跟她搭话时,不到十二小时前真真切切发生过的事情好像无论如何都不可能发生过似的。他心想,*被衣服遮住的那个她根本不会干那种事*。当时,他还没到刨木厂干活儿,成天待在她让他住的木屋里,躺在跟她借来的简易床上,叼着烟,头枕着胳膊。"上帝啊,"他想,"好像我是个女人,她倒是个男人。"可这也不对,因为她一直反抗到最后了,不过不是女性的反抗,要是真想反抗,任何男人都无法取胜。因为女人在身体的搏斗中是不遵守任何规则的,可她的抵挡却合情合理,不管抵抗有没有结束,她都遵循一个原则——在某种紧急情况下必须服输。那天晚上,他一直等到厨房的灯熄灭,然后她的房间里亮起来。他朝楼房走去,一边不紧不慢地走着一边独自生闷气,大声说道:"我要让她知道。"他根本没打算压低声音。他大胆地走进房中,爬上楼梯;她马上便听到了他的声音。"谁?"她问道,但声音中却没有一丝惊恐。他一声不吭地爬上楼梯,走进房间,她还没脱衣服,转过身看着他走进来。不过,她没和他说话,只是看着他走到桌边,吹灭煤油灯。他心想:"这下,她要逃跑了。"于是,他一个箭步冲到门口去阻止她。可她并没有逃走。他发现她还是方才的姿势,站在熄灯时的那个地方。

他开始撕扯她的衣服，用紧张而低沉的声音严厉地对她说："我要让你明白，你这个婊子！"她没有抵抗，反而几乎像在帮他一样，为了帮他，自己还会稍稍改变肢体的姿势。而在他的手下，这个身子仿佛是一具还未僵硬的女尸。不过，他没有放弃，虽然他的双手有些急躁、粗鲁，不过全是因为情绪激动，"至少我终于让她明白了什么是女人，"他心想，"现在她该恨我了。我总算让她明白了。"

第二天，他又在小木屋的简易床上躺了一天，没有吃任何东西，甚至都没有去厨房看她是否给自己留了食物。他一直等到太阳落山，夜幕降临。"到那会儿我就走，"他心想。他并不期望再次见到她。"我最好一走了之，"他想，"不给她把我赶出木屋的机会。总之，那样太没面子。白种女人还没有对我那样做过，只有黑种女人跟我发脾气，会把我赶走。"于是，他躺在简易床上，一边抽烟，一边等着太阳落山。透过敞开的门，他看见太阳西斜，拖长了影子，最后变成了金灿灿的黄铜色。接着，黄铜色渐渐落入暮色。这时，他听见了蛙鸣声，萤火虫开始在门框飞旋，随着暮色变暗，萤火虫更加闪亮。他站起身，除了剃刀外，他一无所有。当他把剃刀装进口袋时，不管远近，无论那条不可预知的路伸向何处，他都做好了准备。不过，当他开始行动时，却朝那幢房子所在的地方走去，似乎他一发现自己的脚有意走向那里时，他便顺水推舟地任由双脚的摆布，想着，*好吧，好吧*，飘飘荡荡地穿过夜色，飘向楼房，进了后廊，即将走进那扇永远不会锁上的门。可当他把手放在门板上时，门没有开。或许当时他的手和信念都不敢相信；他仿佛不假思索地看着自己的手用力推门，听着里边的门闩哗啦啦作响。他一言不发地转身离开了，但他没有生气。他去了厨房，以为那里也会锁门，可是等到他发现门没锁时，他意识到这正是自己所希望的。当他发现门开着的时候，他觉得这好似一种侮辱，仿佛自己拼尽全力去打击敌人时，而对方却顽固地站在那里，毫发无损，别有深意地藐视他，让他难以忍受。他走进厨房，并没有走向通往楼房的那扇门。他第一次见到她的那个夜晚，举着蜡烛的她正是出现在这个门口。他径直走向饭桌，那里有她备好的饭菜。他不需要看，双手就能感觉到：饭菜尚有余温，他心想，*给黑鬼准备的，给黑鬼的。*

  他仿佛在远距离观察自己的手一样，看着手拿起一只盘子，上下晃动，深深地吸了一口气，慢慢嗅着。他听见自己像玩游戏一样大声叫道："腌肉。"然后，他继续看着自己一挥手，把盘子砸向看不见的墙壁，等待破碎的声音消失。一切归于平静后，他又拿起另一盘菜。他稳稳地端着盘子，嗅着饭味。辨认这一盘花了点工夫。"豆子还是青菜？"他说道，"豆子还是菠菜？……好啦，就算是豆子吧。"说完，他重重地把盘子甩出去，等待哐当声停止。他端起第三盘菜，说道："放了洋葱。"他心想，*有意思，我以前怎么没想到呢？*"女人的垃圾。"说着，他又狠狠地扔了出去，慢慢地等着盘子打碎的声音。这时，他听到了别的声音：屋里的脚步声渐渐传到门口，心想："她这次还会拿着一盏灯。"想着，*要是我看一眼，准能看见门缝下的灯光。*他继续来回挥动手臂。*这会儿，她快到门口了，*他最后一次做出判断，终于说道："马铃薯。"他没有转身张望，甚至当他听到门闩的响声，看见房门朝里打开，灯光照在他身上时，他依然站在那里稳稳地端着盘子。"是，是马铃薯。"他像个孩子一样浑然不觉，玩得正兴起。他能看见，也能听到盘子打碎。接着，灯光消失了，他再次听见关门的声音，箍上门闩的声音。他还是没有回头，拿起另一只盘子。"甜菜，"他说，"我可不喜欢甜菜。"

  第二天是星期五，他去刨木厂干活。自从星期三晚上开始，他一直没吃东西。直到星期六晚上超时干活后，到了晚上他才拿到工钱，到镇中心一家餐馆吃饭，这是他三天以来第一次吃饭。他没有回楼房。有一段时间，不管是出门还是回到小木屋，他都不曾朝楼房瞟一眼。半年后，他在小木屋和刨木厂之间踏出了一条属于他自己的小道。这条路十分笔直,避开所有的房屋,很快就能到达树林,走得日子长了,他便可以准确无误地直接到达干活儿的木屑堆。他总是在五点三十下工哨声吹响后沿这条小路走回小木屋,换上白衬衫和有折痕的黑裤子,接着再走两英里的路去镇上吃晚饭。他似乎觉得穿着工装没面子,或者不是没面子,尽管除了说不是以外,他很可能也说不出是为什么。

他不再故意避开看那幢房子,但也不会专门去看。有一段时间,他相信她会来找他。他心想:"她会先做出表示的。"然而,她并没有这样做。后来,他相信自己不再对此有所期盼。可当他第一次重新特意朝楼房望去时,血液上下奔涌,令人震惊;接着,他明白自己一直害怕见到她,害怕她一贯的对自己赤裸裸的鄙视;他觉得自己像是出了一身冷汗,经历了一场严峻的考验。"结束了,"他想,"现在都结束了。"所以,有一天当他真的见到她时,他并不感到震惊,也许他早有准备。总之,当他抬起头,意外地发现她时,血液并没有沸腾。他看见她站在后院,穿着灰色的衣裙,戴着遮阳帽。他不知道她是不是一直在观察自己,也不知道是否已经看见了他,或者正在注视着他。他心想:"你不搭理我,我也不会招惹你。"想着,*我一定是做了个梦,根本不可能发生那种事。她那衣服下什么都没有,所以根本不可能。*

春天的时候,他去干活了。九月的一个傍晚,他回到家里,走进小木屋。他完全被惊呆了,迈出的脚步也停了下来。她正坐在简易床上望着他。她没戴帽子,以前他从没有见过她不戴帽子的样子,尽管黑暗中感受过她把头发散开,披在枕头上,但并不凌乱。不过,他从没有亲眼见过她的头发。当她注视他的时候,他站在那里正研究她的头发;他正要再次举步的瞬间,他突然告诉自己:"她正在努力。*我早料到她有白头发了*,她正在努力做女人,她自己都不知道该怎么办。"他终于想清楚了,*她是来跟我谈话的*,两个小时过去了,她还在讲话。他们在黑暗的小木屋里并排坐在床上。她说自己四十一岁了,就出生在那边的房子里，而且一直在那里生活。无论何时，她离开杰弗逊镇的时间从没有超过半年，而且每次出行间隔的时间都很长，都是在思乡情浓的时候，思念那里的一屋一瓦，一土一木，那里是她的故乡，是她和家人的异国热土；她的生命已经留在了那里，即使四十年后的现在，她的口音里还是带着含糊的辅音和平实的元音，她和那些从未离开过新英格兰的亲人们一样，言语中都清晰地带着新英格兰口音。四十年里，她可能只回过那里三次。屋里一片漆黑，他们坐在简易床上。他坐在她的旁边，屋内光线全无，而她却一直滔滔不绝，像男人们一样亮起嗓门说个没完。克里斯默斯心想："她和其他女人们一样，无论十七岁还是四十七岁，终于还是投降了，都归于喋喋不休的唠叨。"

加尔文·伯顿的父亲是一位牧师，名叫纳撒尼尔·波克林顿。家中十个孩子，他最小，十二岁时，他从家里跑出来，上了一条船，那时他连自己的名字都不会写（也许他会写，就像他父亲认为的那样）。他绕着合恩角航行到了加利福尼亚州，成为一名天主教徒；他在隐修院里住了一年。十年后，他从西部来到密苏里州，过了三周，他便结婚了，妻子是一个胡格诺派[1]教徒的女儿。她家人从卡罗莱纳州取道肯塔基州，移民到了密苏里州。婚礼的第二天，他说："我觉得我最好在这里住下来。"从那天开始，他便在那里定居了。婚礼庆典还没有结束，他的第一步便是正式否认效忠天主教会，他在酒店里完成了这项任务。他执意要求在场的每一个人倾听他讲话，并且要说出反对意见；尽管没有人反对，他却坚持要听。直到他被朋友们领走时，仍然没有谁提出反对。第二天，他说那是他的真实想法，他不愿置身于一个满是吃青蛙的蓄奴者的教会。当时是在圣路易斯，他在那里买了一

---

[1] 胡格诺派，16、17世纪法国新教徒形成的一个派别，受1530年代约翰·加尔文思想的影响，在政治上反对君主专制。

幢房子。满一年后，他做了父亲。这时，他说自己一年前否定天主教就是为了儿子的灵魂；差不多孩子一出生，他便开始着手为孩子灌输新英格兰祖辈所信仰的宗教。那里没有一神教的礼拜堂，伯顿也不会读《圣经》，但他在加利福尼亚时曾经跟一位牧师学过用西班牙语诵读。于是，孩子刚学会走路时，伯顿（现在他叫自己伯顿，因为他根本不会拼写，牧师辛苦地教他写字，但他的手却更适合握绳索、枪托以及刀柄等，而不是握笔）开始用西班牙语给孩子诵读《圣经》，这本书从他在加利福尼亚开始就一直带在身边。他用外语诵读优美、宏大的神秘教义，不时地还会插入沙哑的即兴演讲：一半来自记忆中父亲所作的单调枯燥的说教，他会参加新英格兰永无止境的礼拜日活动；另一半来自卫理公会教派[1]每个乡村巡回牧师，他们对自己演讲的内容引以为豪——堕入地狱后所受的炙烤和苦难。父子俩单独待在房间里：高大憔悴的父亲是北欧人的后代，黝黑活泼的小孩子遗传了母亲的身材和肤色，两人仿佛来自截然不同的两个种族，男孩五岁时，伯顿因蓄奴制和别人发生了口角，并且将对方杀死，所以他不得不举家搬迁，离开圣路易斯。他们一路向西，用他的话说是"为了躲避民主党人"。

他迁居的地方有一家商店，一个铁匠铺，一座教堂和两家酒馆。在这里，伯顿的大量时间用来谈论政治，用沙哑的大嗓门咒骂奴隶制和奴隶主。随之，他便名声在外，人们知道他有一把枪。总之，他的观点毫无异议地被大家接受了。有时，尤其在星期六晚上，他回到家里，一肚子烈性的威士忌酒，还要继续激情澎湃地进行他的演说，然后他用粗重的大手把孩子推醒（这时，孩子的母亲已经去世，家里有三个女儿，都长着蓝色的眼睛）。"我要让你学会恨两件事，"他说，

---

[1] 卫理公会，由英国人约翰·卫斯理创立，主张圣洁生活和改善社会，注重在群众中进行传教活动。

"要不然我会揍扁你。那就是地狱和奴隶主。听见没?"

"嗯,"孩子会告诉他,"我怎么敢不听你的话呢,让我回床上睡觉吧。"

他不会劝人改变信仰,他也不是传教士。他随身携带着手枪,除了偶尔发生过一段小插曲外,倒也从没造成什么致命影响,他把所有精力都放在孩子们身上。"让那些人全都堕入黑暗的地狱吧,"他对孩子们说,"但只要我可以举起手臂,我就要把慈爱的上帝刻在你们心中。"每到星期日,孩子们便会梳洗干净,穿上印花布或斜纹棉布衣服,父亲则穿着绒呢大衣,遮住后兜里鼓鼓的手枪。每周六,大女儿都像她过世的母亲那样,替他洗熨好身上那件无领条纹衬衫。他们聚在干净简陋的客厅里,伯顿开始诵读那本曾经镀金并饰有纹章的《圣经》,但孩子们根本听不懂他的语言。他一直坚持这种做法,直到儿子也像他一样离家出走为止。

儿子名叫纳撒尼尔,从家里逃走时才十四岁。他离家十六年,其间家人得到过两次关于他的口信。第一次捎口信时他正在科罗拉多州,第二次是在旧墨西哥,无论在哪里,对于他在做什么,从来只字不提。"我走的时候,他还不错。"捎口信人说。这是第二个捎信人。当时是1863年,这个人正在厨房里用早餐,彬彬有礼,快速吞咽饭食。三个女儿在旁边伺候,两个大点的几乎已经长大成人了。她们身穿干净整洁的粗布衣服,温和地咧嘴微笑,端着正待客人享用的饭菜,站在粗糙的饭桌旁。父亲坐在捎信人的对面,一条胳膊支着脑袋。两年前,他在堪萨斯战斗中失去了另一条胳膊,当时他是游击骑兵队的一员。他的头发和胡子现在都已花白,不过他仍然精力充沛,翘起的绒呢大衣仍然罩着后兜里沉重的手枪。"他惹了点小麻烦,"捎信人说,"不过,我最后一次听人说起他时,没事啦。"

"麻烦?"父亲问。

"他杀了一个指控他偷马的墨西哥人。你也知道西班牙人对白人的态度,即使他们没有杀墨西哥人,结果也一样。"捎信人一边喝咖啡,一边说道,"不过,我想他们不得不严厉些,因为全国到处都是外地人。——谢谢你。"他说话时,大女儿又给他的盘子里夹了几块玉米饼,"好,来一点,我够得着香甜的饼子。——人们都说那不可能是墨西哥人的马,那个人根本买不起马。但我想西班牙人只能严厉,因为东部人在西部的名声不好。"

父亲哼了一声。"我就知道。哪儿有麻烦,哪儿准和他有关系。你告诉他,"父亲粗暴地说,"要是他任由那些懦夫牧师欺骗他,我会像枪毙犹太人一样杀了他。"

"您应该告诉他马上回家,"大女儿说,"这才是您应该告诉他的。"

"是,是,"捎信人说,"我当然会告诉他,我先往东去一趟印第安纳州。不过,我一回去就会见他,我肯定会告诉他。哦,对了,差点忘了。他要我转告你们,女人和孩子都很好。"

"谁的女人和孩子?"父亲问。

"他的。"捎信人回答,"我要再次感谢你们。再见各位。"

家人再一次见到纳撒尼尔之前,还听人说起过他一次。后来有一天,尽管离门口还有一段距离,但他们早已听见他在房前大声喊叫。那是1866年的时候,全家再次搬迁,到了向西一百英里的地方。儿子驾着四轮马车,来回奔波在堪萨斯州和密苏里州之间,车座下像扔旧鞋子一样放着两皮袋金沙、铸币和珠宝原料,他花了两个月时间才找到家人。他发现了一座盖着茅草的房子。于是,他一边赶着马车奔过来,一边大声叫喊。一个男人坐在门前的椅子上。"那是父亲,"纳撒尼尔对身旁座椅上的女人说,"看见没?"尽管父亲还不到六十岁,但视力已经开始减退。他没有认出儿子的脸,直到马车停下来,姐妹们尖叫着,一股脑涌到门口。这时,加尔文才站起来,长长地吼了一声。"好啦,"纳撒尼尔说,"我们回来了。"

加尔文一句完整的话都没有说，只是叫喊咒骂。"我要扒了你的皮！"他咆哮着说道，"女儿们！范吉！贝克！萨拉！"女儿们早已涌出门外，鼓鼓胀胀的裙子像几只气球，她们在门口像沸腾了一样，不过，父亲的咆哮和怒吼声淹没了她们的尖叫声。只见父亲敞开衣服——星期天穿的体面的，或者说是过时的绒呢大衣——在腰间摸索着，这个姿势和他掏枪时的动作一样，不过，他唯一的一只手从腰间摸出的只是一条皮带。父亲挥着皮带，推开叽叽喳喳尖叫的女儿们。"我还是要教训你！"他吼道，"为你逃跑揍你！"皮带在纳撒尼尔身上落下两次，然后两人便扭在一起。

这个情形某种程度上像是一种游戏，可怕的游戏，认真的幽默：两头狮子在打闹，说不定会在谁身上留下印迹。他们扭成一团，抓住皮带，面对面，胸对胸地站着：老头儿的面孔瘦削苍老，上面长着一双灰色的新英格兰式眼睛；年轻人长得一点都不像他，鹰钩鼻，咧嘴笑着，露出洁白的牙齿。"别打了，"纳撒尼尔说，"你难道没有看见马车那边谁在看咱们吗？"

此前，他们谁都没有朝马车看一眼。车上坐着一个女人和一个十二岁左右的男孩。父亲瞧了那个女人一眼，便觉得没有必要看那个孩子了。他盯着那个女人，下巴拉得老长，像见了鬼似的。"伊万杰琳！"他叫道。她长得太像自己去世的妻子了，简直像她的妹妹。儿子差不多根本记不得母亲的样子，所以娶了一个几乎和母亲一模一样的女人做妻子。

"这是乔安娜，"他说，"跟她在一起的是加尔文。我们回家来结婚。"

晚饭后，女人和孩子上床睡觉了。纳撒尼尔开始和大家聊天。他们坐在灯下：父亲，姐妹们，还有刚回家的儿子。他解释说那边没有牧师，只有神父和天主教徒。"所以，当我俩发现她怀孕时，她就开始不停地说要找个神父，况且我也不愿让伯顿家生出个异教徒来，所以我开始寻找，想满足她的要求。可事情一件接着一件地发生了，我没法去找神父；后来，孩子出世了，没必要再着急。可她还是担心，想找神父什么的。过了一两年，有一天我听说能在圣菲找见白人牧师。于是，我们收拾行李，动身去了圣菲，可我们只赶上了牧师的马车卷起的尘土。我们就在那儿等着，又过了两年，我们在得克萨斯州得到了一个机会，可这次又碰上我要帮几个骑警处理些麻烦事，一群人把一位代理人困在了舞厅里。所以，事情一了结，我们就决定马上回家结婚，于是我们就回来了。"

瘦削的父亲坐在灯下，头发灰白，神情严肃。他一直在听，若有所思的表情中露出一种安静的思索和无名的怒火。"伯顿家又出了个黑杂种，"他说，"乡亲们都会以为我养的儿子是个该死的奴隶贩子，现在他又生了这么个东西来。"儿子一声不吭地听着，甚至都没打算告诉父亲那个女人不是南方的叛徒，而是西班牙人。"该死，低贱的黑鬼：上帝沉重的愤怒将他们压垮，人类固有的罪恶把他们的血肉染成了黑色。"他凝视的眼神虽然模糊却充满了狂热的自信。"不过，我们现在给了他们自由，黑人和白人是一样的，他们会褪白的，一百年以后，他们也会成为白人。那时候，我们会让他们重新回到美国。"他陷入了沉思，一动不动地坐在那里，内心燃烧着一团火焰。"上帝保佑，"他突然说，"尽管他有黑人的肤色，但他总会成为男人。上帝保佑，他将像他的祖父一样魁梧，不会像他瘦小的父亲。尽管他是个黑崽子，黑长相，但他会长大的。"

小木屋里没有一丝亮光。他们坐在简易床上，她把这些告诉了克里斯默斯。一个多小时里，他们没有挪动一下。此时，他根本看不清她的脸，似乎自己正坐在一只漂荡的小船上，轻轻摇摆，漂在她的声音上，仿佛陷入无边无际、令人恹恹欲睡的宁静中，一时间什么都记不起来，也听不到任何声音。"他和祖父一样，也叫加尔文。尽管肤色像外祖母一样黝黑，像他的母亲，但他像祖父一样高大。她不是我的母亲：他是我同父异母的哥哥。祖父是兄弟十个中最小的一个，父亲是弟兄两个中最小的，加尔文是家中的独子。"他刚过二十岁，因为黑人选举权问题，在离镇上两英里的地方被杀害了，凶手是一名前奴隶主、同盟军士兵，名叫萨多里斯。

她跟克里斯默斯提到了墓地——哥哥的，祖父的，父亲的，还有父亲两个妻子的——在离楼房半英里远的牧场里，一片长满雪松的山坡上。克里斯默斯一边听一边想："哦，她要带我去看墓地，我只好去喽。"可她并没有那么做。自从那晚告诉他墓地的事后，她再也没有向他提起过。她说要是他想去的话，可以自己去瞧瞧。"你可能找不见他们，"她说，"因为他们把祖父和加尔文运回来的那个傍晚，父亲等到天黑以后才安葬了他们，并且掩盖了坟墓，摊平了坟头，上面盖了些树枝类的东西。"

"掩盖起来？"克里斯默斯问道。

她的声音里没有一丝女性的温柔和哀思。"那样，人们就找不见他们，不怕把他们挖出来，也不怕被戮尸了。"她继续往下讲，有些不耐烦地解释道，"这儿的人们痛恨我们。我们是外乡人，北方佬，比外乡人更可怕：是敌人，是战争后的投机商。战争——南北战争——依旧历历在目，受伤的人们非常敏感，他们说我们煽动黑人杀人劫掠，威胁了白人至高无上的地位。所以，我想萨多里斯上校便成了全镇的英雄，因为他用一支手枪和两发子弹，杀死了一位独臂老人和一个未曾投下第一张选票的孩子。或许他们是对的，我也不知道。"

"喔，"克里斯默斯说，"他们真会那么干吗？他们已经被杀死了，还要被挖出来？留着不同血液的人们什么时候才能不再互相仇恨？"

"什么时候？"她停顿了一下，继续说，"我不知道，我也不知道他们会不会挖出他们来。那时我还没出世，加尔文被害十四年后我才出生。我不知道那时人们会怎么做。但父亲觉得他们会那么做，所以他才把坟墓遮掩起来。后来，加尔文的母亲死了，他把她也葬在了那里，所以，不知不觉中，那儿就成了我家的墓地。或许我父亲没打算要把她埋在那里。加尔文的母亲死后不久，父亲便迎娶了我的母亲。母亲来自新罕布什尔州，我们的亲人至今还住在那里。你知道，当时只剩下他一个人了。我想要不是加尔文和祖父葬在那边，他早就离开了。我记得母亲跟我说过，加尔文的母亲去世后，父亲曾经打算再次搬家。但她死的时候正是夏天，天气太热，没办法把她运回墨西哥，交给她的家人。于是，他只好把她埋在那里。也许这是他决定留下来的原因，或许是因为当时他年纪太大，参加过内战的人也都老了，也没有人指控过黑人抢劫杀人。总之，他把她葬在那里，并且还把她的坟墓遮了起来，因为他怕万一有人看见了，碰巧又想起加尔文和祖父的事来。就算那时一切都已结束，他仍旧不敢冒险。第二年，他给我们在新罕布什尔的亲友们写信说：'我五十岁了，拥有她需要的一切，给我找个好女人做妻子吧。我不在乎她是什么人，只要她是持家能手，至少有三十五岁就行。'他随信还附了火车票钱。两个月后，我的母亲便来了，当天他们就举行了婚礼。对他来说，这一次可算是迅速的婚礼。上一次婚姻，他花了十二年才完成。那次回到堪萨斯州后，他和加尔文、加尔文的妈妈费了好大劲才找到祖父。他们在那一周的中间到家，可一直等到星期日才举行了婚礼。他们的婚礼在户外的小河边举行，烧烤了一头小公牛，备了一大桶威士忌酒，所有收到邀请和听到消息的人都来了。客人们星期六上午就到了，可牧师在晚上才来。那天，父亲的姐妹们忙活着为加尔文的妈妈做礼服和头纱，他们用面袋子做礼服，用蚊帐做头纱。酒店老板曾经把这顶蚊帐钉在柜台后面的一幅画上，她们跟老板借了蚊帐，甚至还给加尔文做了一套西装样的礼服。那时，他十二岁，大家想让他做捧戒指的人，可他不愿意。前一天晚上，他发现人们打算让他捧戒指。第二天大伙儿起床吃过早饭，但苦于找不到加尔文，本来准备早晨六七点举行的婚礼只好推迟。最后，他们找到了加尔文，让他穿上那身衣服，然后才举行了婚礼。加尔文的妈妈穿着家庭自制的礼服，戴着蚊帐头纱；父亲的头上抹了熊油，油光可鉴，脚上穿着从西班牙带回来的皮靴。祖父应当把新娘交到新郎手里，可在大家寻找加尔文的时候，他却不住地走向酒桶。所以，等到该由他把新娘交给新郎的时候，他却开始演讲，扯到了奴隶制，还问在场的人们谁敢说林肯、黑人、摩西[1]和以色列子孙不一样，还说红海里流的都是血，必须流干，好让黑人跨过去进入'应许之地'[2]。人们折腾了半天才让他停止演讲，婚礼才得以继续。婚礼结束后，他们住了大约一个月。后来有一天，父亲和祖父向东出发去了华盛顿，并且接受了政府的委任，去那里帮助获得解放的黑奴。他们来到杰弗逊镇，只有父亲的姐妹们没有来。她们中有两个已经结了婚，最小的那个跟一个姐姐住在一起。祖父、父亲、加尔文和他的妈妈来到这里，买了这幢房子。后来，他们一直担心的可能发生的事情发生了，于是只剩父亲孤身一人，直到我的母亲从新罕布什尔州来到这儿。他们以前从没有见过彼此，连张照片都没见过。母亲抵达的当天，他们便举行了婚礼，两年后生下了我。父亲以加尔文母亲的名字'乔安娜'给我取名，我并不认为他还想要个儿子。我对他的记忆并不深刻，他给我唯一的印象是那次领着我去看加尔文和祖父的墓地。那是在春天里阳光明媚的一天，我记得自己非常不愿意去那里，也不知道要去什么地方。我不想进那片雪松林，也不知道为什么不愿意去。那时我只有四岁，根本不可能知道那里有什么。即使我知道，也不会吓坏一个孩子。我想那是和父亲有关的什么东西，从雪

【1】摩西是纪元前十三世纪的犹太人先知，《旧约·圣经》前五本书的执笔者。带领在埃及过着奴隶生活的以色列人，到达神所预备的流着奶和蜜之地——迦南（巴勒斯坦的古地名，在今天约旦河与死海的西岸一带）。

【2】应许之地：《旧约·创世纪》记载以色列人祖先亚伯拉罕由于虔敬上帝，上帝与之立约，其后裔将拥有"流奶与蜜之地"——迦南，成为后来的以色列王国。现在基督徒们相信，旧约中的"应许之地"就是今天的三教圣城耶路撒冷。

松林里通过父亲传给我。我觉得那肯定是他事先放在雪松林里的,我一旦走进,林子就会传给我,从此我再也无法忘记。我搞不清楚。但他执意要让我进去,我们两个站在那里,他说:'记住这个。你的祖父和哥哥躺在那里,他们不是被白人杀害的,而是在你的祖父、哥哥、你或者我没有意识到之前,上帝降给整个种族的诅咒,注定要永远成为白人因犯罪而受到诅咒的一部分。记住。他的厄运和他的诅咒,永远不要忘记,我的,你妈妈的,还有你自己的,就算你是个孩子也照样会有。每个出生的和将要出生的白人孩子都会受到诅咒,没有人可以逃脱。'我问:'我也不能吗?'他说:'你也不可以,尤其是你。'从我记事起,我就见过、了解黑人。以前,我看见他们就像见到下雨、家具、食物或者睡觉一样平常。但从那以后,我好像第一次觉得他们不是人,而是一件东西,一个影子,它们存在于我、我们、所有白人、所有其他人的生活里。我觉得所有降临在这个世界上的白人孩子,在他们呼吸之前就已经笼罩在这个影子当中了。而且我好像看见那个黑影呈现出十字架的形状,白人婴儿仿佛还没呼吸,就开始挣扎,想摆脱那个将他们上上下下罩住的黑影,他们不断挥舞着手臂,仿佛被钉在了十字架上。我看见所有的小婴儿,已经出世的和没有出世的都排成一列,伸开双臂,都被钉在黑色的十字架上。我不知道当时自己是看到了,还是在做梦,对我来说可怕极了。我常常在夜里哭泣,最后我告诉了父亲,努力给他讲我的想法。我想告诉他我必须逃脱,逃离笼罩着的黑影,否则我会死掉。'你必须斗争,站起来。为了站起来,你必须把黑影一同举起。不过你永远也无法将它举到和你一样的高度。我现在明白了,在我来到这里后我才明白。你根本不可能逃脱,对黑人的诅咒是上帝施加的。但白人所受的诅咒来自黑人,他们是上帝自己选出来的。因为上帝曾经诅咒过他们。'"她不说话了。敞开的长方形门口,朦胧地飘过了萤火虫。最后,克里斯默斯说道:

"我本来想问你一件事,不过我估摸着现在我有答案了。"

她纹丝不动，声音也非常平静。"什么事？"

"你的父亲为什么不杀了那个家伙——叫什么来着？萨多里斯。"

"喔。"她应了一声，然后又是一阵沉默，萤火虫在门外飞来飞去，"你会那么做，是吧？"

"是。"他不假思索地立即答道。接着，他便知道她正循着自己的声音看过来，好像她能看清自己似的。此时，她的声音简直非常温柔，非常平静、沉着。

"你一点儿都不知道你的父母是谁吗？"

假如她真能看清他的脸，那她肯定会看到他浮现出忧郁、沉思的表情。"只知道他们有人是混血儿，像我以前告诉你的那样。"

她依旧看着他，从她的声音里能听出来。她的声音平静而冷漠，有兴趣却不好奇。"你怎么知道的？"

他沉默了好久，然后说道："我不知道。"说完，他又停住了；从他的声音里，她知道他在看别处，目光正转向门口。他一脸阴郁，十分沉静。接着，他动了一下，又开口了；这时，他的声音别有意味，严肃而讥讽，一本正经却又满含自嘲："如果我不是的话，真他妈的浪费时间了。"

这下似乎轮到她默默沉思，一声不吭，屏住呼吸，但声音中还是没有任何自怜或追思的意味："我也想过，为什么父亲不杀了萨多里斯上校，我想是因为他的身上流着法国人的血。"

"法国人的血？"克里斯默斯问道，"要是法国人的父亲和儿子在同一天被杀，他难道不会发疯？我猜你的父亲肯定信仰了什么宗教，成了布道者，很有可能。"

许久，她都没有说话。萤火虫在门外飞舞，什么地方传来了狗叫，柔柔的哀叫显得十分遥远。"我想过这件事，"她说，"无论是身穿军装挥舞旗帜的杀戮，还是不穿军装、没有摇旗呐喊的仇杀，一切都已结束。不管是过去，还是现在，杀戮都没有任何好处。我们是外乡人，陌生人，未经当地人同意便进入他们的领地，心里想的和他们想的不一样。父亲是法国人，半个法国人，却足以尊重别人对出生地和同胞们的热爱，懂得要按照自己出生的那片土地所教育的那样去行事。我想这就是原因。"

12

第二阶段就这样开始了。他好像掉进了阴沟，过上了另一种生活，他回顾她第一次服软是多么不易，像征服男人一样艰难，真是可怕；好似一具精神骷髅轰然倒地，骨骼断裂的声音几乎人耳都能听到。因此，这种屈服真是令人扫兴，如同一位将军在最后的战役中战败，第二天刮了胡子，穿上拭去战场尘土的靴子，向军事委员会献上军刀以示投降。

阴沟里的水只在夜晚流动。他们在白天的活动一切照旧。早晨六点半他去上工，离开小木屋时，他不会瞧楼房一眼。晚上六点回来的时候也不曾看过楼房。清洗完毕后，他会换上白衬衫，穿上有折痕的黑裤子去厨房，找到放在桌上静候他享用的晚饭。然后，他便坐下开始吃饭。此时，她仍然没有出现，但他知道，她就在房中，古老的墙壁中即将来临的黑暗正在击碎某些东西，使它在等待中腐烂。他知道她在白天是如何度过的，她的白天和往常没有什么不同，好像她的生活中还有另一个她存在。一整天，他都在想象：她在做家务；在同一时间里坐在斑驳的书桌前，和黑人妇女谈话或倾听她们的声音，这些人从大路两头赶来，沿着房子周围多年踩踏出来的呈车轮状辐射的小径来到这里。他不知道她们谈了些什么，虽然他见过她们走近楼房，谈不上诡秘却也有明确的目的，通常她们都是单独前往，不过有时候也会三三两两结伴而来。她们系着围裙，包着破头巾，来回出现在辐射状的小路上，不紧不慢地走着。她们在他的脑海中一闪而过，他心想，*这会儿她在做这个，这会儿她在做那个*。想她个人的时候并不多。他相信她在白天惦记他的时候并不比他想她的时候多。即便到了晚上，她也是坚持要将一天中无聊的琐事讲给他听，反过来还坚持要他讲述他的一天，宛若一对贪得无厌的恋人，迫切地要求对方将白天的细枝末节诉诸语言，而实际上根本没有倾听或讲述的必要。吃过晚饭后，他会去她等待的地方找她。通常，他都不着急。随着时间的流逝，第二阶段的新奇感渐渐消失，成为习惯，他站在厨房门口，望着夜幕降临，也许预感和警觉早已发现一条荒凉孤寂的道路正等着他，这是他自己的选择。他想，*这不是我的生活，我不属于这里*。

起初，他感到震惊，恍如新英格兰冰川那可悲的愤怒突然遇上新英格兰神圣的地狱之火。也许他意识到了其中的自我放弃：强烈的急迫感掩盖了无法改变的历史和真切的灰心与绝望。她似乎想在每个夜晚得到补偿，仿佛她相信每一夜都将是世间最后一夜，她不仅要活在罪恶甚至误会中，而且她会永远堕入祖先所诅咒的地狱。她贪婪地追求象征性的禁忌语；他和自己嘴里发出的那些声音，对她来说似乎永远都听不够。她像个孩子一样，对禁忌物品和话题显示出强烈的好奇心，像外科医生一样对人体及其可能性怀有不知疲倦、专注而超然的兴趣。白天，他会看见一张男人样沉着、冷酷的脸，这个中年妇女独自生活在黑人聚居地中孤零零的楼房里，全然没有女性的恐惧。每天，她都会安详地在桌边坐一段时间，平静地为年轻人和老者写信，身兼教师、银行家和训练有素的护士，为他们送上切实可行的建议。

在那段时间里（无法称作蜜月），克里斯默斯见证了恋爱中的女人在每一阶段的化身。很快，她不仅让他吃惊，而且惊呆了，简直搞得他晕头转向。她甚至莫名其妙地醋意大发。她以前根本不可能有这样的经历，没有任何场合或可能的对手让她这样：他知道她自己也对此心知肚明。为了让这场戏更加逼真，她好像故意导演了这一切。然而，她却深信不疑，煞有介事地雷霆大怒。第一次时，他以为她只是产生了错觉。第三次时，他觉得她疯了。她展示了自己能够出人意料地设计完美计策的本能。她执意要找一个地方藏匿便条和书信，地点定在废弃马厩下的一根空心栏杆里。他从没有见过她往那儿放过什么，可她坚持要他每天去那里寻找；他去的时候，那儿果然有封信；要是不去还骗她的话，他会发现她早已设下了拆穿他谎言的圈套，然后她便哭天抹泪地闹腾一番。

有时，纸条上的内容会告诉他到某个特定时候才可以进入那座楼房。多年来，除他之外，从没有任何一个白人进过那幢房子。二十年来，她一直独自过夜；整整一个星期，她逼着他爬窗户去见她，他只好照做。有时，他得找遍整座阴暗的楼房，才能发现她躲在空旷的房间衣橱里，气喘吁吁地等他出现，那双眼睛像猫眼一样在黑暗中闪着光芒。有时，她约他在附近某个树丛中幽会，然后他会发现她赤身裸体，或者把自己的衣服撕成条，陷入狂热地渴望男性的痛苦中。她慢慢扭动身体，像比亚兹莱[1]式画家笔下描绘的佩特罗尼乌斯[2]时期的人物，做出各种挑逗的动作和姿势。这时，她开始变得狂野无比。狭小闷热的丛林里，半明半暗没有墙壁的遮挡，她甩着狂野的头发，每一缕都像章鱼的触角般活跃，狂热地挥舞双手，发出喘息声："黑人！黑人！黑人！"

六个月里她完全堕落了，但并不能说是他毁了她。他自己的生活中曾与许多无名女性发生过关系，但都合情合理，通常都是一种健康正常的过错。他对堕落的根源比她都觉得更加难以理解。事实上，更

---

[1] 画家比亚兹莱，作品简洁，一般只有黑白两色；同时又很繁复，精心的线条细碎的花纹，内容多为表情诡异的妖冶男女，充满了嘲讽、颓废，甚至色情、邪恶。

[2] 佩特罗尼乌斯（396—455），罗马贵族，在晚年发动宫廷政变，当上西罗马帝国皇帝（455），旋即被杀。

像是她凭空制造了堕落,并侵蚀了她自己。他开始恐惧,但又说不清恐惧什么。他开始从远处观察自己,觉得自己像被无底的深渊吞噬了一样,但他还没有仔细思考过。此刻,他所看到的还是那条寂静、荒芜、凄凉的道路。是的,凄凉。他一边思索,有时还会大声说出来:"我得离开,我最好离开这里。"

然而,什么东西困住了他,就像宿命论者常常受困一样,好奇、悲观、单纯的惰性阻挡了他的道路。与此同时,游戏还在继续。他越来越被那些夜晚里专横的不顾一切的浪潮所淹没,或许他明白自己已经无法逃脱。总之,他留下来了,看着她身体内两个不同的生物搏斗,它们像两个黑影交替着角色,在残月下泥潭的表面挣扎。起初,她是第一阶段里安静、冷漠、保守的样子,尽管已经腐化堕落,但还是牢不可摧,无懈可击;到了第二个阶段,她就像换了个人似的,狂暴地否定自己的牢不可破,并且竭力堕入自掘的深渊,贞操保持太久便会毫无价值。有时,这两个人会浮出泥潭的表面,缠绕在一起,黑水会将它们冲走。于是,整个世界将归于平静:房间、墙壁以及夏日窗外传来的无数祥和的虫鸣声。四十年来,那里一直有昆虫在盘旋。这时,她变得狂躁而绝望,像陌生人一样盯着他;他望着她暗自思忖:"她想祈祷,但又不知道该说什么。"

她开始逐渐变胖。

像第一阶段那样,这一阶段的结束既不突然,也不是高潮,而是缓缓地转入了第三阶段。他也说不清上一阶段的结束时间,也不知道这一阶段是在什么时候开始的。时节已经到了夏末秋初,就像夕阳西下前的影子一样,秋天的凉意不可抗拒地提前投射到了夏天。秋天里即将逝去的夏日像块即将燃尽的煤块,闪烁着最后的光芒。就这样,两年过去了。他依旧在刨木厂干活,同时开始少量地贩威士忌酒。他办事明智,只卖给几个谨慎的顾客,而且顾客之间并不认识。虽然他把酒藏在房子后边,和顾客在牧场那边见面,但她毫不知情。很可能即便知道了，她也不会反对。不过，现在他没有把这件事告诉她，也许和当初瞒着麦克侬琴太太藏绳子的原因一样。他想起了麦克侬琴太太和绳子，还有那个女招待，他从没有说过给她的钱是从哪里来的；对于现在的情人，他也没有告诉她威士忌酒的事情，他几乎相信他卖酒不是为钱，而是命中注定他要对身边的女人们有所隐瞒。这时，他偶尔会在白天远远地打量她，看到她清晰的身影在走动，她穿着干净庄重的衣服，不曾朝小木屋或他那边瞧一眼，脸上洋溢着腐朽的陶醉，活像生长在沼泽里的什么东西，一碰就会烂掉。一想起仿佛有另一种人格存在于阴暗之中时，他似乎就觉得自己此刻在白天看到的她只是一个幽灵，一到晚上，它就会被另一个自己所杀害，现在正漫无目的地在古老的宁静中游荡，连哀伤的能力都被剥夺了。

当然，第二阶段的首度狂热不可能维持太久。起初，它只是一股激流，现在成了起起落落的潮水。涨潮时，他们都被愚弄了。她似乎并不知道那只是一股潮水，很快便会退去，于是便会产生更加狂暴的怒火和凶猛的否认，随之击退奔涌的潮水，也让他觉得一切不过是冲动使然，是纯想象的尝试，结果双方都陷入不知所措的尴尬中。她好像已经明白时间不多了，秋天已迫近，但她不知道秋天的确切含义，似乎这只是她本能的一种预感：肉体的本能，本能地否定了虚度的光阴，接着，潮水退去。就像西北风刮过一样，两人心力交瘁地在令人生厌的沙滩上搁浅，满眼失望和责备，像陌生人一样望着彼此：他觉得疲惫，她感到绝望。

然而，秋天的阴影还是落在了她身上。她开始谈起孩子，似乎本能已经告诫她现在该是她替自己辩护或赎罪的时候了。于是，她在退潮时说到孩子。起初，每晚总以涨潮开始，仿佛白天的时光和分离足以筑起一道堤坝，至少能暂时维系白天耗费的光阴所形成的激流，但用不了多久，水流会变得非常细小，更加无能为力。于是，他很不情愿地去见她，像陌生人一样开始回望来时的路，像陌生人一样在她阴暗的卧室里留坐片刻，听她谈论第三个陌生人，然后便起身离去。现在，他发现一切好像早有预谋似的，他们总是在卧室见面，俨然一对夫妻。他不再满屋子寻找她，在黑暗的房中或废弃花园的灌木丛中搜寻她，找到气喘吁吁、赤身裸体的她，这样的日子已经逝去，像畜棚下空心的柱子一样安静下来。

一切都已烟消云散：那些场景、完美的表演、诡秘的愉悦和荒谬的醋意。然而，如果现在她有所耳闻的话，那真的有理由吃醋了。他每周都要出门，告诉她是去办事。她并不知道这些所谓的事情把他带到了孟菲斯。他在那里背叛了她，花钱和别的女人鬼混。对此，她毫不知情。也许，身处这一阶段的她不会相信，不会听那些证词，也根本不会关心这些事情，因为她早已习惯在夜里的大部分时间清醒地躺在床上，下午再去补觉。她没有生病，不是身体的问题。她从没有这么健康过，她的食欲大增，比这辈子最重的时候还要重三十磅。她失眠的原因不在此，而在于漆黑的户外、大地以及即将逝去的夏天。这些都会令她恐惧，虽然本能告诉她保证不会受伤害；她会被打败，将她完全暴露，但不会受到任何伤害，反而会获得拯救，生活依然会继续，甚至会更好，恐惧也会更少。但糟糕的是，她并不想得到拯救。"我还没有做好祈祷的准备。"她平静地大声说道。寂静的夜晚，她直挺挺地躺在床上，双眼大睁，月光泻进窗户，洒满整个房间，急躁地传递着冰冷和无法挽回的懊悔。"别让我去祈祷，亲爱的上帝，让我受诅咒的时间更长一些、久一些吧。"她仿佛看到了自己过去的生活，如饥似渴的岁月像一条灰色的隧道，遥远而无法改变的另一端是无法磨灭的耻辱。三年的时间转瞬即逝，当初她曾因胸脯赤裸感到贞操受辱，气愤的她像被钉在十字架上一样痛苦。"时间还没到，亲爱的上帝。时间还没到，亲爱的上帝。"

所以，他现在来找她时，表现得消极而冷漠，似乎完全是出于习惯而敷衍她。她开始说起孩子，起初，她像局外人一样谈论着孩子，也许只是女性本能的娇羞和拐弯抹角,也许不是。总之,一段时间后,他才惊奇地发现她在讨论这件事的可能性,那是一个实际的想法。他立刻拒绝了。

"为什么不?"她一边说,一边揣测地望着他。他飞快地思考着,心想,*她想结婚,肯定是,她不比我更想要孩子。*"这是个阴谋,"他心想,"我早该知道,早该料到会如此。我两年前就该一走了之。"但他害怕说出这些话后,会让"结婚"清清楚楚地立在他们中间。他想:"也许她还没想到这个,那样我只会把这个想法装进她的大脑。"她盯着他问道:"为什么不?"这时,一个想法闪过他的心头,*为什么不?那将意味着后半生的安逸、安全,你不必再漂泊,和她结婚也不错。*可他又一想:"不,要是我现在让步,那就是否定我三十年来的生活,否定我自己选的路。"他说:

"要是我们想要的话,我猜两年前就该有了。"

"当时我们并不想要啊。"

"那现在也不想。"他答道。

当时是在九月。圣诞节刚过,她说自己怀孕了。几乎还没等她说完,他就认定她在撒谎,这时他发现自己三个月来一直等她说出这句话,可是当他看到那张脸时,明白她没有说谎。他相信她也知道自己没说谎。他心想:"终于来了。现在她会要求结婚,不过,至少我还能先离开这里。"

但她并没有那么说,只是静静地坐在床上,双手放在膝头,还是那张老女人的脸:颧骨凸出,细长脸,简直像个男人;相比之下,肥胖的身子比以前更像一头肥腻的动物。平静的新英格兰面孔低垂,若有所思,她冷漠而洒脱地说:"无所谓。就算生个黑崽子也没关系。我很乐意看到父亲和加尔文那样的脸。要是你想跑的话,这会儿正是离开的好时机。"不过,她好像并没有听见自己在说什么,也没想过要传达什么确切的意思:倔强的夏日挣扎着做最后一搏,而半苏醒的秋天早已在不知不觉间降临了。"完了，"她平静地思索着，"结束了。"剩下的只有等待，再过一个多月就会确定；她从黑人妇女那里早已得知，通常只有过两个月才能证实。她将盯着日历再等一个月。她在上面做了标记，那样就不会弄错了，透过卧室窗户，她明白一个月已经过去。霜冻来临，一些树叶已经开始变黄。标记的日期来了又去；她又给了自己一周的时间以更加确信这个事实。一切都在意料之中，所以她并没有欣喜若狂。"我怀孕了。"她平静地说出声来。

就在当天，他对自己说："我明天就走。""星期天走，"他心想，"等我拿上这一星期的工钱就走。"他开始期待星期六，盘算着要到哪里去。他整整一个星期都没有去见她，他希望她来找自己。出入小木屋时，他都可以不去看那幢房子，就像在这里居住的第一个星期那样，他一直没有见她。偶尔，他看到黑人妇女为抵御秋天的寒冷穿着不伦不类的衣服，来回行走在经常踩踏的小道上，在那幢房子里进进出出。但也仅此而已。星期六来了，但他没有走。"说不准还能多赚点钱，"他想，"要是她不急着赶我走，我才不会走呢。下个星期六再走。"

他留了下来。天气依然明媚而清冷。现在，他回到四面透风的木屋，爬上床钻进棉毯时，会想起楼房里的卧室，生着炉火，充足的被褥，还是棉绒被。他从未如此接近自怜自艾的状态，心想："或许，至少她会再送我一条毯子。"或者自己再买一条，但他没有买，她也没有送他。他一直等待，等到自己都觉得过了好久。后来，二月的一个傍晚，他回到木屋，发现简易床上有她留下的一张便条，内容很简单，像下达命令一样指示他晚上到楼房去。他丝毫不觉得奇怪，他从没有见过哪个女人没了男人到一定时候还不会自动送上门来。这时，他觉得自己明天就得走。"我肯定一直都在等这一天，"他心想，"等待证明自己的判断是正确的。"他换好衣服，剃了胡子，却在无意中把自己打扮成了新郎的装束。他像往常一样去了厨房，找到桌上为他备好的晚饭；在没有见面的日子里，她依旧为他准备饭菜。他吃过饭不慌不忙地上了楼。"我们有整晚的时间，"他想，"明天晚上，后天晚上，等她发现木屋空了，她会琢磨的。"她正坐在壁炉前等他。当他进屋时，她连头都没有扭一下。"搬把椅子过来。"她说道。

第三阶段就这样开始了，比起前两阶段，这次让他愈发困惑。他以为她很急迫，还会巧妙地向他道歉；或者不急于道歉，而是默默地等他屈身求爱。他甚至做好了这样的准备，然而，当他最终陷入极度迷惘，走上前去碰她的时候，他发现自己简直像不认识这个女人一样。她以男人般的沉着和坚毅推开他的手。"好啦，"他说，"要是你想跟我说什么的话，咱一般都是在完事儿后才会聊得更愉快。你要是担心孩子的话，你放心，不会伤着他的。"

她只用了一句话便把他留下了。他第一次认真地看着她：那是一张冷酷、陌生而狂躁的脸。"你有没有意识到，"她说，"自己在虚度生命？"他像块石头一样呆呆地望着她，仿佛不敢相信自己的耳朵一样。

过了好久，他才理解她的意思。她全然没有看他一眼，只是望着炉火，若有所思的面容冰冷而沉静，像对待陌生人一样跟他讲话；他愤怒而惊讶地听着。她想让他接管自己和黑人学校的所有事务，包括通信和定期出访。她煞费苦心地做了计划，并详细讲给他听，可他却越听越惊讶，怒火直往上蹿。他将全权管理，而她会成为他的秘书、助理；他们将一起参观学校，走访黑人家庭；他愤怒地听着，觉得这个计划简直是胡说八道。她那沉静的侧影一直笼罩在宁静的火光中，宛若相框里的肖像画一样庄重。离开时，他记得她压根没有提及怀孕一事。

他不相信她有什么不正常，认为这只是怀孕的缘故，他相信这也是她不让自己碰她的原因。他试图和她争辩，但这就好似在和一棵树争论；她甚至没想过去拒绝，只是安静地听着，然后再次以平淡冰冷的语调继续往下说，仿佛他根本不曾开口一样。等他最后站起来走出去的时候，他甚至不清楚她是否意识到了他的离开。

接下来的两个月里，他只见过她一次。他按部就班地完成每天的日程，但再也没有靠近那幢楼房。就像第一次去刨木厂干活时那样，他又开始去镇中心吃晚饭了。不过，刚去刨木厂干活那阵子，他在白天根本没必要去考虑她；他几乎从没想过她。现在，他却无法自已。她不断出现在他的脑海中，简直就像他正在房间里望着她一样。她耐心地等待着，发了疯似的，让他无处可逃。第一阶段时，他好似站在屋外的冰天雪地里，竭力想进入屋内；第二阶段，他又像身处黑暗闷热的坑底；而现在，他仿佛站在空荡荡的平原中央，没有房屋、没有风雪。

这时，他开始害怕，到现在为止，他已经有了不好的预感。现在，他有了生意上的伙伴。早春的一天，一个名叫布朗的陌生人出现在刨木厂，他是来找工作的。他看出这个人并不聪明，但最初他心想："至少这个人还有脑子，能按我说的去做，不会自己瞎琢磨。"后来他才明白："现在我才知道，傻子甚至连对自己有利的建议都听不懂。"他接纳了布朗。因为布朗是个陌生人，性格活泼，对他毫不设防，而且这个人没有太大的胆量，他很清楚在精明的人手下干事，胆小鬼在自己的限度内对任何人都十分有利，除了对他自己。

不过，他担心布朗也许会知道那幢房子里的女人，并且害怕布朗因为无法预知的愚蠢做出不可挽回的事情。他尽量避开那个女人，因为怕她会想起要在某天晚上去木屋找他。自从二月开始，他只见过她一次。他专门去找她，对她说布朗要和自己同住。那是一个星期天，他把她约了出来。于是，她走到他所在的后廊里，静静地听他讲话。"你用不着那么做。"她说。当时他没明白她的意思，直到后来，他再次回想时，一个完整的念头闪过，像铅印的字句一样清晰：*她以为我是为了躲避她才带布朗来的。她相信我认为布朗在那儿，她就不敢去*

小木屋，那样她就再不能打扰我了。

他相信是自己让她产生了这样的想法，所以他害怕她会做出什么事来。他深信既然她已经想到了，那么布朗的存在不仅不会打消她的念头，反而会刺激她来小木屋找他。到现在已经过去一个多月了，她却什么都没做，没有任何行动。他相信她什么事都干得出来，现在他也开始彻夜难眠。但他一直在想："我得行动了，我该采取行动了。"

于是，他开始耍花招避开布朗，自己先回到木屋。每次，他都以为会看见她等在那儿，可回去后却发现里面空无一人。自己徒劳地扯谎、匆忙赶回家，而她却终日独自在房中无所事事，只想着是该立即放弃他还是再折磨他久一些。想到这些，他便怒不可遏，却又无可奈何。通常来说，他不应该介意布朗是否知道他和她之间的关系。他的性格中并无对女性唯命是从的骑士精神，他追求实际，只讲物质。假如整个杰弗逊镇都知道他是她的情人，他也毫不在意：他在意的是不能让任何人对他那里的私生活起疑，因为那里藏着他的威士忌酒，每周他都能靠它们赚三四十美元。这是原因之一。另一个原因是他的虚荣心，他宁愿自杀或被杀都不愿意让任何人、另一个男人知道他和她之间的状况：她不仅彻底改变了她自己的生活，而且还企图改变他的生活，并想把他变成介于隐士和黑人传教士之间的一个人。他相信如果布朗知道了一个原因，必定会不可避免地知道另一个，因此，他需要撒谎，匆忙赶回小木屋。当他把手放在门板上时，想起自己的匆忙，刹那间觉得一切都是徒劳，可又不敢不防，于是对她顿生恨意，咬牙切齿却又无计可施。后来的一天晚上，他打开门，发现简易床上有张纸条。

他一进门就看见了那张纸条，方方正正、干干净净的纸条摆放在黑毯子上，显得神秘莫测。他甚至都不用想，就相信自己知道其中的内容和意思。他一点儿都不着急，反而觉得释然。"结束了，"没等拿起那张折叠的纸条，他便想，"一切都已回到从前。再不用谈什么黑人和孩子。她终于想通,把另一个自己赶跑了,她知道自己的想法根本行不通。现在,她明白自己想要的、需要的只是一个男人,晚上陪她的男人。他在白天干些什么无关紧要。"这时,他本应该想明白自己没有离开的原因,应该明白那张四四方方的小纸条静静地躺在那里未曾打开过,却已似一把锁和一条链子将他紧紧捆绑起来。然而,他只是再一次想到了迫近的希望和喜悦,这时一切都会更加平静。双方都希望如此,而且这下他将占据优势地位。"真是愚蠢,"他捏着没有展开的纸条,心想,"该死的愚蠢,她还是她,我也还是我。该死!经历那些愚蠢的事情后,现在一切都已经恢复原样。"他想着今晚两个人都会一笑了之,然后就是窃笑低语的时候:嘲弄整个事情,笑她,也笑自己。

他没有打开纸条,而是把它放在一边,然后就去洗脸、刮胡子、换衣服,同时还在吹口哨。他还没收拾好,布朗就进来了。"嘿,嘿,嘿。"布朗叫道。克里斯默斯没有搭理他,只顾对着钉在墙上的一面破镜子打领结。布朗站在地板中央。布朗是一个瘦瘦高高的年轻人,穿着邋遢的工作服,长了一张黝黑清秀的面孔和一双好奇的眼睛,嘴角有一条细长的白色伤疤,像挂着一缕唾沫。过了一会儿,布朗说:"看样子,你要出门。"

"是吗?"克里斯默斯头也没回地说道。他的口哨声单调而清晰,是一支微微透着忧伤的黑人小曲。

"我想我没必要收拾什么。"布朗说,"看你差不多已经准备好了。"

克里斯默斯回头看着他,问道:"准备干吗?"

"你不是要进城吗?"

"我说过吗?"克里斯默斯一边问一边又转向镜子。

"喔,"布朗看着克里斯默斯的后脑勺说,"我猜你是去办私事。"他观察着克里斯默斯,"晚上躺在潮湿的地板上,身子底下只有一条薄毯子，真够冷的。"

"是啊，那又怎么样呢？"克里斯默斯答道。他专注而悠闲地打着口哨，转身拿起外套穿上，布朗还在打量他。克里斯默斯走到门口说："明早见。"他离开时没有关门。他知道布朗正在那里目送他远去。不过，他没打算有所遮掩，径直向楼房走去，"让他看吧，"心想，"想来就跟上。"

厨房的餐桌上早已摆上给他备好的晚餐。他先从口袋里掏出没有打开的纸条，放在盘子旁边，然后才坐下来。纸条摊开了，是自己展开的，仿佛在坚持邀请他看一眼，可他并没有看。克里斯默斯开始吃饭，不慌不忙地吃着。快要吃完的时候，他听到了什么动静，突然抬起头来。接着，他起身走向自己进来时的那道门，像只猫一样悄无声息地走过去，猛地拉开门。布朗正站在外面，脸凑到门口，或者说刚才是在紧贴门板。灯光照在他的脸上，照出孩子般全神贯注的表情，被克里斯默斯看到时，好奇的表情变成了惊讶。然后，布朗缓过神来，平静了些。他的话音愉快而安静，谨慎而狡黠，仿佛他早已在自己和克里斯默斯之间建立起了惺惺相惜的同盟。或是出于对搭档的忠诚，或是对作为所有女人对立面的男人有极其透彻的理解，因此他们无须询问也无须等待，便知分晓。"喔，喔，喔，"他说，"原来这儿就是你每晚鬼混的地方，就在咱门前，你会说——"

克里斯默斯什么都没说，直接给了他一拳，这一拳并不重，因为布朗早就窃笑着向后退去，一副天真快活的样子。这一拳打断了他的话音，他迅速往后跳，离开灯光照到的地方，消失在黑暗中。接着，他又开始讲话，声音不高，好像直到现在他都不愿妨碍搭档的好事儿。不过，他的声音变得紧张起来，警觉而惊讶地说："你想打我！"他比克里斯默斯高一些，对方一声不吭，步步紧逼。他向后跌了个趔趄，瘦长的身影早已在仓皇逃窜中滑稽地解体，好像在倒地的瞬间摔成了碎片。接着，他又开始说话，高亢的声音充满了警告和乏力的恐吓:"你敢打我!"正当他转身之际,肩上又挨了一击,于是布朗撒腿就跑,跑到一百码远时,他才放慢脚步回过头来。这时,他停下来转过身,骂道:"该死的胆小鬼!"他猛地一甩头,试探性地骂了一句,似乎这次嗓门更高,比他原想的还要响亮,但楼房里没有任何动静。厨房门再次关上,又暗下来。清冷的夜里,他转身回到小木屋,一路上独自骂骂咧咧。

克里斯默斯回到厨房,连放在餐桌上的那张未曾阅读的纸条都没有瞧一眼。他穿过通往楼房的那道门,准备上楼。他开始爬楼梯,速度并不快,一步一步往上走。这时,他看到了卧室房门,门缝下有一道光,是炉火发出的光。他把手放在门板上。门开了,他却怔住了。灯下,她坐在桌子旁边。他看见了这个熟悉的身影,熟悉的衣服——一件看上去像是为男人缝制而且已经穿旧了的衣服。衣服上面有一颗脑袋,刚刚开始变白的头发被她随意向后收拢,草草地盘了一个丑陋的发髻,活像病树上的树瘤。她抬起头看着他。这时,他注意到她戴了一副自己从没有见过的钢架眼镜。他站在门口,那只手一动不动地抓着把手,好像真真切切地听见自己体内发出一个声音:*你应该看那张便条。你应该先看一看*。心想:"我必须行动。我要行动了。"

他站在桌子旁边,依旧能听到那个声音。桌上散乱堆放着书纸公文,她坐在桌前没有起身。冷酷、沉静的声音传达出无比沉着、坚定的意味,他的嘴巴跟着她重复着那些字句。他低头望着零乱而神秘的纸张和文件,思绪平稳而无聊地飘荡,不明白这一页页纸张的含义。"上学。"他的嘴巴说道。

"是的,"她说,"他们会接受你,随便哪家都会要你,记在我账上,你可以挑一所你想去的学校。我们甚至都不用花钱。"

"上学,"他的嘴巴重复道,"黑人学校。我。"

"是的,然后你就可以去孟菲斯,到皮布尔斯事务所学习法律。以后你就可以负责一切法律事务,所有事务,他的,皮布尔斯的。"

"然后去一家黑人律师事务所去学法律。"他的嘴巴跟着说道。

"是的,然后我会把所有的事务都交给你,所有的钱。一切。这样,等你需要钱的时候,你可以……你会知道该怎么做,律师懂得如何操作……你可以帮助他们摆脱黑暗,谁也无法控告或指责你,就算他们发现……即使你不还钱……但你有能力还钱,没有人会知道……"

"不过是黑人学校,黑人律师。"他说着,平静的声音甚至没有丝毫异议,似乎只是在重复一种提示。他们谁都没有看对方一眼;自从他进屋,她一直没有抬头。

她又说:"告诉他们。"

"告诉黑人,我也是黑人?"这时,她注视着他,面容十分沉静,完全是一张老妇人的脸。

"是的,你必须那样做。那样,他们才不会跟你收费,记在我账上。"

这时,他仿佛突然对自己的嘴巴发号施令一样:"别再胡扯了!让我说!"他俯下身,她没有动。两张脸相距不到一英尺:一张脸冷酷而痴狂,死一般的苍白;另一张羊皮纸色的脸上,噘起的嘴唇冷酷无言地做出咆哮的形状。他低声说道:"你老了,我以前从没注意到。你这个老女人,头发都白了。"她立即用扁平的手掌给了他一记耳光,身体的其他部分却没动。这一掌掴发出了平淡的声音,接着是克里斯默斯的还击,像前一巴掌发出的回声一样紧凑。他用的是拳头,好似一阵大风呼啸而过。他猛地把她从椅子上拽起来,抓到他脸前;她没有任何反抗,平静的脸上也没有任何变化。这时,他才恍然大悟。"你根本没有怀孕,"他说,"你从没有过孩子,根本没那回事,是你自己老了。你不过是老了,时候到了,没用了。这才是你全部的问题。"他放开手,又重重地给了她一拳。她倒在床上盯着他,蜷缩成一团。他又冲她的脸给了一拳,居高临下地对她讲话。她曾经喜欢听到从他嘴里说出的那些话，还总说她能够感受到那些字句的味道，污秽的喃喃低语轻轻拂过。"没别的，是你没本事，再也没用了。你这个没用的老女人。"

她侧身躺在床上，扭头看着他。她的嘴角在流血，说道："或许我们都死了会好些。"

他一打开门就看到了毯子上的便条。他走上前，拿起纸条并展开。现在，他一想到空心栏杆就会觉得那是自己听到的传闻，是发生在自己另一次生命中的经历。因为纸条、墨迹、形式、样子还是像往常一样，它们向来不长，现在也不长。不过，现在的纸条再也不能唤起无言的期许，再没有洋溢着不言自明的兴奋，它们比墓志铭更简单，比命令更扼要。

他的第一反应是不去，他也相信自己敢这么做。接着，他也明白他不敢不去。这次，他没有再换衣服，就穿着那件浸满汗渍的工作服，踏着五月的黄昏，走进厨房。现在，桌子上再也没有为他准备好的食物，有时经过饭桌，他会看一眼，心想："上帝啊，我还曾经在这里平静地吃过饭。"他已经记不清了。

他走进楼房，上了楼梯。他早已听见她的声音，越往上走，声音越响。他走到卧室门口，门没开，是锁着的，里边传来持续单调的声音。他听不清那是什么内容，只是无休止的单音调。他不敢去琢磨那些字句，也不敢去想她在干什么。于是，他站在那里一直等着，过了一会儿，里面的声音停止了；她走过来打开房门，他走了进去。他经过床边时，附近的地板上似乎还能依稀辨认出双膝跪过的痕迹，他仿佛看见死神一般迅速移开自己的视线。

也许，她没打算要点灯，他们没有坐下，像两年前那样，还是站着说话。昏暗中，她的声音还在重复同样的内容："……不去学校，那么要是你不想去……不去的话……你的灵魂。救赎……"他无动于衷，静静等着她把话说完："……地狱……永远，永远……"

他说："不。"她很平静。他知道她不会被说服，她也知道他不会接受。双方都不会认输，更糟糕的是他们不会让对方得到安宁；他甚至不会离开。他们还会在黄昏中站更久，仿佛从他们的腰间密密麻麻地窜出无数逝去的罪恶和欢乐的鬼魂。他们望着彼此坚定而逐渐模糊的面孔，筋疲力竭却又不愿服输。

然后，他便转身离去。没等房门关上，插上门闩，他又听到了单调、冷静、透着绝望的声音，说了些什么或在说给谁听，他不敢问也不敢想。三个月后，他坐在废弃花园的阴凉处，听到两英里外法院的钟声敲了十下、十一下，他平静地相信自己成了命运的奴仆，然而他又自相矛盾地认为自己并不相信宿命论一说。他告诉自己，*我早该动手了*。他其实早有此意，*我早该动手了，她自己也这样说过*。

前两晚之前，她说了那番话。他看见纸条就去找她。上楼梯时，乏味的声音越来越高，比往常更加响亮清晰。他一上楼便明白了。这次，门是开着的。他走进去的时候，她跪在床边没有起身。她没有动，声音也没有停。她高傲地昂着头，仰着脸，那副可怜相也成了高傲的一部分。暮霭中传来她那沉稳、平静的声音，透着自我克制的味道。祈祷告一段落，她才意识到他已经站在屋里了。这时，她转过头，说道："和我跪下。"

"不。"他说。

"跪下，"她说，"你不需要亲自和上帝交流，只要跪下就行，只要迈出第一步。"

"不，"他说，"我要走。"

她没有动，抬起头望着他。"乔，"她问，"可以留下来吗？能做到吗？"

"可以，"他说，"我留下来，不过得快点。"

她继续祈祷。她的声音很低，带着卑微的傲气，必要时，她会用到一些象征性的词语，这是他教给她的，她毫不迟疑地脱口而出，向上帝做忏悔,好像上帝就在房中,和另外两个人在一起。她像谈及另外两个人一样讲述着自己和他的故事,平静而单调的声音中不带一丝情欲。祈祷完毕,她静静地站起来。两个人面对面站在黄昏中。这次,她甚至都没有问,他也不必作答。过了一会儿,她平静地说:"那么,还剩一件事要做。"

"还有一件事要做。"他重复道。

他坐在灌木丛投下的浓密树影里,听到远处钟声敲完最后一响。他静静地想着:"现在一切都完了,都已经结束。"两年前,他曾经在某个痴狂的夜晚,追逐她、寻找她。然而,那是另一段时间,另一种生活,现在一切都已沉寂,归于平静,肥沃的土地发出悲凉的叹息,黑暗中充满无数声音,来自他所熟知的所有岁月,仿佛一切过往都是单调的模式,这种模式还在继续:明天晚上,所有的明天都将归于这种模式,永无止境地继续下去,不会有任何变化,因为过往和即将,未来和曾经都属于同一模式。时间到了。钟声远去,时间到了。

他站起身,从树影中走出来,绕过楼房,走进厨房。楼房一片漆黑。自从离开小木屋,他便再没有回去过,他不知道她是否给他留了纸条,有没有在等他。他还是没打算不弄出任何动静,好像他没想过这是休息的时间,也没想过她是否已经入睡。他稳步登上楼梯,走进卧室,刚一进屋,床上立刻传来她的声音。"把灯点上。"

"用不着点灯,"他说。

"点灯。"

"不。"他说道,他站在床边,手握剃刀,不过没有打开刀子,但她并没有再说什么。这时,他不由自主地走到桌旁,放下剃刀,找到油灯,划着火柴。她正坐在床上,背靠床头,睡衣上披了一条围巾,搭在胸前,双臂交叉抱在围巾前,没有露出手来。他站在桌子旁,两个人望着彼此。

"你愿意和我一起跪下吗?"她说,"我不逼你。"

"不。"他说。

"我不逼你。你记住，不是我在逼你，和我一起跪下。"

"不。"他拒绝了。这时，他看见她伸开胳膊，右手从围巾下抽出来，手里握着一把老式的单响撞针手枪，差不多有小型来复枪那么长，不过要比来复枪笨重些。手枪、胳膊和手映在墙上的影子纹丝未动，枪影和手影阴森森的，翘起的撞针恐怖地向后扬起，像扬起的蛇头一样恶毒地摆好姿势，一动不动。她的眼睛都没眨一下，像枪口黑色的圆形管圈一样坚定，眼睛里没有热情也没有怒火，像所有的怜悯、绝望、信念那样沉稳，令人震惊。不过，他没有注意到这双眼睛，只顾盯着墙上的枪影；正在这时，墙上翘起的撞针影子轻轻弹开了。

克里斯默斯站在路中央，朝迎面驶来的灯光举起右手。实际上，他没有料到汽车会停下来，但车确实停了，发出尖厉的声音猛地扑过来，样子有些滑稽。这是一辆小汽车，又破又旧。当他走近时，车灯照出两张年轻的面孔，满脸惊愕，恍如飘过两只浅色的气球：近一点的是个姑娘，惊恐无力地向后缩成一团。不过，当时克里斯默斯并没有注意到，他问："可以搭我一程吗？你们去哪儿我就到哪儿。"这两个人一句话都说不出来，目瞪口呆地看着他，可他却没有注意到他们的惊讶和恐惧。于是，他打开车门，坐到后座上。

这时，姑娘捂着嘴开始呜呜咽咽地哭起来，恐惧愈强，哭声便愈高。汽车早已开动，似乎是在向前跳跃，小伙子紧握方向盘，头也没回地小声制止姑娘："闭嘴！嘘！这是咱唯一的机会，你能安静点吗？"克里斯默斯连这些也没听见。他坐在后面，完全没有意识到坐在正前方的那个人处于极度惊恐中。他只是在一瞬间对汽车产生了兴趣，为什么这辆小汽车在狭窄的乡村小道上竟然开得这么快，速度简直快得惊人。

"这条路还有多远？"他问。

小伙子告诉了他。这里正是三年前黑人小孩告诉他的城镇名。当时的那个下午，他初到杰弗逊镇。小伙子的声音干巴巴的，轻轻问道：

"老大，你要去那里吗？"

"行，"克里斯默斯答道，"是的，去那儿就行，正合我意。你们也是去那里吗？"

"是的，"小伙子轻柔地低声回答道，"你说去哪儿就去哪儿。"旁边的姑娘又开始抽泣，像只小动物一样低声啼哭，小伙子又发出"嘘——"的一声示意她安静。他一直板着脸目视前方，小车飞速向前跳跃："嘘！嘘——嘘！"然而，克里斯默斯还是没有注意到。车灯下，他只看到两个年轻人的脑袋，僵硬地直视前方，乡村小道像条带子一样飘动着，消失在他们身后。不过，他对人和路都没有兴趣，甚至没有注意到小伙子先前已经跟他聊了好久，他不知道他们走了多远，或者现在到了哪里。这时，小伙子放慢语速，仿佛每个字都像经过刻意挑选一样，清清楚楚地说给这个外乡人听，他一字一句地说："听我说，老大。我要转弯上坡，这是条近路。近路好走。我要走近路。上了近路，路就好走。这样，咱们能快点到那儿，明白吗？"

"行。"克里斯默斯说。汽车继续飞速跳跃，在拐弯处晃了几下后，爬上山坡，然后又向下飞奔而去，仿佛大地都被抛在了下面。车灯迅速照亮路旁柱子上的邮箱，然后便一闪而过。偶尔，他们还会路过漆黑的房子。小伙子又开口说道：

"这儿，就是我刚才说的近路。就在这儿。我要拐进去，但不是说我要离开大路，只不过我要绕段近路，上一条更好走的路，明白吗？"

"行，"克里斯默斯说道。不一会儿，他莫名其妙地说："你们肯定就住附近吧。"

这时，姑娘说话了。她在座位上稍稍挪动了一下，苍白的小脸上写满了焦虑、恐惧、无措和绝望。"是的！"她哭着说，"我们都是！就在那边！还有我父亲和几个兄弟——"她突然停住不说了，克里斯默斯看到小伙子用手捂住她的下巴，她用手抓着他的手腕，被手捂住的嘴巴还在支支吾吾地说着。克里斯默斯往前坐了坐。

"这儿，"他说，"我在这儿下车，你就把我放在这儿吧。"

"你干吗呢！"小伙子也叫起来，微弱的声音也充满了绝望的怒火，"你要是能安静些——"

"停车，"克里斯默斯说，"我不想伤害你们，我只想下车。"汽车再次猛地停下来，但发动机还在工作，没等克里斯默斯站稳，汽车就又向前冲去；他只好向前跟着跑了几步，然后才找到平衡。这时，什么东西重重地撞到了他的肋骨。汽车继续疾驰，迅速远去，车里仍然传出姑娘尖厉的哭声。很快，汽车便消失了。黑暗和看不见的尘土再次弥漫在宁静的夏日星空里。这时，刚才撞在身上的那个东西又着实给了他一击，他才发现那个东西就挂在自己的右手上。他举起手，发现那是一把笨重的老式手枪。枪就在自己手里，但他全然不记得自己拿了手枪，也不知道为什么要那么做。然而，它就在自己手上。"我用右手朝汽车打的手势，"他心想，"难怪她……他们……"他反转手臂，手枪回到了原位。然后，他停下脚步，划燃一根火柴，借着即将熄灭的微弱火光，他打量着手枪。火柴燃尽后熄灭了，但他仍然能够看见这把装了子弹的老式双膛手枪：其中一膛的撞针早已落下，但没有引爆火药；另一膛的撞针没有放下，但已经做好了准备。他说："一枪为她，一枪为我。"他收回胳膊，用力一扔，听到手枪"嗖嗖"地穿过丛林。然后，周围又归于平静。"为她，为我。"

13

乡下人发现大火的五分钟内,人们开始聚集,其中有些人正在驾车去城里度周末的路上,他们也停了下来,另一些人从附近步行而来。这一带稀疏地分布着黑人的小木屋,土地非常贫瘠,即使侦探卫队也很难梳理出十个人来,不管男女老幼。而现在仿佛从天而降一样,半个小时里,成群结队地涌出不少人来,有独自一人来的,有全家出动的,还有一些从镇里飞快地驱车赶来凑热闹的人。其中还包括本镇的警长——一个身体肥胖、平易近人的男子,意志坚定,头脑精明,和蔼可亲——他推开围观的人群,这些人带着孩子般的好奇,傻傻地看着尸体,像成年人对着自己的画像在冥思苦想一样。人群中有闲散的北方佬,穷苦的白人,甚至还有曾在北方短暂居住过的南方人。他们都深信这是黑人干的匿名凶杀案,凶手不是一个黑人,而是整个黑人种族;他们认定、确信并且希望她还被强奸过;至少在割断喉管之前有一次,之后又一次。警长走上前,亲自察看后命人把尸体抬走,不让可怜的尸体暴露在众目睽睽之下。

这样便没什么可看了,只剩下曾经摆放尸体的地方,还有那场大火。很快,没人能够记得放置床单的确切位置,以及它遮住的土地。于是,只剩下大火可供观看。众人目光呆滞,一齐望着大火,惊讶的表情来自恶臭难闻的古老洞穴,那是认知能力的发源地。他们好像从没见过死亡一样,第一次观看大火。消防车很快就赶来了,一路鸣笛摇铃，雄赳赳地呼啸而来。这是一辆新车，刷着红漆，描着金边，手动报警器和金色铃铛发出清脆而傲慢的声音，车上的男人和年轻人没有戴头盔，他们抓着扶手站在车上。消防车疾驰而过，全然不顾飞行规律的制约。消防车上配有机械云梯，用手按下按钮，便可以伸到惊人的高度，像一顶折叠式大礼帽，不过现在没必要展示它的高度。车上整齐地盘着从没用过的水管，让人联想起大众期刊上电话托拉斯的广告；可是软管没有吊钩，管里也没水。那些没戴头盔的男人们纷纷跳下车，其中还有拉响报警器的人，他们刚刚放下柜台上、桌上的工作赶来。他们凑过来，跟着指引看了几处放过床单的地方，几个兜里拿枪的人开始排查凶手。

然而，没有凶手可以查找。她一直过着宁静的生活，专注于自己的事务。她在这个镇上出生、生活，直到死去都是外乡人、局外人，临终馈赠给小镇的只有惊诧和愤怒。尽管她最终为人们提供了激动人心的大火盛宴，几乎可算作罗马假日盛会，但人们不会原谅她，不会让她平静、安宁地死去。绝对不会。安宁不是经常有的。于是，他们推推搡搡聚在一起，都相信大火中这具淌血的尸体在三年前就已死去，现在又重新活过来，叫嚣着要报复，他们不相信平静的火焰和僵硬的尸体足以表明不会对任何人造成伤害。他们不相信！因为他们有精彩的解释，正如货架柜台上堆满了熟悉的商品，不是因为卖家心仪、眼馋，或是为了收获拥有的快感，而是为了以捞便宜来诱哄其他人来购买，卖家还必须不时地考虑那些尚未售出的货品，还有那些有购买能力却没有购买的人，他们不仅感到不满，或许还会气愤甚至绝望。同样，在发霉的事务所里，律师置身老奸巨猾的贪婪和欺骗的幽灵中，等待客户自动上门；又如医生手握锋利的手术刀和强效药物，说服病人要相信他，无须到处求医问药。这些人从始至终忙个不停，最终落得个无所事事。女人们也来了，无聊的她们衣着鲜艳，有的穿着匆忙赶制的衣服，神采奕奕的脸上浮现出神秘而兴奋的表情，内心的沮丧（她们更乐意看到死亡而不是宁静）化成无数踏实的小碎步和不断的窃窃私语：*谁干的？谁干的？* 也许还夹杂着 *没抓到他吗？是吗？是吗？*

因此，现场没有什么可调查。警长也愤怒而吃惊地凝视着火焰，他还没想到自己的沮丧源于人类的代表，那就是大火。他似乎觉得这场火是为了能达到最终目的而自发燃烧的，和罪犯沆瀣一气，似乎正因如此，很早就有前辈从事了这一职业，延续到他本人。于是，警长继续狂躁、迷茫地踱着步，观察着象征希望和灾难的大火，直到副手跑来报告说在楼房那边发现了一座小木屋，里面有最近住过人的痕迹。这时，发现大火的乡下人还没有进城，自从两小时前从车上下来，他的马车也没有再前进一步。此刻，他走在人群中，头发乱蓬蓬的，一边说一边比画，声音沙哑，几乎听不到，呆板疲惫的脸上露出义愤填膺的神情。他立刻回想起当他破门而入时，曾经在房中见过一个人。

"一个白人？"警长问。

"是的，先生。他好像刚从楼梯上滚下来，极力阻止我上楼，还说他早就上去过，上面根本没人。等我下来时，他已经不见了。"

警长扫了他俩一眼。"谁住在小木屋里？"

"我不知道以前有谁住在这里，"助手说道，"我猜是黑人。听别人说，她可能和黑人一起住在那幢房子里。真奇怪，过了这么久，才有黑人对她下手。"

"给我找个黑鬼来，"警长命令道。助手和另外两三个警员找来一个黑鬼。警长问："谁在小木屋住过？"

"我不知道，瓦特先生。"黑人答道，"我没注意过，我也不知道谁在那里住过。"

"把他带到那儿去。"警长说。

人们围在警长、助手和黑人周围，脸上露出一致的表情，无尽的大火让他们感觉索然无味，贪婪的眼神开始逐渐消退，仿佛每个人的五官都凝结为一种视觉器官，空气和风里传达出一种语言：*是他吗？是他干的吗？警长抓住他了。警长已经把他逮住了。*警长看着他们，说道："散了吧，你们都走吧。看火去。如果有需要的话，我会叫你们的，大家都走吧。"他转身，带领手下走向小木屋。警长身后被驱散的人们聚成一团，望着他们三个白人、一个黑人走进小木屋，关上门。人群背后，快要熄灭的大火又升腾起来，弥漫在空气中，声音虽然不高，却一直烧个不停。*上帝啊，他要真是凶手的话，那我们还站在这里干吗？一个黑杂种杀了一位白人女人。*他们谁都没有进过那幢楼房。她活着的时候，他们都不愿意让妻子来拜访她。他们年轻的时候、小的时候（他们的父辈中也曾有人这样做过）就曾在街上追着她喊："爱黑鬼！爱黑鬼！"

小木屋里，警长重重地跌在简易床上，叹了一口气——他像一只水桶，满满装了一桶懒肉。警长说："现在，你告诉我谁住在小木屋里。"

"我说过我不知道。"黑人答道。他有些不高兴，内心却非常警觉。他注视着警长，身后站着两个白人警员，不过他看不到。他没有回头，甚至都没瞟一眼。他看着警长的脸，好像在照镜子。也许他像照镜子一样看到自己将要挨揍了；也许他没有，因为即使警长有什么变化，那也只是瞬间在脸上闪过而已。可是黑人没有回头看，皮鞭落在背上，他的面部猛地剧烈抽搐了一下，嘴角突然迅速翘起，短暂地露出几颗牙齿，像在咧嘴微笑一样，接着，他又平静下来，露出神秘的表情。

"我猜你还没有认真想过。"警长说。

"我想不起来，因为我不知道。"黑人说，"我压根不住这里，你应该知道我住哪儿，白人哥们儿。"

"巴福特先生说你就住路那边。"警长说。

"好多人都住在路那边，巴福特先生知道我住哪里。"

"他在说谎。"助手说道。这位助手就叫巴福特，挥鞭子的人正是他，皮鞭的一头朝外打弯，他紧紧握着鞭子，观察警长的脸色，像一只西班牙猎犬一样，等待主人一声令下便会纵身跳入水中。

"有可能，但也可能他没有。"警长说道。他疑虑重重地望着黑人，庞大的身子一动不动，懒懒地堆在简易床的弹簧上。"我看他还是没明白，我没跟他开玩笑，别以为外面的乡亲们不进监狱，他就不会进，要是他还不愿想起什么的话，把他送进去毫不费事。"也许警长给了暗示，眼睛发出了信号；也许没有。也许黑人看见了；也许没看见。反正鞭子又落下来，卷曲的皮带抽在黑人的背上，警长问："想起来了吗？"

"是两个人，白人，男的，"黑人说道，冷漠的声音里没有一点气愤，非常平淡，"我不知道他们是谁，也不知道他们是干啥的。这不关我的事。我从没见过他们，只是听说两个白人男的住在那里，我不关心他们是谁，我就知道这些。你就算把我打死，我也就知道这么多。"

警长又叹了口气，说道："够了，和我猜的一样。"

警长要回镇上了。人们意识到警长要离开时，开始大批散开，好像现在也没什么可供观看的，尸体被运走了，警长现在也要走。警长仿佛随身携带着秘密，在那一堆沉思的肥肉里藏着什么秘密；这个秘密如同希望那样，在脑满肥肠、慵懒倦怠的日子之余，触动、唤醒了每个人。于是，除了大火，此刻再没有什么可看。现在他们都已经看惯了，不再新鲜；大火已经成为他们生活和经历的一部分，他们站在垂直的烟柱下，烟柱比纪念碑还要高，坚不可摧的气势随时可能转向。因此，当警长的车队抵达镇上时，有些像灵车通过时的傲慢和神气，警长的车开在前面，其他车辆紧随其后，在所有汽车扬起的尘土中一路鸣笛。在广场附近的交叉路口，为避让一辆乡村马车，车队只好暂时停下来。一位乘客从马车上走下来，警长朝车外望去，看见一个年轻女人带着即将生产的笨拙与谨慎，小心翼翼地从马车上缓缓走下来。接着，马车停在了一边，车队继续向前行驶，穿过广场。这时，银行出纳已经从保险柜里取出死者曾经寄存在他这里的一个信封，上面写着：*我死后再打开 乔安娜·伯顿*。警长走进办公室时，银行出纳带着信封和信件正等在那里。信封里只有一页纸，上面的笔迹和信封上面的出自同一人之手。*通知皮布尔斯律师——比尔街，孟菲斯市，田纳西州；通知纳撒尼尔·柏林顿——圣·埃克斯特市*。这就是全部内容。

"这个皮布尔斯是位黑人律师。"出纳说。

"就这些吗？"警长问。

"是的，您需要我怎么做？"

"我觉得你最好按照这张纸说的去做。"警长说，"我看还是我来做比较好。"他发了两份电报。半小时内就收到了来自孟菲斯的回复，两小时后收到了另一封。十分钟之内，全镇都传开了：伯顿小姐在新罕布什尔州的侄子悬赏一千美金捉拿杀害她的凶手。晚上九点，乡下人从前门破门而入时看到的那个男人出现了。他们不知道他就是那个人，他也没告诉他们。大家只知道这个人在城里落脚的时间还不长，是个叫布朗的私酒贩子，还不能算是名副其实的走私犯。他在到处寻找警长，兴奋之情溢于言表。就这样，案情的碎片开始被慢慢拼凑起来。警长知道布朗和另一个叫克里斯默斯的人有关系。尽管这个人在杰弗逊镇住了三年，但人们对他的了解还没有对布朗的多。直到现在，警长才知道克里斯默斯一直住在伯顿小姐家后面的小木屋里。布朗有好多话想说，他坚持要说下去，迫不及待地高声说着。明眼人一眼就知道他这样做的目的就是为了那一千美元的赏金。

"你想当证人？"警长问他。

"我啥也不想做，"布朗回答道，他的声音尖厉而沙哑，脸上浮现出一丝暴躁。"我知道是谁干的，等拿到赏金，我就说。"

"你抓到那个凶手了就会拿到赏金。"警长说。于是,他们出于安全考虑,把布朗关进了监狱。"不过我想没必要这么做,"警长说,"我猜只要他能嗅到一千美金的味道,你们赶都赶不走他。"

布朗被带走时,仍旧扯着嗓子,一边比画一边愤愤不平地叫喊。警长给邻近城镇打了电话,向他们借了两只警犬。警犬第二天乘早班火车便可到达镇上。

星期日,凄凉的拂晓,萧条的站台,火车进站了。三四十人等在那里,亮着灯的车窗一闪而过,发出刺耳的声音,火车临时停下来。这是辆快车,通常不在杰弗逊镇停靠。这次的停车时间也只够卸下两条警犬:一只价格不菲、制作精良、闪着奇异光泽的金属笼子,哐当一声从车上被抬下来,站台随即陷入几近诧异的沉寂,人群中一阵骚动,笼子里放出两条幽灵般顺从的瘦狗,它们耷拉着耳朵,温和、悲凄地瞪着那些神情倦怠、面容苍白的人们。他们从前一夜就没睡好,脑子一片混沌:恐怖的命案亟待侦破却又毫无头绪,仿佛谋杀的残忍行径一发不可收拾,导致了一系列矛盾而怪异的事件,这些事件本身就荒谬至极,有违天理。

太阳刚刚升起,烧焦的楼房里余烬已经冷却,搜查人员赶到楼房后面的小木屋里。两条警犬或许是从太阳暖暖的光照里获得了勇气,抑或是受警员绷紧的兴奋神经所感染,开始在木屋周围狂吠。它们粗声粗气地嗅着,不约而同地上了一条路,拉着拽绳子的人往前走。它们并排跑到一百码远处停了下来,开始猛烈地刨土,地上露出一个坑,有人刚刚在里面埋过空罐头盒。他们费了好大劲才把警犬拉开,拉到离木屋好远的地方才开始又一轮的搜索。不一会儿,两条狗不安分地呜咽了一阵,接着又跑起来,伸出长长的舌头,口水直流,拽着骂骂咧咧的警员们全速跑回小木屋。然后,它们像脚下生根一样,仰起头,眼珠滴溜溜地转着,朝门口狂吠,好像两个男中音歌唱家在纵情歌唱意大利歌剧。警员们开车把警犬送回镇上,给它们喂了食。警车穿过广场时，教堂响起宁静、平缓的钟声，盛装的人们手捧《圣经》和赞美诗，撑着阳伞走在路上。

当晚，一名乡下小伙子和他的父亲来找警长。小伙子讲述了上周五晚开车回家的路上，在距谋杀现场一两英里外的地方有一男子持枪将他拦住。他以为自己会遭劫或被杀，他说自己本打算哄骗那个人，把车直接开回自家前院，然后停车，跳下来呼救。可那个男人起了疑心，强迫他停车并下了车。父亲想知道那一千美金中他们能领到多少。

警长告诉他们："等你们抓住他再说。"于是，他们又把狗弄醒，装进另一辆车里，年轻人指给他们看了那个人下车的地点。他们放开狗，两条狗立刻冲进树林，凭着对金属准确无误的判断力，马上找到了那只装满弹药的老式双膛手枪。

"这是内战时的撞针式旧手枪，"助手说，"一根撞针已经扳下，但是没点着火药。你觉得他会用这把枪来干吗？"

"把狗放开，"警长说，"也许皮带勒得它们不舒服。"他们照做了。现在，警犬获得了自由，半小时后便消失得无影无踪了，不是警员找不到它们，而是它们把警员弄丢了。警员和警犬隔着一条小溪和一道山脉，警员能清清楚楚地听到狗叫，不过，此时它们的叫声不再充满骄傲和自信，甚至是喜悦，或者是发出拖长的、绝望的哭号声。警员不断呼唤它们，可是显然这两只动物听不见。人声和犬吠很容易区别，但钟声般的哀鸣却好似由同一喉咙发出，仿佛两只动物正并排趴在地上一样。过了一会儿，警员们找到了警犬，发现它们果然趴在沟里。当时，它们简直像孩子一样在呜咽。警员们也只好蹲在那里，一直等到天亮，才找到返回汽车旁边的路。就这样，星期一来临了。

星期一，气温开始上升。星期二晚上，炎热的白天过后，夜晚沉闷而死寂，十分压抑。拜伦一进屋，浓烈的霉味和男人持家的气息就让他的鼻孔绷得发白。海托华走近时，肥胖的身体因为不洗澡、不换衣服散发出阵阵味道——慵懒久坐、静止不动的臃肿身子不常清洗的气味——着实令人无法忍受。拜伦走进来,像往常一样思忖着:"那是他的权利,或许那不是我的生活方式,可那属于他,是他的权利。"他记起自己一度似乎有了灵感或预感,找到了答案:"这是美德的味道,当然邪恶和有罪的人才会觉得难闻。"

拜伦和海托华再次面对面坐在书房里,中间摆着书桌和亮着的灯。拜伦仍旧坐在硬椅子上,静静地低着头。他的声音严肃而执拗,似乎在讲述一件极不愉快又令人难以置信的事情。"我要给她再找一个地方,更加只属于她一个人的地方,她可以……"

海托华端详着他垂下的脸庞。"为什么她要搬走呢?她在那儿不是挺舒服吗?身边随时有个女人可以帮忙。"拜伦没有回答。他一动不动地坐在那里,眼睛向下看,固执的脸上一片平静。海托华望着这张脸,心想:"因为发生了太多事情,太多了。这就是原因。总有人惹是生非,超出了他的容忍限度。于是他才发现自己可以忍受一切,是的。真是太可怕了。人可以承受一切。"他注视着拜伦,又问,"比尔德太太是她离开的唯一原因吗?"

拜伦还是没有抬头,话音里仍然透着固执,平静地说:"她需要一个家一样的地方。她没有太多时间了。比尔德太太的家里绝大多数房客是男人……临产时她需要待在安静的房间里,而不是那种该死的马夫和陪审人在大厅里来回走动的房子……"

"我明白了,"海托华说道。他看着拜伦,"你想把她带到我这里来。"拜伦想说话,可对方还在讲。海托华的声音冷漠而平淡:"不可以,拜伦。要是这屋里还住着别的女人还好些,可惜这里空有这么多安静的房间。我是替她着想,你明白吗?不是为我自己。我不在乎别人怎么说怎么想。"

"我不是求你这个事。"拜伦没有抬头。他能够感受到对方正看着自己。他心想,*他知道我也不是这个意思。他明白。他只是那么一说。我想我没有什么理由要求他和别人有不同的想法,就算对我也是*

如此。"我猜你应该能想到。"也许海托华的确知道。但拜伦还是没有抬头看他。他继续埋着脸，用单调呆板的声音说着；桌子那边的海托华坐得更直了，打量着对方这张瘦削、沧桑而疲惫的面孔。"我没打算把你牵扯进来，这个不关你的事。你没见过她，而且我想你永远也不会见到她。也许你都没见过那个家伙，也不知道他的一切。我只是想，或许……"他没往下说。桌子对面的神父端坐在那里，没打算对他施以援手，只等他继续往下说。"要是一件无关紧要的事，我想我自己就可以拿主意。可要是重要的事，我觉得最好尽量听听各方的意见。不过你放心，我不会让你陷进去，也不会让你为此事担心。"

"我想我明白了。"海托华回答道。他看着拜伦低垂的脸。"我现在与世无争，"他心想，"所以即便我想插手干涉也没有用，就算我设法去干涉了，他和那个男人、那个女人（还有那个小孩）一样不会听我的话，重视我说的。""可你告诉我说她知道那个人在这儿。"

"是的，"拜伦若有所思地说道，"当时，我没想到伤害男人、女人或孩子的事情竟然会落到我头上。可几乎在她刚到杰弗逊镇时，我就把整个事情说漏了。"

"我说的不是这个。当时你自己也不知道，我是指其他事情。关于他和……已经三天了，她肯定知道了。不管你有没有告诉她，她到现在肯定都已经听说了。"

"克里斯默斯。"拜伦没有抬头，继续说道，"自从她问起嘴角的白色小伤疤后，我就再没多嘴。那天晚上去镇里的路上，我还一直担心她会问我。我努力琢磨些其他的话题跟她聊，这样她就没有机会再问我那件事情。我一直在想办法避免让她知道，那个家伙不仅让她陷入麻烦后溜之大吉，而且还改名换姓不让她找到。现在，等她终于要找见他时，他却成了个私酒贩子。她早知道会这样，早就明白他这个人不怎么样。"拜伦面露惊诧，一边思索一边说道，"我根本没必要向她隐瞒，面不改色地跟她扯谎。她好像早就知道我要说什么，好像知道我要对她说谎，好像她自己早就想过，即使我说了，她也不会相信。她觉得这个很正常，不过，她知道一部分真相，我是无论如何也瞒不了她的……"拜伦笨嘴拙舌地说着，端坐在桌子对面的那个人一直盯着他，没有打算向他提供帮助，"好像她是两部分组成的，一部分明白他是个无赖，而另一部分却相信到孩子出生时，上帝会保佑他们在适当的时候全家团聚，似乎上帝在守护女人，不让她们受到男人们的伤害。如果上帝认为两部分该合体，并且可以加以比较的话，那我也用不着为这事操心了。"

"胡说。"海托华说道。他望着桌子对面那张苦行僧般固执而平静的面孔，这个人像一位隐士，久居风沙弥漫的旷野。"她要做的，唯一要做的是回到亚拉巴马州，去找她的亲人。"

"我不这样认为。"拜伦反驳道。他立即打断海托华，干脆而决绝，仿佛他一直在等对方说出这番话。"她不需要那么做。我想她用不着那么做。"不过，这时虽然他还没有抬头，但能够感受到对方的凝视。

"布——布朗知道她在杰弗逊镇吗？"

拜伦几乎在一瞬间露出了笑容。他的嘴角上扬，细微的动作像影子一样不带任何快活的意味。"他一直很忙，忙着追那一千美金。真够滑稽，就像一个不会演奏的人在用力吹喇叭一样，巴不得马上就能奏出音乐来。每隔十二或十五个小时，他就会戴上手铐，呆滞地穿过广场，很可能就算人们放出警犬赶他，他都不会离开。他的星期六晚上是在监狱度过的，他一直喋喋不休地说人家想污蔑他是克里斯默斯的帮凶，不让他得到那一千美元赏金。直到巴克·康纳来到监狱，警告布朗要是再不闭嘴、不让其他犯人睡觉的话，他就要用东西把他的嘴堵上。这下，他才不说话了。星期日晚上，警员要牵着狗出去，他不停地吵闹，人们只好把他放出来，让他跟着一起去。可是那两条狗却一直不走，他就朝两条狗大声叫喊，不停地咒骂，甚至还想揍它们，因为它们找不到一点蛛丝马迹。他又开始唠叨，说最先举报克里斯默斯的是他，他只想受到公正的待遇，直到警长把他拉到一旁，跟他说话时，他才住嘴。人们不知道警长跟他说了什么，或许是威胁要把他关进监狱里，下次不再带他出去之类的。总之，他安静了许多，搜查才得以继续。他们一直到星期一后半夜才回到镇上，他仍旧十分安静，也许他实在太累了，他好长时间没有睡觉。他们说他一直想方设法跑在警犬前面，警长最后吓唬说要把他铐起来，交给助手看管他，这样他才变乖了，警犬才能在他身旁嗅出点味道来。布朗早就需要刮脸了，他们上个星期六把他关起来的时候就该刮了，现在更是非刮不可，我猜他肯定比克里斯默斯看起来更像杀人犯。这会儿，他正在咒骂克里斯默斯，仿佛是克里斯默斯太抠门，故意不让他得到那一千美元。当晚，他们把他带回监狱，又锁了起来。今天早上，他们出去时又带着他，他们领着警犬一起出去搜索新的线索。乡亲们说，他们离开镇上之前，一直听见他又骂又叫。"

"你是说，她不知道这件事。你的意思是你一直瞒着她。你宁愿她相信他是个无赖，而不是个傻瓜，是吗？"

拜伦的脸又平静下来，一本正经，非常严肃。"我不知道，那是上周日晚上，我跟你聊天后回了家。我以为她已经睡了，可她还在客厅里坐着。她问我：'怎么了？发生什么事了？'我没有看她，可我知道她正看着我。我告诉她，有个黑人杀了一个白人妇女。我没骗她。我猜当时我很开心，因为用不着和她撒谎。我想都没想就说'还放火烧了她家的房子'。等我明白过来时已经晚了。我曾经指给她看过那股烟柱，我还告诉过她有两个叫布朗和克里斯默斯的家伙住在那里。当时，我能感觉到她正盯着我，就像我知道你正在看我一样，她又问：'那个黑人叫什么名字？'那就像上帝安排他们不必问就可以从别人的谎言中找到想要的答案一样，他们不会发现自己不想要的信息，甚至他们根本不明白自己毫不知情。所以，我不确定她知道什么，不知道什么。我只知道自己没有告诉她，正是她一直寻找的那个男人揭发了凶手,现在男人被关在监狱里,除了有时候和两条狗一起跑出去,追踪那个曾经收留他的朋友外,他一直待在监狱里。我向她隐瞒了这些。"

"那你打算怎么做?她想搬到哪里去?"

"她想去那儿等他。我对她说那个人出去为警长办事了,所以我没说谎。她早就问我那个人住在哪里,我也告诉过她。她说那里才是她应该去的地方,她要等他回来,因为那儿是他的家。她说这是他希望她做的。我不能告诉她实情,其实小木屋是这个世界上他最不愿让她看见的地方。今晚,我从刨木厂一回家,她就想去那儿。她已经收拾好包袱,拿了遮阳帽,等我回家。'刚才我想自己去,'她说,'但我不确定自己能不能找见路。'我说可以,不过今天太晚了,我们明天再去。她说:'离天黑还有一个小时。到那儿不过两英里,不是吗?'我又说咱们等等,因为我得先去问一问。她就又问我:'问谁?难道那里不是卢卡斯的房子吗?'我能感觉到她的眼神,她说:'我想你说过卢卡斯就住在那里。'她一直注视着我,说道:'你总是和那个牧师谈论我,他是谁?'"

"你打算让她去那儿住下?"

"最好是这样。她会一个人待在那里,远离闲言碎语,直到事情了结。"

"你的意思是,她已经下定决心去那里,而且你也不会阻拦。你不想阻止她。"

拜伦没有抬头:"从某种意义上来说,那里可以算是他的房子。我猜那是他拥有的最能算得上家的地方。而他又是她的……"

"她一个人住在那里,即将生孩子。最近的几座黑人小木屋也有半英里远。"海托华看着拜伦的脸说道。

"我想过了。可以想其他办法,做点别的……"

"做什么?去了那儿你怎么保护她?"

拜伦没有马上回答,也没有抬头。他每次开口,声音都很固执。

"尊敬的牧师，一个人可以做些隐秘但不邪恶的事。不管乡亲们会怎么看。"

"拜伦，不管乡亲们怎么看，我知道你不会做非常邪恶的事。可是你怎么知道邪恶距邪恶的表象有多远？邪恶的表象和实质的分界在哪里？"

"不，"拜伦说道，他稍稍动弹了一下，好像自己正逐渐清醒过来，"我不希望如此。我想我正努力按照自己的想法做正确的事。"——"而这，"海托华心想，"是他跟我撒的第一个谎。以前，他从没有对任何人说过谎，男人、女人，包括他自己，都没有。"他望着桌子对面的那张脸，拜伦至今都没有抬头，表情倔强而严肃。"也许还不能算是谎言，因为他自己都不知道那是谎言。"海托华想。

海托华装出一副恍然大悟的样子，说道："喔。"不过，拉长的下巴和暗淡的眼神早已把他出卖了。"这下，事情就解决了。你把她带到那儿，带到他住的地方去，你能保证她过得舒服，没人打扰她，直到事情了结。那时，你会告诉那个人——伯奇，布朗——她在这儿。"

"那样他就会溜掉。"拜伦说。他还是没有抬头，不过他的体内好像激荡着一种胜利的狂喜，他还没有来得及阻止或掩饰这种情绪，等他想去阻止时，已经晚了。他暂时还没打算压制内心的激动之情。他背靠硬邦邦的椅子，脸上洋溢着自信和勇敢，第一次抬起头望着神父，而神父也坦然地迎接着他的凝视。

"这就是你希望他做的吗？"海托华问，他们坐在灯光下，敞开的窗户外面是炎热、沉闷、无边无际的夜晚，"想想你在做什么。你正企图插足夫妻间的事务。"

拜伦回过神来，胜利的表情荡然无存。但他仍旧直直地盯着这位年长的神父。也许他想试着寻找自己的声音，但他没有做到。"他们还没成为名正言顺的夫妻。"拜伦说道。

"她是那样想的吗？你相信她会那么说吗？"海托华和拜伦望着彼

此,"哦,拜伦,拜伦。当着上帝、坚定的女人和孩子的面,别再自欺欺人了。"

"喔,他可能不会逃跑,要是他拿到那笔赏金,那笔钱的话,很可能一千美元足够他喝得烂醉,可以让他做一切事情,甚至结婚。"

"噢,拜伦,拜伦。"

"那你认为我们——我该怎么做呢?你有什么建议呢?"

"离开,离开杰弗逊镇。"他们面面相对。"不,"海托华说,"你并不需要我的帮助。你已经有比我更加强有力的人在帮忙了。"

拜伦沉默了一会儿。他们目不转睛地看着对方。"谁在帮我?"

"魔鬼。"海托华回答。

"而且魔鬼也在照料*他*。"海托华心想。他走在回家的半路上,手臂上挎着装得满满的购物筐。"他也是,他也是。"海托华边走边想。天气非常热,身材高大的他穿着衬衣,黑色的裤子里是两条细长的腿,他长着瘦胳膊、瘦肩膀,却有一个肥大的肚子,像怀了个怪胎。衬衫是白色的,不过不是新的;衬衫领满是油腻,胡乱地系了白色的领结,胡子有两三天没刮了。他的巴拿马式帽子也很脏,帽子下面,帽子和脑袋之间露出一块隔热的脏手帕的边角。他刚去镇里进行了每周一次的购物。这个瘦高个、身材不协调的男人留着一头灰白色的短发,戴着碍事儿的黑框眼镜,双手的指缝污黑,浑身散发出慵懒、不讲卫生的恶臭。他走进气味难闻的杂货店,他是这里的老顾客,通常都是现金结账。

"噢,他们终于找到那个黑鬼的行踪了。"老板说道。

"黑鬼?"海托华问。他正要把找给他的零钱放进口袋,一下子被惊呆了。

"那个杂——家伙,凶手。我一直都说他不正常。他不是个白人,有点不对劲。可是你又不能跟乡亲们说,直到——"

"找到他了?"海托华问。

"你说对了。哦,那傻瓜压根没想过逃出这个地方。警长全城通电捉拿他,那个黑杂种——他妈的一直就在他的鼻子底下。"

"他们已经……"他身子前倾,靠在柜台上,满满的购物筐放在下边。他感到柜台沿儿坚实而牢固地顶着他的肚子,可大地却像在微微发颤,而且正要移动。很快,大地似乎开始移动,有什么东西开始慢慢释放,不慌不忙地慢慢变化着,动作如此巧妙,连视觉都被欺骗了。昏暗的货架上,污渍斑斑的罐头,柜台后面的老板,这些其实根本没有挪动,真是令人气愤的幻觉。他心想:"不会!不会的!我不会受影响!我付出过,付出了!"

"他们还没抓到他,"老板继续说道,"不过一定会的。今天早上天不亮,警长就带着警犬去了教堂。他们和他间隔不到六小时,该死的傻瓜,那么没脑子……这说明他就是个黑鬼,就算没别的……"老板又问:"今天就要这些?"

"什么?"海托华问,"要什么?"

"这是你要买的吗?"

"是,是,买……"他开始在口袋里摸索,老板打量着他。他的手伸出后还在摸索,然后慌慌张张地压在柜台上,撒下一把硬币。老板拦住正要滚下柜台的两三枚硬币。

"这是干吗?"老板问。

"为……"海托华的手在装满东西的筐里一边摸索,一边说,"为——"

"你已经付过钱啦。"老板诧异地望着他,"那是我找你的钱,我刚给你的。一美元剩下的零钱。"

"哦。"海托华说,"是的。我……我刚——"老板收拢硬币,递给海托华。他的手刚碰到海托华的手,就感到一阵冰凉。

"天气太热,"老板又说,"真能让人虚脱。你回家前要不要坐会儿?"可海托华显然没有听到他在说什么。老板看着他往门口挪动。他走出门外，走上大街，胳膊上挎着篮子，机械地移动，如履薄冰般小心翼翼地走着。天气炎热，热气从柏油路上蒸腾起来，氤氲罩在广场熟悉的建筑物上，形成一副明暗交替的生动画面。路人跟他打招呼，他也充耳不闻。他只顾往前走，心想，*也在照料他，照料他*。此刻，他走得飞快，所以当他最终拐过弯，走进自己那座死气沉沉的小空屋所在的街道时，周围死寂而空旷，他几乎已经气喘吁吁了。"是天气太热。"他的第一感觉不断向他重申、解释。可是，即使走进那条至今无人驻足、浏览、回味的街巷，他的屋子，他的避难所，早已映入眼帘，他的第一感觉仍在自欺欺人地抚慰他。"不会的，不会的，我不会受影响。"这时，好像声音更加响亮，不断耐心地申辩："我付出过，没有讨价还价。没人可以说我的不是。我只想要安宁；我没跟他们纠缠就付了账。"整条街道似乎都泛着波光；他一直在出汗，现在是午后，连这时的空气都让他觉得寒冷。汗水、热气、幻觉最终融合，淹没了一切合理的边界，像一场大火一样吞噬了一切：*不会！不会的！*

天色刚刚暗下来，海托华坐在书房里，从窗口看见拜伦走进街灯的光照里，然后又走出光影。这时，他坐在椅子里突然向前倾，这并不是因为在那个时间看到拜伦的出现而惊奇。最初，当他认出那个身影时，心想*啊。我早就料到他今晚会来。他无法容忍体内邪恶的存在*。正在这时，他开始往前坐了一点，借着充足的灯光，他辨出了正在走过来的身影，他立刻明白自己的想法是错误的，而他一直以为自己不会错。那个人不是别人，正是拜伦。因为他早已拐进大门来。

今晚，拜伦完全变了个人，他的步伐、举止说明了这一点。海托华的身子前倾，自言自语，*好像他已经学会了傲慢，或者反抗*。拜伦昂首挺胸，快步走来；海托华突然大声说道："他已经做完了。他迈出了第一步。"海托华靠在昏暗的窗口，舌头啧啧地惊叹着，望着那个身影迅速穿过窗外的灯光，朝门廊走来，走到门口。接下来的一刻，海托华听到了他的脚步声和敲门声。"他没有对我讲，"海托华心想，"我得听一听，让他自己说吧。"说着，他穿过房间，在桌子旁边停下来，点亮灯，然后朝前门走去。

"是我，牧师。"拜伦说。

"我知道是你。"海托华说，"尽管这次你踏上第一级台阶时，没有踌躇。你每周日晚上都会来我这里，拜伦，但只有今晚，你进屋时没有在第一级台阶上犹豫。"拜伦的拜访总以这样的方式开场：海托华语调略带傲慢，但轻松又温暖，让拜伦感觉十分舒服；而拜访者迟缓、淳朴的拘谨正显示出他的彬彬有礼。有时，海托华似乎觉得拜伦好像披着风帆一样，只需他一口气就可以将拜伦吸入屋内。

然而，这次还没等海托华说完，拜伦早已走进屋来。拜伦带着新生的、介于自信和傲慢的神情，立刻走进来。"我猜，比起往日，今天毫不迟疑的我会令你更加生厌。"拜伦说道。

"这是期盼还是威胁，拜伦？"

"哦，我没想让它成为一种威胁。"拜伦回答。

"啊，"海托华说，"换句话说，你不给他以任何希望。哦，至少我早有警觉。你一出现在街灯里时，我便有了预感。不过，就算以前觉得不合适开口，幸好你要来跟我讲你做了些什么。"说着，两人走向书房门口。拜伦停下脚步，转头仰望着对方。

"那么，你知道了。"他说，"你已经听说了。"这时，尽管他的头没有动，但他已经不再望着对方的脸。"喔，"他说，"哦，每个人都有说话的自由。女人也一样。但我想知道是谁告诉了你。我不觉得羞耻，我也无意向你隐瞒。能说的时候我就来亲口跟你说了。"

书房里亮着灯，他们站在门外。这时，海托华发现拜伦的胳膊上挎着几个包裹，看起来里面装着杂货。"什么？"海托华说，"你要来告诉我什么？——先进来。或许我确实早就知道了，但我想看你亲口讲出来时的表情。我也先警告你，拜伦。"他们走进亮灯的房间。包裹里面的确是杂货：海托华自己也买过许多这类东西，所以他很清楚那是什么。他说:"坐吧。"

"不了,"拜伦说,"我不能待太久。"他严肃地站在那里,满怀心事,仍然一副悲天悯人的表情,坚定却不敢肯定,自信却没有把握:这种表情好像一个人将要做什么事情,对他来说很重要的人却无法理解,也不赞成,但他明白自己是对的,就像他明白朋友永远不会那么想。他说:"你不会喜欢的,但没办法。我希望你也能这样想,不过我猜你不会,而且我觉得只能这么做。"

两个人又在书桌旁坐下来。海托华严肃地望着拜伦,问道:"你做了什么?拜伦。"

拜伦的声音与以往不同:简略、扼要,每个字都有深意,毫不含糊。"今天傍晚我把她带到那里。我已经收拾好,并且打扫干净,她已经住下来了。她希望这样。这是他拥有的和将来拥有的最像家的地方。所以我想她有权利使用,尤其主人现在也不再使用了。你或许会说他被拘留在什么地方。我知道你不喜欢这样。你能说出多种理由,恰当的理由。你会说那不是他的木屋,不能让她住。也许是这么回事,但这个镇上,无论男女,没人可以说她不能住那里。你会说按她现在的状况,身边应该有个女的。对,那儿有一个黑人妇女,上了年纪,有见识,距她不到二百码远。她不用从床上或椅子上起身就能叫她。你会说可她不是个白种女人。我想知道她能从杰弗逊镇的白种女人那里得到什么。孩子马上要出生,她来杰弗逊镇落脚不到一周,没等和女人们聊十分钟,人家就会知道她还没结婚。只要那个该死的无赖待在她能经常听人说起他的地方,她就结不了婚。那时她又能从白人太太那里得到多少帮助?她们会让她有床睡,有墙壁遮风挡雨吗?我没别的意思。我觉得要是有人说她落到这个地步活该,那也没错。可孩子不能选择。即使选择了,我敢说任何可怜的孩子都得面对这个世界,应该得到——更多——更好——但我猜你明白我的意思。我想,你甚至也会这么说。"桌子对面的海托华注视着拜伦,他语调平稳,极力克制自己的情绪,除了谈到陌生、模糊的事外,他没有一次卡壳或忘词。"第三个理由。一个白种女人孤身在外,你不喜欢这样,那是你最不喜欢的。"

"噢,拜伦,拜伦。"

拜伦的声音变得固执起来,但他仍旧静静地昂着头。"我没有和她共处一室。我有帐篷,离她不近也不远。她需要时,我就能听见。我还给她上了门闩。她们随时可以出入,并且能看见我在帐篷里。"

"噢,拜伦,拜伦。"

"我知道你和大多数人想得不一样。你在思考。我知道你更能明白,就算她不——就算不是为——我知道你那样说是因为你知道别人会有看法。"

海托华又一次像一尊东方偶像般端坐在那里,胳膊平行放在椅子的扶手上。"去吧,拜伦,去吧。现在,马上,离开这里,离开这个可怕的地方,糟糕的地方。你可以说你已经学会了去爱;但我要告诉你,你刚刚才懂得了希望。对,希望。对于希望而言,对象是谁并不重要,甚至对于你自己都不重要。最终只有一种结果,你选择的道路只有一种结果:罪恶或婚姻。你将拒绝邪恶。上帝啊,宽恕我吧。你终将结婚或孤身一人。你会坚持要和她结婚,还要说服她。也许你已经这么做了,只要她知道就会接受;否则,她不会安然待在这里,而不是想办法去见她专程来找的那个男人。我不能告诉你去选择罪恶,因为你不会那么做,只会恨我,并且还会把恨意传递给她。所以我说,拜伦,现在就走,马上就走。现在转过你的脸去,不要回头。不要像现在这样。拜伦。"

他们望着对方。"我早知道你不喜欢我这样做。"拜伦说,"我觉得我没像客人那样坐下来是对的。可我没料到会这样。你竟然也会反对一个遭受不公待遇和背叛的女人——"

"有孩子的女人是没有遭遇背叛的;给一个母亲做丈夫,不管是不是父亲，总归是妻子的不忠。至少给你自己十分之一的机会，拜伦，如果你非要结婚，有的是单身女人，姑娘和女孩。这样不公平，你竟然牺牲自己，为一个已经做过选择并且现在要推翻那个选择的女人。这是不对的，不公平。上帝安排婚姻时，并没有这么打算。什么安排？明明是女人在掌控婚姻。"

"牺牲？牺牲我自己？在我看来，牺牲——"

"不是为她。对于丽娜·格罗夫来说，世界上有两种男人，他们数不胜数：卢卡斯·伯奇和拜伦·邦奇。但是丽娜不可以，所有女人都不可以拥有两个男人。没有谁可以。有许多好女人受到酒鬼之类凶狠的男人的摧残，但不管好女人还是坏女人，她们遭受的摧残能和男人被好女人折磨一样吗？告诉我，拜伦。"

他俩像早已在潜意识里排斥对方意见一样，没有气愤，反而平静地交流着，给对方思考彼此话语的余地。"我想你是对的。"拜伦说，"至少，我不能说你不对。不过你也不能说我是错的，即使我不对。"

"不。"海托华说。

"即使我错了，"拜伦说，"所以，我觉得我该说晚安了。"他又轻声说了一句："从这儿得走好远。"

"是的，"海托华说，"我自己也走着去过那儿，偶尔去，大概有三英里。"

"两英里，"拜伦说，"哦。"他转过身去。海托华坐着没动。拜伦重新提了提至今都没有放下的包袱。"我得说晚安了，"他一边说一边朝门口走去，"我会回来看你的，很快。"

"好的，"海托华说，"有什么我可以做的吗？你需要什么？床单之类的东西？"

"谢谢，我想她有好多。那儿已经有些了。谢谢。"

"要是发生什么事情，你会告诉我吗？如果孩子——你找好医生了吗？"

"我会安排的。"

"可你找到了吗？预约了吗？"

"我会安排好一切。我也会告诉你。"

说完，他便走了。海托华又在窗口望着拜伦走出去，走上那条街道，朝小镇边缘走去。他拿着纸袋包装的食物，踏上两英里的步行路。拜伦大步流星地走出了海托华的视线，这样的步伐对于风烛残年、久坐不动的老人来说，简直望尘莫及。海托华靠在窗口，在八月的暑气中全然不知自己室内的味道。这种气味毫无生机，像一个即将走向坟墓的人，肥胖的躯体散发出干燥、陈腐的亚麻布味道——他侧耳倾听着脚步声，明知已经听不见了，可他仿佛仍然能听到——心想："上帝保佑他。上帝帮助他吧。"心想，*年轻吧，年轻吧，没有什么可以比得上年轻，世上再没有什么可以像年轻一样有活力*。他暗自思忖道："我不能丢掉祈祷的习惯。"这时，他听不见脚步声了，只听见无数连续的虫鸣声。他靠在窗口，想起自己在年轻的时候，年少的他热爱黑暗，喜欢深夜在树林中漫步或独坐。那时，大地和树干变得真切而荒凉，令人惊喜而恐惧，又喜又怕。他感到害怕，他恐惧却又热衷于恐惧。后来有一天，他进了神学院，发现自己不再恐惧。仿佛那里的一扇门已经关上，他不再害怕黑暗。他只是憎恨，想逃离黑暗，逃到围墙中，人造的光亮中。"是的，"他思索着，"我不应该让自己丢掉祈祷的习惯。"他在窗口转过身来，站在书架前不断寻找，直到找见一本想要的书。这是丁尼生[1]的作品，书角已经卷曲，他在神学院时就已经拥有了这本书。他坐在灯下，打开书。没过多久，优美的语言开始涌动，枯木开始焕发生机，干涸的心田开始滋润，宁静而迅速。这种感觉胜过祈祷时搜肠刮肚的思索，好似在大教堂倾听阉伶的吟唱，能否听得懂对他来说并不重要。

【1】丁尼生是英国维多利亚时代最受欢迎及最具特色的诗人。

14

"小木屋里有人，"助手对警长说，"不是藏那儿，是住那里的。"

警长说："去看看。"

助手走了又回来。

"是个女人。年轻女人。看上去她要决定在那儿住一段时间。拜伦·邦奇睡在野外的一顶帐篷里，距小木屋就像邮局到这儿那么远。"

"拜伦·邦奇？"警长说，"那个女人是谁？"

"我不知道。是个陌生人，一个年轻女人。她跟我说了好多。我刚进门，她就开始说话，像发表演讲一样。她好像经常诉说，都已经成了一种习惯。我估计她是从亚拉巴马州的什么地方来的，到这儿来找她的丈夫。那个人先来这儿找工作，好像过了一段时间，她才出来找的他。路上的乡亲们告诉她说他在这儿。正说着，拜伦进来了，说他可以告诉我一切，说他本打算来告诉你的。"

"拜伦·邦奇。"警长重复道。

"是，"助手说，"她快生孩子了。很快。"

"孩子？"警长问。他看了一眼助手。"从亚拉巴马州来？从哪儿来都行。你别告诉我跟拜伦·邦奇有关。"

"我没想多说。"助手说，"我没说那是拜伦的。至少拜伦没说那是他的孩子。我只是给你讲他告诉我的一切。"

"哦,"警长说,"我明白了。那她为什么在那儿?是其中一个家伙的。克里斯默斯的,是吗?"

"不,拜伦是那么说的。为了不让那个女人听见,他把我领到外边去说话。他说他本打算来向你报告的。那是布朗的孩子。不过,他的名字不叫布朗,叫卢卡斯·伯奇。拜伦说布朗或伯奇把她丢在亚拉巴马州,说等他安顿好了就去接她。可她快生了,还没有他的一点消息,也不知道他在哪儿,在干吗。于是她决定不再等他。她步行出发,一路打听有没有人知道有个叫卢卡斯·伯奇的家伙。她随处搭车,逢人就问人家是不是认识他。过了一段时间,有人告诉她,在杰弗逊镇的刨木厂里有个叫伯奇或邦奇什么的。于是,她搭了辆马车到了这里。当时是星期六,我们正在处理那件凶杀案。她去了刨木厂,发现那个人是邦奇而不是伯奇。拜伦说他无意中说出她丈夫就在杰弗逊镇。后来,在她的追问下,他只好说了布朗的住所,但他没有说布朗或者邦奇在这个谋杀案件中和克里斯默斯纠缠不清。他只说布朗外出办事了,我想这也能算是在办事。我从没见过有人比他更想得到那一千美元,并且愿意为此遭那么多罪。后来,她说布朗的房子肯定就是卢卡斯·伯奇答应为她准备的住所,所以她决定搬到那里去等,等布朗忙完了会去找她的。拜伦说他没办法阻拦她,因为他不想说出有关布朗的真相。从说话方式来看,他已经跟她撒了谎。他说他原本打算早点来告诉你,可你发现得太快,他还没把她安顿好。"

"卢卡斯·伯奇?"警长说道。

"我自己也觉得有些奇怪,"助手说,"你打算怎么办?"

"不知道,"警长说,"我估计他们在那儿也没什么坏处,而且那也不是我的房子,不能叫她搬出去。就像拜伦跟她说的那样,伯奇、布朗或什么的,他将有很长一段时间会忙个不停了。"

"你打算跟布朗说她的事吗?"

"我想不会。"警长说,"不关我的事。我没有兴趣关心他扔在亚拉巴马州或什么地方的妻子们。我关心的是，他好像自打来了杰弗逊镇，就找到他的'丈夫'了。"

助手开始狂笑。"我猜也是这么回事。"他边说边认真地思索，"要是拿不到那笔钱，他准会气死。"

"我相信他不会。"警长说。

星期三凌晨三点，一个黑人骑着没装马鞍的骡子进了城。他来到警长家里，叫醒警长。他从二十英里外的一座黑人教堂直接赶来，那儿正在举行晚间布道会。之前的傍晚，大家正在唱赞美诗，突然从教堂后面传来一声巨响，会众转身看见门口站着一个男人。门没锁，或者即使关上过，显然也已被人抓住门闩猛地把门摔在了墙上。于是，这一巨响像枪声一样冲进会众的齐声高唱中。接着，这个人迅速走进过道，唱诗即刻停止。他朝布道坛走去，牧师正靠在那里，举着手张着嘴。这时，会众发现那个人是白人。昏暗拥挤的教堂里点着两盏灯，这更加剧了膨胀的感觉，人们无法立即辨认出他。直到他走在过道中间时，他们才发现他的肤色并不黑，一个女人开始尖叫，后面的人们立刻起身，开始往门口跑。坐在忏悔席上的另一个女人早已处于歇斯底里的状态，她突然站起来转身，翻着白眼，尖叫道："魔鬼！是撒旦！"说完，她开始奔跑，没头没脑地乱撞，正好撞到他身上。他把她推倒在地，但他并没有止步，而是踏着她继续向前走去，把一张张目瞪口呆、厉声尖叫的面孔甩在身后，他径直走上布道坛，一把抓住了牧师。

"直到那会儿，都没人敢阻拦，"报信人说，"事情发生得太突然，没人知道他是谁，他想干吗，大家一无所知。女人们大喊大叫，他奔上讲坛，扼住彼登伯雷兄弟的咽喉，想把他拖下讲坛。我们看见彼登伯雷兄弟正和他说着什么，想安抚他平静下来，可他一把推开彼登伯雷兄弟，开始扇耳光。女人们大喊大叫，你根本听不见彼登伯雷兄弟在说什么，光能看见他一直没有还手，任由那个人抽打。后来，一些老执事走上前去，想劝他，于是，他放开彼登伯雷兄弟，猛地转过身把七十岁的汤普森老爹干脆利落地推进了忏悔席。然后，他弯腰抓起椅子，朝众人挥舞，直到人们给他让出一条道来。乡亲们还在尖叫，试图跑出教堂。于是，他转过身，又跑到讲台上，彼登伯雷兄弟刚从另一边爬出来。那个家伙站在那里——他浑身是泥，裤子和衬衫上都是泥，黑乎乎的下巴长满了胡子——像牧师一样举起双手，开始咒骂，朝乡亲们大声叫喊，他咒骂上帝的声音比女人们的尖叫都响亮。这时，一些人想拦住罗兹·汤普森，他是汤普森老爹的外孙，个子有六英尺高，手里拿着明晃晃的剃刀大叫：'我要杀了他，放开我，乡亲们，他推倒了我外祖父。我要杀了他，放开我，请让我走！'乡亲们都在努力往外冲，奔跑着涌到走廊，挤在门口。那个人站在布道坛上还在咒骂上帝，男人们一直往后拽罗兹·汤普森，可罗兹还在一个劲儿地祈求人们放开他。不过，大伙儿还是把罗兹拉了出去，我们退回到灌木丛中，那个人还在布道坛上大喊大叫。过了一会儿，他停了下来，我们看见他走到门口，站在那里。人们不得不又一次拉住罗兹。他肯定听到了大伙儿拉扯罗兹的嘈杂声，因为他开始哈哈大笑。他站在门口放声大笑，接着又开始咒骂。我们看见他抓起一条板凳腿，朝后扔过去。我们听见第一盏灯咣当一声碎了，教堂暗下来，接着另一盏灯也碎了，教堂全都黑了。我们再也看不见他了。拼命拉着罗兹的人们一阵骚动，他们叫嚷道：'拦住他！拦住他！抓住他！抓住他！'接着，有人喊：'他跑了！'我们听见罗兹跑回教堂，瓦因执事对我说：'罗兹会杀了他的，赶快骑上骡子去找警长。把你看到的一切告诉他。'长官，没人招惹他，"黑人继续说，"我们压根儿不知道他叫什么名字。以前从来没见过他。我们想把罗兹拉回来，可罗兹太高了，那个人撞倒了罗兹七十岁的外祖父，罗兹手里拿着明晃晃的剃刀，根本不在乎会伤着谁，只想杀出一条路，冲回那个白人所在的教堂。上帝作证，我们真的尽力拉罗兹了。"

这就是黑人所说的一切,因为他只知道这些。他说完就马上离开了;他并不知道,就在他讲述的时候,黑人罗兹的脑袋被砸伤了,正不省人事地躺在附近的一座小木屋里。当时他冲回教堂,里面一片漆黑。克里斯默斯正站在门口,用一条凳腿砸向他的脑袋。克里斯默斯听不见奔跑的脚步声,非常残忍地用力砸下去,那个刚冲进门口的黑影还没来得及停步,便倒在打翻的长凳中间,再也不能动弹。克里斯默斯一刻不停地冲出去,站在外面,轻松而镇静,他的手里还抓着一条凳腿,十分冷酷,连呼吸都那么轻微。他非常冷静,没有一点汗,冰冷的夜色照在他身上。教堂的院子是一块坚硬的新月形土地,四周围满了灌木丛和树林。他知道灌木丛里全是黑人,他能感觉到那些眼睛。"看什么看,"他心想,"难道不知道你们看不见我吗?"他深吸一口气,发现自己正好奇地掂量着凳腿,好像在找平衡一样,仿佛以前从没接触过这个东西。"明天我得刻个记号,"他一边想,一边小心翼翼地把凳腿靠在身旁的墙上,然后从衬衣里掏出一支香烟和一根火柴。他把火柴划着时停住了,黄色的火焰微微跳动着,他站在那里,脑袋稍稍转了一下,他听到了马蹄声,他清清楚楚地听见马蹄声正在迅速消失。"是骡子,"他说道,声音不高,"要给镇上带去好消息了。"他点着香烟,扔掉火柴,站在那里开始抽烟,他能感觉到黑人们的眼睛正盯着香烟细小的火光。尽管他一直站在那里,直到抽完那根烟,可他一直都很警觉。他背靠墙,右手再次拿起凳腿。他把香烟彻底抽完,然后把闪烁的烟头用力朝灌木丛扔去,他能感觉到黑人们正蜷缩在那里。"抽根烟屁股吧,崽子们。"他说道。寂静的夜里,他的声音突然而响亮。蹲在灌木丛中的黑人们观察着烟头一闪一闪地落在地上,燃烧了一阵儿。但当他离开时,人们并没有看见,也不知道他上了哪条路。

第二天早晨八点,警长带着队员和警犬赶了过来。他们立刻展开搜捕,但警犬什么都没找到。教堂里一片狼藉,看不到一个黑人。警员们走进教堂，静静地看着残局。然后，他们走出来，警犬马上闻到了什么，不过没等他们行动，一个助手发现教堂侧面的木板缝里塞着一张纸。显然，这是用手塞进去的，助手打开纸条，这是把空烟盒撕开、铺平的一片纸。纸片的干净一面上有铅笔写的字句，不规则的笔迹像是出自一只不常写字的手，或是摸黑写成的，内容并不长。纸条是写给警长的，指名道姓、不堪入耳——一个短语——没有署名。"我没有告诉过你吗？"队伍中有人说道。这个人也没有刮胡子，浑身是泥，反倒像他们至今还没捕获的猎物一样。他板着脸，略有些狂躁、绝望，还有些愤怒，声音沙哑，似乎最近一直在兀自叫喊，说个不停。"我一直都在跟你说！我说过的！"

警长平淡而冷漠地问："跟我说什么？"他手里捏着铅笔字纸条，冷冷地盯着说话人，"你什么时候说过？说什么？"这个人望着警长，非常气愤，简直到了容忍的极限。助手看着他，心想："要是他得不到那笔赏金的话，准会气死。"布朗张大嘴巴，却说不出话来，带着迷茫而难以置信的表情盯着警长。"我也警告过你，"警长的声音单调而沉着，"要是你不喜欢我的追踪方式，你大可回镇里去等。那儿有你待的好地方。凉快，你大可不必在这儿烤太阳。我没跟你说过吗？你说！"

布朗闭上嘴，转过脸去，好像很努力才做到；他好像费了好大劲儿，才挤出干巴巴的一句"嗯"。

警长迟缓地转过身，把纸条揉成一团。"要是你还能有点记性的话，"他说，"那你最好别忘了。"初升的太阳下，他们安静而专注地围成一圈。"你们谁想知道的话，只有上帝才知道。"有人马上笑了一声。"闭嘴，"警长喝道，"继续搜。巴菲，带上狗出发。"

两条狗跑开了，脖子上还套着皮带。它们很快就找到了线索。因为有露水，所以很容易找到踪迹。显而易见，逃亡者并没打算要掩盖这些痕迹，警长一行甚至能看见他跪在泉边喝水时手和膝盖的印迹。"我还没见过哪个杀人犯比追踪他的人更精明，"助手说，"不过，这该死的蠢货绝没有想到我们会使用警犬。"

"自从星期天开始,我们每天都放出警犬找他,"警长说,"可到现在都没抓到他。"

"那是踪迹不明显,我们到今天才找到新鲜的踪迹,但他最终还是露出了马脚,我们今天就能抓他。说不定中午前就能。"

"我估计得等着瞧啦。"警长说。

"你瞧,"助手说,"这个踪迹笔直地通向一条铁路,差不多我自己跟着就能找到。看这儿,你甚至都能看见他的脚印。该死的笨蛋甚至都没想过要上那条路,走在人们踩踏的尘土中,那样警犬就嗅不出他的味道啦。不到十点,两条狗就会找到最终的脚印。"

警犬的确找到了。这时,脚印猛地向右拐去。他们顺着脚印来到一条路上,跟在急切搜索的两条警犬后面。走了不远,两条狗冲向路旁的一条小道,这条小道从附近棉花田里的棉花房延伸下来,警犬开始扯着绳子,一边转圈一边狂叫,声音响亮而柔和,一边狂吠,一边还兴奋地跳跃。"嗨,该死的傻瓜!"助手说,"他坐在这儿休息过,这是他的脚印:胶皮鞋跟儿。他正在前方不到一英里处的地方。伙计们,跟上!"一行人继续前进,警犬绷紧皮带一路狂叫。警员们开始小跑。警长转身看着没刮胡子的布朗。

"这会儿该是你冲到前面抓他的时候,然后你就能得到那一千美元啦。"他说,"你怎么不去?"

布朗没有说话。他俩都没力气说话了,尤其他们跟在两条狗后面跑了一英里后。两条狗还在拉紧绳子叫着,从大路上拐下来,顺着一条上山的小路爬了四分之一的时候,进了玉米地。这时,两条狗不再叫唤,但一有风吹草动便会更加急迫;现在,追踪的人们开始奔跑。高过头顶的玉米地那边有座黑人小木屋。"他在那儿,"警长一边说,一边掏出手枪,"注意,伙计们。他手里有枪。"

抓捕行动巧妙而妥帖:房子周围埋伏着拿枪的警员,警长身后跟着助手。他虽然肥胖，但却能敏捷而迅速地紧贴着木屋的墙壁，从任何窗口都看不到他。他一直贴着墙根儿绕过拐角，一脚踹开房门，举起手枪冲进木屋。屋里有一个黑人小孩，孩子赤条条地坐在灶台的冷灰上吃着东西，看上去屋里只有孩子一个人。但过了一会儿，一个女人出现在里屋门口，瞠目结舌，手里的铁锅正要往下掉。她穿了一双男鞋，搜查队员一眼就认出那是逃犯的鞋子。她告诉他们，天快亮时，她在路上碰到一个白人男子，要跟她换鞋子。当时，她正穿着她丈夫的一双翻毛短靴。警长听完后问道："就在棉花房那边，是吗？"她说是的。警长回到他的队员身边，走近拴着皮带的狂躁的警犬。他低头看着两条狗，队员正要张嘴问他，却没有说话，只是看着他。他们看到警长把手枪放回口袋，转身重重地踢了每只狗一脚，说道："把这些该死的东西带回镇里。"

然而，警长毕竟有经验。他和手下都清楚必须回到棉花房去，他相信克里斯默斯一直藏在那里，尽管他知道等他们回去时，克里斯默斯就不在那里了。他们花了好长时间才把警犬从木屋旁拉开，所以，在炎热的十点钟，他们谨慎地围在棉花房周围，悄悄拔出手枪，准备给对方出其不意的打击。他们这样做只是按规矩办事，并没有抱任何特别的希望，最后发现木屋里只有一只惊恐万分的田鼠。警长让手下把狗拖走，它们刚才拒不靠近棉花房，现在它们又不愿离开大路，绷紧皮带、倚着项圈，一齐掉头朝向刚被拉开的通往木屋的大路。两个人用尽全力才把它们拉回来，可一松开皮带，它们马上就一齐绕过棉花房，穿过逃犯在棉花房阴影里，沾满露水的高草中留下的足迹，奔回大路，后面的两个人被拽着跑了足足有五十码远，才总算把皮带绕到一棵小树上，将警犬拴牢。这回，警长倒没有踢它们。

搜捕的警报和嘈杂声、喧嚣与骚动终于平息了，消失在他的耳畔。正如警长所料，人和狗经过时，他不在棉花房里。他只在那里停留了系鞋带的工夫：那双黑皮鞋，带黑人味道的黑皮鞋，看上去像是用钝斧头劈开的铁矿石。他低头打量着这双粗糙笨拙的鞋子，难看而且有些变形。他从牙缝中蹦出一句"哈"，好像看见自己最终被追捕的白人逼近了黑暗的深渊，而这个深渊等了他三十年，一直想把他吞噬。现在他终于进来了，上涨的水流已经无可避免地没过了他的脚踝。

  黎明时分，天刚刚亮，苍白孤寂的短暂时刻被鸟儿轻柔、试探性的鸣叫所唤醒。吸入体内的空气像一泓清泉。他慢慢地深吸一口气，每次呼吸都与晦暗和苍白融在一起，变成一种孤寂和宁静，从来不曾愤怒或绝望过。"这才是我想要的，"他心中开始暗自惊讶，"就是这样，三十年了，似乎三十年来我的要求并不高。"

  从星期三开始，他就没怎么睡过觉。又一个星期三来了，又走了，但他并不知道。当他想到时间时，仿佛三十年来他的生活一直井然有序，像栅栏一样有名有数。一天晚上，他睡着了。醒来后，发现自己站在栅栏外面。从星期五晚上开始逃亡时，他还习惯性地数着日子。有一次，他在草垛里躲了一整夜，醒来时正好看到农舍的苏醒。天还没亮，厨房里慢慢亮起黄色的灯光。接着，在灰蒙蒙的暗夜里，他听到了斧头缓缓劈柴的声音，还有其他动静，男人的动静和附近畜棚里牛群苏醒的声音混在一起。然后，他又闻到了炊烟的气息，热腾腾的饭食，他开始一遍一遍地自言自语：*我一直没吃东西自从我一直没吃东西自从……* 试图去回忆，自打星期五在杰弗逊镇的饭店吃过晚饭后，过了多少天。他一直躺在那里，等到那个男人吃过饭去地里干活儿。这时，星期几似乎比食物更重要。因为当男人们终于离开，他从草垛上下来，走在平和的淡黄色阳光中，走进厨房时，他根本没有讨要食物。他本打算要口饭吃，也能感觉到鲁莽的语言在脑海里打转，就在他的嘴边。这时，一个瘦削、坚韧的妇女走到门口望着他，他能看出她眼中的震惊、恐惧和认出他的眼神。他心想，*她认得我，也听到消息了*。他听见自己的嘴巴平静地问道："你能告诉我今天星期几吗？我只想知道今天星期几。"

"星期几?"她和他一样面容憔悴,身材瘦削,一脸不知疲倦、迫不得已的神情。她说:"你给我滚开!今天星期二!滚开!要不然我就叫我男人了!"

门"砰"的一声关上时,他轻声说了一句"谢谢"。然后,他拔腿就跑。他不记得自己为什么要跑,想了一会儿,他觉得是为了奔向某个目的地而奔跑的,奔跑太突然了,以至于脑海里觉得根本没必要去回想原因。就连迈开大步时,他都觉得双脚仿佛在缓缓飘移,踩在地上也没有坚硬的感觉,有心无力地飘离地面,直到跌倒为止。他没有被什么东西绊倒,只是全身倒地,好一阵子他都以为自己的双脚仍然踩在地上,一直在跑。然而,他倒下了,仰面朝天躺在犁过的地头的浅沟里。这时,他突然说道:"我想我最好还是起来。"当他坐起身时,发现太阳已经升到了半空,阳光从相反的方向照在他身上。起初,他相信自己只是转了个身,接着他才意识到现在已是傍晚时分,而他奔跑倒地是在早晨。尽管他似乎觉得自己是立马坐起来的,但实际上现在已经傍晚了。"我肯定睡着了,"他心想,"我已经睡了六个多小时。我肯定是不知不觉地跑着跑着就睡着的。一定是这样。"

他丝毫不觉得奇怪。时间和明暗交替的空间早已失去了规律。现在既可以是白天,也可以是晚上,似乎一切都在转瞬之间,眼皮开合之间,毫无征兆。他永远也不知道二者过渡的时间,他发现自己睡着了,却不记得曾经躺下过;他发现自己正在行走,却不记得什么时候醒来过。有时,他似乎觉得,无论在草垛、沟渠,还是在废弃的屋顶下,一夜睡眠后随之而来的都是另一个夜晚,不曾间隔一个白昼,也不曾看见光线流逝;白天一个接一个地飞速流转,不曾间隔一个夜晚或停歇片刻,仿佛太阳从未落下,也未曾落到地平线找到来时的路,就已经升在了半空中。当他在行走中睡去,或在泉边喝水入睡时,他永远也不知道眼睛是否会在下一次的阳光或星光中睁开。

有一段时间,他一直处于饥饿状态。他搜集腐烂、虫蛀的水果来充饥；有时他会爬进地里，掰些成熟的玉米棒来啃，像土豆打磨机一样用力咀嚼。他一直想着吃饭，想象饭菜和食物。他会想到三年前厨房餐桌上为他准备的饭菜，他会重新回味，当时故作镇静地向后挥舞手臂，将一盘盘饭菜砸向墙壁，顿觉揪心的懊恼、沉痛的悔恨。后来有一天，他不再感到饥饿。这一天平静而突然地来临，他觉得清爽而宁静，但他知道自己必须吃东西。他捡拾烂水果充饥，索然无味地咀嚼硬邦邦的玉米棒。他会吃一大堆这样的东西，然后会出现严重的腹泻和拉血的后果，但是他很快就会重新陷入对食物的需求和渴望中。他不是渴望食物，而是急需进食。他努力回想最后一顿香喷喷的热饭，他能想起、感受到某个地方的房子或是小木屋，白人或是黑人：他记不清了。然后，他会静静地坐在那儿，憔悴、病态、满是胡楂儿的脸上浮现出一种专注而困惑的神情，他能嗅出黑人的味道。他一动不动地坐在泉边，背靠一棵树，头向后仰，双手放在大腿上，面容疲惫而安详。他闻到、也看见了黑人的饭菜，黑人的食物。那是在一间屋子里，他记不清自己怎么到了那儿，但整个房间迅速充满了惊愕，仿佛人们突然感到了恐惧，所以刚刚逃走。他坐在桌子旁边等待，脑子一片空白，周围只剩下逃走后的寂静。接着，食物突然出现在他面前，好像有一双长长的黑手，灵活地放下饭菜后也迅速消失了。他好像能听到，周围有黑人在惊恐、悲痛地哀号，交织着咀嚼和吞咽的声音，但又比叹息声还要低沉。"当时是在一间小木屋里，"他回忆着，"人们十分害怕，害怕他们的兄弟。"

当晚，他的脑海涌动着奇怪的东西。他躺下正准备睡觉，却毫无睡意，似乎根本没有睡觉的必要，就像胃口里默许要进食，可它却又不愿或不想吃。奇怪的是，他找不出理由和动机，也想不明白。他发现自己正在努力计算这个星期的时间，仿佛现在他终于有了真实而迫切的需要，为了某个目的、某个特定的日子或行为，一定要弄清楚过了多少天，以免功亏一篑或行动过头。他陷入昏迷的状态，睡觉成了大脑的一种需要。当他在黎明苍白的露珠中醒来时，一切都很明确，不再有任何异样。

黎明时分，天刚刚亮。他站起身，蹲在泉边，从兜里掏出剃刀、牙刷和肥皂。不过，现在天色太暗，看不清自己的脸在水中的倒影，于是他坐在泉边，一直等到能看清为止。然后，他才耐心地把冰冷坚硬的水扑在脸上。他的手在颤抖，尽管急需刮脸，可手上却软弱无力。于是，他只好强迫自己振作起来。剃刀不够锋利，他试着在靴帮上磨了磨，但露水浸湿的靴皮像生铁一样坚硬。他勉强开始刮脸，手却一直在颤抖，刮得十分艰难，他把自己割伤了三四回。因此，他只好用冷水来止血。然后，他收好剃须工具，开始往前走。他选择了笔直的线路向前走去，而没有选择好走的山路。走了不远，他便来到一条大路上，在路边坐下来。这条路非常安静，路的两头都很安静，灰白的尘土中只有罕见的车辙和骡马的蹄印，偶尔还有人的脚印，他坐在路旁，没有穿外套，一度洁白的衬衫和有折痕的裤子也都沾满泥点，憔悴的脸上残留着簇簇胡楂儿和斑斑血渍。太阳升起来，暖暖地照在他身上，身心疲惫的他感到一阵寒冷，微微打着寒战。两个黑人小孩从路的拐弯处走过来。他们根本没看到克里斯默斯，直到他开口说话时，两个孩子被惊呆了，翻着白眼望着他。他又问道："今天星期几？"孩子们一言不发，死死地瞪着他。他摇了摇头，说："去吧。"于是，孩子们赶紧离开了。他坐在那里没有看他们一眼，显然他在盯着孩子们站过的地方发呆，好像他们刚从躯壳里钻出来一样。他并没有注意到，孩子们早已吓得飞奔起来。

过了一会儿，太阳渐渐温暖了他，他坐在那里不知不觉地睡了一觉。因为当他有意识时，听到了木头和金属发出的嘈杂的叮叮当当声，还有嘚嘚的马蹄声。他一睁眼，便看见马车正快速转过弯，车上的人回头望着他，马夫起起落落地挥动着鞭子，马车很快便不见踪影了。"他们也认出了我，"他心想，"他们，白种女人，那天给我饭吃的黑鬼们。要是他们愿意，谁都可以抓住我。他们都希望我被抓住，可他们都先跑开了。他们都想抓到我，那到时候我就站出来说我在这儿，*是的，我会说我就在这儿我已经厌倦了厌倦逃亡厌倦像拎鸡蛋一样提着性命过日子*。他们都跑了。似乎抓我还得遵守什么规定，而且要是那样抓我，就不合规矩了。"

于是，他又返回灌木丛中。这次，他十分警惕，没等马车出现，他便听见了声音，他没有露面，直到马车出现在他面前时，他才出来。这时，他走上前说了一句"嘿！"马车猛地停下来，黑人车夫大惊失色，脑袋也猛地晃了一下；他的脸上浮现着认出他的恐惧，克里斯默斯问："今天星期几？"

黑人目瞪口呆地说道："你——你说什么？"

"今天星期几？星期四？星期五？几？星期几？我不会伤害你。"

"星期五，"黑人答道，"喔，上帝，今天星期五。"

"星期五，"克里斯默斯重复道。他又扬了一下头，说："去吧。"马鞭落下来，马车向前冲去。随着鞭子的起落，马车拼了命似的向前飞奔而去。然而，克里斯默斯早已转身，又钻进了灌木丛中。

这次，他的方向又像测量员的路线一样笔直，全然不顾山岭、峡谷甚至沼泽的崎岖难行。不过，他走得不慌不忙，好像一个人知道自己身在哪里，将要去往何处，要走多久，甚至精确到分钟；好像这还是他第一次，也是最后一次想要将这片热土看遍。他在这片土地上长大成人，像一个不会游泳的海员，还没有用心感知这里的真实状况和感情，他的形体和思维早已被迫铸成。整整一周，他潜伏在隐蔽的地方。他爬来爬去，但对于这片土地上必须遵守的、不可更改的法规而言，他却仍然是个异乡人。有时，他迈着踏实的步子，他认为看见的便是一切——这些能带给他平和、从容、安宁，直到真正的答案突然揭晓，他像脱水一样轻飘飘的。"再也用不着费力地寻找食物了，"他心想，"原来如此。"

中午时，他已经走了八英里。现在，他来到一条宽阔的碎石路上，这是一条公路。这次，当他举起手时，马车静静地停了下来。年轻的黑人车夫既没有惊讶，也没有浮现认出他的表情，克里斯默斯问："这条路通向哪儿？"

"摩兹镇，我去那儿。"

"摩兹镇。你也去杰弗逊镇吗？"

年轻人摇摇头："我不知道那个地方，我要去摩兹镇。"

"哦，"克里斯默斯说，"我明白了。你家不在附近。"

"不在，先生。我住在两个县以外的地方。我已经走了三天，要去摩兹镇接我爸买的一头小牛犊，你也要去摩兹镇吗？"

"是的，"克里斯默斯答道。他登上马车，坐在年轻人身旁，马车开始前进。"摩兹镇，"他暗自思忖。杰弗逊镇距那里只有二十英里远。"现在我可以轻松一会儿了。"他心想，"我已经七天没有轻松过了，我猜我要休息一会儿。"他坐在晃晃悠悠的马车上，也许开始昏昏欲睡。可他并没有睡着，他不瞌睡、不饿，甚至都不累。他悬在这几种状态中，没有思维、没有感觉，只是随着马车摇晃。他忘记了时间，忘记了距离；也许过了一个小时，也许三个小时。年轻人说："摩兹镇。这儿就是。"

他看见拐角那边有烟雾低低地浮在空中，他再次走进那条延伸了三十年的街道。在这条铺好的路上，行人本可以快步行走，可它却围成一个圈，他始终没有走出去。过去的一个星期里，他没有走过一条铺砌的道路，但他行走的路程比过去三十年走的所有路程都要远。然而，他还在那个圈子里。"我这七天的行程远比三十年的还要长，"他心想，"可我从没有走出过那个圈子。我从没有打破自己建造，而且永远无法改变的圈子。"他坐在座位上，静静地思索着，面前的挡泥板上放着鞋子，那双散发着黑人气息的黑皮靴。黑色的潮水留在脚踝上，注定无法逃避的标记随着死亡的来临，从脚下悄悄爬上小腿。

15

星期五,克里斯默斯到了摩兹镇北部。这个镇上住着一对名叫海因斯的老夫妇。他们都上了年纪,住在黑人聚居区的小平房里;镇上一般人都不知道他们靠什么为生,因为穷困潦倒,却终日无所事事。据大家所知,二十五年来,海因斯什么都不做,也没有稳定的工作。

三十年前,他们来到摩兹镇。一天,镇上的人们发现有个女人住在了那幢小房子里,从此便一直住在那里。后来的五年里,海因斯每个月才回家一次,在家度过每个周末。很快,人们就得知他在孟菲斯有份工作,但没人知道他具体在干什么。那时他就是个神秘人物,看上去他既像三十五岁,又像五十岁,目光冷峻而极其狂热,还略带些癫狂,对任何事情都不感兴趣。镇上的人们觉得他俩有些不正常——孤独、苍白,个子比大多数男女都要矮,好像他们属于另一个族类,另一个种群——即便如此,在海因斯来到摩兹镇,和他妻子在那里安顿好后的五六年时间里,镇上的人们会雇佣他干一些他们认为他力所能及的零活儿。可是,他很快便连那些活儿也不愿干了。大伙儿好长时间都纳闷他们究竟在靠什么维持生活,后来大家也把这件事情忘记了,因为人们听说海因斯长期步行去乡下,为黑人教堂做布道,经常还有黑人妇女们从老两口居住的后门进去,一眼就看出他们手里拎的是饭菜,出来时却两手空空。人们惊奇了一段时间,后来也很快不再记得。最终，人们也许是忘记，也许是宽恕了他们，因为海因斯年事已高，与人无害，如果是年轻人干出这样的事，乡亲们绝对不会任由其发展。大家只是说："他们疯了，对黑人的事儿真着迷，说不定他们是北方佬。"然后，这件事便不了了之。或许人们所宽恕的，不是老头儿自我献身于黑人灵魂的救赎，而是公众对他们从黑人手中接过施舍的事实不予理睬，因为抛弃良心所不愿接纳的东西会令他们心情愉悦。

于是，二十五年中，老夫妻俩没有任何明显的生活来源，镇上的人们对黑人妇女和她们遮盖住的锅碗视而不见，即便有些锅碗完全有可能是从她们的白人雇主的厨房中原封不动地端出来的，那也无关紧要。也许这也是他们脑海中要摒弃的一部分。总之，镇上的人们没有看见，到如今已经二十五年，老两口一直孤独地生活在波澜不惊的死水中，仿佛他们是从北极走失的麝牛，又像是从冰河时期遗留下来的两只无家可归的动物。

老太太几乎从来不出现，而老头——人称博士大叔——却是广场的固定风景：一个邋遢的小老头，长了一张曾经或勇敢或凶恶的面孔——不是空想家便是极端利己主义者——他身穿无领的脏牛仔服，手里挂一根沉重的人工打磨的山桃木拐杖，手柄像胡桃木一样乌黑，玻璃般光滑。他刚开始在孟菲斯工作时，每月回家都会三言两语地提到自己的工作，自信自己不仅独立，而且还有其他资质，仿佛在他的人生中一度过着比自力更生还要好的生活，并且就在不久前。没什么能击倒他，反而是自信改变了他的人生，这种自信好像是一个人掌控着几个手下；他自愿改变，而且他相信没有人会质疑改变的原因，也没人能理解。然而，当他谈论起自己、自己的职业时，虽然明显很流畅，但其实毫无意义。于是，人们相信他在那个时候就已经有些不正常。人们之所以有这样的想法，并非由于他看似极力顾左右而言他，而是他的言语和内涵与听众认为的一个人应有的活动范围极不相符。

有时，他们认定他曾经做过牧师，有时他又会含糊其辞，神气十足地谈论孟菲斯，仿佛他这一辈子一直供职于某个重要却至今没有名目的市政办公室。"当然，"摩兹镇的人们背着他议论道，"他做过铁路监管员，火车驶过时，他拿着一面红旗站在路中央，"或者说，"他是个报业巨头，从公园长椅下捡报纸。"他们没有当着他的面这么说，就连最大胆的人，以说话最不靠谱而出名的人也不敢那么做。

后来，他丢了孟菲斯的工作，或者说他主动辞了工作。一个周末，他回到家里，到星期一时还没有走。之后，他便终日待在镇中心广场上，一言不发，蓬头垢面，露出不与人来往的愤怒眼神。人们都以为他疯了：凶恶已耗尽，细若游丝；狂热像渐渐降温、几近熄灭的余烬，有点像狂热的布道者，只剩下四分之一偏执的信念和四分之三顽强的体魄。因此，当人们听说他在城中闲逛，经常步行到黑人教堂布道时，并不觉得有什么奇怪；甚至一年后，他们听说布道的内容后也没有惊诧。这个白人老头全靠黑人的施舍和恩赐为生，单枪匹马进入偏远的黑人教堂，走上讲坛打断会众的仪式，用沙哑、死板的语调，有时还会夹杂非常猥琐的语言，劝诫黑人要对浅肤色的人谦卑有礼，鼓吹白种人的优越性，神志不清地狂发悖论，宣称自己是他们的头号代表。黑人相信他受到了上帝的惩罚，才会如此疯狂，或者他曾经触犯过上帝。他们可能并没有去听，甚至不大明白他说的内容，也许他们把他当成了上帝。因为对他们而言，上帝就是白人，而且上帝的行为也有些令人费解。

那天下午，克里斯默斯的名字传遍大街小巷，他正好在镇中心，大人、小孩——商人、职员、闲人、好事者，还有占多数的、穿工装的乡下人——都开始跑起来。海因斯也跟着他们跑，但他跑不快。他跑了过去，却因为个子不高，越不过人头攒动的看客们。然而，他很努力，像在场的人们一样勇猛而专注，仿佛先前留在他脸上的衰朽和狂暴开始重唤生机，企图在喧闹的人群中挤出一条路来。他抓着人们的后背，甚至最后开始用拐杖来击打众人，直到人们转过身认出他时，才将他抓住。他一边挣扎，一边用沉重的拐杖打他们。"克里斯默斯？"他大声叫道，"他们说的是克里斯默斯吗？"

"是克里斯默斯！"人群中抓着他的一个人大声回答道。这个人也紧绷着脸，瞪大眼睛说："克里斯默斯！那个白脸黑鬼上个星期在杰弗逊镇杀了人！"

海因斯目瞪口呆地望着这个人，他的牙齿已经掉光了，嘴边唾沫星飞溅。接着，他又开始挣扎，狂暴地咒骂着。虚弱的小老头长着一副虚弱的小孩身板，想借拐杖为自己打拼自由，扫清通往人群中心的道路，满脸流血的被捕者就站在那里。"这儿，博士大叔！"他们拦着海因斯说，"这儿，博士大叔，他们抓到他啦。他跑不了啦。这儿，这儿！"

可海因斯还在挣扎、反抗、咒骂，他的声音尖细而沙哑，嘴角还在流口水。拉扯他的人们也很吃力，仿佛他们正拦着一根无法承受太大水压的软管。整个人群中唯一镇静的只有被捕者。他们抱住骂骂咧咧的海因斯，虚弱的老骨头和纤细的青筋霎时涌动着饱满的愤怒。海因斯挣脱人们向前猛冲，扒开缝隙钻进去，终于和凶手面对面站在一起。人们完全怔住了，没等他们再次拉回海因斯，他早已举起拐杖打了凶手一下，正要再打时，人们正好将他控制住了。他动弹不得，但仍旧气愤得口吐飞沫，人们没法让他住嘴。"杀了那个杂种！"海因斯大声叫喊着，"杀了他！杀了他！"

半小时后，两个男人开车把海因斯送回家。其中一人驾车，另一个抓着海因斯，坐在后面的座位上。此时，他紧闭双眼，胡须和污垢下的面容变得更加苍白。他们把他整个人从车里抬出来，扶着他穿过大门，走上通向台阶、由碎砖、碎水泥片铺就的过道。这时，他睁开眼睛，但双眼空洞无神，眼珠内翻，最后只留下混沌的浅蓝色眼白。可他依然十分虚弱无力，他们正要走进过道时，前门开了，他的妻子走出来关上门，站在那里望着他们。他们知道这就是他的妻子，因为大家都知道这是海因斯的家，而她正是从那里走出来的。其中一个人虽然是镇上的居民，却从未见过她。"怎么啦？"她问。

"没事儿，"第一个男人答道，"我们刚才在镇中心太过激动，天气又热，他有点儿受不了。"海因斯太太站在门口，好像要挡住他们进屋的去路——忧郁的小老太太身材肥胖，长着圆圆的脸盘，像一块没有烘焙的脏面团，稀疏的头发紧紧地绑在一起。"上周在杰弗逊镇杀了白人女士的黑鬼刚被抓住，"那个男人继续说道，"博士大叔有点儿受不了。"

海因斯太太早已转过身，好像正要推门进去。正如第一个男人后来对他同伴讲的那样，她转身时停了下来，仿佛有人朝她轻轻扔了一枚石子。她问："抓住谁了？"

"克里斯默斯，"男人说，"黑鬼凶手，叫克里斯默斯。"

海因斯太太面色灰暗、沉寂，站在走廊边上，低头望着他们。"她好像早知道我会告诉她，"那个男人在返回车里时，和他的同伴说道，"好像她还想让我再告诉她，凶手是那个黑鬼，但又不是他。"

她问："他长什么样？"

"我没太注意，"那个男人答道，"人们抓住他肯定要教训他一顿，他是个年轻人，长得还没我像黑人。"老太太低头看着他们，夹在人群中的海因斯现在能自己站起来了，仿佛刚睡醒一样咕哝着。那个男人又问："你想让我们怎么安排博士大叔？"

她没有说话。正如那个男人后来告诉同伴的那样，她好像根本没有认出她的丈夫。她说："他们打算怎么处置他？"

"他？"那个男人又说，"噢，黑鬼啊。那得杰弗逊镇的人说了算。他是那儿的人。"

她面色苍白，一动不动地俯视着他们，思绪早已飘到了远方。"他们在等杰弗逊镇派人来吗？"

"他们？"男人答道，"噢，我估计杰弗逊镇离这儿也不远。"他说着，换了一下抓着老头胳膊的手，"你想让我们把他放哪儿？"这时，老太太才开始走过来。她从台阶上下来，走到他们面前。"我们帮你把他扶进屋里吧。"男人继续说。

海因斯太太说："我扶得动他。"她和海因斯身高差不多，但她更重一些。她双手扶在他的腋下。"尤菲斯，"她低声叫道，"尤菲斯。"她平静地对那两个男人说："松手吧，我来扶他。"他们松开手。老头儿现在能走几步了，他们看到她扶着他走上台阶，进了门。她始终没有回头看一眼。

"她都没有谢谢咱们。"第二个男人说，"也许咱应该把他带回去，扔进监狱和那个黑鬼关在一起，因为他似乎对黑鬼很了解。"

"尤菲斯，"第一个男人说，"尤菲斯。十五年了我一直不知道他叫什么名字。尤菲斯。"

"走吧，咱回去吧。说不定咱错过了什么呢。"

第一个男人望着那幢房子，还有那扇关上的门。老两口就是进了那扇门。"她也认识黑鬼。"

"认识谁？"

"黑鬼，克里斯默斯。"

"走吧，"他们回到车上，"你怎么看那个该死的家伙？他一路跑到镇上，离他作案不到二十英里的地方，在主干路上晃悠，直到被人认出来。我倒希望是我认出了他，那样我就能得到那一千赏金。可我从来没那么幸运。"汽车开动了，第一个男人还在回头望着那扇紧闭的房门，那是老两口消失的地方。

老两口站在小房子里，昏暗狭小的客厅像山洞一样散发着难闻的恶臭。老头虚弱的状况稍微比昏厥强些，妻子把他扶到椅子上坐下，似乎这只是出于关心的权宜之计。虽然并没有返回去锁门的必要，但海因斯太太还是那么做了。她走过来，低头看了他一会儿。起初，她好像只是在焦急地观察他。这时，如果有第三个人在场的话，便能看见她正在剧烈地颤抖，一句话也说不出来。她之所以把他扶到椅子上，也许是为了之后将他扔到地板上，也许是为把他像犯人一样控制住。她俯下身。身材矮胖的她脸色惨白，像溺水者的面孔。当她开口说话时，声音发颤，虽然极力克制，但还是不住地颤抖。老头儿半躺在椅子上，她双手抓住椅子扶手，强忍颤音，说道："尤菲斯。听我说。你得听我说。我以前从没给你添过麻烦。三十年来，我从来没麻烦过你。但现在我要问。我想知道，你也必须告诉我。你到底把米莉的孩子怎么了？"

整个漫长的下午，他们聚在广场周围。职员、闲人、穿工装的乡下人围在监狱外面，他们都在谈论。镇上到处议论纷纷，消息好像一阵风、一场火一样此起彼伏。直到太阳拉长了影子，乡下人们才驾着马车，开着尘土飞扬的汽车离开，镇上的人们也开始回家吃晚饭。于是，讨论再一次爆发，瞬间令人振奋起来。无论是亮着电灯的房间，还是偏远山区的木屋里，人们都在饭桌上跟妻子和家人谈论。第二天是悠闲、快乐的乡村星期天，人们穿着漂亮的背带裤，安详地叼着烟斗，蹲在乡村教堂周围，或者是房前阴凉的院落里，栅栏边上拴着访客的马匹，停放着他们的车辆；女人们在厨房里，一边准备晚饭一边开始谈论："他长得还没我像黑人呢。可他肯定有黑人的血统。他好像是故意出去让人们抓他的，就像有人专门外出讨老婆一样。他整整消失了一个星期，要是他不放火烧那幢房子，人们或许一个月都不会发现这个案子。要是没那个名叫布朗的家伙，人们不会怀疑到他。他以前假装成白人贩卖威士忌酒，他想把贩酒和杀人的事都推到布朗身上，布朗这才说出真相来。

"昨天上午，他在大白天就来了摩兹镇，正好是星期六，乡亲们都在。他像个白人一样走进白人理发店，因为他看起来像个白人，所以人们没有怀疑他。给他擦皮鞋的人看见他脚上那双二手短靴大得有些不合脚,可还是没有起疑心。他们为他刮脸、理发,他付了账,走出去,径直去了一家商店,买了崭新的衬衫、领带和草帽。那些钱正是从被他杀了的女人手里拿的。光天化日之下,他走在街上,好像镇子都是他的。他来来回回走在街上,人们经过十来次都没发现,直到哈利迪看见他,跑上前去抓住他问:'你是克里斯默斯吗?'那黑鬼回答说是。他没有否认,也没有反抗,很坦然。这让乡亲们非常抓狂,作为一个杀人犯,他本应该缩头缩脑躲进丛林、沼泽,浑身是泥地到处逃窜,可他却穿戴一新,大摇大摆地走在镇上,仿佛以为没人敢碰他一样;好像他从来不知道自己杀了人,更不知道自己是个黑鬼。

"于是,想到那一千美金,哈利迪便激动万分,冲黑鬼的脸打了两拳。黑鬼第一次表现得像个黑鬼,挨打的时候一声不吭:他静静地板着脸,任凭血往下流。哈利迪一边抓住他,一边大声喊叫。这时,人称博士大叔海因斯的老头走上前来,开始用手杖猛揍黑鬼,直到最后来了两个人才拦住他,开车把他送回家。没人敢断定他是不是真的认识黑鬼,他只是跌跌撞撞地尖叫着:'他叫克里斯默斯吗?你说的是克里斯默斯吗?'他一边叫一边往里钻,他挤进去,瞅了黑鬼一眼,然后开始用手杖打他。海因斯好像有些神志不清之类的,大家只好拦着他。他连眼珠子都翻出了蓝色,口角流涎,用拐杖见啥砍啥,直到他突然倒在地上才作罢。后来,有两个家伙把他扶上车送回了家。他老婆出来把他扶进屋里,然后那两个人马上回到镇里。他们不知道为什么海因斯听到黑鬼被捕后那么激动,不过,他们认为海因斯现在没什么事。可不到半个小时,他就又回了镇上。现在,他可纯粹是疯了,站在街角,冲路人大声叫喊,骂人家是胆小鬼,因为他们不敢把黑鬼从监狱拉出来,立刻就地绞死他,管他杰弗逊不杰弗逊镇的。他的脸上露出疯狂的表情,像刚从疯人院逃出来,而且知道用不了多久便会被抓回去。乡亲们说他以前也做过牧师。

"他说他有权利处死那个黑鬼,但他没说原因。他太过着急、狂躁，就算有人拦住他问他问题，他也完全听不懂。当时，好大一群人围着他，他大喊大叫，声称自己最有权利决定黑鬼的死活。于是，乡亲们开始认为，也许他适合跟黑鬼一起被关进监狱。这时，他妻子出现了。

"有好多乡亲在摩兹镇住了三十年，可从来没有见过她。当时，他们并不知道她就是海因斯太太，直到她跟他说话时才认出来。因为有人曾经见过她，她经常在黑人聚居区的小屋子那边活动，有人见过她头戴丈夫的旧帽子，身穿女式宽大罩衫。不过，她现在却精心打扮了一番，身穿紫色的丝质衣裙，头戴一顶插了鸡毛的帽子，手里拿着一把雨伞。她走向人群，老头儿正在那儿大喊大叫。她叫了一声'尤菲斯'。海因斯停止叫喊，望着她，手里仍然举着手杖，下巴耷拉着直流口水。她上前拉住他的胳膊。大多数乡亲因为害怕海因斯的手杖，一直没敢靠近他。他或许都不知道自己打了人，或许也可能是有意为之。但她却径直走到拐杖前，抓住他的胳膊，把他领到一家店铺门口，在椅子上坐下来。她说：'你待在这儿等我回来。现在别动，也不许再叫喊。'

"海因斯照做了，真的照做了。他遵照她的安排坐在那里，她也没有回头看一眼。人们一直盯着他俩，或许是因为乡亲们除了在他家附近见过她外，她总待在家里。而他是那种有点凶巴巴的小老头儿，不管谁经过他身边都得心里掂量着点儿。总之，人们十分诧异，他们绝对没想过他会听命于人。他好像被老太太抓住了把柄，不得不服从。当她告诉他坐在那把椅子上不要叫喊，不要大声说话时，他双手颤抖地握着大手杖，口水从嘴里流出来，一直流到衬衫上。

"她直接去了监狱。监狱外面围着好多人，因为杰弗逊镇人捎来口信，说他们正在赶往押解黑鬼的路上。她穿过人群，走进监狱，对梅特卡夫说：'我想见见他们抓住的那个人。'

"梅特卡夫问她'你见他干吗？'

"'我不会打扰他,'她说,'我就想看看他。'

"梅特卡夫说好多人都想见他,他知道她不会协助他逃跑,可是他只是个狱警,没有警长的命令,他不能让任何人进去。她一动不动地站在那里,穿着紫色的衣裙,帽子上的羽毛也纹丝不动。她问:'警长在哪儿?'

"'他也许在办公室,'梅特卡夫说,'你找到他,得到他的允许,我就让你见那个黑鬼。'梅特卡夫以为这件事就这样过去了。他看着她转身离开,从监狱前面围观的人群中走过,返回通往广场的街道。这时,帽子上的羽毛开始摇晃。梅特卡夫看见羽毛沿着栏杆上方一路晃动。接着,她穿过广场,走进法院。人们不知道她要干什么,因为梅特卡夫没时间告诉他们监狱里发生了什么。大伙儿只看见她走进了监狱。后来,拉塞尔说他在办公室,一抬头正好看见桌子对面的窗外有一顶插羽毛的帽子,他不知道她在那里站了多久,一直在等他抬头。他说她的身高刚够柜台那么高,所以她看起来好像根本没有身子,就像有人溜进来,放了一只绘有人脸的玩具气球,上面扣了一顶帽子,就像漫画书上的捣蛋鬼一样。她说:'我想见警长。'

"'他不在这儿,'拉塞尔说,'我是他的助手,我能为您做什么?'

"他说她站在那里一直没有说话。后来她才说:'我能在哪儿见到他?'

"'说不定在家,'拉塞尔说,'这周他非常忙。有时他为了帮杰弗逊镇的官员们,会一直忙到深夜。说不准他现在正在家小睡呢。不过,也许我可以——'他说,这个时候老太太早已不见了。他从窗外望去,看见她又走过广场,拐弯朝警长家走去。他说他一直考虑她到底是什么人。

"她没找到警长。总之,当时已经很晚了,警长就在监狱里,只不过梅特卡夫没告诉她,而且没等她离开监狱多远,杰弗逊镇官员就开着两辆汽车来了监狱。他们来得很快,进监狱也是匆匆忙忙的。可他们抵达摩兹镇的消息早已经传开了，二百多男女老少聚集在监狱前，两位警长走到门廊处，咱们的警长开始讲话，要求乡亲们尊重法律，他和杰弗逊的警长都保证，黑鬼很快就会受到公正的审判。这时，人群中有人说：'公正？见鬼去吧！他给白种女人公正了吗？'于是，众人开始叫嚷，再次涌过来，好像他们在为死去的女人喊冤，而不是冲警长叫喊。不过，警长仍旧心平气和地给他们解释，说从民众选举他那天起，他就一直信守诺言。'我对黑人凶手不会抱更多同情，黑人、白人都一样。'他说，'那是我的誓言，上帝作证，我一直信守誓言。我不喜欢找麻烦，但我也不会逃避麻烦。大家最好冷静一会儿。'哈利迪当时也在场，和两位警长站在一起。他最理智，而且不会自讨没趣。'呦，'有人抱怨，'我们猜你不想给他处以私刑吧。但对我们来说，他不值一千美元。他连一千根用过的火柴棍都不如。'这时，警长马上回答：'要是哈利迪不想让他死呢？难道我们所希望的不一样吗？摩兹镇的一位居民将得到赏金，这笔钱要花在摩兹镇。想想看，如果是杰弗逊镇的人得到这笔钱呢？公平吗？乡亲们，合理吗？'他的声音很低，像玩偶发出的声音，仿佛乡亲们不喜欢他讲的东西，而且有违乡亲们差不多已经定型的想法时，大人物就是这样的讲话方式。

"不管怎么样，这番话好像还是说服了他们。即便乡亲们知道那笔钱将归摩兹镇而不是其他地方，即便哈利迪要花那笔钱，可总是奏效了。乡亲们真可笑，他们不会坚持某种思维方式或做事方法，除非他们找到了坚持的新理由。当他们一旦有了新的理由，就会改变。所以，他们不再反驳，仿佛先前人们是由内而外地散去，而现在却开始从外边聚拢。警长们明白，正如他们所料，这件事不会持续太久。他们迅速回到监狱后又出来，几乎没等人们转过身，他们就出来了，中间夹着那个黑人，后面跟着五六个助手。他们肯定早已安排好黑人等在监狱门后面，因为他们几乎马上就出来了。黑鬼铁青着脸，双手被铐了起来，由杰弗逊镇的警长牵着。人群中发出一阵'噢，

噢，噢——'

"他们在人群中走出一条直通街道的巷子，那儿停着杰弗逊镇来的第一辆汽车。汽车引擎已经发动，司机也已手握方向盘，警长们马不停蹄地走过去。这时，她又出现了，还是那个女人，海因斯太太。她从人群中挤出来，因为个子太低，所以大伙儿只看见那根羽毛在慢慢向前颠簸，好像即使没有任何阻拦，它也走不快；又像一辆拖拉机，谁也无法阻挡。她挤过乡亲们排成的街巷，总算站在了两位警长的面前。于是，他们只好停下来，生怕把她踩倒。她的脸像一块油灰，帽子歪在一边，羽毛垂在眼前。她必须把羽毛推后，才能看见，可她没有这么做。她只是站在那里，盯着黑鬼，死死挡在他们面前足有一分钟。她始终都没有说一句话，仿佛这就是她所希望的，一直缠着别人想得到的，仿佛这就是她盛装来到镇里的原因——就为来瞧黑鬼一眼。然后，她便转身再次钻进人群。两辆汽车载着黑鬼和杰弗逊镇的司法人员开走时，人们四处寻找，发现她已经不见了。接着，人们回到广场，博士大叔也早已离开那把她让他坐着等待的椅子。不过，不是所有人都回了广场，好多人还待在原地望着监狱，仿佛刚刚离开的只是黑鬼的影子。

"大家以为她带着博士大叔回家了。达拉店铺的椅子还在门口，达拉说围观的人们还没回到街上时，海因斯太太先回来了。他说博士大叔一直没动，静静地坐在她离开时的椅子上，仿佛被施了催眠术，直到她走过来碰了碰他的肩膀，他才站起来。他俩在达拉的注视中一起走了出去。达拉说，从博士大叔脸上的表情来看，他应该是回家了。

"可她没有领他回家。过了一会儿，乡亲们看见她并没有领他去什么地方，他俩好像有同一件事情要做——相同的事情不同的理由。他们好像都明白各自的理由并不相同，如若一方如愿，势必对另一方不利。他俩不必言说，彼此心知肚明，互相警惕，都明白出发的决定权在她。

"他们径直去了萨蒙租车的车库,由她来搞价。她说他们要去杰弗逊镇。他们也许做梦都没想到,萨蒙的收费会每人超出二十五美分。因为当萨蒙说出三美元时,她又问了一遍,好像她不敢相信自己的耳朵似的。'三美元。'萨蒙说,'不能再少了。'他们站在那里,博士大叔没有插嘴,只是一直等在旁边,好像这件事和他毫无关系,好像他知道根本没必要操心,她会把他们带到那儿。

"她说:'我付不起那么多钱。'

"'不能再便宜了,'萨蒙说,'除非去坐火车,每人五十二美分就够啦。'没等他说完,她早走了,博士大叔像条狗一样跟在后面。

"那会儿大约四点。大家看见他们坐在法院空地的长椅上,一直坐到六点。他们没有说话:好像两人都不知道对方就在身边。他们并排坐在那儿,海因斯太太穿着节日盛装,也许正在自我陶醉,可以穿上漂亮的衣服在镇中心度过整个星期六晚上;也许她觉得这就跟别人在孟菲斯待一整天一样。

"他们一直坐到六点的钟声敲响。然后,他们站起来。乡亲们说她始终没和他说一个字,但他俩同时站了起来,像两只鸟儿同时飞离枝头一样,没人说得清是他们中的哪一个发出了信号。他俩走在路上,博士大叔稍稍靠后。他们就这样走过广场,拐进通向车站的街道。乡亲们知道三个小时内不会有火车,他们正纳闷老两口是不是真要坐火车去什么地方。没等他们弄清楚,老两口就做出了更让他们吃惊的举动——他俩去了车站附近的餐馆吃晚饭。自从他们来到摩兹镇,没人见过他俩一起出现在大街上,更别说在餐馆吃饭。可她的确把他带到了那里,也许他们担心回镇中心吃饭会误了火车。不到六点半,他们就进了餐馆,坐在柜台旁边的两张小凳上,吃着没有征求博士大叔的意见便点好的饭菜。她向店员打听去杰弗逊镇的火车,店员告诉她凌晨两点半有车。'今晚杰弗逊镇可热闹啦,'他说,'你们可以从镇中心找车,四十五分钟就能到,用不着一直等到两点半再坐火车。'他以为他们也许是外地人，还给她指了进城的路。

"但她什么都没说。吃完饭，她从雨伞里掏出一个扎好的布袋子，一次一枚地掏出五分和一角。她结账时，博士大叔一脸茫然地等着，好像在梦游。结了账，他们走出饭店。店员以为他们会听取他的建议，去镇上乘汽车。可当他往外瞧时，却看见他俩跨过铁轨岔道，朝车站走去。他想过要喊他们一声，但他没那么做。'我猜是我没明白她的意思，'他说自己琢磨过，'也许他们想坐九点那辆火车，往南走。'

"他们坐在候车室的长椅上，乡亲们、推销员、游民等各类人群开始走进来，买那辆南行列车的车票。售票员说，他七点半吃过晚饭后进来时，发现候车室有人，但没什么可奇怪的。后来，海因斯太太走到售票窗口前，询问开往杰弗逊镇的车什么时候开。他说当时自己很忙，只是抬头瞟了一眼，并没有停下手里的工作，说了一句'明天'。他又说，过了一会儿，有什么东西吸引了他。他抬起头，看见一张圆脸正盯着他，窗口还有一根羽毛。海因斯太太说：

"'我买两张去杰弗逊镇的车票。'

"售票员说：'那辆火车明早两点才到。'当时，他也没有认出她来。'要是你们想早点赶到杰弗逊镇的话，最好去镇上租辆车。你们知道去镇上的路吗？'可她只是站在那里，五分、一角地数着从打结的布袋里掏出的钱。他递给她两张票，从窗口看见她身旁的博士大叔。这时，他才明白她的身份。他说他们坐在那里，南行的乡亲们走进来，火车到站后又驶出车站。他们一直坐在长椅上。他说博士大叔看起来像睡着了，或是吃了药什么的。火车离开时，有的乡亲们没有回镇上，他们待在那里，不时地在候车室进进出出，看见博士大叔和他的妻子坐在长椅上，直到售票员关掉候车室的灯。

"之后，候车室还剩下一些人。他们从窗口看见老两口坐在黑暗中。也许他们看见了羽毛和博士大叔的白头发。过了一会儿，博士大叔开始清醒。当他发现自己在候车室时，没有表现出丝毫诧异，对自己身处不乐意待的地方也不觉得奇怪。他站起身,仿佛迷糊了太久,现在该是重焕活力的时候了。老头正要开口说话时,她发出'嘘,嘘——'的声音制止他。他俩一直坐在那里,直到售票员把灯打开,告诉他们两点的火车快到了。她像抚慰婴儿一样,对他说着'嘘,嘘——',博士大叔却不停在骂'可恶!淫贱!'"

16

拜伦的敲门声没有得到回应。他从走廊出来,绕房子转了一圈,走进狭小的后院。他立刻就看到了桑树下的那把椅子。这是一把修理过的、松弛、褪色的折叠式帆布躺椅,海托华长期的坐压使它即使在空着的时候,也似乎仍然可怕地保留着主人肥胖的不成形的身子,拜伦思索着走到椅子旁。这张无声的椅子能让人想到弃置、懒散、陈旧、远离尘世等字眼,它是海托华的象征,也是海托华自己的境遇。"我又要打扰他了。"拜伦轻启嘴唇,心想,*又一次?比起以往的打扰,现在他会觉得那根本不算什么打扰。有时在星期日。不过,我觉得这个星期天会让他很恼火,乡亲们把星期天搞成了这样。*

拜伦走到椅子后面,低头望去,海托华正在熟睡。他穿着一件干净的新衬衫,隆起的肚皮像气球一样撑开白衬衫,露出破旧的黑裤子。他的肚子上扣着一本翻开的书,双手叠放在书本上,神情安详、和蔼,活像一位罗马主教。衬衣的款式已经过时,配有胡乱熨烫的褶皱胸饰。他没有带领圈,嘴巴大张,松弛的肌肉从嘴角垂下来,露出牙渍斑斑的下齿,岁月唯一没有改变的只有尚且还算高耸的鼻梁。拜伦俯视这张没有知觉的面孔,仿佛这个人的身体已经脱离了鼻子,只有鼻梁像废弃的城堡上一面被人遗忘的旗子,依然倔强地维护被懒惰击败的骄傲和勇气。桑叶遮蔽的天空透出几缕阳光,投射在他的眼镜片上，闪烁着耀眼的光芒。因此，拜伦很难判断海托华的眼睛什么时候会睁开。他只看见海托华闭上了嘴巴，叠放的双手稍稍动了一下，海托华坐了起来。"噢，"他说道，"是谁？——噢，拜伦。"

拜伦低头望着他那张极其冷峻的面孔，此时更是没有一丝同情的意味，说不上那是一种什么表情，只让人觉得十分冷静、坚定。拜伦平淡地说："昨天他被抓住了。我估计你只听说过杀人，还没听到这个。"

"抓住了？"

"克里斯默斯。在摩兹镇。他去了那个镇子。据我所知，他大摇大摆地走在街上，直到被人认出来。"

"抓到他了。"海托华说着，直起身坐在椅子上。"你来告诉我说他——他们已经……"

"不，还没人想把他怎样。他没死。他在监狱里，没事儿。"

"没事。你说他没事。拜伦说他没事——拜伦·邦奇帮助那个女人的情人，为了一千美元出卖朋友，还说没事。他把那个女人藏起来，不让孩子的父亲见她——我可以说，另一个情人，拜伦？我可以那么说吗？拜伦·邦奇隐瞒了真相，所以我也该克制？"

"如果公众的讨论可以成为真相，那我想这就是真相。尤其当他们发现我把他俩都关进了监狱。"

"他们？"

"布朗也在里面。尽管我估计大多数乡亲认为布朗没有能力杀人或协助杀人，就像他在抓捕中没本事抓到或协助抓捕克里斯默斯一样。不过，人们完全可以说，拜伦·邦奇现在已经将他安全地关进了监狱。"

"啊，不错。"海托华的声音微微颤动，高亢而尖细地说，"拜伦·邦奇，公众福祉和道义的守护者、获胜者和受益者，因为现在他要迎娶那个配不上他的妻子——我可以这么说吗？那么我也理解拜伦的意思啦?"说着,身形庞大、松弛的海托华坐在塌陷的椅子里,开始大叫起来。"我不是那么个意思。你知道我不是,但你不应该来打扰我,让我烦心,而我已经——我已经学会不问世事——在别人的教导下远离一切——这件事竟然找上门来,在我上了年纪,习惯于接受别人一切想法的时候——"拜伦曾经见过他坐在那里满脸汗如泪下,可现在却看到他松弛的脸颊上泪如汗下。

"我知道。很抱歉让你忧心,真的很抱歉。我不知道,我不知道为什么要迈出第一步,或许我不应该……可你是牧师,你不能逃避这一点。"

"我不是牧师,并不是我不愿做。记住,不是我自己不愿再做牧师,那是别人的意愿,更是命令。你,她,监狱里的他,还有那些将自己的意愿强加于他的人们,你们用同样的方法对待我和他。对上帝创造的同一个人群施以侮辱和暴力,强迫他们去做事,但现在又转身不愿承认自己曾经的所作所为。不是我选择放弃。你记住。"

"我懂。因为一个人没有那么多选择,可在此之前你自己已经做了选择。"海托华望着拜伦,"我出生之前你就做出了选择,在我、她或他出生之前你已经选择了。我觉得无论善恶,人总要为自己的选择遭受苦难。她、他、我都要受苦。其他人,另一个女人也一样。"

"另一个女人?又一个女人?难道五十年后,我的生活还要被侵犯,我的安宁还要被破坏,就为了两个堕落的女人,拜伦?"

"这个女人没有堕落。她困惑了三十年,但她现在清醒了。她是他的外祖母。"

"谁的外祖母?"

"克里斯默斯的。"海托华答道。

海托华在漆黑的书房窗口静静等待,望着街道和大门,听到远处音乐开始响起。他不知道自己期盼这个音乐,每星期三和星期日晚上,他都会站在昏暗的窗口,等待音乐开始。不必借助手表或钟表,他几乎能精确地知道音乐开始的那一刻。他什么都不需要。二十五年来，他一直未曾使用过钟表，他的生活与机械时间无关。但正因如此，他很清楚每个时刻，仿佛他的潜意识中自然凝成了一些惯例，这些惯例曾将他在尘世中逝去的生命管理得井然有序。没有钟表，思绪停留的那一刻，他照样能知道在固定的两个时间段里，昔日的他正要去哪里，要做什么，这些时间段便是星期日的早、晚礼拜，以及星期三晚上的祷告仪式。那时，他会走进教堂，他会结束祷告或布道。因此，黄昏还未退去之前，他会自言自语，说起星期日晚上的祷告会。*现在，他们开始聚集，沿着街道慢慢走近，转身进来，互相打招呼：成群结队，三三两两，孤身一人。他们会在教堂小声闲聊一会儿，女士们一个劲儿地扇扇子，发出唑唑的声音，还会向走在过道的朋友们点头致意。卡鲁斯小姐*（她是风琴手，去世已近二十年）*便是其中之一，很快她便会站起身，走进风琴间。*他似乎总觉得那是人类最接近上帝的时候，比七天中任何时候都要近。在所有的教堂聚会中，只有这个时刻是宁静的。这才是教会的期盼和宗旨。这时，思想和心灵得到了净化，假如真能净化的话；在早礼拜仪式庄严肃穆的浓重氛围中，过去一周的所有灾难都已结束，都已累加起来得到了救赎；无论下一个星期会做什么，厄运都尚未出现，信念和希望如凉风般温柔地拂过。此时，内心暂时获得了平静。

海托华坐在暗夜的窗口，似乎看见那些人。*现在，他们开始聚集，进了门。他们几乎全都到了那里。*接着，他略微前倾，开始说"开始，开始"；于是，音乐仿佛一直在等他发出信号一样开始演奏起来。盛夏的夜晚，弦乐清晰而洪亮，响亮的声音夹杂着卑微与高尚，好像自由的嗓音随着音量的提升，正慢慢形成受难者的形象和表情，陶醉、严肃、深邃。然而，和所有的宗教音乐一样，即便这时，它仍然有一种严厉、不可饶恕的味道，如献祭般有意而为，并且冷酷无情。这是一种恳请和祈求，不是为爱、为生命而拒绝任何人拥有它，而是以响亮的音调祈求死亡，仿佛死亡是一种恩赐。接受这种音乐的人们似乎发出一浪高过一浪的赞美声，正是这种音乐的赞颂和象征意义塑造了他们，所以他们要以赞美的方式回报它。海托华静静地倾听着，仿佛在乐声中听到自己的过去、当时所处的环境以及体内循环的血液都已固化：他生于斯、长于斯的土地上的人们永远无法获得欢乐，无法承受灾难，也无法安然躲过这一切。他们似乎无法承受快乐和喜悦：他们只会从暴力、酗酒、斗殴以及祈祷中找到宣泄；对于灾难也是如此，同样的暴力手段，同样显而易见地无法逃避。*那为什么他们的宗教不强迫他们受难和彼此折磨呢？*他思索着，似乎能在乐声中听到他们的宣言和努力，因为他们知道明天必须采取行动。过去的一周好似激流奔涌而去，明天开始的新一周如深渊般降临。此刻，在瀑布的边缘，奔腾的水流已经汇成一种响亮、尖厉的叫喊声，这种叫喊并非出于正义，而是俯冲前的绝唱；也不是对任何神灵的祷告，而是在向监牢中的死囚诉说。这个人能听到他们的歌声，也能听到另外两座教堂的乐声。在他受刑时，人们也会为他竖起十字架。海托华站在晦暗的窗口自言自语，"他们也很乐意这么做"。他感到嘴唇和下巴的肌肉因为有所预感而变得紧张起来，这种预感甚至比嘲笑更可怕。"因为同情他就意味着承认自我怀疑。他们自己也希望、也需要同情。他们会很乐意这么做，非常乐意。这就是它的可怕之处，可怕，恐怖。"这时，他往前靠了一点，看见三个人走过来，拐进大门，街灯的阴影映出他们的侧影。他早已认出那是拜伦，而且他身后还跟着两个人。他知道那是一男一女，但除了一个人穿着女裙外，几乎很难分辨清他俩：一样的身高，一样的胖瘦，他们比普通男女胖两倍，像两头熊一样。他忍俊不禁，"要是拜伦头上也戴一块手帕，再配一副耳环的话。"他一边想，一边暗自发笑，努力想止住笑，以便等拜伦进门时，好到门口迎接他们。

拜伦领着他们走进书房——一个矮胖的女人穿着紫色的衣服，帽子上插着一根羽毛,手里拿着一把雨伞,面无表情;那个男人脏得有些不可思议,衰老得令人难以置信,蓄着烟气十足的山羊胡,眼睛里露出疯狂的目光。他们进屋时毫不羞怯,反而像两个玩偶被拙劣的弹簧操纵着。两人当中,女人显得更加自信些,或者说至少更为清醒。尽管她懒得走动,刻板而机械地挪着每一步,但她此行的目的非常明确,至少可以说是抱有模糊的希望。然而,海托华一眼就看出,那个男人有些神志不清,看似漠不关心,毫不在意身在何处,但同时又矛盾地具备了一种痴迷而警觉的潜质,这种潜质随时会爆发。

"这就是她,"拜伦低声说,"这是海因斯太太。"

他们一动不动地站在那里:女人仿佛在长途跋涉后终于抵达目的地,此时正置身陌生的面孔和环境中,像冰川一样冷淡,像石砌彩绘一样冷静地等着;邋遢的老头儿沉着而痴迷,但随时都可能勃然大怒。这两个人的好奇心若有似无,好像都没怎么瞧海托华。海托华指了指椅子。拜伦领着手拿雨伞的海因斯太太小心翼翼地坐下来。老头儿自己也一屁股坐在椅子上。海托华拉了一把椅子坐在桌子对面,问:"她想跟我说什么?"

海因斯太太坐着没动。显然,她没有听见。她好像依靠信念的力量刚刚完成一次艰难的旅行,现在终于停下来,开始静静地等待。"这是他,"拜伦说,"这是海托华牧师。告诉他。告诉他你想对他说的。"她面无表情地望着正在说话的拜伦。如果她真有隐情,也早已被刻板的面孔掩盖了;如果她真有任何愿望或祈求,那张脸也没表现出任何迹象。"告诉他,"拜伦又说,"告诉他,你为什么要来,为什么要来杰弗逊镇。"

"因为——"她突然开口了,声音虽然不高却低沉而尖厉,好像她自己也没料到说话时声音会这么嘈杂;她怔住了,仿佛被自己的声音吓了一跳,依次望着另外两张脸。

"说吧,"海托华说,"尽量说给我听。"

"因为我……"她再次欲言又止，声音虽然不高，却好似受惊一般戛然而止，好像这三个字自动设置了障碍，以至于她的声音无法逾越；他们几乎都能看出她为此所做的努力。"自从他学会走路后，我再也没见着他，"她说，"不只是三十年没有见，一次都没见过他走路，没叫过他一声名字——"

"淫贱！可恨！"老头儿突然开口骂道，高亢而尖厉的声音充满力量，"淫贱！可恨！"然后，他不说话了。极度愤怒的他像先知一样，迅速从梦魇般的状态中突然迸发出这四个字。海托华看了他一眼，又看了看拜伦。拜伦平静地说：

"他是他们女儿的孩子。他——"拜伦稍稍扬了一下头，指了指老头儿，老头儿两眼放光，正狂躁地瞪着海托华，"——孩子一出生便被他抱走了。她不知道他如何处置了孩子，甚至从来不知道孩子是生是死，直到——"

老头儿又一次令人惊诧地突然打断拜伦。不过，这次他没有叫喊：他的声音像拜伦的一样沉着，富有逻辑性。他以清晰的语调讲述着，只不过略有些急躁："是的，老海因斯博士把他带走了，这是上帝赐予海因斯的机会，所以老海因斯同样也以机会回赠了上帝。于是，上帝从小孩口中传达了他的意愿。小孩子在上帝和人类的耳畔一起朝他大声叫着'黑鬼！''黑鬼！'，充分彰显着上帝的意愿。老海因斯博士向上帝祈祷'这还不够。孩子们之间叫的比黑鬼更难听'，上帝说'你等着瞧，因为我没有时间可以浪费在处理这个世界的放荡和淫贱上。我已经在他身上留下了印迹，现在我要让他明白。我派你到那儿观察和维护我的意愿。该你去照管和监督了'。"海因斯没有往下说，语调也丝毫没有降低，只是声音突然间消失了，就像有人不想听唱机，把唱片的唱针提起来，音乐声突然停止了一样。海托华的目光从他身上移到拜伦那里，几乎也是瞪大了眼睛，问道：

"怎么了？怎么了？"

"我本想安排她来和你见面谈话,不让他跟着来,"拜伦说,"但他没有地方去,她说她必须看管好他。他昨天在摩兹镇就一直撺掇人们,要把克里斯默斯处以私刑,他自己都不明白自己做了些什么。"

"把他处以私刑?"海托华说,"把他的外孙处以私刑?"

"她就是这么说的,"拜伦淡淡地回答道,"她说这就是他来这儿的目的。所以她必须和他待在一起,才能阻止他。"

海因斯太太又开始讲话。也许她刚才一直在倾听,但她还是刚进屋时那样的面无表情;她板着脸,像老头儿一样突然开口,死气沉沉地说道:"五十五年来,他一直是这个样子。五十五年多了,但我已经忍受了五十五年。甚至在我们结婚前,他都一直在打架。米莉出生的那天晚上,他因为打架被关在监狱。这就是我一直以来所忍耐和遭受的。他说他必须打,因为他比大部分人要矮,不打就会被人欺负。这是他的虚荣和骄傲在作怪。我告诉他那是他身体里有魔鬼,总有一天,魔鬼会来找他,等他明白过来就已经晚了。到那时,魔鬼会说'尤菲斯,我是来讨债的'。这是米莉出生第二天时,我对他说的。当时,他刚从监狱出来。我对他说,上帝适时地给他发出了信号和警告:就在女儿出生的那个时刻,他被关进了监狱。那是上帝意愿的明示,上天认为他不配养育女儿。上帝给他的信号表明那个镇子对他不利。当时他在铁路上干活,是一名制动器检修工。这时,他自己也明白了那是警示,于是我们搬出那个镇子。过了不久,他成了锯木厂的工头,干得也不错。因为那时他还没开始骄傲自负地借上帝的名义,为自己身上的魔鬼辩解并请求宽恕自己。一天晚上,勒蒙·布什的马车从马戏团出来,经过我家门口,却没有停车让米莉下来。尤菲斯回到家,把抽屉翻了个底朝天,直到最后找到那把手枪。我对他说:'尤菲斯,现在让你着急的不是米莉的安危,而是魔鬼。'他说:'什么魔鬼不魔鬼,什么魔鬼不魔鬼的。'说着,他把我推倒在床上,我眼睁睁地看着他——"海因斯太太没往下说。不过,她的声音是慢慢传来的,仿佛唱片机播到一半却没了电。海托华的目光又从她身上移到拜伦身上，还是那副瞠目结舌的惊讶表情。

"我也听过这些，"拜伦说，"起初，我也很难理解。他们住在阿肯萨斯州的一家锯木厂，他是那里的工头。女孩当时约莫有十八岁。一天晚上，马戏团途经锯木厂要去镇上。那是十二月的一天，下着瓢泼大雨，一辆马车在锯木厂附近的一座桥上翻了车，车上的人去他家把他叫醒，向他们借用木滑轮，想把马车吊出来——"

"那是上帝所憎恨的女人的肉体！"老头儿突然叫起来。接着，他的声音缓缓降下来，好像他只想吸引别人的注意力一样。接着，他又加快语速，花言巧语、模棱两可地用第三人称狂热地谈到自己。"他知道。老海因斯博士知道。他早在她身上发现了女人的肉体的印迹，那是上帝所憎恶的，就在她的衣服下面。所以，当他穿上雨衣，打着灯笼出去又回来时，她早已穿好雨衣站在门口。他告诉她：'回去睡觉。'她却说：'我也想去。'然后他又说：'回房间上床睡觉去。'她转身回去以后，他便直接去锯木厂取了大滑轮，把马车拉了出来。他一直干到天亮，相信她遵从了父亲的命令和上帝的意愿。然而，他应该明白，应该明白上帝憎恨的女人的肉体。他本应该看出可恶的淫贱早已成形，开始玷污上帝的眼睛。老海因斯博士很清楚他是个西班牙人。老海因斯博士从他脸上看到了万能的上帝对黑鬼的诅咒。告诉他——"

"什么？"海托华问，他大声叫起来，好像他早就料到，必须增大音量才能淹没对方的声音，"怎么回事？"

"是马戏团的一个家伙，"拜伦说，"海因斯逮住他女儿时，她说那个家伙是墨西哥人。也许是那家伙告诉她的，但——"拜伦又指了指老头儿，"——知道那个人身上有黑人的血统。也许马戏团的人们告诉了他，我不清楚。他也没说过他是怎么知道的，好像谁说的无关紧要。我觉得也是。因为第二天晚上后发生了一些事情。"

"第二天晚上？"

"我猜马戏团滞留的那晚她就溜出去了。他是那么说的。要是她没有出去过的话，他也不会那么做。因为第二天她和邻居去了马戏团，他允许她去。当时，他不知道前天晚上她就没有待在家里。他没有产生任何怀疑，甚至当她穿着节日盛装出门，钻进邻居的马车里时，他都没有起疑心。可是当天晚上，他一直等待马车回来，倾听马车的动静。马车上了大路，经过他家时却似乎没打算停下来让他女儿下车。于是他跑出去叫喊，邻居停下马车，而米莉却不在里面。邻居说在马戏团的表演场里她就离开了，整晚和住在大约六英里外的另一个女孩待在一起。邻居觉得奇怪，海因斯怎么不知道这件事。因为女孩上车时，手里拎着包。可海因斯却没有看见。而且她——"这次，拜伦指了指板着脸的老太太，"她也许听到了拜伦的声音，也许没有。她说是魔鬼在牵引他。她说当时他和她都不知道米莉去了哪里，可海因斯冲进屋里，拿出手枪。当她试图阻拦时，他还把她打倒在床上。她说他抄了一条他能走的唯一一条近路，一条能够追上他们的路。但他绝对不可能知道他们走的是哪条路。然而，他选对了，也找见他们了，好像他一直就知道他们去了哪里，好像他和女儿声称的墨西哥人已经约好要在那里见面，好像他全都知晓。甚至在伸手不见五指的黑夜里，当他追上一辆轻便马车时，他都无法断定它就是自己要找的那辆马车。但他紧紧跟着那辆车，他所见到的第一辆马车。他骑着马在马车右侧行进，一声不吭地走在漆黑的夜里。他俯下身，连马都没有停下就一把抓住了那个男人。这个人也许是陌生人，也许是邻居，因为他看不到，也听不出来。海因斯一手抓住那个人，一手拿枪对准他并且将他击毙。之后，他把女儿带上身后的马背回了家。他把那辆马车和那个男人一起留在大路上。这时又开始下雨了。"

拜伦没有继续往下说。那个女人立马接过话茬儿，仿佛她一直在非常耐心地等待拜伦停下来。她还是刚刚那样僵硬、平淡的语调，两个单调的声音此起彼伏，两个无形的声音梦呓般地讲述，冷酷无情的人在狭小的空间里上演的一幕："我躺在床上，听到他走出去，骑着马从畜棚里出来，刚走过门口就开始飞驰。我穿着衣服躺在床上，望着油灯，火苗越来越小。过了一会儿，我坐起来，拿着灯去了厨房。我把油灯添满油，挑亮灯芯。油灯一直亮着，我脱了衣服躺在床上。外面一直在下雨，非常冷。过了一会儿，我听见骡马回了院里，在门廊处停下来。我坐起来，披上围巾，听见他走进来。我能听出尤菲斯和米莉的脚步声，他们走进客厅。米莉站在那里，满脸雨水，头发和新衣服上全都是泥水。她闭着眼睛，尤菲斯把她打倒在地，她躺在那里的表情和站起来时没什么两样。尤菲斯浑身是泥，湿漉漉地站在门口，说道：'你说过我在给魔鬼干活。好啊，我把魔鬼的收成给你带回来啦。你问问她肚子里装的啥？你问她！'我当时又冷又困，就问：'出什么事了？'他说：'你过那边，低头看看那脏东西里有什么。他也许能骗她说是墨西哥人，可他骗不了我。他也骗不了她，用不着骗。因为你说过总有一天魔鬼会来找我收账，对，他来了。我老婆给我生了个娼妓。不过，还好，他来收债的时候给我指明了一条路，帮我端稳了手枪。'

"所以，有时候我会想魔鬼怎么战胜了上帝。因为我们发现米莉快要生孩子了，尤菲斯开始寻找可以处理掉孩子的医生。我相信他能找到，有时候我觉得要是还想活下去，这样也好。有时我希望他能找到。经历过这些折磨后，我太累了。马戏团的老板来告诉我们，那个家伙真是混血的黑鬼，根本不是什么墨西哥人。一切如尤菲斯一直说的那样，好像魔鬼跟他说过那个家伙是黑鬼。尤菲斯又拿出手枪，说要么去找一个医生回来，要么就杀一个。他每次一走就是一个星期，乡亲们都知道了这件事，我劝尤菲斯搬家，因为只有马戏团老板说他是黑人，也许他也不确定。而且他已经死了，我们再也不可能见到他。可尤菲斯不愿离开，米莉生产的日子也快到了，尤菲斯还是拿着枪出去找能处理孩子的医生。后来,我听说他又进了监狱;他到过好多地方的教堂和祈祷会去找医生。一天晚上,他在祈祷会中途站起来,走向布道坛开始说教,大骂黑鬼,让白人合力将黑鬼全部杀死。教堂里的乡亲们让他住嘴,不允许他在上面。他掏出手枪威胁他们,直到警察赶来将他制伏,他当时像个疯子似的。人们发现他已经在另一个镇上打伤一名医生,在被抓之前就跑了。因此,当他从监狱出来回到家时,米莉已经快生了。我以为他看到了上帝最终的意愿,能够放弃自己的想法,因为他在家里非常安静。一天,他发现了我和米莉瞒着他准备好的小衣服时,他什么都没说。他每天都会问,我们以为他已经放弃了,也许去教堂或进监狱把他驯服了,就像米莉出生的那天一样。于是,米莉生产的日子到了。一天晚上,米莉把我叫醒,说她快生了。我穿好衣服,告诉尤菲斯去找医生。他穿上衣服走了出去。我把一切收拾妥当,只等尤菲斯和医生回来。时间一点点过去了,尤菲斯还没有回来。我一直等到医生本应该很快就能赶到时,走到门廊处一看,尤菲斯正坐在最高一级台阶上,膝上放着一支猎枪。他说:'滚回家里,养娼妇的贱人。'我叫了一声'尤菲斯'。他举起猎枪说:'进去。让魔鬼自己来收拾:这是他自己种下的。'我想办法从后面跑了出去,尤菲斯听到我的脚步声后,手持猎枪绕着房子追赶我,还用枪托打了我。我只好回到家里。他站在客厅门口,眼睁睁看着米莉死去。然后,他走到床边,看了婴儿一眼,他抱起婴儿,高高举起,举得比灯还要高,好像是在等着看魔鬼和上帝谁是赢家。我软瘫了,坐在床边,看着墙上映出的影子,他的,手臂的,还有高高举起的襁褓。当时,我以为上帝胜利了。但现在我仍然不明白。因为他把婴儿放回米莉身边就走了。我听见他走出前门,我站起来,点燃炉火,热了些奶。"说到这里,她突然停住,刺耳的嗡嗡声消失了。海托华坐在桌子对面望着她:这个面容僵硬的女人穿着紫色的衣裙,自打进屋坐下后就一直没动。接着,她又开始讲述,还是没有动,嘴唇几乎都没有动一下，好像她是一具玩偶，而她的声音像是另一个房间发出的口技表演。

"尤菲斯走了。锯木厂的老板不知道他去了哪里，又找了一个新的工头，不过允许我在那幢房子里多住些日子，因为我们都不知道尤菲斯去了哪儿。冬天来了，我得照料孩子。我和格尔曼先生一样，都不知道尤菲斯的去向，直到他寄来一封信。这封信是从孟菲斯寄来的，信里有张汇款单，只有这些。所以我一直不明白。后来在十一月的时候，我又收到一张汇款单，里面还是没有信什么的。我当时非常疲惫。圣诞节的前两天，我到后院劈柴，回来时发现孩子不见了。我离开卧室不到一小时。要是他回来或离开我都能看到，可我什么也没看见。我只发现了尤菲斯留在枕头上的一封信。这个枕头是我放在孩子和床边以防婴儿滚下床的。我非常累，只能等待。圣诞节后，尤菲斯回到家里，什么都没跟我说，只说我们要搬家，我以为他已经把婴儿安顿在那里后才回来接我的。他不告诉我要搬到哪里，只说很快就搬。我快急疯了，担心我们没到那里的时候孩子怎么办。可他还是什么都不说，而且好像我们又没法走了。后来，我们搬家了，可婴儿却不在那里。我说：'你告诉我，你把乔怎么啦。你必须告诉我。'他看着我，和那晚看着米莉躺在床上死去时的表情一样。他说：'那是上帝痛恨的。我是他的意愿的执行者。'第二天，他离开了家，但我不知道他去了哪儿。他又寄了一张汇款单。下一个月，他回家后对我说他在孟菲斯干活。我知道，他把乔藏在了孟菲斯的某个地方，我觉得肯定是这么回事。如果那样的话，即使我不在，他也可以照看乔。我明白我得等尤菲斯愿意让我知道时他才会说。每次，我都以为下一次他会带我去孟菲斯。于是，我就等，我给乔缝制好衣服，等尤菲斯回家时，我会试着让他告诉我，乔穿这些衣服是不是合适，他好不好。可尤菲斯什么都不说。他坐在那里大声朗读《圣经》，除了我之外再没有其他听众，他大声喊出《圣经》的内容，好像他知道我不会相信《圣经》所说的一样。五年来，他一直都没有告诉我，我也不知道他有没有把那些衣服带给乔。我不敢问，怕他不高兴。因为即使我不问，他在的地方多少也和乔有些关系。五年后的一天，他回家对我说：'我们要搬家。'我以为是时候了，我们也付出了代价，甚至我也原谅了尤菲斯。因为我想我们这次终于要去孟菲斯了。可是，我们去的地方并不是孟菲斯，而是摩兹镇。我们要经过孟菲斯，我恳请他。那是我第一次恳求他，可我还是求了：就一分钟，一秒钟；我不会碰孩子，不会和他说话，我什么都不做。可尤菲斯没有同意。我们一直没有离开车站。我们下了火车，一步都没离开车站，等了七个小时。直到下一辆火车进站，我们去了摩兹镇。尤菲斯再没有回孟菲斯干活儿。过了一段时间，我叫了他一声'尤菲斯'，他看着我。我说：'我等了五年，我从没麻烦过你，你能不能就告诉我一次，他还活着吗？'他告诉我：'死了。'我问：'是对我来说死了，还是对于这个世界？哪怕只对我一个人而言呢。就告诉我这些行吗？五年来我从来没有打扰过你。'他说：'他永远永远地死了，对你，我，对上帝，还有上帝的整个世界。'"

海因斯太太没有往下说。海托华一声不吭地坐在桌子对面，不胜惊讶。拜伦稍稍低下头，也没有动。他们三个像退潮后留在沙滩上的三块岩石一样安静，只有老头儿例外。他一直在听，几乎是全神贯注地在听，他那充耳不闻的注意力和恍若昏厥的沉思瞬息交替。他艰难地瞪大双眼，仿佛正在用力掰开眼睛一样。他突然哈哈大笑起来，响亮又疯狂；他开始说话，表现出令人难以置信的老气横秋和出奇的恶劣。"那是上帝，他就在那里。老海因斯博士用机会来报答上帝。上帝吩咐老海因斯如何去做，老海因斯便会照办。上帝告诉老海因斯博士'现在你瞧，我的意愿已经实现'。老海因斯观察并倾听从上帝疼爱的无父无母的孩子们嘴里说出的每句话。上帝自己的语言和想法通过孩子们的嘴巴表达出来。虽然孩子们没有犯过罪，也不明白那是什么意思，小女孩们甚至都不明白什么是罪恶和淫贱，天真无邪的她们都在喊黑鬼！黑鬼！'记得我跟你说过什么吗？'上帝对老海因斯博士说，'现在，我的意愿已经起作用，我要走了。这里没有足够的罪恶值得我忙碌。我倒也关心那个荡妇的奸情，那也是我的一部分意图。'老海因斯博士问'荡妇的奸情怎么也是您的部分意图呢？'上帝回答说：'你等着瞧。我让那个年轻医生圣诞节夜里发现门口台阶上的毯子里包裹着我所憎恨的东西，你以为纯属偶然吗？你以为那晚女总管不在孤儿院，给了那两个年轻人私通的机会，让他们亵渎我的儿子[1]，以克里斯默斯给那个小东西命名，也是巧合吗？我现在要离开，因为我已经让我的意愿开始奏效，我安排你在这里继续观察。'于是老海因斯博士等啊，看啊。在上帝安排的锅炉房里监视孩子们，观察魔鬼的种子不为人知地行走在他们中间，带着对他的辱骂玷污整个大地。因为他从来没有和其他孩子一起玩耍。只是一个人待着，一动不动地站在那里。后来，老海因斯博士明白，他正在倾听上帝私密的判决和警告。老海因斯问他：'你怎么不像以前一样和其他孩子玩？'他没有回答。老海因斯博士又问：'是不是因为他们都叫你黑鬼？'他还是不吭气。老海因斯博士说：'你也认为上帝在你的脸上留下了印迹，是个黑鬼？'他问：'上帝也是黑鬼吗？'老海因斯博士回答道：'他是愤怒的主宰者，他的意愿会实现。不是你的，也不是我的，因为你和我只是他意愿和复仇的一部分。'他听完就走了。老海因斯注意到他正在倾听，听到了上帝复仇的旨意。后来，老海因斯发现自己正在盯着黑鬼在院里干活儿，于是就尾随他来到院里。黑鬼终于开口问他：'老头儿，你为什么老盯着我？'老海因斯就问他：'你怎么是黑鬼？'黑鬼就问：'谁跟你说我是黑鬼，你这个小个子白种废物。'老海因斯说：'我不是黑鬼。'黑鬼又说：'你比黑鬼还糟糕。你都不知道自己是谁。更糟

【1】耶稣之子出生之夜称为圣诞，英文Christmas，也即克里斯默斯的名字。

糕的是，你永远都不会知道。你到死都不会知道。'海因斯说：'上帝可不是黑鬼。'黑鬼回答：'我估计你得弄明白上帝是谁，因为除了上帝没人知道你是谁。'可是上帝用不着回答，因为他的意愿已经实现，还留下老海因斯博士去看护他的意愿。从第一个晚上起，上帝选择儿子的生日作为执行意愿的开始，他派老海因斯博士去照管。那天晚上天气很冷，老海因斯博士站在漆黑的墙角后，在那里他能看到台阶，看到上帝的意志得到实现。年轻的医生淫荡、好色，他停下脚步，捡起上帝所憎恨的包袱，抱回屋里。老海因斯博士尾随其后，耳闻目睹了一切。他看到年轻的娼妇正在亵渎上帝神圣的诞生日，她们趁女总管不在，拿出蛋酒和威士忌酒，解开毯子。上帝的工具，医生的情人吉萨贝尔说道：'我们就叫他克里斯默斯吧。'另一个说：'什么克里斯默斯？克里斯默斯什么？'上帝对老海因斯说：'告诉她们。'她们浑身散发出肮脏的气味，望着老海因斯叫嚷道：'喔，是博士大叔，来看看圣诞老人给我们往台阶上放了什么东西，博士大叔。'老海因斯说：'他叫约瑟夫。'她们不再大笑，望着老海因斯，吉萨贝尔问：'你怎么知道？'老海因斯说：'上帝说的。'接着，她们又开始笑起来，大声叫着《圣经》上如是说：'克里斯默斯，乔的儿子。乔，乔的儿子。乔·克里斯默斯'。她们说'为乔·克里斯默斯干杯'，她们想让老海因斯喝酒，为上帝所憎恨的东西喝酒，可他把酒杯放在了一边。他一边观察一边等待，等待上帝的绝佳时机，等到邪恶的衍生。医生的情人吉萨贝尔从淫荡的卧室跑出来，依旧带着罪恶和恐惧说，'他躲在床后'。老海因斯说，'你用了能够让你毁灭的芳香肥皂，激起上帝的痛恨和愤怒，活该'。她说，'你和他谈一谈，我见过你和他说话，你去劝劝他'。老海因斯说，'我和上帝一样不会操心你们的私通'。她说，'他如果说出来的话，我会被解雇，那我还怎么见人呢'。当时，她浑身散发出贪婪淫荡的臭味，站在老海因斯面前。那一刻，上帝的意愿在她身上开始起作用，她在上帝为无父无母的孩子准备的居所里暴跳如雷。'你无计可施。'老海因斯说，'你和所有的荡妇，都是执行上帝愤怒意愿的工具，谁都躲不过。你是上帝的工具，和乔·克里斯默斯、老海因斯一样。'她转身离开了，老海因斯望着她离去，一直等在那里。过了不久，她又返回来，像沙漠中的一头困兽一样说道，'我把他搞定了'，老海因斯问，'搞定啦'？没有老海因斯不知道的事情，因为上帝从来不向他选择的工具隐瞒任何意图。老海因斯说，'你已经完成了上帝既定的意愿，可以走啦。你可以在安宁中憎恨上帝，直到那一天到来'。她像荒郊野外的一头动物一样，饥不择食地放声大笑，充满恶臭的嘴巴发出对上帝的讥讽。不久，有人过来把他带走了。老海因斯博士目送他坐在轻便马车上离开，然后返回来等待上帝。上帝进来对老海因斯博士说：'你也可以走了。你已经完成了我交代的工作，这里再没有邪恶，只有女人的罪恶，不值得我亲选的工具来监视。'老海因斯博士听从上帝的安排也走了。可他一直和上帝保持联系。到了晚上，他会说：'上帝啊，那个杂种呢？'上帝告诉他'他还行走在我的土地上'。老海因斯博士和上帝一直联系着，一到晚上他便说：'上帝啊，那个杂种呢？'上帝说：'他还行走在我的土地上。'老海因斯博士一直与上帝有联系。一天晚上，他辗转反侧，挣扎着大声叫喊：'那个杂种，上帝！我感觉到了！我感觉到了魔鬼的獠牙！'上帝说：'是那个杂种，你还没有完成任务。他可憎地玷污了我的土地。'"

远处教堂的乐声早已停止。从敞开的窗户飘进了夏夜里无数祥和的声音。海托华坐在桌子对面，比以前更像一只狼狈不堪、遭到愚弄的动物，像遭人算计、深陷其中却欲逃不能。另外三个人像审判长一样坐在他对面。两个男人岿然不动，老妇人面容坚硬，像一块石头一样耐心等待着。老头儿筋疲力尽，像一根蜡烛的火焰被突然熄灭，只剩下烧焦的灯芯。只有拜伦似乎还有些生机，他低着头，好像在对膝盖上的一只手沉思，大拇指和食指慢慢摩擦、揉捏，他聚精会神地注视着手指的运动。海托华说话时，拜伦很清楚他不是在跟自己讲话，也不是对房间里的任何人讲。"他们想让我干吗？"他说，"他们觉得我能做什么？他们希望我做什么？相信我能做什么呢？"

接着，房间一片寂静。显然，老头儿和老太太都没听见。拜伦也没期待老头儿会听到。'他不需要任何帮助。'他心想，'用不着。他只想设置阻碍。'拜伦想起，十二个小时前见面时，这个老头儿无论走到哪里，都比老妇人靠后一些，一副恍惚、疯狂的昏迷状态。'他需要的是障碍。我看他这么无助，对乡亲们倒是件好事。'拜伦一边看着海因斯太太，一边温和地低声说道："说吧，告诉他你需要什么。他想知道你需要他做什么。告诉他。"

海因斯太太说："我想，或许——"她的话音没有一丝颤动，与其说是踌躇不定，不如说是笨嘴拙舌，仿佛要被迫试着大声说出某种只能感知的东西。"邦奇先生说，也许——"

"什么？"海托华问，他不耐烦地高声说了出来；他也没有挪动，还是背靠椅子，双手搭在扶手上，"什么？是什么？"

"我想……"海因斯太太没有往下说。窗户外面，昆虫一直在飞旋。海因斯太太接着又开始往下说，没有任何语调。她坐在那里，稍稍低下头，仿佛她也在平静专注地倾听自己的声音："他是我的外孙，我女儿的小孩。我只是想如果我可以……要是他……"拜伦一边静静地听她说话，一边思索。*真可笑，人们以为他们曾经在什么地方做过交易，却原来是他有个黑鬼外孙正等着受绞刑*。海因斯太太的声音还在继续。"我知道不应该来打扰陌生人。可你很幸运，是个单身汉，一个单身男人，而且不会对爱产生绝望。但我估计，即使我说出来你也不会明白。我只是想也许有那么一天，可以像什么都没有发生过一样，好像乡亲们都不知道他杀……"声音又停止了。她没有动，仿佛她听到了自己闭嘴，如同她静待自己开口一样，依旧那么专注，那么平心静气。

"继续，"海托华不耐烦地高声说道，"继续说。"

"从他会走路，会说话开始，我再没有见过他。三十多年了，我从来没有见过他一面。我不是说他没有干过人们说他做的那些事，不应该像那些爱过、失去过的人那样受折磨。可是，如果乡亲们可以给他一天的时间，像什么事情都没发生过，仿佛这个世界也从没针对过他一样。那么，他就像刚刚旅行归来，长大成人一样。要是能有那么一天该多好。以后，我再也不会干涉，要是他能那样，我再也不会阻碍他接受任何惩罚。只需要一天，你明白吗？仿佛从来没有人反对他，他只是刚刚旅行归来，给我讲旅行的故事。"

"喔，"海托华的声音尖厉而响亮。尽管他坐着没动，握着扶手的关节绷得发白，衣服下面的身体禁不住开始慢慢颤抖。"啊，是的，"他说，"原来如此。简单，简单。"很明显，他无法控制自己不去这么说，"简单，简单。"他的声音一直很低，现在他开始提高音调。"他们想让我做什么？我该怎么办？拜伦！拜伦？这是什么？他们现在要我做什么？"拜伦早已站起来，站在桌子旁边，双手扶在桌上，望着海托华。海托华依然坐着没动，只不过肥胖的身子开始越来越颤抖。"啊，是的。我早就应该明白。这是拜伦提出的要求，我早就应该知道。那是我和拜伦的事。行，说啊，快说啊。你现在怎么犹豫啦？"

拜伦低头看着桌子，双手放在桌上。"事情不好办，不好办。"

"啊，同情？过了这么久，同情我？还是同情你自己？快点，说啊。你想让我做什么？那是你的主意，我知道。我一直都知道。啊，拜伦，拜伦。你真是个伟大的戏剧家。"

"或者你可以说我是推销员、代理人、销售员，"拜伦说，"事情不好办。我知道。你不说我也知道。"

"可我不像你一样有千里眼。你似乎早就知道我会说什么，但你不打算说出你的想法。那你到底想让我干吗？让我为凶手的罪责辩护？是吗？"

拜伦的脸微微露出一丝苦相,转瞬即逝。他带着嘲讽的意味,疲惫而不开心地说:"我想差不多。"他沉下脸,十分严肃地继续说,"让我难以启齿。上帝很清楚我知道这一点。"他全神贯注地看着自己的手在桌面上轻缓地挪动,"我记得曾经对你说过,善恶的代价相同:都得付出。该来的时候,好人也无法赖账,不能因为无力偿还就可以拒绝支付。就像老实人赌博一样。恶人却能抵赖,所以没人指望他们可以当场或在其他时候付账;可好人却不能,也许因为行善而付出代价的时间要比作恶的代价更久些。而且一旦发生,就不会像你没做过,没付出过一样。它只会比以前更加糟糕。"

"继续说,继续,我该怎么做?"

拜伦看着自己的手一直在慢慢移动,陷入了沉思。"他一直都没有承认杀了她。所有对他不利的证据只是来自布朗的证词,如同没有证据一样。你可以说那天晚上他和你待在一起。布朗说每个晚上都会看见他朝大房子走去,然后进入那幢楼房。乡亲们相信你。至少,他们相信你说的。他们宁愿相信你,也不愿相信他和她像夫妻一样生活在一起,然后又把她杀死。现在你已经上了年纪,他们不会再伤害你。而且,我想你也习惯了他们所能做到的一切。"

"哦,"海托华说,"啊,是,是。他们会相信。事情非常好办,很好。对大家都好。然后他会回到曾经因他受苦的人们之间,布朗就得不到那笔赏金,而且还害怕让她的孩子合法,所以会再次逃脱,这次是永远地离开。那样就只剩下她和拜伦啦。我已经是个老头子了,非常幸运,可以免除对爱产生绝望。"他抬起头,气得瑟瑟发抖。灯光下,他的脸看起来很光滑,好像涂了油似的。痛苦而扭曲的脸在灯下闪闪发光;洗得发黄的衬衫是今早刚换的,现在已经被汗水湿透。"不是因为我不能,不是我不敢,"他说,"是因为我不愿意!我不愿意!因为我不愿做!"说着,他从扶手上抬起胳膊。"是因为我不想那么做!"拜伦站在那里没动,桌上缓缓移动的手停了下来。他望着海托华，心想，*他不是冲我喊。他似乎知道，比我离他更近的人才需要被说服*。海托华大声叫喊："我不会做！不会！"他攥紧拳头，高高举起，满脸是汗，嘴唇张开，露出老化的牙齿紧紧咬合在一起，油灰色的脸庞松弛而无力。突然，他的声音变得更加响亮。"滚出去！"他尖叫道，"滚出我的房子！"说完，他身子前倾，趴在桌子上，脑袋夹在伸开的双臂和握紧的拳头之间。老两口走在拜伦前面，拜伦走到门口，回头看了他一眼。海托华没有动，光秃秃的脑袋，紧握的拳头，伸开的双臂，全部落在灯罩下的光圈里。敞开的窗户外，虫鸣声恒久未变，一直没有停歇。

17

那是星期天晚上的事。第二天早晨,丽娜的孩子出生了。天刚刚亮,拜伦勒住奔跑的骡马,停在刚离开不到六小时的房前。他刚跳下马就开始跑,跑上通往黑暗门廊的步行小道。他似乎在转身审视自己的匆忙,冷静而严肃地思索着:"拜伦·邦奇有了一个孩子。要是两星期前我看到这些,我肯定不会相信自己的眼睛,我会说他们在撒谎。"

六小时前,他离开牧师家,此时窗户已经暗下来。他一边跑,一边回想海托华光秃秃的头顶、攥紧的拳头,还有肥胖的身子向前趴在桌上。"不过,我估计他没睡多久,"他心想,"即使他不去——不去做——"他想不出"助产师"这个词。他知道海托华会用这个词。"我想我用不着考虑这个,"他思考着,"就像一个人逃离或冲向枪口时,根本没时间去操心是勇敢还是怯懦。"

房门没锁。显然,他知道门会开着。他摸索着进入客厅,不是轻手轻脚地走路,他没打算那么做。他从没有进过比那间书房更深远的地方。上次,他在那里见到房子的主人趴在桌子上,灯光满满地洒在他身上。拜伦直接找到了自己要找的那扇门,好像他知道门在哪里,或者能看见,或者有人在指引他。"他准会用那个词,"拜伦一边思考,一边在黑暗中匆匆摸索着,"而且她也会说。"他指的是躺在小木屋那边的丽娜,她已经开始分娩了。"只不过他们对助产人的叫法不同。"还没进屋，拜伦就听见了海托华的鼾声。拜伦心想："毕竟，他好像不那么沮丧了。"接着，他很快想道："不，不对。不公平。我不相信。我知道，他在睡觉而我却醒着，那是因为他老了，没我能熬。"

他走近床边，仍然看不清床上鼾声如雷的人。他的鼾声中有一种宏大而彻底屈服的意味，不是疲惫不堪，而是彻底服输，似乎海托华已经完全放弃了，放弃紧握的由骄傲、希望、虚荣和恐惧凝聚成的力量，这力量是胜败只能取其一的顽强劲头，是强烈的自我意识，放弃它通常意味着死亡。拜伦站在床边继续思索。<u>可怜的人，可怜的人</u>。对他而言，现在去把海托华从梦中叫醒似乎是最痛苦的伤害，他从未这样做过。"但不是我在等他，"拜伦心想，"上帝知道。因为上帝和其他人一样，最近也在观察我，观察我的下一步行动。"

他碰了碰正在睡觉的人，动作不粗鲁却很坚定。海托华不再打鼾；拜伦手底下的庞大身躯突然坐起来，问道："嗯？谁？是谁？谁在那儿？"

"是我，"拜伦答道，"又是拜伦。您现在醒了吗？"

"哦。什么——"

"嗯，"拜伦说，"她说她快生了，时间快到了。"

"她？"

"请告诉我灯在哪里——海因斯太太，她在那边，我正要去请医生，但要花些时间。所以你可以骑我的骡子先去那儿。我估计你能骑到那里。你还需要带那本书吗？"

海托华的床随着他的挪动咯吱作响。"书？我的书？"

"黑人小孩出生时你拿的那本书。万一你要随身携带，我只是提醒一下。骡子就在大门外。它认识道儿。我要步行去镇上请医生。我会尽快赶回去。"说完，拜伦转身穿过房间，听到海托华坐在床上。他在房间停留了足够时间，摸到垂下的灯线绳把灯打开。电灯亮起时，他早已走到门口，没有回头。身后的海托华冲他叫道：

"拜伦！拜伦！"拜伦没有停步，也没有答应。

天色越来越亮。稀疏的街灯逐渐不再耀眼，虫子还在灯下飞旋扑打。拜伦大步流星地走在空旷的街道上。白天即将来临；当他来到广场时，东方已经大亮。他很快想到自己没有早点预约医生，他一边走一边骂自己，像一个真正的年轻父亲一样，纠结于愤怒和恐惧中。他认定自己愚钝至极，由于疏忽大意，犯下不可饶恕的罪过。但这又不完全是一个准父亲的焦虑，背后还有其他东西，直到后来他才明白那是什么，好像一直潜藏在心底，仍旧被匆忙的需求所遮掩，正要跳出来控制他。然而，他的想法是："我得快点做决定。人们说他给黑人小孩接生时干得不错，可这次不同。我上个星期就应该提前约好医生，而不是死等，到最后一分钟还得解释半天，挨门逐户去寻找一个愿意相信我不得不说的谎言，愿意跟我去那儿。我现在随便撒个谎，无论男女都会相信。我要是看起来不像最近说了不少谎话的人才怪呢！可看起来我又不像撒谎的人，我估计是我不擅长，做不好吧。"他飞快地走在街上，不知不觉中他已做出决定。对他来说，做这样的决定既不矛盾也不可笑，它早已迅速潜入他的脑海，并且在他没有意识到的情况下稳稳扎了根；他的脚步早已听命于这个决定，把他带到那位曾经给黑人小孩接生的医生家里。那时，医生迟到了，是海托华用他的刀片和书代行了医生的职责。

这次，医生去得更晚。拜伦必须等他穿好衣服。医生现在已经上了年纪，爱发脾气，在这个时候被人叫醒更是不高兴。接着，他又得找汽车钥匙，钥匙放在一个坚固的小铁盒里，铁盒的钥匙一时半会儿又找不见，可他又不允许拜伦撬锁。因此，当他们最终到达小木屋时，东方已经发出淡黄色的光芒，夏天喷薄的太阳呼之欲出。在小木屋再次见面时，这两个男人都已经老了，职业医生又输给了业余接生员。医生进门时，里面传出了婴儿的啼哭。医生烦躁地看着牧师。"哦，大夫，"他说，"我巴不得拜伦早点告诉我已经请了你，那样的话，我这会儿还在睡觉呢。"他从牧师身边挤过去，走进屋里。"这次比上次咱俩商量时要走运。不过，看起来这会儿是你需要一位医生或者一杯咖啡吧。"海托华说了几句，但医生没有停下来听他说话，只顾往前走。他走进房间，里面有一个他从没见过的年轻女人，虚弱地躺在狭窄的简易床上，一个陌生的老妇人穿着紫色的衣裙，抱着婴儿放在膝头，在暗处还有一个老头儿睡在另一张床上。医生一边看，一边心中暗想，这个老头看上去就跟死人一样，睡得那么沉，那么安静。不过医生没有马上注意到海因斯。他走到抱孩子的老妇人面前。"噢，噢，"他说，"拜伦准是太兴奋了。他从没告诉我这儿有这么一大家子在身边，还有爷爷奶奶。"老妇人抬起头望着他。医生心想："她看起来比老头儿更有生气，至少她坐着。不过她好像没有足够的精力去做一个母亲，更别说做祖母了。"

"是的，"老妇人答道。她抬起头看了医生一眼，弯腰护着孩子。接着，他注意到她的脸并不愚蠢也不茫然。这时，他看到这张脸上浮现出的安详和恐怖仿佛消失已久，现在又获得了新生。不过，他立刻注意到她的神情更像一块岩石和一只蹲伏的动物。她扭头看着老头儿；医生第一次完全看清，老头儿睡在另一张简易床上。她马上变得狡黠而紧张，恐惧也慢慢退去："我骗了他，我说你这次会从后门进来。我骗了他。不过现在你来了，去看看米莉吧。我来照顾乔。"说完，她又回到面无表情的样子。医生亲眼看到生机和活力突然从她脸上转瞬即逝，这张脸看起来太过僵硬，太过死板，根本不可能有刚才那样的表情；此刻，她正瞠目结舌地审视着医生，茫然无措地俯身去护住孩子，好像医生要从她手里抢夺孩子一样。也许是她的动作刺激了婴儿，他马上哭起来。这时，她脸上的茫然也随之消失，像影子一样缓缓退去。她低头看着孩子，木然的面容陷入沉思，显得滑稽而可笑。"这是乔，是我的米莉的小宝贝。"

医生进屋时，拜伦在门口停下来。他就是在这里听到了哭喊，觉得可怕的事情即将发生。海因斯太太在帐篷外喊他，声音里传递出某种信息,让他几乎是在奔跑中穿好了裤子。海因斯太太站在木屋门口,她还没有脱衣服准备睡觉,海托华从她身边经过跑进屋里。海因斯太太站在他旁边跟他说话;也许他也应答了几句。不管怎样,他跨上骡子就朝镇上狂奔而去。他似乎还能看见她,看见她两手撑在床上时的面孔,她低头看着床单下的身体,带着恐惧和无助大声痛哭。这一幕一直在他眼前浮现,直到他把海托华叫醒、催促医生出发。在他内心的某个地方潜藏着什么东西,可是思维过快使他无暇考虑。一定是这样。大脑高速运转,他根本没时间考虑,一直到他和医生到达小木屋。这时,他停下脚步站在木屋外面,婴儿的一声啼哭让他觉得可怕的事情还是发生了。

现在,他终于明白,在他忘记预约、穿过空旷的广场去找医生的路上,一直潜藏、让他揪心的东西是什么了。他现在明白自己为什么会忘记提前预约医生,那是因为直到海因斯太太在帐篷外喊他时,他才相信他(她)需要一位医生。整整一个星期,他的眼睛好像接受了她的肚子,可他的内心却并不相信。"可我知道,"他心想,"我肯定知道,我做了那么多:东奔西跑,撒谎骗人,对乡亲们提心吊胆。"然而,他现在明白自己一直没有相信,直到他从海因斯太太身边经过,朝小木屋望了一眼。他在睡梦中听到第一声叫唤时,他已经明白发生了什么事情;他起身穿上衣服,匆匆套上工装,深知必须马上就去,知道自己期待五个晚上的事情要发生了,但他还是不愿相信。现在,他明白,当他跑到木屋往里瞧时,本以为她会坐在床上,或者跟他在门口平静地相遇一样,还是老样子,好像什么事情都没有发生过。然而,即便当他的手碰到门板,听到从未听过的声音时,他一直都是那样的想法。她在呻吟,哭号,声音不高却带着急切而可悲的意味,似乎在用他或任何男人能听懂的语言诉说着什么。接着,他从门口的海因斯太太身边经过,看见她躺在简易床上。他以前从未见她在床上躺着,他相信,即使他看见躺着的她时,她也会紧张或警觉,也许在彻底认出他时还会微微一笑。可是当他进屋时，她没有看他一眼，甚至好像没有意识到房门已经打开，房间里除了她还有什么人或什么东西，也不知道自己其实是在用男人们听不懂的语言哭诉。她把床单拉到她的下巴处，双臂支撑着上半身，耷拉着脑袋，头发散乱，双眼像两个黑洞，嘴唇没有血色，像背靠的枕头一样惨白。她似乎正用这种惊恐、难以置信的愤怒审视着床单遮住的身体，发出响亮而凄惨的哭喊声。海因斯太太弯腰站在她身边。她扭过头，海因斯太太紫色的肩膀上露出她僵硬的面孔。"去，"她说，"去找医生。到时间了。"

拜伦全然不记得自己去过马厩，但他确实从那里牵出他的骡子，拖出马鞍，"啪"地放在骡背上。他的动作非常麻利，可思维却转得很慢。现在他才找到原因，他才明白当时自己正在慢慢盘算，就像风暴来临前海面上的油污在慢慢散开。"要是我当初就知道，"他心想，"如果我早知道，如果当时就能想清楚。"他的内心充满惊骇、绝望和懊悔，静静地思索着。"对。我本应该转身朝另一个方向骑。我估计要是我跑了，也永远不会有人知道或记得我。"可他并没有那么做。他骑上骡子快速经过小木屋，思绪渐渐平静下来，他也不知道这是为什么。"如果我只是路过，不去听她喊叫，"他想，"要是我能在她喊叫前就离开。"就这样，他骑着骡子上了大路，健壮的小骡子加快了速度，思绪像油一样平缓均匀地散开："我该先去找海托华，把骡子留给他，还得提醒他带上那本当医生的书。我可不能忘了这件事。"思绪像油一样飘远，没等骡子停稳，他便跳下地，冲进海托华的屋子。这时，他想起了别的事。"这下好啦。"*就算我找不到正规医生也不怕。*拜伦带着这样的想法来到广场，接着他又背离了这个想法；他感觉到自己已经被内心潜藏的东西牢牢抓住。*即便我找不到正规医生也没关系。因为我从不相信我得找个医生，我不相信。*这个想法一直萦绕在他心头，时间紧迫，他却不得不帮老医生寻找开铁盒的钥匙，然后才能拿到汽车钥匙。矛盾的心情将他紧紧抓牢。他们终于找到了钥匙，一时间手忙脚乱地发动汽车，在空旷的黎明中加速行驶在空荡荡的道路上——或者说，他已经向现实低了头，像其他人一样对站在身边的医生充满了绝望和恐惧。拜伦总算回到了小木屋。他们从车上下来，走到门口，木屋里还亮着灯。奔跑的最后间隙，他刚得到片刻安宁，打击便随之而来，张牙舞爪地从身后袭来并且将他制伏。这时，屋里传出婴儿的哭声，他这下才明白过来。天很快就亮了，他静静地站在清冷的安宁中，清醒而平静——琐细，无以言表，任何人都很难再次拥有这种感受。现在，他明白一直阻止他相信的是自己的信念，是他坚持的信念阻止了他。他坚定而严肃，心中十分惊诧。*好像直到我听见海因斯太太在外面叫我的声音，然后看到她的那张脸，我才明白那个时刻拜伦·邦奇一文不值，我才意识到她已经不再是处女。*拜伦觉得非常可怕，但令他恐惧的又不止这些，还有其他东西。他昂着头，一动不动地站在天已大亮的晨曦中，静静地思索。*正如海托华牧师所说，这个也应该由我来承担。我现在必须告诉那个人。我必须告诉卢卡斯·伯奇。*这时，拜伦觉得非常奇怪，像是对青春产生可怕、无法挽回的绝望。*为什么，到现在我才相信他的存在。我，她，所有被卷进来的其他人，我们只是一堆没有任何意义的词语，甚至我们连自己都不是。我们一直生活着，甚至从没想过那些缺失的词语。是的，直到现在，我才相信他是卢卡斯·伯奇，确实有个人叫卢卡斯·伯奇。*

"走运，"海托华说，"走运。我不知道我是不是走运。"不过医生已经走进木屋。海托华向后瞟去，看到简易床边围着的人们，听见了医生快活的声音。老妇人静静地坐在那里，但回想不久前，他还似乎在和她争夺婴儿，生怕她一言不发，勃然大怒之余会将孩子扔在地上。然而，她并没有因为沉默而少显一分暴怒，当婴儿从母体出来时，她一边高高举起婴儿，一边望着简易床上熟睡的老头儿，像熊一样笨重的身子还是一副卑躬屈膝的样子。海托华进来时，老头儿正在睡觉，好像连呼吸都没有；简易床边的老妇人蜷缩在椅子里，简直像块即将滚下悬崖的石头。海托华一时间以为，*她杀了他，这次她先下手为强了*。接着，他便开始忙碌，没有注意到胳膊肘旁边的老妇人，直到她夺过还没来得及呼吸的婴儿时，他才发现她把孩子高高举起，虎视眈眈地瞪着另一张简易床上的老头儿。然后，婴儿有了呼吸，开始大哭。老妇人似乎在回应，还是用那种听不懂的语言，粗鲁而难掩喜悦之情。海托华担心她会把婴儿扔在地上，从她手里抢过孩子时，她一脸狂躁。"瞧！"他说，"看看！他很安静，这次他不会把孩子带走。"但她还是一声不吭，像野兽一样盯着海托华，仿佛听不懂他口中的英语。可是，她脸上的狂乱和喜悦的表情都已经消失了。她发出嘶哑的抱怨声，想从海托华手里抢过婴儿。"小心，"他说，"能小心点吗？"海托华应允她可以抱孩子，她嘟嘟囔囔地接过孩子，轻轻地抱起婴儿，非常稳当。她坐在椅子上，把孩子放在膝头，迟到的医生站在简易床边，一边忙着手中的活儿，一边快活地抱怨着。海托华转身走出去，小心翼翼地俯下身子，朝破败的台阶坐下去，像老年人一样坐在泥地上，大腹便便的身体里好像放了诸如定时炸弹一样的高端致命物体。此时，黎明已过，清晨来临，太阳已经升起。他环视四周，停下来喊了一声"拜伦"，却没有人回答。这时，他发现自己拴在附近栅栏上的骡子不见了。他叹了一口气，"好吧，"他心想，"我遭到拜伦亲手制造的、最无礼的轻视，我必须步行两英里才能回家。他没必要记恨，不值得这么做，不过我们通常的所作所为也是没必要的，没价值的。"

海托华慢慢走回镇上——憔悴，臃肿的男人，头戴满是尘土的巴拿马式帽子，粗棉布睡衣的衣襟塞进黑色裤子里。"幸好，我还有时间穿了鞋子，"他心想，"我累了。"他觉得有些烦躁。"我这么累，肯定睡不着。"他焦躁地一边想，一边拖着疲惫的步子走进大门。太阳现在已经升得老高，镇子也已苏醒；他闻到了早饭的炊烟味。"他才不会给我做早餐，"海托华心想，"既然他没把骡子留给我，那他肯定不会提前骑着骡子回来给我生火做饭。他会觉得早饭前走两英里路会让我胃口大开。"

海托华走进厨房，笨手笨脚地把炉火慢慢生好；过了二十五年他还像第一天尝试生火一样，然后他把咖啡放在火炉上。"这下，我该上床睡觉了，"他心想，"不过，我知道我睡不着。"然而，他发现自己的想法听起来像在发牢骚，好像一个爱唠叨的女人正在平静地絮叨，根本不知道自己在说什么；这时，他发现自己正在准备早餐，像往常一样丰盛。他停下来，一动不动地站在那里，舌头啧啧地似乎在表示不满。他心想："我应该感觉更糟糕才对啊。"可他不得不承认，自己并没有这种感觉。他孤零零地站在空荡荡、乱糟糟的厨房里，身材高大臃肿，手里拎着平底铁锅，锅里残留的油腻被煎得毕毕剥剥作响。他突然闪过一个念头，内心激起一阵浪花，涌动着一股胜利的暖流。"我做给他们看了！"他心想，"他们迟到的时候，是老人迎接了新生命。正如拜伦所说，他们是去做收尾工作的。"然而，这只是海托华的虚荣和徒劳的骄傲。不过，缓缓消退的兴奋之情并不在意，不仅无动于衷，而且还得寸进尺。"那又怎样？就算我感觉到了又怎样？胜利和骄傲？那又怎样？"暖流和兴奋之情显然都不需要任何赞同，也不会被诸如橘子、鸡蛋和面包之类的实际需求所浇熄。他低下头，看着桌上的脏盘子，大声说道："上帝啊，我现在不想洗盘子。"他没有回卧室睡觉，而是走到门口，朝屋里看了一眼，露出骄傲的眼神，还透着些许期待，心想："现在，我要是个女人，女人才会那么做，才会上床睡觉。"他好像有明确的目标一样，走向书房。二十五年来，他从早到晚无所事事。这次，他没有选择丁尼生的书，而是男人的精神食粮——《亨利四世[1]》。他走进后院，躺在桑树下塌陷的帆布椅上，重重地跌进椅子里。"我肯定睡不着，"他想，"拜伦马上就会来叫醒我。不

【1】亨利四世，又称亨利大帝，波旁王朝的建立者，英明果断，是法国最著名的君主之一。

过，或许值得一醒，说不定他又会想到什么事让我去做。"

他很快便睡着了，几乎很快就开始打鼾。凡是路过的人只需低头瞧一眼，就能看见天空倒映在闪光的一对眼镜片里，眼镜后面的面孔淳朴、安详而自信。不过没有人来。尽管过了六个小时他才醒来，却似乎相信是被人叫醒的。他突然坐起来，身子下面的椅子发出吱呀吱呀的声音。"嗯？"他说，"嗯？谁？"不过，院里并没有别人。海托华环视四周许久，表情坚定而自信，静静地倾听、等待着，而且兴奋之情也丝毫没有减退。"尽管我希望睡一觉就能忘掉，"他立刻想道，"不，我不是*希望，而是担心*。这么说来，我也屈服了。"他静静地思考着，开始搓手，起初动作温和，略带些不安。"我也已经屈服了，而且是我自己愿意。是的，或许我该这么做。"这时，他一边自言自语，一边琢磨，*我接生的孩子，还没有人和我同名。我知道母亲心怀感激，会用助产医生的名字为孩子命名。不过，这次有拜伦，当然先要轮他了。她还会生孩子，生好多*。他想起她年轻健壮的身体，即使在分娩时也闪烁着平静无畏的光芒。*好多孩子。还会有好多。那是她的生活，她的命。善良的人们平静、温顺地为美丽的土地繁衍后代，这些健壮的躯体从容地养育一代又一代的母亲和女儿。不过，下一个应该是拜伦的。可怜的孩子，即便他让我一路走回家。*

海托华进了屋，刮了脸，脱下睡衣，穿上昨天穿的那件衬衫，戴上领圈和麻布领带，还有那顶巴拿马式帽子，很快便去了小木屋。尽管步行穿过丛林很费劲，但路上花的时间倒没有早晨回家那么久。他想："我必须经常这么做。"太阳断断续续地照在身上，热气蒸腾起来，荒凉而肥沃的土地散发出阵阵味道。丛林里是广阔无垠的寂静。"我本不应该丢掉这个习惯，但是如果它不同于祈祷的话，那它们都会恢复的。"

海托华穿过树林，来到木屋后面的牧场，看到木屋那边有一片树林。树林里曾经矗立着一座房子，现已经被大火烧毁，不过从这里看不到无声的灰烬和烧焦的房梁。"可怜的女人，"他想，"可怜的没有生育过的女人。要是再多活一个星期，就能等到幸运重新回归这里，幸运和活力就会重回这片贪婪废弃的土地。"他似乎能看到、感受到周围的沃土，充满活力的黑人聚居在这里，圆润的声音，多产的女人，门前的土地上成群光屁股的孩子在玩耍；那幢大房子也再次喧闹起来，三代人其乐融融地生活在里面。他到了木屋前，没有敲门；他一边推门，一边心情愉悦地大声叫起来，简直震耳欲聋："医生可以进来吗？"

木屋里没别人，只有母亲和孩子。她靠在简易床上，怀里的孩子正在吃奶，她正要拉起床单遮住裸露的胸脯。她望着门口，毫不惊恐，却又十分警觉。她的表情安详而热切，仿佛正要露出笑容。不过，海托华看到这种表情正在消失。"我以为——"她说。

"你以为是谁？"海托华的声音像隆隆的雷声。他走到简易床边，低头看着她，看了看婴儿皱巴巴的赤色小脸，仿佛婴儿没有身子，正悬在母亲胸口睡觉。她又把床单往近拉了点，谦逊而平静，憔悴、臃肿的秃顶男人站在她身旁，温和而快乐，脸上还洋溢着胜利的喜悦。她低头看着自己的孩子。

"他好像老得我抱着。我以为他又睡着了，就把他放下来，可他又开始大哭，我又得把他抱起来。"

"你不应该一个人待在这里，"海托华环视四周后，说道，"他们——"

"她也走了，去了镇里，她没说，但肯定是去那儿。他是偷偷溜出去的，她醒来时问我，老头儿去哪儿了。我说他出门了，她就跟着出去了。"

"去镇上？溜出去？"接着，他又低声说了一句"喔"。他的表情变得严肃起来。

"她成天盯着他，他也在监视她。我看得出来。他是假装睡觉的，她以为他睡着了。晚饭后，她有些松懈。她每晚都睡不好，所以晚饭后她坐在椅子上开始打盹。他一直在观察她，他悄悄地从另一张床上坐起来，歪着头跟我眨眼睛。他走到门口时还扭头跟我示意，然后就蹑手蹑脚地出去了。我没想过要阻止他，也没想把她叫醒。"她看着海托华，非常认真，眼睛大睁，"我害怕。他说话很奇怪，看我的眼神也奇怪。他冲我挤眉弄眼好像不是让我去叫醒她，而是在警告我那样做会有什么后果。我很害怕，所以就一直和孩子躺在床上。不一会儿，她突然醒了。我知道她没打算睡觉。她一醒来就朝那张床跑过去，在床上摸来摸去，好像觉得他压根儿没跑。她站在床边，来回翻那块毯子，好像他钻进了毯子一样。然后，她又看了我一眼，不过没有挤眉弄眼，可我倒希望她会那么做。她问我，我告诉了她。然后她就戴上帽子出去了。"她看着海托华，继续说道，"她走了，我挺高兴。我知道不该这么说，毕竟她很帮忙，可……"

海托华站在床边，好像两只眼睛什么都看不到。他的神情十分严峻，简直像老了十岁。或许，现在的表情才是他本来的样子，而进屋时他却是个陌生人。过了一会儿，他的眼睛好像清醒过来，又能看清了。"喔，现在做什么都无济于事，"他说，"而且，镇上的人们，正常的……那儿的人们——她走了，你为什么高兴？"

丽娜低下头，两只手没有触碰婴儿，只是在婴儿头上来回晃动。这是一种本能，本不需要那么做，显然这是下意识的动作。"她人很好，非常好，帮我抱孩子好让我睡觉。她想一直抱着他坐在椅子里——请您原谅，一直没请您坐下。"她看到海托华把椅子拉到床边坐下来，"——坐在椅子上监视床上的老头儿，看着他睡觉。"她望着海托华，专注的眼神里透着疑惑，"她一直叫孩子'乔'，可他不叫乔。而她一直……"丽娜困惑地看着海托华，充满疑虑。"她一直在说——她自己糊涂，有时候听着听着我也糊涂了，不得不……"她的眼神和话语中充满了摸索和试探的语气。

"糊涂?"

"她不停地谈起他,好像他的爸爸是那个——那个监狱里的克里斯默斯先生。她一直那样说,我也给弄糊涂了,好像有时候我也不能——似乎我也糊涂了,也以为孩子的爸爸就是那个——克里斯默斯先生——"丽娜望着海托华,好像她说出这番话需要费好大劲。"可是我知道不是那么回事。我知道那很荒唐。她一直说个不停,或许我身子还弱,所以我也糊涂了。可我害怕……"

"怕什么?"

"我不想被弄糊涂,我怕她会把我弄糊涂,就像人们说的那样,你要是成了斗鸡眼,就再也好不了……"丽娜低下头,静静地坐在那里,她能感觉到海托华正看着自己。

"你说孩子不叫乔。那他叫什么?"

许久,丽娜都没有看海托华一眼。然后,她抬起头,立即不假思索地说:"我还没给他取名字。"

海托华知道这是为什么。自从他进屋,好像这是他第一次看她,第一次发现她刚刚梳过头发,整个人也有了精神。他看见床单下半遮半露地放着把梳子和一块破镜片,似乎是在他进屋时被匆匆忙忙塞进去的。"我进门时,你好像在期待,不是我。你在期待谁?"

她没有看别处,既不装无辜,也不掩饰;既不慌张也不平静。"期待?"

"你是在等拜伦·邦奇吗?"她依然没有转过脸去。海托华面容温和而坚定,但透着一种无情和冷酷。她在一些善良人的脸上见过这种表情,通常是她所不认识的男人们脸上才会有。他的身子略微前倾,把手放在她抱孩子的手上,说道:"拜伦是个好人。"

"我想我知道,和大家想的一样。比大多数人还要了解他。"

"你也是个好女人,将会是个好女人。我不是说——"他的语速很快,停顿了一下,继续说道,"我不是说——"

"我猜我明白。"她说道。

"不，不是这个，跟这个没关系。这个不算什么，关键在于以后你会怎么做。对你自己，对别人。"海托华盯着她，她还是没有转过脸去，"放开他，让他走吧。"他们俩望着彼此。"孩子，让他走吧。你还没他一半的年龄大，但你的经历却是他的两倍多。他永远无法超过你，赶上你，他一无所有，这些像你一样都是无法重来的。他永远不可能重新来过，你也不可能回头，像什么事都没发生过一样。你已经有了一个男孩，但不是他的，是另外一个男人的。你会将两个男人强加于他的生活中，只有三分之一个女人，你将让他一无所获的三十五年受到侵犯，即使侵犯不可避免，但也无须两个见证人吧。"

"这个不由我。他是自由的。你问他，我从没有想过要拦住他。"

"是的。如果你真那么做，你拦不住他。这样做是对的。要是你早知道怎么做的话，要是你早知道，那你现在就不会坐在这张床上，抱着你的孩子。你不会让他离开？会不会对他说出那些话？"

"该说的我已经说了，五天前我就拒绝了他。"

"拒绝？"

"他要我嫁给他，不要再等了。我说了'不'。"

"那你现在还会说'不'吗？"

她目不转睛地盯着海托华："是的，我现在也会么说。"

身形庞大臃肿的海托华叹了一口气，表情松弛下来，一副疲惫的样子。"我相信你，你还会那么说，直到你见到——"他又看了丽娜一眼，眼神专注而犀利，"拜伦在哪儿？"

丽娜看着他，过了一会儿才平静地说："我不知道。"她看着他，突然间脸上一片空白，好像曾经给予她坚定和力量的东西正在悄然消逝，不留任何掩饰、警惕和谨慎的痕迹。"今天早上十点左右，他回来过但没有进屋。他走到门口，站在那里看了我一眼。自从昨晚我再没见过他，他也没有看孩子一眼。我说：'进来看看他吧。'他站在门口看着我说:'我来是想知道,你什么时候想见他?'我问:'见谁?'他说:'他们也许会派助手跟着他,但我会说服肯尼迪让他来的。'我又问:'让谁来?'他说:'卢卡斯·伯奇。'我说:'好。'他问:'今晚?可以吗?'我说可以。然后他就走了。他站了一会儿就走了。"说完,丽娜便哭起来。海托华像所有的男人一样,面对女人的眼泪时束手无策。她坐直身子,把孩子抱在胸前。她并没有掩面而泣,哭声不亮,情绪也不激动,但充满了绝望和无助。"你怕我不会拒绝他,现在我已经拒绝了他,你还一直担心,一直问我。现在他走了,我再也见不到他了。"海托华坐在那里,她终于低下了头。他起身站在她身旁,一只手搭在她低垂的头上,心想,*感谢上帝,上帝保佑我。感谢上帝,上帝保佑我。*

他发现了克里斯默斯曾经开辟的那条路,穿过树林可以去刨木厂。他不知道那儿有路,可当他发现这条路的去向时,欣喜地认为,对他而言,这是一个预兆。他相信她所说的,但他想加以证实,只为了能再次听到并感受一番欣慰。刚过四点,他来到刨木厂,向办公室的人打听。

"邦奇?"会计说,"他不在这儿,今天早晨辞工不干了。"

"我知道,我知道。"海托华说。

"他在厂里待了七年,星期六都会上工。今天早晨过来说要辞工,没说原因。不过,乡下人总是这么办事。"

"哦,哦,"海托华又说,"不过他们都是好人,善良的男女。"然后,他也离开了办公室,经过邦奇曾经干活儿的刨木棚。他认识工头穆尼,于是停下脚步,说:"我听说邦奇不跟着你干了。"

"嗯,"穆尼说,"他是今天早上走的。"可海托华并没有听见他说什么;穿工装的工人望着这个衣衫破旧、长相奇怪、不常出现的人——他正欣喜地对墙壁、木板和神秘的机器产生了兴趣,可他丝毫不知道、也不了解它们的用途。"你要是想见他,"穆尼说,"我估计可以去镇里的法院找他。"

"法院？"

"是的，先生。大陪审团今天开会。特别会议，起诉杀人凶手。"

"喔，喔，"海托华说，"所以他去了那儿。好。多好的年轻人。再见，再见，先生们。再见。"说完，海托华继续向前走去。穿工装裤的人们一直目送他的背影远去，他静静地把双手背在身后，边走边思考，平静而又略带悲伤："可怜的人，可怜的家伙。任何人都不该、也没有任何正当理由去决定一个人的生死，就算是得到授权的官员、宣誓效忠大众的公仆也不可以。当选的官员自己未曾遭遇受害者所经历过的苦楚，受害者姓甚名谁并不重要，在公开审判时，我们又怎能期待一个自认为深受其苦的人去控制自己呢？"他一直往前走，来到属于自己的街道上。很快，他看见了自己的栅栏和广告牌，然后是房子，掩映在八月枝繁叶茂的丛林中。所以，他没有跟我打招呼就走了。毕竟他为我做过事，带过消息。啊，是给我的，专门为我。似乎这件事也是专门为我准备的。一定是这样。

然而，事情远未结束，还有一件事情在等着他。

18

拜伦到了镇上,发现到中午才能见到警长,警长一上午都在忙大陪审团的特别会议。人们告诉他:"你得等着。"

"是的,"拜伦说,"我知道该怎么做。"

"知道做什么?"拜伦没说话。他离开警长办公室,站在广场上面朝南的柱廊下。浅浅的石砌平台上立着呈拱门状的石柱,常年风吹日晒,上面还有一代一代人们在那里随意抽烟留下的污渍。廊柱下经常有人表情严肃却又漫无目的地站着。(四处站着闲谈的人们,有年轻人,城里人,拜伦知道他们中有职员、年轻的律师,还有商人,他们都是清一色的表情,好像是神气活现的便衣警察,却又不在乎那身便装能否遮住警察身份。)穿工装的乡下人,表情宛若修道院的僧侣们,低声聊着收入和庄稼,偶尔还会平静地看看头顶的天花板。大陪审团关起门来,正准备剥夺一个人的生命,因为他杀了一个女人。他们中认识他的人不多,那个女人就更没人认识了。他们进城时驾的马车、尘土飞扬的汽车都已经整齐地停靠在广场上,街道上、店铺内外,全是一群群来镇里的妻子、女儿,她们像牛群和云朵一样,漫无目的缓慢地走着。拜伦一动不动地站了一会儿,没有靠任何东西——一个小个子男人在镇上住了七年,知道他姓名和习惯的人还没有认识杀人犯或受害者的多。

拜伦没有意识到这些。他现在也不在乎，要是放在一周前的话他会有不同的反应，那样他也不会站在这里，任凭别人盯着他，甚至认出他来：*拜伦·邦奇帮别人种下的种子锄草，最后半分没捞着。他帮着照顾别人的婊子，而那家伙自己却忙着赚一千赏金，他却一无所获。拜伦极力维护她的好名声，可她却把拥有的好名声给了那个男人，两人都不顾廉耻，还有了那个家伙的小崽子，拜伦花自己的钱悄无声息地帮她顺利生产，婴儿的一声啼哭就是给他的报酬。他什么都没得到，还答应让那个家伙一拿到钱就领着他来看她。那时的拜伦将毫无价值，拜伦·邦奇。* "现在，我可以走了，"他一边想，一边深吸一口气。他能感觉到自己在深呼吸，好像他在每次吸气时，都害怕下一次呼吸无法达到这次的深度，而且会发生什么可怕的事情。他一直低头观察自己的呼吸、自己的胸部，却根本没什么动静，就像炸弹刚被引燃，此刻正在聚集能量准备爆炸，**爆炸，爆炸**。拜伦呆头呆脑的，从外表上看没什么变化，过路人盯着他也看不出什么不同。对于这样的小个子男人来说，你绝不会看他第二眼，你也不会相信他所做的一切，更不可能拥有和他一样的感觉。他曾经相信，星期六下午在刨木厂，他一个人在那里干活，厄运不会降临他的头上。

他走在人群中间，心想："我要去个地方。"他边走边想："我要去个地方。"他一直带着这个想法，直到回到他的寄宿宿舍时，他还在说这句话。他的房间面朝大街，他下意识地朝它看去，然后又转移了视线，心想："或许我会看见有人在窗边读书或抽烟。"他走进客厅。一上午都站在阳光明媚中，进屋后一时间竟然什么都看不见了。他能闻到潮湿的油地毡和肥皂的味道。"还是星期一，"他心想，"我已经忘了，或许是又一个星期一。看样子应该是。"他什么都没说。过了一会儿，他能看清了，听到客厅后面或是厨房里有拖地的声音。后门开着，射进长方形的光线。他看见比尔德太太先探出头来，然后是她的整个侧影，正朝客厅走来。

"噢，"她说，"是拜伦·邦奇先生。拜伦·邦奇先生。"

"是，是。"他一面回答，一面琢磨："她只是一个胖太太，她的麻烦还没有一只拖地桶的多……"这时，他又想不起要用哪个词，海托华知道那个词，而且会不假思索地脱口而出。"好像没了他的掺和，我就什么事都干不成。没他帮忙，我连个词都想不出来。"——"是，是。"说完，他便站在那里，连告别的话都说不出来。"也许不是，"他心想，"我估计一个家伙在一个房间里住了七年，不可能一天就搬走。我只是不想影响她出租那个房间。"——"我想我还欠您一些房租。"他说。

比尔德太太坚强和善，一点都不刻薄。她看着拜伦，问道："什么房租？我以为你已经安顿好，决定要在帐篷里过夏了。"她一直看着他，然后又温和、善解人意地对他说："我已经收过那个房间的房租了。"

"喔，"拜伦说，"是，我明白，是的。"他平静地抬起头，望着擦过的、铺着油地毡的楼梯，自己的脚曾经踩在上面。三年前，新油毡铺上时，他是第一个上楼的房客。"哦，"他说，"哦，我想我应该……"

她立刻和蔼地回答道："我都弄好了，我把你留下的所有东西都打包起来，放在我房间里。你还要不要上楼再看看？"

"不啦，我想您已经把一切……噢，我想我……"

比尔德太太望着拜伦。"你们这些男人，"她说，"难怪女人们会对你们失去耐心。你连自己干坏事的能力有多大都不知道。我估摸着连针尖大点本事都没有，要不是有些女人插手帮忙，不到十岁就都号叫着完蛋了。"

"我猜没有谁跟您说她坏话吧。"拜伦说。

"没有，我才没那个必要呢，别的女人们也用不着。我不是说女人们没有嚼舌头。可你要是再多点见识，你就会知道女人们说的都是废话，男人们才是正儿八经地说话。没有哪个女人看不惯你和她。因为她们知道她没有啥理由对你不好，就算生个孩子也没啥。男人们也不会说三道四。她用不着。莫非不是你、牧师还有其他认识她的人帮了她的忙？她咋还不往正路上走？你说。"

"是。"拜伦没有看比尔德太太，说道，"我来是想……"

没等他说完，比尔德太太立马又说："我猜你很快就要离开我们了。"她望着拜伦，"今天上午他们在法院干吗呢？"

"我不知道，到现在还没完。"

"我就知道。他们会尽量拖延时间，制造麻烦，花公众的钱，我们女人在星期六花十分钟就能办好这种事。他们真蠢。杰弗逊镇人才不会想念他，人们没了他也不会过不下去。他可真够傻的，以为杀了一个女人就对一个男人有好处，其实还不如女的杀了男的好。我估计他们快把他放出来了吧？"

"是，是，我也这么觉得。"

"有一段时间，他们认为是他帮的忙，所以会给他一千美元表示心意。然后他俩就能结婚，看样子不错，是吗？"

"是，是。"拜伦能感受到她正温和地看着自己。

"我猜你要离开我们了，你觉得在杰弗逊镇待烦了，是吧？"

"有点儿，我想我可能要搬走。"

"喔，杰弗逊镇是个不错的地方。虽然不怎么好，但对于你这样自由自在的人来说，到哪里都会有无数怪事和麻烦事让你忙个不停……要是你愿意，可以先把行李放这儿，等准备走的时候再拿。"

他一直等到中午以后，才确定警长用过了正餐。于是，他去了警长家，但没有进屋，一直等到警长出门——肥胖的男人长了一双机智的小眼睛，像肉乎乎的脸上镶了一对云母。他和警长走到院里的树荫下，那里没有座椅，他们也没有蹲在脚后跟上，通常他们都会那么做（他俩都在村里长大）。警长静静地听这个男人讲话，这个安静的小个子男人在镇上住了七年，一直是个小小的神秘人物，而在七天之内却激起了公愤，遭人唾弃。

"我明白，"警长说，"你认为现在是他们结婚的时候了。"

"我不知道。那是他俩的事，但我觉得他应该出来去见见她，而且现在是时候了。你可以派助手跟着他。我告诉过她，今天傍晚他会去看她。到时候他们会做什么，那是他和她的事，我管不着。"

"当然，"警长说，"那跟你没关系。"他看着拜伦的侧面，继续说："你现在有什么打算，拜伦？"

"我不知道。"拜伦看着自己的脚在地上慢慢挪动，"两年了，我一直想去孟菲斯。说不准会去那儿。这些小地方没什么意思。"

"是，对于喜欢城市生活的人来说，孟菲斯是个不错的地方。当然，你没有家室拖累。我猜我要是十年前的单身汉的话，我也会去那儿。经济水平也不错。我估计你正打算马上就走。"

"我想我很快就走。"拜伦抬起头，又低下去，说道："今天早上我辞了刨木厂的活儿。"

"喔，"警长说，"我想你不是从十二点开始走过来的，也没打算在一点回去。噢，看样子——"他没往下说。他知道大陪审团晚上会对克里斯默斯起诉，布朗——或者说是伯奇——会获得自由，不过要在下个月出庭作证。但他不是绝对得去，因为克里斯默斯并没有否认，警长相信他为了逃避绞刑会认罪。"倒也没什么坏处。让那个该死的家伙学会敬畏上帝，哪怕一辈子就这么一次也行。"他说，"我想事情就这么定了。当然，就像你说的，我会派助手去，即使为了那笔钱他不打算逃跑，我也要派人跟着。不过，他去那儿之前，不要让他知道是去见谁。他还不知道吧？"

"不知道。"拜伦说，"他不知道这件事，也不知道她在杰弗逊镇。"

"那么，我想我会派助手押送他过去，不告诉他原因，只说要把他带到那儿，除非你自己想带他去。"

"不，"拜伦说，"不，不。"他非常坚定，站着一直没动。

"我这就去办。可能到时候你就走了。我估计派助手四点钟和他过去，怎么样？"

"很好，谢谢您，您太好了。"

"当然。自打她来了杰弗逊，除了我之外，镇上好多人都对她不错。好啦，我不跟你说再见，说不准哪天你就又回来了。我还没听说过，有人在这里住过一段时间后就再没回来，除了监狱里那个家伙可能会那么做。不过，我想为了不受绞刑，他会认罪的。杰弗逊镇总算可以安宁了。对那个自认为是他外祖母的老太婆来说有些苛刻。我回家时，老头儿正在镇里咆哮，骂人们是胆小鬼，说他们不敢把他拉出监狱处以私刑。"说着，警长开始哈哈大笑，"他得小心点，否则珀西·格林姆会派人把他抓起来。"他的表情变得严肃起来，"对她来说真的很残酷。女人们真不容易。"他看着拜伦的侧脸，继续说，"对我们来说都不容易。好啦，很快，说不准哪天你就会回来。也许，杰弗逊镇下次会对你好些。"

下午四点，拜伦躲了起来。他看见一辆汽车开过来，停在木屋前。一名警官和名叫布朗的那个家伙从车里出来，走近木屋。这时的布朗没有戴手铐，助手把布朗向前一推就进了屋。接着，房门在布朗身后关上，警官坐在台阶上，从兜里拿出一包烟。拜伦站起身，"我现在可以走了。"他心想，"现在就可以走了。"他一直躲在草场的灌木丛中，那里曾经是被烧的楼房所在地。他把骡子拴在对面的树丛中，从大路和木屋那个方向都看不到。破旧的马鞍后面捆扎着一个磨损的黄色箱子，不过不是皮革质地。他跨上马，头也没回地上了大路。

宁静的下午，夕阳西下，略微发红的道路一直延伸至山坡上。"哦，我可以翻山越岭。"他心想，"我可以，男子汉能够做到。"他熟悉这里的一切，在这里生活了七年，没有任何变化。"似乎男人可以承受一切,甚至能够承受他前所未有的一切,承受自己以为无法承受的东西。如果让他就此放手,大哭一场,他也能接受。他可以忍着不去回头,即便回头与否对他来说并不会有什么影响。"

山势起伏,直至山顶。他从未见过大海。于是,他心想:"大海应该就像是这样的无边无际吧,好像我一旦跨进去便再也不存在了。那时,树木似乎不再是树木,而是其他名字或其他东西;人也不再被叫作乡亲,而是其他名字或东西;拜伦·邦奇再不必是拜伦·邦奇。他和他的骡子没有任何阻挡,急速下落,直到他们就像海托华牧师说过的那样,山石迅速滚落时会碰撞出火花,然后开始燃烧,落到地面时连一丝灰烬都不会留下。"

然而,他知道山峰那边起伏的景象:树还是树,极其沉闷的距离还要凭他的血肉之躯无尽地走下去,永远要走在无情的大地上,走在两个无法逃避的地平线之间。这一切慢慢出现在他面前,毫无征兆却也无所畏惧。"不知道,不在乎,"他心想,好像它们在说,*好吧。你说你痛苦,好吧。可我们首先听到的是你苍白无力的词语,其次你只说你是拜伦·邦奇,再者你只在今天、现在、这一刻说你是拜伦·邦奇……*好吧,他心想,如果真是这样,我想我也会为不必再回头而感到高兴,他勒住骡子,在马鞍上转了一下身子。

他没有注意到自己走了这么远,山峰这么高。他的脚下是广阔的地域,像一只浅浅的碗,七十年前这里曾经是一片种植园。夹在他和对面的山脊中间的是杰弗逊镇。不过,种植园现在已经被随意分布的黑人小木屋、菜地和废弃的荒地所分割,水土流失后裸露出密密麻麻遍布其中的锌矿石、黄樟树皮、柿子树和石楠。不过,在建房时,这里的中心位置就种植了橡树林。时至今日,楼房已经不见了,但橡树依然矗立其中。拜伦从这里看不出大火留下的创伤;如果不是橡树、废弃的马厩以及映入眼帘的小木屋,他甚至无法辨别楼房曾经的位置。小木屋完全沐浴在午后的阳光里,静悄悄的简直像个玩具;坐在木屋台阶上的警官也像个玩具。这时，拜伦看到一个人魔术般地出现在木屋后面，想要从那里逃脱，而毫无戒备之心的押送人却依然一动不动地坐在台阶上。拜伦自己也坐在马鞍上怔了许久，才开始转了转身子，注视着那个小小的身影越过屋后光秃秃的斜坡，朝树林里逃窜而去。

这时，一阵冰冷、强劲的风刮过，猛烈而平静，如同吹走糠壳、垃圾、败叶一样，将一切欲望、失望、绝望、伤感以及空想都刮得一干二净。在这阵疾风的推动下，他似乎又被吹回到空虚的状态，没有任何想法，又回到两周前没有见到她时的样子。此时，心愿不单单是心愿，而是一种平静而坚定的信念；他自己还没有意识到，大脑已经给他的手发出了指令，他骑着骡子从大路奔向山脊，正和逃跑的男人在树林中的路线并行。他甚至都没有对自己说出那个男人的名字，也不去推断他要逃到哪里，为什么要逃。虽然他曾经预言过，但他的脑海中从没有布朗再次逃跑的想法。如果他真的考虑过，那他多半会相信布朗订婚了，用自己独特的方式，和丽娜一起完成合法的程序并且已经离开。可他什么都没想，甚至根本没有想到丽娜；丽娜完全不在他的大脑里，仿佛他从没有见过她的脸，听过她的声音。他只是在想："我帮他照顾他的女人，为他的孩子接生，现在我还可以为他做一件事情。我不能为他们主持婚礼，因为我不是牧师。我不可能追上他，因为他先我一步逃走了。我也不可能抽他一顿，因为他比我高大。但我可以试一试，我可以试着去那么做。"

助手在监狱叫他时，布朗立马就问他们要去哪里。助手说是去拜访。布朗犹豫了，那副英俊、伪装勇敢的面孔紧紧地盯着助手，说道："我哪儿也不去，我在这儿是个陌生人。"

"你到哪儿都是陌生人，"助手说，"就算在家也是。快点。"

"我是美国公民，"布朗说，"我认为我有权利，即使我的吊带裤上没有挂星形勋章。"

"当然，"助手说，"我现在做的，就是要帮助你获得应有的权利。"

布朗的脸上神采奕奕：像闪电一样闪过一道光芒。"他们已经——他们要付钱——"

"赏金？当然。我现在就带你走，要是你该得的都可以拿到。"

布朗一脸严肃，站着没有动，依旧满怀狐疑地看着助手。"这种方式真奇怪。"他说。

"那群王八蛋一直把我关在监狱里，还想靠我弄清真相。"

"我估计想依靠你的王八蛋还没生出来。"助手说，"快点，他们都在等着呢。"

他们从监狱里出来。布朗在阳光下眨巴眨巴眼睛，东瞧瞧西望望，然后猛地昂起头，像马儿一样扭头看了一眼。汽车停在路边。布朗瞅了瞅汽车，然后又看了看押送他的助手。"我们坐车去哪儿？"他问，"对我来说，今早走到法院又不算远。"

"瓦特派车去帮你把奖赏领回来，"助手说，"上车。"

布朗嘀咕道："他突然这么关心我，让我坐车，还不戴手铐，他妈的只派一个人跟着防止我逃跑。"

"我可不是来防你逃跑的，"助手说。他正要发动汽车时停下来说："你现在想跑吗？"

布朗目光炯炯地盯着他，阴沉的眼神里充满了怀疑和愤怒。"我知道，"他说，"这是他的诡计，骗我逃跑，然后自己去捞赏金。他答应给你多少钱？"

"我？和你的一样，一分不少。"

布朗盯着他看了好久，不着边际地咒骂着，声音不高却很难听。"走啊，"他说，"要走就走。"

他们开车去了发生火灾和谋杀的地点。布朗不时地回头看看，像一头自由的骡子跑在狭窄的路上，后面跟着一辆汽车。"我们去那儿干吗？"

"去给你领赏啊。"警官回答。

"去哪儿领？"

"去那边的小木屋，东西在那儿等着你呢。"

布朗向四周张望，曾经的楼房只剩黑乎乎的灰烬，单调的小木屋静静地在太阳下慢慢褪色，他曾经在里面住了四个月。他的表情非常严峻，非常警觉。"这件事情有些不对劲。就因为肯尼迪戴了他妈的一小块星形徽章，他就以为能践踏我的权利吗……"

"快点，"警官说，"要是你不想要奖赏，你愿意的话，我随时都可以带你回监狱。"说着，他把布朗推向前面的小木屋，打开门，把他推进去，关上门，然后自己坐在台阶上。

布朗听到木屋的门在身后关上了。他一直往前挪动。这时，他的眼睛似乎迫不及待地想看清这里，在他迅速、急切的一瞥中，屋内的一切尽收眼底，他突然完全不动弹了。丽娜坐在简易床上，看着他嘴角的白色伤疤彻底消失不见了，好像血液突然消退顺便揭掉了伤疤，如同从晾衣绳上扯下布条一般。她一句话都没说，只是躺在那里，靠在枕头上，清醒地望着布朗，眼睛里却一无所有——欢乐、惊奇、责备、爱意都没有——而布朗的脸上却拂过了震惊、诧异和愤怒，然后便是显而易见的恐惧，这些神情轮番嘲弄着他，从白色的小伤疤上体现出来。他那双痛苦、孤注一掷的眼睛不停地在空荡荡的屋子里扫来扫去。丽娜看见他强迫自己的目光聚集在一起，像驱赶两头惊恐的动物一样，迫使自己的眼睛去迎接丽娜的目光。"噢，噢，"他说，"喔，喔，喔，是丽娜呀。"丽娜一直注视着他，他的眼睛像两只即将挣脱的动物一样，被他死死地拽回来，生怕一旦跑掉便再也追不回来，他自己也会溜掉。她几乎能看穿他的心思——不断左摇右摆，内心充满痛苦和恐惧，费尽心思搜寻嗓子、舌头可以说出的词语。"怎么可能不是丽娜呢。哦，亲爱的，你收到我的口信了吧。上个月我一到这儿就给你带了口信。我安顿好,以为口信被丢了——我不知道那个家伙叫啥,可他说会帮我带口信——他看起来就不可靠,可我又不得不相信他。我给了他十块钱做你的盘缠,我想……"他的声音消失在绝望的眼神中,可她仍然能看出他的心思还在不顾一切地四处冲撞。她用冷峻、坚定、令人无法承受的眼神凝视他,看着他神色仓惶、无处躲藏的神情,直至他脸上残留的一切骄傲、徒劳的辩解荡然无存,最终赤裸裸地暴露在她面前。这时,她第一次开口说话,声音平静、从容而淡漠。

"过这儿来,"丽娜说,"过来。我又不会让他咬你。"她看到他轻飘飘地挪了过来。不过,丽娜这会儿没有再观察他。她很清楚,正如她自己料想的那样,他正带着笨拙和羞怯的敬畏心,站在她和熟睡的孩子旁边。她知道,这种情形下,他甚至对孩子都视而不见;她能看到、感受到他的思绪正在横冲乱闯。*他正设法让自己表现得并不害怕。*她心想,*他丝毫不觉得羞愧,也不会为忘忘而撒谎,就像他不会因撒谎而忘忘一样。*

"喔,喔,"布朗说,"在这儿,当然好啊。"

"是,"丽娜说,"你能坐下来吗?"海托华先前拉过来的椅子还在床边放着,布朗早已经注意到了,心想,*她老早就给我准备了椅子* 布朗又开始暗自咒骂,表情烦躁而愤怒。*那帮杂种,杂种*。不过,他坐下时,表情却非常平静。

"是啊,亲爱的,我们又见面了,和我预计的一样。我本想都替你安顿好,可我最近一直很忙。这让我想起——"突然,他又像骡马一样朝后扭了一下头。丽娜头也没抬地说:

"这儿有位牧师,他刚来看过我。"

"很好。"布朗的声音洪亮而热情,但这热情和声音如同字词一样短暂,消失得无影无踪,甚至没有在耳边、在心中留下一丝明确的痕迹。"很好,等我办完事——"他猛地抽出胳膊,看着她,隐隐约约做出拥抱的姿势。他的眼神冷漠、机警、诡秘,但眼神后依旧潜藏着烦恼和绝望。不过,她并没有注意到。

"你现在干什么活儿?在刨木厂吗?"

布朗望着她,说道:"不,我辞了。"他没有看她,好像那双眼睛不是他的,和他的其他部位没任何关系,跟他的言行也无关。"成天像该死的黑鬼一样干十个小时。我现在有挣钱的门道,用不着挣每小时十五分的小钱。等我办好了,把细枝末节都处理好,那时咱俩就能……"布朗的眼神专注而神秘,紧紧地盯着她,盯着她低头的侧影。她又听见布朗猛地抬头往后看时发出轻微而突然的声音。"我想起——"

她坐着没动,说道:"卢卡斯,什么时候能安排好?"这时,她能听到、也能感觉到屋里鸦雀无声,一片沉寂。

"啥时候安排啥?"

"嗯,就像你说的,回家。以前我觉得挺好,一点儿都不介意,可现在不同,我认为我有必要担心了。"

"哦,那个。"他说,"那个。你别担心。等我处理完这些事儿,拿到那笔钱。我肯定能拿到。他们那帮龟孙子一个都别想——"他提高声音却没往下说,好像刚才忘了自己在哪里,只顾瞎想。他压低声音,说道:"交给我好啦。啥也别担心。我从来不会让你有任何后顾之忧,知道吗?对吧。"

"是的,我从不担心。我知道我能依靠你。"

"你当然知道这一点。这儿的那帮杂种——杂种——这儿的——"说着,他早已从椅子上站起来,"这倒让我想起——"

丽娜没有抬头也没有说话;布朗站在她身旁,满眼焦躁、绝望和急切,仿佛是她故意把他拴在这里。现在,她又出于自己的意愿,故意要把他放走。

"我估计你现在很忙。"

"实际上，我的确很忙。那帮杂种老是麻烦我——"这时，丽娜望着布朗。他正看着后墙上的窗户，又看了看身后闭紧的房门。接着，他看着丽娜，看着她那张严肃的面孔，似乎一片茫然，却又如洞若观火。他压低声音说，"我在这儿有对头，他们不想让我拿到我应得的。所以，我打算——"这次她好像又控制了他，强迫他试着最后一次撒谎，可怜的骄傲开始反抗；她没有用棍棒或绳索阻拦他，是他的谎言像树叶或垃圾一样四处飘飞，阻挡了他的去路。然而，她什么都没有说，眼睁睁望着他鬼鬼祟祟地走到窗口，无声无息地打开窗户。这时，他看了她一眼。也许他以为此时已经安然，可以在她伸手拉回他之前便可钻出窗户。也许，刚刚还十分骄傲的他现在略有惭愧。因为一看她，他便又像被扒光一样，又要谎话连篇了。他的声音还没耳语响亮："外边有人，正在前面等我呢。"说完，他如一条长蛇般蠕动着穿出窗户。她听到窗外微微传来了逃跑声。这时，她才动了动身子，发出深深的叹息。

她大声说："现在我又得动身了。"

布朗从树林里钻出来，跑到铁道旁时，已经气喘吁吁。尽管他在过去的二十分钟里跑了几乎两英里，而且一路也不好走，但他还没到走不动的地步。或者应该说，他像一头逃跑的动物呼哧呼哧地喘着气。他站在空旷的路上向两旁张望，像独自落跑的动物一样，不愿接受同伴的协助，执意要靠自己的体格；他停下脚步换气时，憎恨进入他视线的每一棵树，似乎它们都是活生生的敌人；甚至憎恨它休憩的每一寸土地，憎恨必须吸入的每一口空气。

他抵达的铁路距目的地不足几百码远，是一段上坡路的顶点。北上的货车慢慢往上走，慢得跟爬似的，还不如人走得快。在他前面不远处，两条光闪闪的铁轨像被剪刀剪开一样。

他站在铁路旁边的树林里躲了一会儿，像在深思熟虑，急切地盘算什么，仿佛在琢磨，败局已定的游戏中还有最后一招可以使用。他站在那里听了许久，转身又开始跑起来，沿和铁路平行的路线在树林中穿梭。他似乎明确知道自己的去向，很快就上了一条小路，沿着这条路一直往前跑，最后来到一片空地。这里有一座黑人小木屋。快到木屋时，他是走着过去的。走廊处有一位黑人老妇正叼着烟斗，头上包着一块白头巾。布朗虽然没有跑，但呼吸还是很急促。他平静了一下，然后说道："嗨，大婶，谁在那儿住？"

黑人老太太挪开烟斗，说："我住这儿，你想找谁？"

"我想往镇里捎个信儿，挺着急的。"他努力让急促的呼吸平静下来，"我给钱，这儿没人想要钱吗？"

"要是那么急的话，你最好自己去送信。"

"我说了，我给钱！"他有些暴躁，不耐烦地控制着自己的音量，呼吸放缓，"要是他跑得快，我给一块钱。难道这儿没人想挣这一块钱吗？没什么男孩子吗？"

老太太一边抽烟一边观察他。这张苍老、神秘的黑脸打量着布朗，好像上帝一样超然，但没有一丝和蔼。"一块钱？"

他莫名其妙地做出一个急迫、恼火甚至略带绝望的动作。正要转身时，黑人老妇又开口说道："这儿除了我和两个小孩没别人。我估计他们太小。"

布朗转过身，问："多大？我只需要有人能快点给警长带个便条就行。——"

"警长？那你走错地方了。我们可不想在警长身边胡闹。我听说，有个黑人以为他跟警长很熟，就打算去拜访他，后来再没回来。你去别处找找吧。"

没等她说完，布朗早走了。他没有跑，还没想好要再跑；一时间，他竟然满脑子空白，愤怒和无助让他迷茫。面对始料未及的挫折，他似乎正在思考万无一失的良方，仿佛他坚信会有百试不爽的办法，这让他在消极、失望之余有所振奋。因此，黑女人喊了他两次，他才听见，转过身来。她什么都没说，一动不动地坐在那里，一个劲儿地喊着。她说："这儿有个人能帮你。"

木屋门口站着一个黑人，似乎是突然从稀薄的空气里冒出来的，像低能的成年人，又像愚笨的年轻人。他又呆又黑，还十分让人摸不透。他俩站在那里望着彼此，或者确切地说，是布朗盯着黑人。他不知道黑人有没有在看自己。这样似乎也太过完美了：他的最后一线希望竟然寄托在一个蠢货身上，显然他都没有足够的推断能力去镇上，更别说要找到其中的某一个人了。布朗又做出一个神秘的难以形容的动作，急得几乎要朝走廊跑过去，一只手还在衬衣口袋里摸索着。"我想让你给镇上带个口信，完了再给我带个回话。"他说，"你能吗？"不过，他没有听对方答复，直接从口袋里掏出一张皱巴巴的纸片和一段铅笔头，弯腰蹲在门口，匆匆忙忙地写着，显得非常费劲。黑女人在旁边看他写道：

瓦特·肯尼迪先生，亲爱的先生，请将我抓杀人凶手克里斯默斯的赏金用纸包好交给来人。

他没有署名，匆匆写好看了一眼，黑女人在一旁看着他。他瞪着肮脏无辜的纸条、潦草费劲的铅笔字迹。这一刻，他成功地将自己的灵魂和生命都倾注其中。接着，他又啪地放下纸条，继续写，*不署名你知道是谁*。然后，他把纸条折叠好，递给黑人："交给警长，不要给任何人。你确定你能找到他吗？"

"要是警长没有先找到他的话，"黑人老妇说，"给他吧。只要警长活着，他肯定能找到。你把钱给他。走吧，孩子。"

黑人走开了，又停下来，站在那里，什么也不说，什么也不看。黑人老太太坐在门口抽着烟，低头看着白人那张虚弱、凶恶的面孔：这是一张英俊、柔和的脸，由于疲惫，不光是身体的疲倦，现在又戴上了精疲力竭、诡计多端的面具。"我看你很着急。"她说。

"是的，"布朗一边说，一边从口袋里取出一枚硬币，"给你，你要是能在一个小时里给我带回口信,我再给你五块。"

"去吧,黑小子。"女的说,"等不了一天。你要把口信带回这儿?"

布朗看了她好久。然后,他身上所有的警惕和羞愧又不见了。"不,不是这儿。去那边的坡顶。往那儿走,我会叫你,也会一直看着你。别忘了,听见没?"

"用不着担心。"女的说,"要是没别的事情耽搁,他会回来的,会给你回信。去吧,孩子。"

黑人走了。不过,没走半英里,他就被拦下了,是另一个牵骡子的白人。

"在哪儿?"拜伦问,"你在哪儿看见他了?"

"刚才,屋子那边。"白人牵着骡子继续往前走。黑人望着他的背影,他没有给白人看纸条,因为这个人也没说要看。也许白人没看纸条是因为不知道他有纸条;也许黑人正这么想着,因为他的脸上瞬间露出了可怕、隐匿的表情。接着,这种表情消失了,他大声喊叫起来,白人停下来转过身。"他这会儿不在那儿。"黑人大声说,"他说他去铁道那边的坡顶等。"

"谢谢你。"白人说。黑人继续赶路。

布朗回到铁路上,一边走一边自言自语:"他办不成,办不成,我知道他找不到警长,肯定办不成,也拿不回来。"他没说是谁,也没想起谁。对他来说,他们好像只是一些棋子——黑鬼,警长,赏金,所有的一切——它们会被对手随意摆放到各处,无法预知。这位对手可以在他举棋之前便能知晓他的意图,而且还会自发地制定规则,他必须遵守这些规则,但对手却可以不受约束。他从铁路拐进坡顶附近的矮树林里,现在总算暂时摆脱了绝望。他不慌不忙地走着,丈量每一步的距离,仿佛除此之外,世界上或他的生命中再无其他事可做。他找了个地方坐下,隐蔽起来,但他能够看见铁道那边的景象。

"我就知道他办不成。"他一个人琢磨着,"我甚至都没抱什么希望。要是看见他手里拿着钱回来,我都不会相信。那钱不归我,我知道。我知道那是个错误,我会告诉他:'*往前走,你要找的是别人,不是我。你不是在找卢卡斯·伯奇。不是,先生。*'卢卡斯·伯奇不该得那笔钱,那笔赏金。他什么都没做不能拿钱。不能,先生。"想到这里,他开始哈哈大笑。他静静地蹲在地上,面容疲惫,低下头笑起来。"是的,先生。卢卡斯·伯奇希望得到公正的待遇,只想要公正。要不是他把凶手的名字告诉那群杂种,告诉他们该去哪里找,可他们没尝试去找。他们一直不去试,因为那样的话他们就必须把赏金交给卢卡斯·伯奇。是公正。"接着,他用刺耳、委屈的声音大声说道:"公正。就是。我只想要自己的权利。那群戴星形徽章的杂种,还曾发誓说要保护每一个美国公民。"疲惫的他愤怒而绝望,几乎声泪俱下地说道:"这样不把人逼成布尔什维克[1],我就是狗。"因此,他什么都听不到,直到拜伦在他身后喊道:

"站起来!"

他俩的对峙不会持续太久。拜伦深知自己坚持不了多久,但他毫不犹豫地一直往上爬,直到看见对方毫无戒备地蹲在那里,他才停下来。"你比我高。"拜伦心想,"可我不在乎。你比我各方面都强,可我一点都不怕。你在九个月内抛弃了她两次,可那是我三十五年都没有得到的东西。现在,就算你把我打死,我都不在乎。"

搏斗没有持续多久。布朗甚至利用了自己的吃惊,迅速转过身来。他简直不敢相信,有谁遇到自己的敌人坐在那里时,竟然还会给对方留机会站起来,即便敌人快有自己两个那么大,谁都不会那么做。他自己绝不会那么做。事实上,那个小个子男人本不该那么做,

---

【1】布尔什维克是 Bolshevik 的音译词,是列宁创建的俄国马克思主义政党,也被某些人认为是激进分子。

可他却那么做了，真是奇耻大辱。于是，他给予了更加狂暴猛烈的攻击，像陷入绝境的饿狼不顾一切地狂轰乱揍。如果拜伦没有提前警告他，直接就扑到他背上，结果也不至于如此。

搏斗持续了不到两分钟，拜伦便静静地躺在被蹂躏、踩踏的树丛中，脸上静静地淌着血；他听到灌木丛被压倒，声音渐渐消失，然后陷入一片寂静，最后只剩他一个人在那里。此时，他并不觉得特别痛，而且他感觉还不错，不必急着做什么，也不用忙着去哪里。他静静地躺在那里流着血，知道过不了多久他便会再次回到这个世界，感受时间的流逝。

他甚至没有思考布朗去了哪里，现在也用不着考虑他。他的脑海里再次装满了童年时废弃、残破的玩具，胡乱堆放在被人遗忘的壁橱里，积满了灰尘——布朗、丽娜·格罗夫、海托华、拜伦·邦奇——仿佛他们从来都没有生命。他在童年时代玩过这些玩具后，残缺不齐后被他抛到了脑后。他躺在树丛中，听到了半英里外的火车汽笛声。

汽笛声将他唤醒，他又回到了时空中。他试着慢慢坐起来。"还好，我没有坏掉什么东西，"他心想，"我的意思是，他没有把属于我的什么东西打坏。"这会儿有些晚了：时间、空间都在流转。"是的，我该走了，现在该动身去找点事做。"火车越来越近。火车开始爬坡，撞击铁轨的咔嗒声变得短促而沉重；很快，他便看见火车冒出的烟气。他想从口袋里找一块手帕，但没有找到，于是他从衬衫衣襟上撕了一片，一边轻轻地擦拭自己的脸，一边倾听机车奋力上坡时发出的短促的轰鸣声。他慢慢挪动到树丛边上，看着铁轨。此时，车头已经在他眼前，伴随着间歇性的轰隆声和滚滚浓烟，火车几乎向他迎面开来。然而，火车又像根本没有动一样，可它确实在移动，非常缓慢地爬上斜坡。拜伦站在树丛边缘，望着火车向他驶来，然后又弃他而去，费力地向远处爬去；他像小孩一样出神地沉浸在（也许是在怀念）乡村生活中。火车的车头已经远去；他的眼睛仍然随着一节节爬坡的车厢慢慢移动。这时，他在那个下午第二次看到一个男人凭空出现了，而且还是奔跑的姿势。

即便在那个时候，他还是没有意识到那是布朗。他在宁静和孤寂中沉思得太久了，眼睁睁看着布朗奔向火车，纵身一跃，攀住车厢尾部的铁梯，向上一跳便像消失在真空中一样不见踪影。火车开始加速；他注视着布朗消失的那节车厢在他眼前驶过。这节车厢从他身边经过，紧紧地和后面的车厢连在一起。布朗站在这两节车厢之间，探出头来望了望矮树丛。刹那间，两人看到了彼此：两张脸，一张温和的脸，血迹斑斑，无以言状；另一张瘦削、狂躁、扭曲的脸，绝望的喊叫声淹没在火车的轰鸣中。两张脸像行驶在不同轨道上的魑魅鬼影一样擦肩而过。拜伦依然没有想到那是布朗。"全能的上帝啊，"他露出孩子般痴迷、惊诧的表情，说道，"他真懂怎么爬火车，肯定以前就干过。"他完全没有想到那是布朗，仿佛一列列肮脏的车厢是一堵堤坝，堤坝那边等待他的是另一个世界的时间、不可思议的愿望、无可争议的事实，不过还有稍多点儿的宁静。总之，最后一节车厢驶过后，这个世界像洪水猛浪般飞速向他冲过来。

这个世界太广阔，时空也太急速，来时的路无法重溯。拜伦牵着骡子走了好久，才想起要骑上去，仿佛他早已超越自己，在小木屋里等着自己追上去，然后走进屋里。*那时，我站在那儿，我会……* 他又试着重说：*那时，我站在那里，我要……* 但他总也说不下去。此刻，他站在大路中央，一辆从镇里赶回家的马车渐渐向他驶来。这会儿大约六点。然而，他并没有放弃。*即便我好像不知道怎么往下说：当我打开门，走进来，站在那里，我会，看着她。看着她。看着她*——耳边又响起一个声音：

"——我猜你很兴奋。"

"什么？"拜伦问。马车停下来，就在他旁边，骡子也停了下来。马车上坐着的人又开始说话，用平板的声音抱怨道：

"真不巧，正赶上我得马上回家。我已经晚了。"

"兴奋？"拜伦重复道，"兴奋什么？"

车上的男人看着他，说道："谁看见你那张脸，都会觉得你有些兴奋。"

"我摔了一跤，"拜伦说，"今晚镇上有什么兴奋的事吗？"

"我估计你可能没听说。大约一个小时前，那个黑鬼，克里斯默斯，人们把他干掉了。"

19

周一晚上，人们在饭桌边开始谈论。令他们感到奇怪的不是克里斯默斯是如何逃跑的，而是为什么他会在逃跑之后，到那个地方藏身。他必然知道藏在那儿一定会被找到，可为什么被发现之后，他既不投降也不反抗，似乎他已经计划了一场被动的自杀。

关于他最后逃到海托华家的原因和想法众说纷纭。想起关于这位牧师的掌故，最直接、最简单的说法便是"物以类聚"；也有人觉得这纯属偶然；其他人则认为克里斯默斯展示了他的智慧，因为要不是有人看见他穿过牧师家的后院跑进厨房，没人会怀疑他藏在那里。

然而加尔文·史蒂文斯对此却持有不同的意见。他是地方检察官，毕业于哈佛大学，是美国大学优等生联谊会的一员。他身材高大，经常潇洒地叼着一只烟斗，一头铁灰色头发乱蓬蓬的，穿着松松垮垮、没有熨烫的深灰色衣服。他的家族很早就定居在了杰弗逊镇，他的祖上有自己的奴隶，他爷爷认识伯顿小姐的爷爷和哥哥，同时也憎恨他们，还在他们死后公开向沙多里斯上校表示祝贺，他以一种随和的方式和乡亲们、选民、陪审团平静地相处着。人们时不时地能够看见，他在夏日的整个午后和工人们一起蹲在乡村商店的游廊上，用他们的土话同他们漫无目的地瞎扯。

这个星期一，从九点钟的南行列车上下来一位州立大学教授。他在邻近州的大学工作,是史蒂文斯在哈佛的校友,专程赶来同史蒂文斯一起度假。从火车上下来的时候,他一眼就认出了史蒂文斯,以为史蒂文斯是来接他的,后来他才看见史蒂文斯正忙着送一对奇怪的老夫妇上车。教授看到那个老头儿身材矮小、邋遢,留着短山羊胡子,好像陷入了强制性昏厥,另一个人无疑是他的妻子——一个矮胖的妇人,那张脸藏在低垂而肮脏的白羽毛下,像块白面团一样。她身穿过时的丝绸裙子,看不出什么身材来,衣服的颜色庄重却了无生趣。教授一时惊呆了,看着史蒂文斯将两张火车票放入妇人手中,就像交给小孩一样。教授一直往前走,可史蒂文斯还是没有注意到。旗手将两位老人送入火车时,他听到史蒂文斯最后扼要地说道:"是,是。"他的声音像是在抚慰,"他明天早上就上火车。这事就交给我。你们只要安排好葬礼和墓地就行。你带老爷爷回家,安顿他上床休息。我明早会把那男孩送上火车。"

火车开动了,史蒂文斯转身看见了教授。他们一坐上返回镇里的车,他就开始讲,一直到坐在史蒂文斯家的走廊上时才结束。他简明扼要地说:"我认为,我知道他为什么最后会跑到海托华家里躲起来,那是他外祖母的主意。他被再次带回法庭时,就是她陪他待在监狱里。她和他外祖父——那个矮小的疯老头想动私刑干掉他——从摩兹镇赶到这里来。我不觉得老太太来的时候抱有救他的希望,至少没有实质性的想法。我认为她只是希望他'体面地'死去,就像她说的那样,被军警遵照法律执行绞刑,而不是被烧死、砍死或是被牲口拖拽而死。我认为,她到这儿来仅仅就是为了看着老头儿,因为她不敢让他离开自己的视线,以免他掀起风浪。你知道,并不是说她怀疑克里斯默斯是她的外孙。她只是绝望,不知道希望在哪里。我想过了三十年之久,希望的机器重新运行不是二十个小时就能实现的。

"但我相信,还没等她明白过来,就被疯疯癫癫的老头儿搅和着推到这儿来了。他们坐最早的火车过来,大概是星期天凌晨两点半的那趟。她没打算见克里斯默斯，可能她只是为了看着老头儿。至少我是这种感觉。我不认为她的希望在那时就开始重生了。直到今天早晨婴儿出生，可以说是在她面前出生，并且又是一个男孩时，她的希望之火才又重新被点燃。她以前从没见过孩子的父亲，她的外孙长大后她也再没见过。所以对她来说，孩子的哭声阻隔了三十年，现在那三十年再也不复存在。

"这一切来得太快。太多的事实让她的双手和双眼无法否认；太多的事实必须理所当然地接受，虽然双手和双眼又无法证实；太多费解的事实无法证明，却要双手和双眼必须突然间接受。三十年后，这种感觉就像长久独居的人突然闯进了一个满是陌生人的房间。他们都在讲话，她急切地在她的限度内，寻找力所能及的合理行为，好让她可以保持理智。直到婴儿出生，她才找到了可以独当一面的途径，像可以机械发声的模具一样被两轮马车拖拽着。在他把她带到海托华博士那里时，由邦奇发号施令操纵她。

"你看，她还在摸索，试图寻找让她相信、让她承认的事实。显然，三十年来她从来不曾动过脑子。我认为她在海托华那儿找到了，第一次找到了可以倾诉的对象，愿意倾听她的人。很可能这是她第一次对别人讲，而且很可能自从她知道这件事后，跟海托华讲了以后，她才和海托华同时相信了事情的完整性和真实性，因为小屋里并没有这三十年的过往——她从没见过婴儿和他的父亲，还有她自婴儿时期就再没见过的外孙，外孙的父亲对她来说也从未存在过，一切都混在了一起。所以，我觉得她那时搞不清孩子和他的身世，也没什么可奇怪的。当她真的开始燃起希望时，她立即转身去了牧师家，带着对这位自愿献身、誓言要为祈祷服务的牧师的庄重和无限信仰去了他家。

"那是他今天在监狱里同克里斯默斯说的话。就在那个时候，老头儿瞅准机会从她身边溜走了，然后她就跟着进了镇里，又在街角找到了他。他疯疯癫癫的，声音已经完全嘶哑，扬言要对克里斯默斯处以私刑，告诉人们说他养了魔鬼的产物，至今他都坚信不疑。也许，当时她正在去监狱看他的路上。总之，当她看见他的听众只是抱着看热闹的想法时，她将那老头儿一个人丢在那里，独自去找警长。警长刚吃过晚饭回来，有好一阵子，他都不明白她想要干什么。她的声音听起来肯定有些不正常，还有她讲的故事，穿的那身尊贵得有些不可思议的衣服，以及她计划越狱的模样。不过，他还是让助手跟她去了监狱。我相信就是在监狱里，她提到了海托华，海托华不仅可以救他，而且正打算要救他。

"当然，我不知道她对他讲了些什么。我不认为谁能重现当时的场景。我觉得她根本不了解自己，也没筹划过要说什么。因为早在她生下他母亲的时候，就已经写下那些话，并且还念给她听过。事情过去太久，以至于她忘记了一切，也忘记了这些话。也许这就是他立刻相信她，并且没有质疑的原因。我是说，因为她不担心要说什么，也不担心他是否会相信她所说的。在某个地方，那个被罢黜的牧师的形象、住所或者其他什么的都成了避难所，不仅是官员和民众不可侵犯它，就连无法改变的过去也是神圣的；无论是什么罪行塑造了现在的他，将他困在放眼望去都是刽子手的高墙铁栅里，海托华那里都是神圣的殿堂。

"他相信了她。我认为与其说是她的话给了他勇气，不如说是给了他耐心，让他屈从忍受、找准时机，并且抓住唯一的机会从广场拥挤的人群中戴着镣铐逃跑。然而，奔跑的随从太多，步步紧跟，跟在身后的并不是追捕者，而是他自己——岁月，行为，疏漏，犯错，紧紧跟随着他的每一步、每一次呼吸、每一次心跳，同他共享同一颗心脏。她不仅对那三十年一无所知，更不知道三十年来前前后后的一切，直到生命的污点沾染了他的黑人血液或白人血液，不管是否愿意，就是这个污点杀死了他。不过，他总是怀着信任和希望跑了一阵，但他的血液无法得到安静，需要他去解救。然而，不论是白人血液还是黑人血液，都无法拯救他，只有他自己的身体才能做到。因为他体内的黑人血液首先将他驱赶进黑人小屋，然后白人血液又将他赶了出来；正如他体内的黑人血液促使他抓起了手枪，而他体内的白人血液却不让他开枪。白人的血液将他送到牧师面前，在他生命的最后时光中涌起，使他背离了一切理性和现实，陷入了妄想中，那是对《圣经》中读到的某些东西的盲目信仰。我想，后来白人血液又在瞬间抛弃了他。仅仅一秒，一个闪光的瞬间，就让这个黑人在生命的最后时光里奋起反抗。正是基于黑人的血液，他才假设了自己被救赎的希望。黑人的血液将他的欲望置于任何人的帮助之上，将他从生命枯竭的黑丛林中卷起来，在心脏停止跳动、死神贪欲得到实现前，他欣喜若狂。然后，就像他一生中每次遭遇危机那样，黑人的血液再次失败。他没有杀掉牧师，只是用枪敲了他的脑袋，跑到桌子后面蹲下，就像他三十年来一直做的那样，最后一次蔑视黑人的血液。他蹲在那张掀翻的桌子后面，任凭他们将他射杀。他的手枪上了膛，但他却没有扣下扳机。"

当时，镇上住着一个叫珀西·格林姆的年轻人。他大概25岁，是州国民警卫队的队长。他出生在这个镇上，除了夏日露营之外一直住在那里。他太年轻，无法参加欧洲战争。直到1921年或1922年他才意识到这一点，他永远无法原谅他的父母将他生得这么晚。他的父亲是一名五金商人，不理解他的想法。他认为孩子非常懒惰，很有可能还会一文不值。事实上，孩子正在遭受可怕的悲剧：他不单单是出生太晚，而是不够晚，没有让他错过那些岁月的一手资料，在他虚度的岁月里，他本应该是男人而不是个孩子。现在，那种歇斯底里的日子已经过去，即使在歇斯底里中呼声最高的那些人，甚至是曾经落难、服役的英雄，也开始用略带怀疑的眼光看待彼此，他们找不到任何人来敲开心扉讲述自己的感觉。事实上，他第一次激烈的打斗是和一个退伍军人，那个人大放厥词，说如果可以从头再来，他这次会站在德国这边攻打法国。格林姆立刻接过话茬儿，问："也打美国？"

"要是美国也蠢得去帮法国的话。"退伍兵说道。格林姆立刻打了他；他那时候还年轻，个子比退伍兵要矮。结果可想而知。尽管格林姆料到结果会是这样，但是他一直不服输，直到士兵请求旁观者把他拉开。他骄傲地带着这次打斗留下的伤疤，就像他后来穿上盲目打斗得来的制服一样骄傲。

新的民兵法案救了他。他像是长期陷入沼泽和黑暗中的人一样，不仅无法看见前方的路，而且知道前方无路可走。接着，他的生命突然变得明确而清晰。虚度的岁月里，他在学校无法施展才华，被认为是懒惰、叛逆，没有雄心壮志，这些都被他抛在身后，统统忘却。如今，他可以看见生命在他面前展开，犹如一条毫不复杂、无法逃避的走廊，空无一人。现在，他完全不用费心去思考或做出决定，他所肩负的职责和他的铜肩章一样，亮闪闪，轻飘飘，充满了勇武的气概。这是对于血气之勇的绝对信仰和盲目服从，相信白种人优于其他人种，相信美国人优于世上所有白种人，相信美国军人优于所有人，坚信自己为了这些信仰和特权甘愿付出他的生命。在任何可以和军队沾边的国家假日里，他总要穿上自己的上尉制服去镇中心。人们一看到他佩戴着闪闪发光的神射手（他的枪法很准）徽章和徽条，像个孩子一样带着好战和害羞的神情，昂首阔步地走在平民中间，就会想起他和那个军人的打斗。

他并不是美国退伍军人协会的一员，那是父母的错，并不能怪他。但在那个周日的下午，克里斯默斯被从摩兹镇抓回来时，他已经去见了该协会在本地的长官。他的想法和话语都相当简单和直接。"我们必须维持秩序，"他说，"我们必须让法律得到弘扬。有法才有国。谁都没有权力判处另一个人死刑，这应该由我们这些杰弗逊的士兵来处理。"

"你怎么知道有人在计划别的事儿？"长官问道，"你听说什么了？"

"我不知道，我也没听说。"他没有撒谎。他似乎觉得民众会说什么无关紧要，用不着撒谎。"这不是问题。重要的是，我们这些穿制服的士兵是否在第一时间表明自己的立场，重要的是我们能否立刻告诉他们，政府和国家在这些事上的立场。他们根本没有必要讨论。"他的计划也很简单。他想把军团编成一个排，自己做指挥。"但是如果他们不想让我指挥的话，那也完全可以。他们要是同意，我就做副指挥，中士或下士也行。"他非常诚恳，他要的并不是虚荣。他是那么真诚，没有一点儿开玩笑的味道，以至于军团指挥官也只好收回了即将做出的轻率的否决。

"我仍然觉得没这个必要。即便有，我们也只能像平民那样。我不能让军团那么做，毕竟，我们现在不是士兵了。即便能这么做，我也不会做。"

格林姆没有生气，好像盯着臭虫一样看着他。"可你曾经穿过军装，"他耐着性子说，"我想你不会利用职权阻止我同他们交谈吧？以个人身份可以吗？"

"不会，我没有权力那么做。但请注意只能是以你个人身份，你不能以我的名义做任何事。"

格林姆用自己的理由回击了他："我才不会那么做。"说完，他就走了。那是星期六下午四点左右的时候。下午余下的时间里，他跑遍了协会成员工作的办公室和店铺。到了黄昏时分，他掌握了足足可以组成一个团的人员。他不知疲倦，强有力地克制着自己；他像预言家一样令人无法抗拒。然而，新成员同指挥官坚持一样的观点：决不能以协会的官方任命为旗号。于是，他毫无预谋地实现了自己的初衷：他成了指挥。他让所有的人在晚饭前集合，将他们分成小队，任命了几个军官和一名参谋；年轻人和没有去过法国的人都变得激动起来。他的发言简短而又冷淡："……规则……司法程序……让人们看看，我们已经身着美利坚合众国的军装……还有一件事。"这时,他变得平易近人,像一个熟悉每个士兵姓氏的指挥官一样,"我把机会交给你们,我听你们的。我想,在这事儿完成之前我最好一直穿着军装。那样他们才会明白'山姆大叔'[1]不仅仅是一种精神存在。"

"但他没来,"有人马上说道,这个人和不在场的指挥官持有相同的想法,"这不是政府的麻烦,肯尼迪可能并不关心。这是杰弗逊镇的麻烦,不是华盛顿的。"

"那就让他关心一下。"格林姆说道,"如果不是为了保护美国和美国人民的话,那你的协会代表什么?"

"不,"另一个人说,"我认为我们不应该大肆宣扬。没有这个我们也可以做想做的事,甚至做得更好。难道不是吗,弟兄们?"

"好吧,"格林姆说道,"我会照你们说的做,但每个人都需要一把手枪。一小时后来这里检查武器。每个人都要来报到。"

"肯尼迪会对持枪有什么意见呢?"一个人说道。

"这事儿交给我。"格林姆说道,"一小时之后准时来报到,带上随身武器。"他解散了士兵,穿过安静的广场来到警长办公室。人们告诉他警长在家里。"在家?"他重复道,"现在?他现在在家干吗呢?"

"我估计他在吃饭吧。像他那样体格的人,一天要吃很多顿饭。"

"在家,"格林姆又重复道。他的眼神里没有愤怒,脸上又浮现出他看着指挥官时的那种表情,冷淡而又超脱。"吃饭。"说完,他走了出去。他加快脚步,再次穿过了空空的广场。在这个平静的国度,平静的城镇,人们平静地坐在晚饭桌前,广场上一片寂静。他去了警长家,但警长立刻拒绝了他的要求。

"十几个或二十几个人在广场上晃悠,裤子上别着手枪?不,不行。那可行不通。我不能让这件事发生。那绝对行不通。这件事由我

---

[1] 山姆大叔 Uncle Sam,美国政府的绰号。

们来处理。"

格林姆盯着警长看了一会儿。然后，他转过身，又快步走开了。"好吧，"他说，"如果你想这样的话，我不打扰你，你也别管我。"这话听起来不像是威胁，声音平淡而绝对，更没有一丝怒火。他继续往前走，速度很快。警长看着他，叫了一声。格林姆转过身。

"你也要把你的武器放在家里，"警长说，"听见没？"格林姆没有回答。他只顾往前走。警长眉头紧锁，看着他消失在视线里。

那天晚饭后，警长回到镇中心——除了执行紧急的或是无法逃避的公务外，他已经几年没有这么做了。他在监狱外看到了格林姆的一个纠察队，在法院看到了另一队。在广场和邻近的街道上看到了巡逻的第三队。他们告诉警长，其他后援人员在格林姆受雇的棉花厂的办公室，他们把那儿当成了和平队的连部办公室。警长在街上看见了格林姆，他正在巡逻检查。"过来，哥们儿，"警长说。格林姆停了下来，但没有走过来；警长朝他走去。他用肥胖的手拍了拍格林姆的屁股，说："我告诉过你，把武器放在家里。"格林姆没吭气，直直地盯着警长。警长叹了口气，说道："好吧，如果你不这么做的话，我任命你为特别助手。但是没有我的同意，你绝对不能让别人看见你的枪。听见了吗？"

"当然不会，"格林姆说，"当然，如果我觉得没有必要，你也不会让我拔枪。"

"我的意思是，我让你用你再用。"

"当然，"格林姆说，他没发火，很耐心，迅速说道，"我们的意思一样。你别担心。我会在那儿的。"

夜幕降临，镇子安静下来，电影院空了，杂货店也一家家地关了门，格林姆的队员开始犯困。他没有表示不满，冷冷地看着他们；他们变得有点怯懦，开始固守。不知不觉中，他又打出一张王牌。因为他们都有些胆怯了，觉得自身缺乏格林姆身上那种冷酷的狂热，如果是为了展示给他看,他们明天还会回来。少数人留了下来。毕竟,现在已经是星期六的晚上,有些人搬来椅子开始玩牌。他们玩了一宿,但格林姆没有玩,也不让仅次于他的另一个指挥官玩,这个人是队伍里唯一相当于有军衔的人。格林姆时不时地派一个小队去广场上巡逻。这次,夜间的巡警也成了他们的一员,但他没有玩牌。

周日是安静的。扑克游戏静静地继续,只是会被阶段性的巡逻打断,安静的教堂响起了钟声,会众穿着夏日绚烂的服装聚集起来。广场上早有消息说大陪审团明天会碰面。不知为什么,这几个词有揭秘的力量,令人无法抗拒,甚至还有些暗藏的、无所不知的眼睛在警惕人们的一举一动,这让格林姆一伙人更加坚定了自己虚构的判断。人们无法预料,自己在不经意间竟然被格林姆影响了,他们不知道自己正在思考,全镇人带着尊敬,或许还有点敬畏和一些真切的信念和自信,接受了格林姆,仿佛他对镇子的远见卓识、热情和自豪竟然莫名其妙地比他们自身的更加敏锐、更加真实。总之,他的队员欣然接受了这一切;他们一夜未眠,在假日绷紧神经,臣服于他。如果情况需要的话,甚至到了可以为他卖命的地步。如今,他们庄严地行进着,令人肃然起敬。他们的神情和身上的卡其色军装一样显眼。格林姆希望他们穿上军装,似乎他们每次回到办公室,格林姆都希望他们能穿着庄重、简朴的军装,那是他梦寐以求的。

巡逻一直延续到周日晚上,人们还在玩扑克。现在,一直以来那种隐秘、警惕的氛围已经退去,坚定和自信让他们显得有些狂妄自大。今晚,当他们听到巡警走上台阶的脚步声时,有人说道:"我们是宪兵队的。"霎时,他们用冷酷、明亮而又蛮勇的眼神望着彼此。然后,又有人大声说:"把那个狗杂种扔出去。"另一个人紧闭嘴唇,发出了奇怪的声音。于是,到了第二天,也就是星期一早晨,当第一批从乡下赶来的汽车和马车开始聚集的时候,格林姆的团队又开始整装待发,着装统一,不同的是他们的面孔。他们中的大多数人年龄相仿，经历相似，是同一代人。不仅如此，他们深沉、冷酷地站在混乱的人群中，眼神空洞而阴凉，庄重、超脱地看着眼前慢慢移动的人群。这些人看得见、摸得着，却没有任何感觉，他们的脸围成一圈，像牛一样空洞、入神。他们来了又走，不断被新近围上的人群所替代。整个上午，嘈杂声时起时伏，有问有答："他在那儿。那个拿着自动手枪的年轻人。他是他们的头儿，是州长的特派员。他是整个事儿的头儿。今天，警长没话说了。"

出事之后，说什么也都晚了。格林姆告诉警长："你要是听我的就好了。让我带一队人把他带出监狱，而不是让助手带着他穿过广场，连手铐都不给他戴。人群里，该死的布福德连枪都不敢开，虽然他开了也可能只会击中畜棚的门。"

"我怎么知道到他打算逃跑，我怎么知道他会要在那个时候、那个地方逃跑呢？"警长说，"那时，史蒂文斯刚告诉我，说他要服罪并且接受无期徒刑。"

然而，为时已晚。一切都已结束。广场中央、人行道和法院大楼之间，熙熙攘攘的人群像赶集似的你拥我挤。警长的助手向天空开了两枪，格林姆是第一个知道出问题的人。他当时正在法院，立刻就明白发生了什么事情。他的反应明确而又直接。他回头冲已经尾随他两天两夜，既是助手又是勤务兵的人喊道："打开火警！"说着，他早已向开枪的地方跑去。

"火警？"助手问，"什么——"

"打开火警！"格林姆冲他喊道，"人们的想法并不重要，他们只要知道发生了什么事情……"他没有说完就走了。

他穿梭在奔跑的人群中，追上又超过他们，因为他有目标而这些人却没有；他们只是乱跑，笨重的黑色自动手枪像一张犁一样，给他开辟出了一条道路。人们看着他那张年轻的面孔，神色紧张而坚毅；他们脸色煞白，目瞪口呆，发出长长的叹息声："那儿，他往那儿跑了……"但格林姆已经看见了警长的助手,他正拿着枪在追赶。格林姆向四周瞥了一眼,又向前冲去;广场上,在追逐警长助手和逃犯的人群中,有一个穿着西部联合电报公司制服的年轻人,身形笨重的他像牵着一头温顺的母牛一样,推着自行车为自己开道。格林姆把枪塞进枪托,将男孩推到一边,跳上自行车,一下都没停,就冲了出去。

自行车没有喇叭也没有铃铛,但人们不知怎的还是感觉到格林姆来了,也给他让了路。这样,他似乎更加确信,盲目、平静地坚信自己的做法绝对正确。当他追上奔跑的助手时,他放慢了速度。助手扭过头,大汗淋漓,边跑边喊:"他拐弯儿了,进了那条小巷……"

"我知道,"格林姆说,"他戴手铐了吗?"

"戴了!"助手说道。格林姆骑着自行车飞奔而去。

"那他跑不快,"格林姆心想,"他很快就会躲起来。无论如何也要离开这儿的开阔地带。"他很快就拐进了小巷。小巷在两栋房子之间蜿蜒,一旁还有木板栅栏。那一刻,火警第一次响起来,很快变成了一种缓慢、持续的尖叫,最后仿佛超出了人们的听觉范围,那种感觉好像是一种无声的振动。格林姆的脑子在迅速转动,很有逻辑地思考着,带着一种狂热和拘谨的快感。"他想做的第一件事就是逃出人们的视线。"格林姆一边想一边向四周张望。小巷的一边围着六英尺高的围栏,另一边什么都没有。巷子的一端被一扇木门所切断,门外是牧场,牧场那边是一条深深的水渠,这条水渠是镇子的地标性建筑。木门后面的树木刚刚高过水渠沿儿;军团可以藏在那里部署兵力。"啊!"他大声叫起来。但他没停车也没减速,只是调转车头,顺着巷子骑回了他曾经停过的那条街道。警报的哀号已经渐渐减弱,回到了听觉范围以内。他慢慢停下自行车,匆匆扫了奔跑的人群一眼,看见一辆汽车向他开过来。尽管他一直在骑车,但那辆车还是追上了他;车里的人们探出身子,冲着他那张固执、向前看的脸大喊:"上车!"他们喊着,"上车!"他没有回答,也没有看他们。车子超过他,又慢下来;

现在，他一言不发，敏捷地匀速向前骑着，并且超过了那辆汽车；汽车又加快速度超过了他，车里面的人探出身子朝前看去。他骑得太快了，默不作声地如幽灵般轻巧、迅速，像世界的主宰或命运之神一样坚定。他身后又传来警报愈来愈高亢的哀号。当车里的人再次回头看他时，他已经消失得无影无踪了。

他早已全力冲进另一条巷子。他的脸如石头般坚硬，闪烁着平静、满足的光芒，透着庄严和鲁莽的喜悦。这条巷子更深，里面的车辙也更多。小巷最终延伸到一处贫瘠的圜丘，自行车跃上土丘又掉下来。他在山顶正俯视镇子边缘沟壑的全貌时，视线突然被镇边的两三间黑人小屋所阻断。他独自一动不动地站在那里，简直像地标一样举足轻重。在他身后，镇里的警报声又开始降下来。

这时，他发现了克里斯默斯。他看见他了。由于离得远，克里斯默斯显得很小，从水沟里出来，他的手被铐在一起。格林姆看到太阳照在手铐上，逃犯的手上如同计日器一般熠熠生辉。他似乎觉得，在这儿就能听见没有获得自由的克里斯默斯在喘息，绝望地呼吸着。接着，瘦小的身影又跑了，消失在距离最近的黑人小屋后。

现在，格林姆也开始跑起来。他跑得很快，但这对他来说不费吹灰之力。他没有想过报复，既不生气也不愤怒。克里斯默斯也看见了格林姆。因为有一瞬间他们几乎是面对面地看着彼此。当时，格林姆奔跑着正要绕过小木屋；克里斯默斯神奇地从后窗跳出来，戴着手铐的手高高举起，仿佛在燃烧一般闪闪发光。他们对视了一眼：一个人刚刚跳出来，正要蹲下，另一个迈开大步正在奔跑，眼看就要顺势拐弯了。在这一瞬间，他看到克里斯默斯拿着一把沉重的镀镍手枪。格林姆迅速转身，又冲回屋角，掏出了自动手枪。

他飞快而冷静地思考着，心中暗喜："他有两件事情可以做。他可以试着再回水渠里躲着，或者他会躲在那所房子附近，直到我俩有一人中枪。"水渠在他所在的房子那边，他立刻做出判断和应对。他全速跑回刚刚转过的弯，仿佛有魔法，或是有神助一般，又好像他知道克里斯默斯不会拿着手枪等在那儿一样。他很快拐了弯，一步都没停。

此刻，他就在水渠旁边。他停下来，一动不动。在那把笨重、冰冷的自动手枪上方，他的脸上浮现出平静、神秘的表情，像教堂窗户上的天使一样超然。没等停下来，他便又动了起来，行动迅速，像棋盘上的棋子盲目地依赖着棋手。他朝水渠跑去，但当他刚跳进沟里时，就发现里面的灌木丛阻挡了陡坡，他只好往上爬。这时，他看见了高出地面约两英尺的小木屋。他跑得太快，之前一直没注意到这座小屋。他现在明白自己忽略了这一点，克里斯默斯一直在房子下方注视着他移动的双腿。他说了一句："好家伙。"

刚才那一跳让他跑了一段距离，然后才爬出来。他看起来不知疲倦，好像不是血肉之躯，派他打头阵的棋手也发现他还有呼吸。他一刻不停，勇猛地从沟里再次爬出来，又开始奔跑。他一拐过小木屋，就看见克里斯默斯正要跨过三百码以外的栅栏。他没有开枪，因为克里斯默斯正穿过一个小花园，径直朝着一所房子跑去。格林姆一边跑，一边看到克里斯默斯跳上房子后面的台阶，跑了进去。"哈，"格林姆说，"牧师家。海托华的家。"

尽管他突然转了弯，绕过房子跑到了那条街上，但他没有减速。那辆超过他但又没跟上他的汽车又开了回来，正合棋手之意。格林姆没有打手势，汽车便停了下来，三个男人从车上下来。格林姆一句话都没说，转身穿过院子，跑进遭贬谪的牧师独居的房子里。那三个男人跟在格林姆后面，跑进走廊后才停下来，将刚刚远离的夏日暴晒的味道带入这所与世隔绝、陈腐昏暗的房子里。

阳光照射在他们身上，他们带着阳光：无耻无畏。他们弯下腰，从地上扶起满脸淌血的海托华时，他们的脸好像无形地悬在光圈中一样。克里斯默斯从这里跑到走廊，举起戴着镣铐的双手，手里拿着枪，如闪电一般刺眼。他恍如有仇必报的愤怒之神，宣布世界末日的到来，将海托华击倒在地。他们把年老的海托华扶起来。

"在哪间屋子？"格林姆摇动着海托华，问道："哪间屋子，老头儿？"

"先生！"海托华说。然后他又说道："你们！你们！"

格林姆大喊："在哪间屋子里，老头儿？"

他们扶着海托华站起来。他们刚从阳光下走出来，看到海托华光秃秃的脑袋和血迹斑斑的惨白的大脸，在昏暗的走廊里显得非常可怕。"大伙儿！"他喊道，"听我说。那天晚上他在这儿，杀人的那天晚上和我待在这儿。我对上帝发誓——"

"天哪！"格林姆喊道，他声音清亮而愤怒，就像一个年轻的牧师。"难道杰弗逊的每一个牧师和老处女都和那个胆小的狗杂种有私交吗？"他撇下海托华便跑了。

格林姆仿佛只等棋手再次移动他一样，凭着无尽的信念，他径直向厨房跑去，一进门他就开枪了；格林姆还没看清立在屋角的掀翻的桌子，也没看清克里斯默斯蹲在桌子后面，闪光的双手放在桌子的边缘，他就将枪膛里的所有子弹全部射向桌子。后来，有人用一块折叠的手帕盖住了桌上的五个弹孔。

然而，棋手并没有走完这盘棋。其他人赶到厨房时，看到桌子翻倒在一旁，格林姆俯身蹲在克里斯默斯身旁。他们走过去看格林姆时，发现克里斯默斯还没死。当他们看到格林姆的举动时，有人哽咽着叫起来，跌跌撞撞跑到墙边开始呕吐。格林姆也随即跳开，把血淋淋的屠刀扔在身后，说道："现在，你再不能骚扰白人妇女了，即便在地狱里也不可以。"然而，躺在地上的克里斯默斯早已不能动弹，只是躺在那儿，睁着眼睛，眼神空洞，只有残存的意识和嘴角的阴影。有好一阵子，他平静地抬起眼皮望着他们，他的眼神深不可测，让人无法忍受。接着，他的脸、他的身体，所有的一切似乎都轰然倒塌。撕裂的外衣下面，从胯和腰间涌出了淤积的黑色血液，像呼吸一样畅快。苍白的身体喷出的血液如同火箭在上升中喷射出的火苗一样；克里斯默斯好像从这奔涌的黑泉上升起来一样，永远地钻进了他们的记忆。他们将无法摆脱它，不论是在多么宁静的山谷，还是在多么平静安宁的古老溪边，或是在任何一个孩子光滑如镜的脸上，他们都想到昔日的灾难和更新的希望。这样的情景会一直存在，沉思静想，坚定不移，永不消退，永不退去，虽不具威胁性，却独自沉静，独自欢喜。镇上再次传来汽笛尖厉的长鸣，尽管有墙壁的阻隔，但它还是越过墙壁，愈来愈高亢，甚至超出了听觉的极限。

20

这会儿,午后的铜色余晖终于消散,种着低矮枫木、挂着广告牌的街道已经准备就绪,空旷的街道被窗户围起来,像浑然天成的舞台一样。

他依然记得,年轻时离开神学院,初到杰弗逊镇时的情景。那时渐渐消逝的铜色余晖仿佛依稀可闻,就像黄色的喇叭发出微弱的声音,慢慢地流向沉寂和等待,很快又重新奏响。号角声停止之前,他仿佛听到了雷声,它在空气中还没有耳语和密谈响亮。

但他从未告诉过任何人,甚至包括她在内。那时,他们还是花前月下的爱侣,耻辱和分歧尚未到来;后来,她知道了他为何愿意坐在窗前,等待夜幕降临,等待降临的一瞬间,她开始和他产生分歧,开始懊悔,甚至绝望,她再也无法忘记这一切。他没告诉过她,没告诉过任何女人。*当时的她*。女人(而不是神学院,虽然他曾经这么以为):上帝创造了这些无名、消极的生物,并不仅仅是接受他的精液,还有他的精神思想——这是真理,或者说是他敢于触碰的最接近真理的东西。

他是家中唯一的孩子,出生时他父亲已经五十岁,而他母亲也已经抱恙二十年。长大后,他认为,那是母亲在内战最后一年所吃的食物造成的。也许这的确是原因。尽管那时他的祖父还在蓄奴,但父亲没有奴隶。他本来也可以有。尽管在那个年代，蓄奴会降低土地的经营成本，他出生、成长、生活在这片土地上，但他不愿吃黑人奴隶种植和烹饪的食物，也不愿睡黑人奴隶铺好的床。因此，内战期间他不在家时，妻子没有种植园，只能靠自己维持温饱或邻居们有限的接济度日。丈夫甚至都不允许妻子接受这些帮助，因为他们无法以同样的方式偿还。"上帝会赐予的。"他说。

"赐予什么？蒲公英还是沟杂草？"

"即便如此，他也会赐给我们能消化它们的肠胃。"

他是一位牧师。曾经整整一年，他总在每周日早晨很早就离家（那时他还没结婚），父亲都不知道他去了哪里。尽管父亲支持圣公会，但在儿子的记忆里，他从未跨进过任何一间教堂。后来，父亲发现刚满二十一岁的儿子每周日都会骑马到十六英里外的山里，在一个长老会小教堂里布道。父亲笑他。儿子觉得这样的笑声如同吼叫和咒骂，他表现得冷若冰霜，敬而远之，一声不吭。下一个星期日，他还会去那里。

战争爆发时，儿子并非第一批参战的人，最后一批里也没有他。他在部队待了四年，没有开过一枪，没有穿过军装，只穿双排扣长礼服，这套衣服是他为结婚而准备的，他在布道时也穿着它。1865年返乡时，他仍然穿着这件衣服。然而，自从马车停在门前的石阶处，两个人将他抬到屋内，放在床上之后，他再没穿过这件衣服。他的妻子帮他脱下衣服，收在阁楼的箱子里。二十五年过去了，直到有一天，他的儿子打开箱子，将它拿出来，抚平上面当初小心翼翼叠好的折痕，可收拾衣服的人早已逝去。

现在，他记起了这些事情。他坐在安静的书房窗户前，在昏暗中等待黄昏的消逝，等待黑夜和疾行的马蹄声。这会儿，铜色余晖已经完全消失，世界悬浮在一片绿色中，它的色泽和质地恍若光芒透过彩色玻璃。很快，就该到说 *很快* 的时候了。*快了*，"我当时八岁，"他想道,"正下着雨。"他好像还能闻到雨的味道,闻到十月大地的潮湿和伤感,还有箱子打开时的霉味。然后,他看到了那件礼服和上面整齐的折痕。当时,他并不知道那是什么,因为刚拿到衣服时,他被吓坏了,似乎死去的母亲还在用手抚摸折痕。接着,他慢慢展开衣服。对他这样一个小孩来说,礼服大得不可思议,仿佛专为巨人所制,而且刚从巨人身上脱下来,衣服上还留着幽灵的特质;炮声隆隆,硝烟弥漫,战旗撕扯的背景下隐约现出惊人的英雄气概。至今,这些仍然出现在他清醒而混沌的生活中。

礼服上满是补丁,几乎已经无法辨认原来的样子。针脚粗糙的皮补丁,灰色的南部联盟布标,经过风吹日晒都变成了褐色,还有一块令他触目惊心的补丁——补丁是蓝色的,深蓝色,美利坚联邦制服的蓝色。男孩看着补丁,看着沉默不语的没有主人的衣服。这个孩子出生于父母青春不再、急需别人精心照料的时期,他即将静静地承受恐慌的倾轧,令他无法承受。

那天的晚饭,他无法下咽。年近六十的父亲抬起头看着他,发现孩子一直在看他,眼神中充满了恐惧、敬畏和其他什么感情。于是,父亲问:"你在想什么?"孩子没说话,也说不出来,稚嫩的脸上流露出深不可测的表情。夜里躺在床上,男孩儿无法入睡,僵硬地躺在床上,甚至都没有颤动一下,只是躺在黑暗中的床上。父亲,作为他唯一的亲人,和他隔着几个房间。他们之间隔着的不仅是几十年的距离,甚至在相貌上都找不到接近的地方。第二天,孩子感到肠胃不适,但他不会说出来,甚至也不会告诉家里身兼母亲和保姆双重角色的黑人女奴。他会慢慢恢复体力的。然后,有一天,他又会偷偷溜进阁楼,重新打开箱子,拿出礼服,害怕而兴奋地抚摸上面的蓝色补丁,暗自揣测是不是父亲杀死了那个穿蓝色礼服的人。他越想越怕,可越怕越想知道。可到了第二天,当他知道他父亲去镇里探望病人,或许在天黑之前不会回来时,他会跑到厨房,对那个黑人女奴说:"再跟我说说祖父吧。他杀死了多少美国佬？"这时，他听着却并不觉得可怕，甚至都不是欢欣，而是骄傲。

祖父是他儿子心中唯一的刺。但是，儿子不多说，心里却明白，就像每个人都希望自己的父亲是另一个人，而做父亲的同样也希望拥有一个不一样的儿子。他俩倒也相安无事：儿子冷漠、严肃，对父亲敬而远之；父亲直率、豪爽地讲些笑话，却没什么意义，更不会蕴藏什么智慧。他们和睦地住在镇里的一座二层楼房里。黑人女奴一手将这个孩子拉扯大，可过了些时候，他却平静而执拗地拒绝吃黑人女奴做的食物。于是，在黑人女奴的极度愤怒中，他开始自己做饭，然后当着父亲的面在桌前把饭吃掉，父亲总是拘谨地给他倒一杯波本威士忌，但儿子从未碰过，也从未品尝过。

儿子结婚的那天，父亲让出了房子。新郎新娘到达时，他等在走廊上，手里拿着房子钥匙。他头戴帽子，身披斗篷，周围堆满了行李，身后站着两个黑奴：黑人厨娘和他的"男仆"——一个比他还老的秃头男人，是厨娘的丈夫。父亲并非农场主，而是一名律师，他学法律的经历就像儿子学医的过程，用他的话说就是"因为主赐予了力量，魔鬼的慷慨和自己的运气"。他已经在两里外的乡下给自己买了一栋小房子，他的四轮马车和马匹也等在走廊前。他将帽子向后倾斜，叉开腿站在那里——鼻子通红，留着土匪头子式的胡子，显得精神矍铄却又虚张声势——儿子和素未谋面的儿媳从大门向他走来。当他弯腰向她致礼时，她闻到了威士忌和雪茄的味道。"我想你会是个好媳妇。"他说，鲁莽的眼神虽然有点儿吓人，却很慈祥，"毕竟，假装老实的那个家伙只不过是想照着长老会里唱赞美诗的女低音去找，可就连仁慈的主自己都不会唱半点儿音乐。"

他驾着装饰有流苏的四轮马车，带着属于他自己的东西——衣服、瓶瓶罐罐和黑奴。黑奴厨娘甚至都没留下来给那对新人做第一顿饭。没人要求，她也就没必要拒绝。从此，父亲再没踏进过儿子的家。要是他回来，肯定会受到欢迎的。尽管谁也没说，但父子俩都明白。儿媳的父母都是有教养的人，她还有好几个兄弟姐妹，家里生活并不富足，但似乎能在教堂找到一些家里餐桌上没有的东西。她用自己小心谨慎的方式，悄悄爱着丈夫，对他充满了崇拜：他的高谈阔论，他的虚张声势，还有他对朴素信仰的执着追求。尽管他搬走了，但儿子和儿媳仍然能得到他的消息。就在搬去乡下的第二年夏天，他闯进了一个在附近树林举行的复兴教会的户外延时活动，强行把活动变成了为期一周的业余赛马会。面对日益减少的会众，骨瘦如柴、义愤填膺的乡村牧师站在简陋的布道台上大声诅咒他，咒骂他的昏庸和健忘，不知悔改的秉性。他不去儿子和儿媳家的原因很明确："你们觉得我太沉闷，而我也觉得你们太无聊。谁知道呢？该死的家伙说不准会腐化我，让我在这把年纪赶紧上天堂。"其实，这个并非真正的原因。儿子知道不是那么回事，因为这番话无论从谁的口中说出来，都会遭到对方的驳斥。老头儿的行为和思想其实都是非常细腻的。

在废奴主义的情绪诉诸语言并从北方传出来之前，儿子就已经成了废奴主义者。尽管他得知共和党的确已经为这种情绪定了名称，他也彻底更改了信条的名称，但他丝毫没改掉他的处事原则和行为。尽管当时他还不到三十岁，但作为懒惰、贪杯人的后代，他却有着超乎年纪、斯巴达式的勇猛和清醒的头脑。或许那也是直到战后他才有孩子的原因，因为战争改变了他，或许他死去的父亲会说，他被"荡涤"了些许圣洁。参军四年，他从未开过枪，只在星期天早上替军队祈祷和布道。当他带着伤回到家，养好伤并当上医生时，他只负责诊治外伤和经营药房，那都是他在前线帮助医生给自己的朋友或敌人医治时学到的本领。或许，在他的众多所作所为中，这才是他令父亲最高兴的：他的儿子在那些侵略和破坏自己国家的人身上学会了一样谋生的本领。

轮到儿子的儿子考虑时，认为"'圣洁'这个词并不适合他"。他坐在黑暗的窗户前，看着外面的世界悬在墨绿中，然后渐渐暗下去。"祖父会是第一个站出来反对任何用这个词来形容他的人。"思绪拉回刚刚过去不久的艰难但并非完全无望的岁月里。那时，这个国家的人们没有多余的东西可以用来浪费，也没有时间可以用来虚度，每个人都必须守卫和保护少得可怜的所得，以防遭到大自然或同伴的破坏。他们一辈子都得凭着坚毅和不屈来奋斗，不敢有须臾的懈怠。这便是他反对蓄奴的地方，也是他反对那位精力充沛却亵渎神灵的父亲的根本原因。他站在与自己的原则相悖的一方，主动参与这场派系之争，他看不出其中的矛盾之处，反而真切地证明了他拥有两个既独立又统一的自我，其中一个靠明朗的原则度日，却生活在一个不真实的世界。

但是，另一个自我却生活在现实中，跟其他人一样生活，甚至比很多人过得还要好。他平和地生活在自己的原则下。战争爆发时，他将这些原则搬入战场，依旧坚持这些原则；安宁的星期日一到，他便会去安静的树林里布道，不需要携带任何辅助工具，只要有意志、执着的信仰和他在平时学到的一切就已经足够；在炮火中救治伤员，他也无须任何正规器材，责无旁贷地承担起医治的责任，他靠的只是自己的力量、勇气以及平时的积累。战争失败后，其他人都纷纷返乡，倔强的眼神不愿接受逝去的现实，但他选择往前看，充分利用他在战争中学到的实用技能，成了一名医生。他的第一批患者中就包括他的妻子，或许是他让她重获新生。至少，他让她得以孕育新的生命，尽管他们的儿子降生时，他已经五十岁，而她也已经四十多岁了。儿子与幽灵为伴，在幻影中长大成人。

这些幻影包括他的父亲、母亲和一个黑人老妇。父亲曾经是没有教堂的牧师，没有敌人的士兵。战争失败之后，他变成了牧师和战士的结合体，成了一名医生，一名外科医生。似乎正是由于冷峻、坚定的信念一直支撑着他，使得他不仅没有被打败，没有丧失信心，而且变得更加睿智，介于清教徒和骑士二者的身份之间。炮火和硝烟中呈现出一种幻影，仿佛有一双手在向他一字一句地陈述这种信念。他好像突然开始相信，基督的旨意是只有他的灵魂需要治愈，肉体不值得拥有，更不必救赎。这是幻影之一。第二个幻影是他的母亲。母亲留给他的最初印象、也是最终印象，就是瘦削的面容和大大的眼睛，枕头上散开的黑色头发，青紫色的一双手骨瘦如柴，一动不动地搭在床上。在她死的那天，如果有人告诉他，他曾经在别的地方见过她，而不是躺在床上，那他是不会相信的。后来，他的记忆里呈现出的是不同的画面：他确实记起了她在房子里忙来忙去，操持家务的样子。但是，八岁到十岁那段时间里，他一直以为她是没有腿脚的，仿佛只有那张瘦削的脸和两只日渐睁大的眼睛，好像要竭力看清一切，看清所有的生命。然而，她的最后一瞥里却满是挫败、苦难和预知。当最后这一刻降临，他能听到，能听到一个声音，像是在哭泣。在她过世之前，他就已经从每堵墙里嗅出了幻影的味道。他们就是整个房子：他住在房子里，住在他们幽暗、包罗万象、孱弱的幻影中。他和她像两只脆弱的野兽一样住在里面，住在兽穴里。父亲不时地走进来——那个人对他俩来说都好陌生，就像一个外人，甚至就像一个威胁：身体状况竟能让一个人的灵魂变化如此快。他不只是陌生人，更是敌人。他身上的气味跟他们的不同，说话的声音也跟原来不一样，甚至操着不同的语言，仿佛他通常都住在不同的环境、不同的世界中；孩子蜷缩在床边，可以感受到父亲的粗鲁和健硕，无意识的轻蔑充斥了整个房间，他也跟那些幻影一样无助和挫败。

第三个幻影是那个黑人女奴。儿子和新娘回家的那个清晨，她坐着马车离开了。她离开时是奴隶，1866年回来时仍然是奴隶，不过是自己走回来的——她身形庞大，表情易怒而又沉着——黑人在场景变换时会换上不同的悲情面具。主人死后，她终于确信再也见不到她的主人或她的丈夫——那个"男仆"曾经跟随主人一起奔赴战场，一起没有返乡——她拒绝离开主人在乡下购置的房子。主人当初在离开时，曾经将房子全权交给她打理。父亲死后，儿子去乡下锁了房子，搬出父亲的个人财产，并提出要供给她生活所需。但她拒绝了，并且拒绝离开那座房子。她搭起一个小小的厨房花园，一个人住在里面，等候丈夫归来。她不愿相信丈夫的死讯，认为那只是流言，不可相信：主人在范•多恩骑士团突袭杰弗逊的格兰特的军需仓库时丧命，她的黑人丈夫伤心不已。一天夜里，他溜出营地。很快，就有传言说一个疯狂的黑人在靠近敌营的地方被联盟哨兵拦住。他疯疯癫癫地重复主人被美国佬绑架索取赎金的故事。别人甚至不敢说一句他的主人很可能已经死了的话。"不可能，先生，"他会说，"不可能是盖尔老爷。我的主人不可能死。他们*不敢*对海托华家的人下手，他们*不敢*。他们只是把主人藏起来了，逼他说出我俩把夫人的咖啡壶和金器藏在哪儿了。他们就想知道这个。"黑人总想逃走。后来有一天，盟军那边又传出消息，一个黑人用铁锹袭击了一名北方军官，军官为了自保，开枪打死了那个黑人。

黑人妇女很长时间无法接受这件事。"他不会那么傻。"她说，"他只是不知道那样做不对。用铁锹打美国佬，他不知道那样是不对的。"她这么说了大概有一年多。后来突然有一天，她出现在主人儿子家的门口，拎着一个方巾包，里面装着她的随身物品。十年前，她从这里走出去，而且从那之后就再没踏进过那个家门。她走进来，说："我来了。筐里的柴火够做晚饭不？"

"你现在自由了。"主人的儿子告诉她。

"自由？"她重复了一句，平静中透着淡淡的忧伤，嘲讽道，"自由？除了杀死盖尔老爷，让波普成为最蠢的家伙，自由能干吗？上帝都阻止不了，自由？别跟我谈自由。"

这就是第三个幻影。孩子（那时，他比幻影好不到哪里去。此刻，坐在天色渐昏的窗边，陷入回忆的还是当年那个孩子）跟这个幻影谈及鬼魂。他们不厌其烦地谈论着：孩子说得全神贯注，又害怕又兴奋；老女人陷入沉思，极其悲伤却又非常骄傲。但对孩子来说，他也只是兴奋得颤抖。听到祖父杀死了"数百"人，黑人波普临死前还试图再杀一个人，他相信这些，但丝毫不感到恐怖。他不害怕，因为那些都只是鬼魂，他从未亲眼见过他们，他们只是简单、温暖的英雄形象；然而，他认识和惧怕的父亲却是永远不会死去的幻影。"怪不得，"他想，"我跳过了一代。怪不得我没有父亲，我在二十年前的一个夜里就已经死了。我唯一的救赎机会是必须回到我最开始死去的地方。在那里，我的生命还没开始，就已经死去。"

刚来小镇时，他经常去神学院，经常思考如何告诉那些前辈，那些崇高的、献身教堂的人，他们决定着教堂的命运，而他已经欣然臣服于这个教堂。他会去跟他们诉说："听我说，上帝必须召我去杰弗逊镇，因为我是在那里死去的。二十年前，我还没出生时就已经死去。我骑着战马奔驰在杰弗逊街道上，中弹身亡从马背上摔了下来。"起初，他觉得他可以那么说，他相信人们能理解。他去了神学院，将神职作为他的职业，将杰弗逊镇作为他的目的地。但他相信的远不止那些。他还信奉教堂，信奉教堂衍生和激发出的一切。他平静而欢愉地认为，若世上真有一个可以遮风避雨的避难所，那它一定是教堂；若真相可以毫无畏惧、毫不羞愧地被说出来，那倾诉它的地方一定是神学院。当他认为他已经听到了上帝的召唤时，他觉得自己看见的未来生活，就像一只完美、尊贵的花瓶，未经污染、完整且神圣。在那儿，灵魂可以逃脱粗鄙的生死，平静地得以重生，只留一把腐朽的尘埃，任凭远风吹拂。那就是神学院的含义：平静、安全的城墙内，被束缚的、为衣食而劳碌的灵魂可以重新获得宁静，毫不畏惧、毫不掩饰地陷入沉思。

"但是，天上地下，并非只有真相，还有很多。"他安静地想着，一点都不觉得好笑，他很严肃；但同时，他又觉得很好笑，很幽默。

坐在渐暗的黄昏里，他那缠着白色绷带的脑袋看起来更大，也更鬼魅。他想："确实，还有更多。"比如，当一个人面临危机时，就会幻化出各种形状和声音，保护他免受真实的伤害。至少，他有一件事不后悔。他没告诉那些前辈他本来打算说的事。在神学院住了不到一年，他就学会了更多，更多，但更糟糕：他没丢掉先前获得的东西，而是学会了别的，学会了这些，他也学会了逃避。他的收获为爱情的面貌和形状涂上了颜色。

她是神学院里一名授课牧师的女儿。和他一样，她也是独生子。他确信她非常美丽，因为早在见她之前，他就听过她的名字。当他们真的见面时，他看到的并不是她，因为他早已经在心中刻画好了她的面容。他不相信，她一直生活在这个地方会长得不美。三年来，他都没有见过那张脸。而那时，他们已经在空心树洞里给对方留纸条有两年的时间了。如果他相信这一切，那他就认定这个点子完全是他俩自发的，而非哪一方先说出来或琢磨出来的。但实际上，这个想法既不是来自于他自己，也不是来自于她，而是来自一本书。不过，他从来没看见过她的脸，也没看到一张椭圆的小脸和一个急剧削尖的下巴，还有永不满足的欲望（她可能比他大一两岁，或者是三岁，他不清楚，也从没想过要弄清楚）。三年来，他从来没看到过那双一直打量着他的眼睛，仿佛狂躁的赌徒的眼睛。

后来的一天晚上，他终于正视她了。他盯着她，因为她突然粗鲁地提出要结婚。他们之间从未谈及过这个话题。他甚至从未想过结婚这件事、这个词。他接受了，因为身边的人基本上都结婚了。但是，对他来说，婚姻并不意味着男人和女人正式宣布要有亲密的身体接触，而是像被捆绑在一条影子锁链上的两个影子，将停滞不前的关系推入下一个阶段，继续维持下去。他已经习以为常，他在鬼魂的陪伴下逐渐长大。后来，一天傍晚，她又突然疯狂地说起这件事来。当他最终明白她所说的逃离现在生活的意思时，他并不惊讶。他太天真了。"逃离？"他问，"逃离什么？"

"这里！"她说。他第一次看着她的脸庞，这张脸看起来就像一个掩盖欲望和恨意的面具：扭曲、盲目、激动。但她并不愚蠢，只是盲目得有些不顾一切，甚至是疯狂。"这里的一切！一切！一切！"

他并不感到奇怪，而且很快就觉得她没错，只是他理解不深。当时，他立刻就意识到，自己对神学院的信仰原来一直都是错的，并非错得离谱，但真的是错了，是不对的。或许，他早已经开始对自己产生了怀疑，但直到现在他才发觉。或许，那就是他没告诉长者们他一定要去杰弗逊的原因。一年前，他曾经对她说过他的想法和非去不可的原因，也说了他想把原因告诉长者们。当时，她用那双他还没有认真看过的眼睛盯着他。"你的意思是，"他说，"他们不会送我去？不会安排我去？我的要求不合理？"

"当然不会。"她说。

"可是，为什么呢？那是真的呀！或许有点儿傻，但是，是真的。再说，教堂如果不能帮助那些虽然愚蠢，但希望了解真理的人，那教堂存在的意义是什么呢？他们为什么不让我去？"

"啊，如果我是他们，而你的原因又是那个的话，我就不会让你去。"

"噢，"他说，"我明白了。"可他并没有完全明白。他相信自己可能错了，她是对的。所以，一年之后，当她突然跟他说起结婚和逃离时，他并不惊讶，也不觉得难受。他只是静静地想："原来这就是爱。我明白了。我对爱情的看法也是错的。"他的想法还和以前一样，以后也一样，跟所有男人看待婚姻的想法都一样：当遭遇现实生活时，即便最深奥的书也错得离谱。

他彻底改变了想法。他们计划结婚。现在，他知道了，原来他那时一直都看到了她眼里深思熟虑后的绝望。"或许，将爱情写进书里是对的，"他安静地想，"或许，爱情在其他地方无处安放，只能在书里。"虽然他们依旧绝望，但现在至少有了明确的计划，定下了日子，他们感到安宁了些，可以好好筹划一番。他们可以谈他的神职授任，到时候他就可以去杰弗逊了。她说："我们最好现在就开始准备。"他告诉她，他从四岁起就已经开始做准备；或许，他只是开玩笑，闹着玩儿而已。她激动而严肃地将这些抛在一边，毫不在意，就像自说自话似的。她说起要拜访的那些人的名字，或许会低声下气地忍受，或许要受到他们的危言恐吓，她给他描绘出了卑躬屈膝的蓝图。听到这里，他露出了淡淡的笑容，古怪、嘲弄、甚至绝望从未离开他的面孔。他一边听她说，一边说："是，是，我明白，我懂了。"他好像在说*是的，我明白，我现在明白了。这就是付出和收获的规则，我现在明白了。*

起初，他们卑躬屈膝地造谣撒谎，在教会神职人员中间以请求和建议的形式软硬兼施。最后，他终于获得了杰弗逊镇的职位。一时间，他竟然忘记了自己是如何得到这个职位的。直到后来，他才想起来。那是他在杰弗逊镇落脚后，而绝不是在通向人生顶点的列车驶入最后一段路程的时候。这段路程像极了他的出生地，但是，它看起来又不太一样。尽管他知道不同之处并非来自外面，而是在车窗内。他像孩子一样把脸紧贴在车窗上，妻子坐在身旁，脸上露出如饥似渴的表情。他一毕业就结婚了，距现在已有六个月。自结婚以来，他从没有在她脸上看到过这样赤裸裸的绝望，但也再没有见到她热情洋溢的样子。他又一次陷入了安静的思索中，不带一丝惊讶，或许也不觉得有任何伤痛：*我明白了，这就是婚姻。是的，我现在明白了。*

火车疾速向前驶去。他靠着车窗，窗外的田野飞快地向后退去，他用孩子般明快的声音说道："我本可以早点来杰弗逊，什么时候都可以，可我没来。我本可以想来的时候就来。你知道，临时工和待命士兵是不一样的。待命士兵？唉，那是种绝望的自由。少数人（他不是一个军官——我认为那是父亲和老辛瑟说法唯一一致的地方：祖父从来不带军刀，不带任何武器，策马冲在军队前面）的举动就像小学生一样轻率，太过有勇无谋，就连与他们对峙四年的敌军都不敢相信他们竟然会那么做。沿途每个树林、每个村落都有北方佬安营扎寨，他策马奔腾在百里乡间，闯进敌人重兵把守的小镇——我知道他们闯进去、跑出来的那条街道。尽管我从未见过，但我清楚地知道它的样子。我们总有一天会在那条街上拥有一座房子，并且生活其中，我非常清楚它会是什么样子。当然不可能一到那里就能有房子，得等一段时间，得先住在牧师公馆里，但用不了多久，我们很快就会有的。我们将站在窗边看着窗外的街道，或许还能看到他们的脚印和留在空中的身影。因为即便尘土都已飘散，但空气是不变的——饥饿、荒凉、喧嚣、放火烧毁对方精心守备的军需物资，然后骑马离开。他们可不是要打劫，甚至不会停下来系鞋带，抽根烟。我跟你说，他们不是蜜罐和荣耀里泡大的男人；他们是为了生活奋起反抗，站在风口浪尖的勇士。这就是原因，多棒。你听，试着去想象：永远年轻的面孔和纯粹的英雄梦想成就了他们的身姿。正因为如此，他们的英雄举动看似有些不可思议，难怪他们的行为就像硝烟中枪炮的火光。在生命的最后一刻，他们的事迹被口口相传，以防被似是而非的谣传所亵渎。这是辛瑟告诉我的。我相信。我知道，故事太美，毋庸置疑。简单英勇的事迹不是白人能想象到的。或许黑人可以。即便是辛瑟编的，那我也相信。因为，事实没那么精彩。我不知道祖父的骑兵是不是失散了，不过我认为没有。我觉得他们是故意的，就像一群壮士去烧敌人的粮仓，不会拿别人的一针一线，却可能在飞奔时停下来从邻居或朋友家偷几个苹果。有一点需要注意：他们很饿，食不果腹已经三年了。或许，他们都已经习惯了饿肚子。总之，尽管那时并没有命令说不能抢劫，他们只放火烧了成吨的食物、衣服、烟草和酒水，没带走任何东西。他们转身而去，只留下身后的惊慌失措和熊熊大火；天空肯定也被烧得通红。你能看到，也能听到那些叫喊声、枪炮声、胜利的欢呼、恐惧的呼喊、鼓点般的马蹄声。火光映衬下的树木也似乎被吓得不敢动弹，房屋的山墙在爆炸后像锯齿一样尖利，最终也被夷为平地。这时的场面是封闭的，你可以感受到，可以在黑暗中听到马蹄的奋力跳跃，武器交锋，高呼的声浪，粗重的呼吸声以及胜利的欢呼。在他们的背后，其余部队正纵马朝军号声奔来。你肯定能听到，能感觉到，然后，你就可以看到。兵戎相接之前，你可以看到突然亮起的红色火焰，战马睁大双眼，马头攒动，呼吸沉重；兵戈闪烁着寒光，骨瘦如柴的人们苍白而憔悴，从他们记事以来，就没吃饱过；或许，他们中有些人已经翻身下马，或许会有一两个人进了鸡舍。在交战之前，你可以看到这一切。然后，一切又陷入黑暗，只响起了一声枪响。'当然，他正好被打中了，'辛瑟说，'他在偷鸡。一个成年男子，留下已经成婚的儿子，投入战争，唯一的目的就是杀死美国佬，但却在别人的鸡舍被杀死，手里还攥着一把鸡毛，成了偷鸡贼。'他像个孩子似的，高亢而尖厉地说。他妻子早已抓住他的胳膊：<u>嘘！人们都盯着你看呢！</u>但是，他好像完全没听到，消瘦的、病恹恹的脸庞和眼睛，似乎都散发着某种光芒。一定是这样的。他们不知道是谁开的枪。一直都不知道。也没人尝试弄明白。可能是一个女人，非常可能是一个盟军士兵的妻子。我认为是她，极有可能是她。战争如火如荼，任何士兵都可能被敌人杀死，被战争裁决者和游戏规则制定者认定可用于战争的武器杀死；或者，被卧室里的一个女人杀死。但绝不可能在鸡舍里，被打鸟的枪杀死，那是用来捕猎野兽的。所以，若说这个世界实际上是由死人组成的，有什么奇怪的？当然，上帝环顾四周，看到他们的后辈时，他必须和我们一起承受。"

"别说了！嘘！人们都在看我们！"

火车慢慢地驶进镇里；昏暗的郊区渐渐消失在窗外。他仍然盯着外面——一个瘦削的、不太整洁的男人，浑身都闪耀着召唤和天命赋予的光辉——安静地包裹、收拢、保卫着自己焦急的心灵，安静地沉思。老天肯定会给某座村庄、某座小山、某座房子特定的颜色和形状，这样，它的信徒们才能指着某处说，这是我的。火车停了下来。他走下车，向外张望，长长的走廊里到处都是严肃、端庄、认真的人们，喧闹声中有喃喃低语，零零散散的只言片语，虽然出于善意但也绝非妄加判断，也不带任何（直说就是）偏见。"我承认，"他心想，"我相信我能接受。但或许，那就是我这些年来所做的一切。请上天宽恕。"天色已经暗得几乎看不到任何东西，现在也几乎进入了夜晚。他缠满绷带的脑袋看不出形状，恍惚间一动不动地悬在两个模糊不清的白点上，那是他搭在打开的窗户边缘的手臂。他身子前倾。他早已感觉到自己触碰到了两个瞬间：一个是他的全部生命，它在每个白天和黑夜交接的时候重生；还有一个就是悬浮的瞬间，很快就要来临。当他还很年轻，没有耐心等待的时候，他有时会自欺欺人，认为自己可以在时间到来前听到它的降临。

他心想："或许这就是我做过的事。"他还想起了那些脸庞：那是老人们的脸。他们将教会交到他手中时，很自然地质疑并嫉妒他的年轻，就像父亲将新娘交到新郎手上一样。老人们的脸上刻下了失望和质疑的皱纹，可这些皱纹的另一面是他们精神矍铄、受人尊重的岁月。——顺便提一句，这方面是画面中的主角和主人不容忽视，无法视而不见的。"他们尽了自己的职责，他们按规则行事。"他想，"是我违反了教规，我错了。也许是最严重的社会罪行，也可能是道德罪行。"思绪静静地流淌，慢慢地成形，但它不是独断专横的，也没有任何特别的遗憾。他视自己为影子群里的一个影子，总带着不真实的盲目乐观和自我主义，相信自己能在教堂会众的盲目热情和手舞足蹈中，在欢呼雀跃和恍惚犯错中，找到自己在与世隔绝、独立于世的教堂中找不到的东西。他似乎一直都明白，破坏教会的并非内部成员的对外探索，也非外部人员的对内窥探，而是那些控制教会，并且摘除塔顶钟表的神职人员。他好像能看到无数杂乱排布的教堂，清冷空荡，徒有虚表。它们高耸入云，却没有任何欣喜和激情，只给人们以冷酷和厄运的威胁。他好像觉得世上的教堂如同一座座堡垒，宛若中世纪时期用削尖的坚固栅栏筑起的路障，它将真理与安宁挡在外边，而人类正是在犯罪与被原谅之间平静地生活。

"我接受，"他心想，"我勉强能接受。不，我更糟糕，这是我造成的。我利用它来满足一己私欲。我来到这里，这里的人们一脸困惑，饱受饥饿，焦急地盼望我的到来，希望信赖我；可我却忽视了他们。我只带着一种信任，或许也是最初的信任，在信仰上帝之前我就已经相信；我以为许诺和信任一文不值，全然不知自己已经接受了这一切。如果那一切是我给她造成的，那我还期望什么呢？除了让上帝蒙羞、失望，让他羞愧地背过身去，我还能期盼什么呢？或许在那一刻，我不仅向她表露了我的渴望，而且还表明了她永远也不可能参与到平息我的渴望中；或许，那时的我就成了骗子，成了凶手，一手操纵了她的耻辱和死亡。毕竟，总有一些事情，我们不能责怪上帝，不能让他负责。总有一些事。"他的思绪渐渐放缓，就像车轮开进了沙地，但它前进的车轴、车身和发动机都还没意识到。

他好像看到自己被一群人围得水泄不通，就像看到自己站在教堂深处的布道台上，又或者，他好像是缸里的一条鱼。不仅如此，那些面孔就像镜子一样，他从镜中看到了自己。他认识这些镜子；他能在镜中看到自己的一举一动。他似乎看到镜中反射出来一个小丑般的人物，略有些疯癫，全然不顾自己所站的位置，江湖术士般吹嘘着比异端邪说糟糕的内容。他没有给人们传递悲悯慈爱的受难者形象，反而讲述了一个爱吹牛、无节操的亡命之徒，在杀人为乐的间隙里，被人用猎枪杀死在平静的鸡舍里。思绪的车轮慢慢减速。现在，车轴意识到了，但车子本身却仍然不清楚。

他看到周围的面孔浮现出震惊和迷茫，又变成了愤怒，尔后转为害怕，仿佛他们看穿了他疯癫的滑稽表演，看穿了他，看不起他。现在，他自己却没有察觉到，最后那张高贵的受难者的面孔，变得冰冷而可怕，因为那张脸上露出了无所不知的超然。他知道，他们看到的远不止那些。他们看到他辜负了他们的信任，而信任现在变成了对他的惩罚。这时，他似乎在跟最后那张脸说话："或许，我接受的远超出了我的能力。可那就是罪恶吗？我应为此受到惩罚吗？我应为我力所不及的事情负责吗？"那张脸说："你接受她并不是为了达到圆满，而是为了利用她来实现你的私愿。你视她为工具，帮你取得回到杰弗逊的委派；你回到那里并不是为了传播我的意志，而是为你自己。"

"真的吗？"他暗自想道，"那是真的吗？"羞愧袭来，他又看到了自己。他记起事发之前，他早已经明白，只不过被他掩藏在了心底。他看到自己强忍懦弱，保全尊严，像烈士一样离开布道台。他以为赞美诗集可以掩护他的安全，在记者按下快门的一瞬间，他的面孔背叛了他，胜利和拒绝跃然脸上。

他似乎看到自己警觉而耐心地表演着，技艺娴熟的他很有心机。他装出被逼无奈却逆来顺受的样子，当时他并没有承认，那是他进入神学院之前就已经有了的梦想。他还在不停地施以小恩小惠，仿佛在朝猪群扔烂果子一样：他继续将父亲留下的微薄资产分出一部分给孟菲斯的少女感化院；他任由自己被迫害，在夜里被人从被窝里拖到树林里遭受树棍的抽打。他毫不羞愧，将镇里的所见所闻记在心里，怀着殉道者的隐忍和自傲，展示出过人的气度和举止，*上帝啊，都这么久了啊*！直到他重新回到房里，锁上门，他才带着胜利的喜悦，舒服地摘下面具：*哈。现在都结束了。过去了。一切都已经还清了。*

"但那时候我还年轻，"他想，"我也只能做我了解的事情，而非我能做的事情。"思绪已经变得越来越沉重；他应该知道，也感觉得到。可车子本身仍然没意识到要去往哪里。"而且，不管怎么说，我也已经偿还清了那些债。我买下了我的灵魂，即便是用生命换来的。谁能阻止我那么做？任何人都有权自我毁灭，只要不伤及无辜，只要他愿意独来独往……"他突然停下来，凝神屏息，惊慌失措马上就要变成真真切切的恐惧。现在，他意识到自己进了沙地，内心好像聚集了巨大的能量。思绪虽然还在前进，但他已经无法辨别刚刚过去的一切，就像碾压过的沙子残留在翻转的车轮上，然后又像雨水一样地落回地面。此前，他本应该有所警觉："……向妻子坦露渴望和自负……我造成了她的失望和耻辱……"他还来不及思考，一个句子清清楚楚地挂在他的脑海中，映入眼帘：*我不愿想这些，我不能想。我不敢想。*他坐在窗前，双手一动不动，头枕在上面，开始流汗，像鲜血一样奔涌着倾泻而下。思绪的车轮沾满沙子继续向前，慢慢忍受着中世纪酷刑的无情折磨，在破碎扭曲的心灵下生活着："那么，如果真是这样，如果我造成了她的绝望和死亡，那么，同样我也是别人的工具。我知道，五十年来我从不是真实的：我只是黑暗的瞬间。这一瞬间，只有奔驰的战马和一声枪响。如果我在祖父死去的瞬间成了他，那我的妻子，也就是他的孙媳……诱惑并谋杀了我的孙媳，因为我不能决定孙子的生死……"

摆脱束缚的车轮似乎发出一声长长的叹息飞奔而去。他仍旧心有余悸地坐在那里，一动不动地冷汗淋漓。车轮继续转动。车子又快又稳地前行，因为它现在没有负担，没有车身，没有车轴，没有任何约束。夜幕即将融入凝滞悬浮的八月。轻轻摇曳的八月闪烁着淡淡的光晕，似乎要将自己包围起来。光晕里都是面孔。那些脸上没有苦难，没有任何表情：没有恐惧和苦痛，甚至没有耻辱。他们很平静，仿佛脱离现实，羽化成仙一般；他自己的脸也在其中。实际上，这些面孔看起来都有点相似，是他见过的所有脸的组合。但是，他能一一分辨出来：妻子，镇民，反对他的会众，曾经焦急而渴望地在车站接他的会众，拜伦·邦奇，抱孩子的那个女人，还有那个叫克里斯默斯的人。只有这张脸不清楚，比其他任何一张脸都模糊，仿佛它在宁静地挣扎，无法挣脱最近这一切混乱。过了一会儿，他看到好像有两张脸在争执（并非它们自己在争抢：他明白，是车轮的转动和欲望造成的），轮流挣脱对方，然后又渐渐融合在一起。但他现在看清了，另一张脸并不是克里斯默斯的。"啊，那是……"他心想，"我见过的，最近才见过……啊，是那个……那个男孩。他总拿着一把黑色手枪，人们管那叫自动手枪。就是那个……闯进厨房……杀死了，开枪……"然后，他觉得内心的洪水冲破了最后的防线，喷涌而出。他仿佛眼睁睁地看着它奔涌，感受自己与大地失去接触，身子越来越轻，空荡荡地飘浮在空中。"我要死了，"他想，"我应该祈祷。至少，我应该尽力尝试祈祷。"但他没有祈祷，也没有尝试。"空气和天空弥漫着哭声，那些人曾经活过、迷失过，就像走丢的孩子在冰冷、恐惧的星空下无助地恸哭……我想要的如此之少。我要求的如此之少。就好像……"车轮开始转动。它开始旋转，越来越慢，不再转动，好像被他心中最终释放的洪水冲乱了方向，只剩一个躯壳，比一片被人遗忘的树叶还要轻，比一件耗尽的废物还一文不名。他还在靠着窗台，胳膊没有支撑，双手没有重量。于是，这一刻来临了。*此刻*。

似乎他们一直在等，等他松一口气，然后在胜利和渴望中重新出发，带着仅存的荣耀和骄傲重生。他听到心头传来越来越密集的轰鸣和阵阵鼓声。起初，那些声音就像一阵风穿过林间，然后跃入视野，此刻又出现在幻影尘土的云端。他们坐在马背上，身子前倾，挥舞双臂，手执缰绳，策马扬鞭，疾驰而去。在喧嚣和无声的吼叫中，他们像浪潮一样奔涌而过，奔腾的战马好似奔涌的潮头，闪光的兵戈仿佛火山喷发的红色火焰。他们疾驰而过，奔向远方，卷起漫天尘土，慢慢消逝于无边的夜幕。然而，他倚在窗口，两只手臂搭在窗棂上，缠着绷带的脑袋枕着胳膊，显得硕大无比。他好像依然能听到那些声音：嘹亮的军号、铮铮的军刀、雷鸣般的马蹄声渐行渐远。

21

这个州的东部有一位家具修理工兼经销商,最近通过书信去田纳西州购置了一些家具。他驾着卡车(车尾有开着车门、供人居住的车厢)开始了这次旅行。这是一辆新车,所以他不愿以十五英里的时速驾车。他的车上还有宿营装备,所以也不必住宾馆。他一回家就给妻子讲了路上的一次经历,当时他觉得十分有趣、好笑,因此值得再讲一遍。也许他觉得有意思,觉得重提时他可以讲得更动听,那是因为他们两口子都还年轻,而且他离家已经一个多星期了(那是由于中速行驶的缘故,他认为那是明智的做法)。这个故事和他途中搭载的两个乘客有关。故事发生在密西西比州的一个镇上,当时他还没到田纳西州:

"我决定去加油,就把车慢慢开进加油站。我看见一个年轻女人站在拐角处,长得挺和善,好像在等什么人来顺路捎她一程,手里还拿着些什么。起初,我没看清那是什么,直到那个家伙走上前和我说话时,我才注意到他。刚开始,我以为先前没有看清是因为他没有和她站在一起,后来我才发现,他要是单独站在空旷的混凝土水池里,照样很难被人发现。

"他走上前,我急忙说:'要是你们想去孟菲斯的话,我不去那儿。我要经过杰弗逊,去田纳西州。'

"'好啊,正合我们的意,希望您能帮忙。'他说。

"'你俩想去哪儿?'他看着我,就像一个不常撒谎的家伙正在努力编造谎言,他自己早就明白没人会信他。我问:'你们是随便逛逛吗?'

"'是的,'他说,'是的,我们正在旅行,不管你把我们带到哪儿,都是帮我们大忙了。'

"于是,我让他们上车。'我猜你们不会打劫后谋杀我吧。'他走过去把她叫过来。这时,我才看见她抱着的是个婴儿,刚出生没多久的婴儿。他扶她坐在后面的车厢里。我说:'你俩为什么没人上这儿来坐?'他们商量以后,女的出来坐在前面的座位上,他返回加油站,取了一个皮革样的纸箱子,放进车厢,然后他又钻进车厢。我们就这样上路了。女的坐在座位上,怀抱婴儿,不时回头看看,生怕他会掉下去什么的。

"刚开始我以为他们是夫妻,也没多想,只是纳闷像她这样精力旺盛的女孩怎么会看上他。他倒也没什么毛病,看起来是个老实人,是那种踏实肯干,同一种工作会干很久的人,而且不会麻烦别人给他涨工资,只要让干,他就会一直干下去。他看上去就是这么个人。除了干活儿外,他呆头呆脑的。我无法想象,有谁、有哪个女人会和他睡觉,更不用说当着乡亲们的面干什么啦。"

你不害臊啊? 妻子问他,*跟一位女士这么说话*。他们在黑暗中交谈着。

反正我看不见你的脸。他继续往下讲:"等我们当晚要宿营的时候,我才发现不对劲。她坐在我旁边的位子上,我像男人们通常做的那样,跟她聊起来。过了一会儿,我才知道他们从亚拉巴马州来。她一直说'我们来自',所以我以为她说的是她和后面那个家伙。她说起他们在路上走了八个星期。'你的孩子还没八个星期大吧,'我说,'要是我没看错的话。'她说孩子是在杰弗逊镇出生的,刚刚三个星期大。我说:'喔,那儿处死了一个黑鬼。你们当时肯定在那儿。'她

马上闭嘴了，好像他曾经告诉过她不要谈论这件事。我知道肯定是那样。所以，我们就一直往前开。后来，天快黑了。我说：'咱们马上就进城了，我不住那儿。不过，要是你们明天还和我一起走的话，我明早六点半回旅馆接你们。'她坐着没动，好像一直在等他开口。过了一会儿，他说：'我想，你后面有车厢，用不着担心住旅馆。'

"我啥也没说，一直往镇上开。他问：'这个镇子大吗？'

"'我不知道，'我说，'但我猜那里会有住宿之类的地方。'

"他又说：'我想那里可能有游客露营的地方。'我一直没吭气。他说：'可以租到帐篷。对出门在外的人来说，住旅馆太贵，尤其又是走远路的乡亲们。'他们一直没说要去哪里，好像他们自己也不清楚，只等着到哪儿算哪儿。不过，我知道他想让我开口，不愿直接求我，好像上帝要我说我就说，上帝如果打算让他住三美元一间的旅馆，他也会去。

"于是，我说：'喔，今晚天气暖和，要是你们不怕蚊子，不介意睡在卡车的光板上的话。'

"'当然，那样不错。你要是能让她住的话就太好了。'这时，我注意到他说到 *她* 时候的样子。开始，我觉得可笑，他有些紧张，像一个人决定要做一件想做又不敢做的事。我不是说他害怕自己会出什么事，而像是到死都不想那么做，除非万不得已。那会儿我还不明白，只是不清楚到底怎么回事。要不是那天晚上发生的事情，恐怕到他们在杰弗逊镇下车时我还是啥也不知道。"

他到底想干吗？ 妻子问。

等我说到那儿，你就能明白了。 他接着讲："我们在一家商店门口停下来。没等卡车停稳，他就跳下车，好像怕我会打听一样。他满脸兴奋，好像小孩子担心你答应过他什么事又会反悔，于是要竭力地讨好你。他小跑着进了商店，出来时抱了好多袋东西，简直挡住了他的视线。所以我心里想：'瞧瞧，好家伙。你打算要在这里长住过日子

呀。'然后，我们很快就到了一个看似还不错的地方。我把卡车从大路上开进几棵树中间，他跳下车，跑过去扶她下了车，就跟她和孩子是玻璃或鸡蛋做的一样。他还是那副表情，就像他差不多已经下定决心了，只要我或她不事先阻止，只要她没注意到他那副豁出去的样子，他就会去做迫不得已才做的事。可即便那个时候，我还是不明白。"

那是什么？ 妻子问。

我刚跟你说过，等会儿我就告诉你，行吗？

我想你不说也没啥。可我还是不明白这有什么好笑。他为啥一直跑来跑去，要干吗？

*因为他们还没结婚。*丈夫答道，*孩子也不是他的，可我当时不知道。直到当天晚上听到他们说的话，我才明白。我猜他们不知道我听到了。他一路上尽心尽力，可我觉得他做得够好了。我猜他想给她最后一次机会。*男人继续说："他忙前忙后，帮着搭帐篷，最后我都被弄紧张了：他啥都想干，可又不知道从哪儿开始，要做啥。所以我就让他去捡些柴火。我拿出毯子，铺在车里。当时，我有些恼火，自己怎么落到这么个地步，要睡在地上，身子底下啥都没有，双脚靠火堆才能取暖。我估计那会儿我有点儿着急、暴躁，来回不停地走着，安顿好一切。她背靠一棵树，披着披肩，正在给孩子喂奶。她一直在说不好意思，给我添麻烦了，还说她打算就在火堆边坐着过夜，因为她一天啥都没干，就是在车上坐着，一点都不累。过了一会儿，他抱回好多柴火，足够烤一头小公牛。她让他去车里取东西。他拿出箱子，打开后取出一条毯子。这下有意思了。他俩就像经常登在滑稽小报上的两个法国佬一样，你争我抢地要睡在地上，好像一路从家里出来，吹牛夸大就为了抢先睡在地上。有一阵，我真想说：'好吧，你们想睡地上，那就睡吧。我他妈的才不愿意呢。'我估计你会说，到最后我肯定赢了，或者说是我和他赢了。正像我们一直想的那样，他抢着把他们的毯子铺在卡车里，我俩把我的毯子铺到火堆旁。我猜他早知道结果

会是那样。要是真像她说的,他们一路从南边的亚拉巴马州赶来。我想那就是他抱回那么多柴火就为烧一壶咖啡、热几个罐头的原因。接着,我们吃了饭。这时,我终于发现了。"

发现什么?他想干吗?

*还没到呢。我觉得她比你有耐心。*他接着又说:"我们吃完饭,我躺在毯子上。我太累了,我得舒展身体才觉得舒服。我不是故意要听,也没打算要装睡,是他们要搭我的车,又不是我坚持要他们上我的车。要是他们觉得合适,不用管有没有人听见,那可不关我的事。可是,我这才发现他们正在找人,正在跟踪,或是打算跟踪那个人。或者说是她要那么做。突然,我心里说:'啊哈,有一个彻夜狂欢的女孩,她妈要等到星期天才能去问牧师啦。'他们从没提起那个人的名字,也不知道他朝哪条路跑了。我知道即使他们知道他的去向,那也不是逃跑人犯的错。我很快就明白了。我听见他跟她说,也许这辈子都要像这样一辆一辆地搭车,从一个州到另一个州,到头来还是没有他的半点儿音讯。她坐在木头上,抱着孩子,像石头一样安静地听,像石头一样开心,像要被打动或说服一样。我心里嘀咕:'嗨,哥们儿。我猜这次旅行可不是从她坐在我车上、你坐在后面、垂着两只脚开始的。'不过,我啥也没说,只是躺在那里。他们一直在说话,不如说是他在说。他说话声音不高,也没有提到结婚,可他说的就是那个意思,她平静安详地听着,好像以前就听过一样,知道自己不必回答'是'或'不'。她略带微笑,可他看不见。

"后来,他没再说,从原木上站起来走了。他转身时,我看见他的脸,知道他并没有放弃,只是想再给她一次机会。现在,他特别绝望,甚至有些孤注一掷。我看得出,他正在下决心,要做自己早就该做的事。我真想告诉他,你早就想这么做了,这时才做决定。可我知道,他有自己的原因。总之,他走进黑暗的树林里,留下她坐在那儿。她略微低下头,但还是挂着微笑。她一直没有看他一眼,也许她明白，他独自走开是要做她一直建议他做的事。她从来都没说出来。她没有直说，女人通常都不会那么做，就算来自周末狂欢家庭的女人也不会。

"不过，我觉得还不止这些。或者是时间和地点不合适，更别说有人在场了。过了一会儿，她站起来看了我一眼，可我一直没动。她走到卡车前爬进去。过了一会儿，我听见车厢里没动静了，我知道她收拾好已经打算睡觉了。我躺在那儿——现在睡意全无——清醒了好久。但我知道他就在附近，也许在等火灭了或者我睡熟了再过来。果然，火一灭，我就听见他走过来的声音，像猫一样轻手轻脚站在我面前，低头看着我，仔细地听我的动静。我一下都没动，或许我还故意打了一两声呼噜给他听。总之，他朝卡车走过去，像脚下踩着鸡蛋一样蹑手蹑脚。我躺在那儿，一边观察他一边跟自己说：'哥们儿，要是你今晚那么做的话，我敢说明天我就把你送到往南六十英里的地方。要是前天晚上干过这种事，我估计连瞧都不想瞧你一眼。'这时，我开始担心。我倒不担心他会伤害她，勉强她。实际上，我是担心那个小个子。真的。她要是叫起来的话，我不知道我该怎么办。我觉得她肯定会叫喊，要是我跳起来跑到卡车那里，肯定会吓坏他；如果我不跑过去，他会知道我一直没睡着，在监视他，那他更要吓个半死。不过，我用不着担心，从第一眼看见他俩，我早就应该知道根本用不着担心。"

我猜，你认为用不着担心，是因为你已经知道万一出事，她会怎么做。妻子说。

当然，丈夫说，没想到你能猜出来。是的，老婆。我还以为你猜不出来呢。

好啦，往下说。发生了什么？

她是个年轻力壮的大个子女人，他又没事先提醒。可怜的小个子，他好像已经到了忍耐的极限，你猜他会像婴儿一样哇哇大哭吗？

他继续往下讲:"她没有大声喊叫什么的。我看着他轻松地爬进卡车,慢慢不见了。什么事情都没有发生。过了大约有慢数十五个数那么久,我听见她醒来了,发出令人吃惊的声音,好像她只觉得有些不可思议,有些生气,但没有被吓到。她低声说:'为什么,邦奇先生,你难道不觉得羞愧吗?你会吵醒孩子的。'接着,他从后门爬出来,慢慢走下车,仿佛两条腿不是自己的。她像拎孩子一样把他拉起来推出去,如果那孩子有六岁的话。我亲眼所见,没法不相信。'你出去躺一会儿,我们明天还有好远的路要走。'

"好吧,我看他都觉得脸红,要让他知道竟然有人耳闻目睹了这件事,那他会更难为情。我要是不想找个地缝和他一起钻进去的话,我就是小狗。真的。火早就灭了,他站在她让他下车的地方,我几乎看不到他。但我知道,我如果是他,站在那里会是什么滋味,我准会低下头,等待法官一声令下:'把他拖出去,迅速绞死。'我没出声。过了一会儿,我听见他走了,扒开灌木丛,好像在树林里瞎撞。天亮时,他还没回来。

"嗯,我啥也没说,我也不知道该说什么。我一直相信他会出现,不管有没有脸见人,他都会从树林里出来。于是,我开始生火做早饭。不一会儿,我听见她从车上下来。她站在那里似乎在东张西望。也许,她在观察火堆和我的毯子,想弄清楚他在哪里。我什么都没说,她也没说话。我想收拾东西准备上路,我也知道不能把她扔在半道上。要是我老婆听说我和一个漂亮的乡下姑娘一起旅行,还带着一个三周大的婴儿,即便她声称自己是在寻找丈夫,现在该是两个丈夫,那我也没什么好结果。吃完饭,我说:'喔,我还有好长的路要走,我想最好现在就走。'她一句话都没说。我抬起头,看见她还像昨天那么平静、沉稳。要是她有一点吃惊什么的,我就是狗。我很奇怪,不知道该怎么对她。可她早已收拾好东西,甚至还用桉树枝打扫了卡车,然后把纸箱放进车里,把毯子折成垫子一样的东西,放在车尾。我寻思，难怪你能一直往前走。每次他们爬起来跑了，你就会把人家留下的东西收拾好，接着再走。——'我想我就坐后面吧。'她说。

"'那样，孩子会颠簸得不舒服。'我说。

"'我会抱好他的。'她说。

"'随你便。'我说。就这样，我们上路了，我还探出身子朝后看了看，希望他在我们拐弯之前能出现。可他没有。人们常说有个家伙在车站被逮了，手里还抱着别人的孩子。现在，我自己就和一个陌生女人在一起，还有个婴儿。我担心每一辆从后面赶上来的车，载满了丈夫和妻子，更不用说是警长喽。快到田纳西州州界的时候，我就下定决心开车去大城市的妇女救济院，把她送到那儿。我还不时地回头看看，希望他能徒步跟在我们后面，她却像教堂一样安静，怀里抱着的孩子既不受颠簸，又能吃到奶。我真拿他们没办法。"他躺在床上，笑着说："真的，老婆。你要是有办法，我就是小狗。"

后来呢？她后来怎么样？

没事儿。一直坐着，在车上朝外看，就跟她这辈子没见过村子一样——道路，树木，田地，电线杆。她压根儿没看见他，最后是他自己绕到卡车后门的。她用不着看，只要等着就行。她很清楚这一点。

他？

*是啊。他就站在大路一边。我们转弯时，他就在那儿站着，管他有脸没脸的。他一副垂头丧气的样子，却很坚定，很平静，好像最后一次努力之后，已经绝望到家了。现在他知道自己再也用不着那么做了。*丈夫又开始讲："他没有看我一眼。我刚停车，他就已经朝她坐的后面跑了过去。他绕过去，站在那里，可她一点儿都不觉得奇怪。'我已经走了这么远，'他说，'现在放弃的话，我就不是人。'她看着他，好像她一早就知道他在做什么，可他却不知道自己做了些什么，而且不管做什么，都不是他的本意。

"她说：'谁也没让你放弃。'"他躺在床上一直笑个不停，"真的，老婆，真拿女人没办法。你知道我在想什么吗？我想她只是在旅行。我觉得她并不在乎自己在找谁，她似乎从来都没有目标，只不过她没有跟他说而已。我估计她这辈子第一次离家那么远，以前太阳下山前就能回家。她一路挺顺，乡亲们也照顾她。我觉得她只想走远些，尽可能多看些风景。我想她这次要是安定下来的话，这辈子就这么过了。这就是我的想法。她坐在卡车后面，他坐在她旁边。婴儿一直在吃奶，这顿早饭吃了有十英里那么久，好像火车上的餐车一样一直供餐。她看着车外的电线杆和栅栏，好像马戏团的游行队伍一样。过了一会儿，我说：'这儿是沙斯伯雷。'

"她说：'什么？'

"'田纳西州的沙斯伯雷。'我说。我往后一瞧，看见她的脸，好像已经做好了表示吃惊的准备，正要吃惊，而且她好像很享受吃惊的感觉。她果然很惊讶，表情也很自然。因为她说：'哦，天哪。人可真能走。从亚拉巴马州出发不过两个月，现在就到田纳西州了！'"